LES INTRUS

Michael Marshall

LES INTRUS

Traduit de l'anglais par Jean-Pascal Bernard

Du même auteur
chez le même éditeur

Les Hommes de paille
Les Morts solitaires
Le Sang des anges

Titre original :
The Intruders

© Michael Marshall, 2007.
© Éditions Michel Lafon, 2007, pour la traduction française.
7-13, boulevard Paul-Émile Victor - Ile de la Jatte
92521 Neuilly-sur-Seine Cedex

www.michel-lafon.fr

« Comment nous assurer que nous ne sommes pas dans l'imposture ? »

JACQUES LACAN,
Les Quatre Concepts fondamentaux de la psychanalyse.

Prologue

Boum, boum, boum. La moitié de la rue en profitait. À se demander pourquoi les voisins ne venaient pas se plaindre – ou ne râlaient pas plus souvent, ni de manière plus virulente. Gina n'hésiterait pas une seconde, à leur place, surtout avec une musique aussi pourrie. Elle savait que, sitôt franchi le seuil, elle monterait à l'étage et crierait à Josh de baisser le son. Elle savait aussi que son fils lui servirait ce regard propre aux ados : l'air de se demander d'où vous osez les déranger, et ce qui a bien pu se produire dans votre vie pour vous rendre si grave et si vieille. Mais au fond, c'était quand même un bon garçon, alors il roulerait des yeux et baisserait le volume d'un chouia, puis passerait la demi-heure suivante à le remonter petit à petit, jusqu'à établir un nouveau record.

En général, c'est Bill qui gérait le problème – quand il n'était pas en train de bricoler dans son sous-sol –, mais ce soir il retrouvait ses deux collègues de la fac. C'était en soi une bonne chose, d'abord parce que cela lui permettait d'assouvir son amour du bowling sans y mêler Gina – elle détestait ce sport idiot –, ensuite parce qu'il sortait rarement. Si le couple s'offrait un restau en tête à tête toutes les deux semaines environ, cette année Billy avait pris l'habitude de disparaître en bas dès la fin du dîner, un tournevis à la main, ravi de retourner à ses œuvres. Pendant toute une période il avait produit son propre ramdam, des chocs sourds que vous sentiez vibrer jusque dans vos entrailles, mais Dieu merci, c'était terminé. Il est sain pour un homme de quitter ses pénates de temps en temps, de sortir entre mecs – même si Pete Chen et Gerry Johnson comptaient parmi les pires ringards que Gina eût jamais connus, et qu'elle ne pouvait les imaginer jouer au bowling ou boire des pintes ou faire quoi que ce soit qui n'eût un rapport direct avec Unix ou la soudure. Et puis, cela laissait à Gina un peu de temps pour elle : on a beau aimer son mari de tout son cœur, ce n'est jamais désagréable, un petit moment à soi. Elle prévoyait de s'offrir deux ou trois heures de télé devant un programme qu'elle choisirait librement, pour une fois – et merde aux chaînes documentaires. Elle s'était arrêtée au grand Deli de Broadway Avenue pour refaire quelques provisions, dont des amuse-gueule de luxe destinés à une consommation immédiate.

Comme elle ouvrait la porte et pénétrait dans une zone de vacarme décuplé, une question l'effleura : Josh avait-il jamais songé que sa vieille naze de mère avait, elle aussi, connu ses années d'éclate ? Qu'avant de tomber amoureuse d'un jeune doctorant en physique du nom de William Anderson et de découvrir les joies du foyer, elle avait hanté la scène grunge de la région Seattle-Tacoma ? Qu'elle avait eu son compte de décibels, de bière bon marché, et de réveils qui vous donnent l'impression d'avoir des marteaux dans la tête ? Qu'elle avait sué à grosses gouttes sur Pearl Jam, Ideal Mausoleum et même Nirvana, les vrais, à l'époque où c'étaient encore des inconnus pleins de pêche et de rêves, et non des pantins décharnés et mourants – notamment cette fameuse soirée d'été où elle avait gerbé en plein milieu d'un slam, que la foule l'avait laissée retomber la tête la première, et qu'elle avait malgré tout décroché la timbale dans les odeurs de pisse et de came des chiottes, avec un type qu'elle n'avait jamais vu et qu'elle ne reverrait jamais ?

Sans doute pas.

Elle sourit. Comme quoi, les mômes ne savent pas tout.

Une heure plus tard, la coupe était pleine. Le boum-boum restait supportable quand Gina se contentait de zapper – le volume avait même décliné quelque temps, peut-être le signe que Josh faisait ses devoirs, à la bonne heure –, mais voilà que le boucan repartait à la hausse, alors même qu'allait débuter la redif d'un épisode d'*À la Maison-Blanche* qu'elle n'avait jamais vu. Il fallait de la tranquillité, du calme et du silence pour suivre les aventures de ces gens-là, avec leur débit de mitraillette. Et puis il était plus de 21 heures, bon sang ! La plaisanterie avait assez duré.

Gina gueula en direction du plafond (la chambre de Josh donnait au-dessus du salon), mais rien n'indiqua que son fils avait entendu. Alors elle poussa un gros soupir, reposa son plateau sur la table basse et s'extirpa du canapé. Elle se traîna en haut avec la sensation de lutter contre un mur de bruit, puis elle tambourina à la porte.

Après une attente assez brève, celle-ci s'ouvrit sur un échalas aux cheveux extravagants. Gina mit une seconde à le reconnaître. Ce garçon n'avait plus rien d'un enfant. Bill et Gina vivaient désormais avec un jeune homme.

— Dis, chéri, ne le prends pas mal, mais quitte à ce que ça hurle, tu n'as rien qui ressemble à de la vraie musique ?
— Hein ?
— *Baisse le son.*

Josh fit une grimace en coin avant de tourner les talons pour réduire le volume. Il le baissa carrément de moitié, ce qui donna à Gina le courage de s'avancer dans la pièce. Il y avait une éternité qu'elle et son fils ne s'y étaient pas trouvés ensemble. Qu'il était loin, le temps où Bill et Gina restaient ici des heures entières, émerveillés, à regarder leur bambin déambuler d'un pas incertain et leur apporter toutes sortes d'objets en lâchant des *Gah !* triomphants... Ou qu'ils le bordaient avant de lui raconter une histoire, et même deux, et même trois. Ou, plus tard encore, une fois venu l'âge des devoirs, quand ils l'aidaient à résoudre ses premières opérations.

Au cours des douze derniers mois, la règle du jeu avait changé. Dorénavant, c'était en solitaire que Gina venait faire le lit ou ramasser les tee-shirts sales. Et puis elle évitait de s'attarder, se rappelant trop bien sa propre jeunesse pour ne pas respecter l'intimité de son fils.

Parmi le fatras de vêtements, de pochettes de CD et de pièces détachées d'un ou plusieurs ordinateurs, elle repéra les indices d'un devoir scolaire en cours.

— Comment ça va ? demanda-t-elle.

Il haussa les épaules. Le haussement d'épaules est le langage universel des ados. Cela aussi, elle s'en souvenait.

— Ça va, compléta-t-il.

— Tant mieux. Au fait, tu écoutes quoi ?

Josh rougit un brin, comme si sa mère avait demandé qui était ce Cunny Lingus dont tout le monde parlait.

— Stu Rezni, répondit-il d'un air emprunté. C'était...

— Le batteur de Fallow, je sais. Je l'ai vu jouer à l'Astoria, avant qu'on ne le démolisse. Il était tellement fait qu'il est tombé de son tabouret.

Gina fut flattée de voir son fils lever les sourcils. Elle se retint de pavoiser.

— Alors, tu veux bien maintenir un volume raisonnable, mon chéri ? Il y a une série que j'aimerais regarder. Et puis les gens dans la rue ont les oreilles en sang, alors ça fait un peu désordre.

— D'accord, fit-il avec un sourire sincère. Désolé.

— Ce n'est pas grave, répondit-elle, tout en pensant : *J'espère qu'il va trouver son équilibre.*

Josh était un garçon gentil, bien élevé, qui malgré sa paresse assumait sa part de corvées – l'essentiel, en tout cas. Gina espérait malgré tout, et sans narcissisme aucun, qu'il avait hérité de sa mère et pas seulement de ce brave Bill. Car le jeune homme passait déjà beaucoup de temps seul, et il ne semblait jamais aussi heureux que lorsqu'il démontait et remontait des trucs. C'était une occupation sympa, d'accord, n'empêche que Gina avait hâte de le voir cuver sa première cuite. L'homme ne peut vivre de ses seuls talents de bidouilleur, même en cette époque bizarre.

— À plus, conclut-elle tout en craignant d'en faire des tonnes.

Là-dessus, quelqu'un sonna.

Comme elle se pressait de descendre, Gina eut le plaisir d'entendre la musique décliner encore d'un cran. Elle ouvrit la porte d'entrée en souriant.

Les Intrus

Il faisait nuit ; les lampadaires répandaient leur lumière orange sur les feuilles mortes de la pelouse et du trottoir. Un vent puissant secouait celles qui restaient accrochées aux arbres, quand il ne les envoyait pas tournoyer au carrefour des deux rues pavillonnaires.

Une silhouette se tenait à deux mètres du seuil. Grande, vêtue d'un long manteau sombre.

– Oui ? fit Gina.

En allumant la lampe du porche, elle découvrit un homme d'environ cinquante-cinq ans, cheveux foncés, teint cireux, joues plates et traits anguleux. Ses yeux étaient sombres eux aussi, presque noirs et sans profondeur, comme deux touches de peinture.

– Je cherche William Anderson, dit-il.

– Il n'est pas là pour l'instant. Qui êtes-vous ?

– Agent Shepherd, répondit l'homme avant de tousser lourdement. On peut parler à l'intérieur ?

Sans même attendre la réponse, il franchit le perron et entra au nez de Gina.

– Non, mais dites donc ! lança-t-elle tout en laissant la porte ouverte. Je peux voir votre carte ?

Le type sortit un portefeuille et l'ouvrit devant Gina sans même daigner la regarder. Il scruta méthodiquement la pièce, sans oublier le plafond.

– De quoi s'agit-il ? demanda Gina.

Malgré les trois grosses lettres inscrites sur la carte, l'idée d'avoir un fédéral dans son salon lui semblait parfaitement grotesque.

– J'ai besoin de parler à votre mari.

La nonchalance du gars ne faisait qu'ajouter à l'absurdité de la situation. Gina cala ses mains sur ses hanches. Elle était chez elle, nom d'un chien.

– Eh bien, il est sorti, comme je vous l'ai dit.

L'homme la considéra. Ses petits yeux éteints semblaient reprendre vie.

– Merci, j'ai entendu. Mais je veux savoir *où* il est. Et puis il faudra que je jette un œil dans la maison.

– Ben voyons ! Je ne sais pas ce que vous imaginez, mais...

Gina ne vit pas la main jaillir vers son visage, mais la sentit juste se refermer sur sa mâchoire.

L'effroi l'empêcha de protester lorsque le type l'attira lentement vers lui. Puis, elle parvint à crier, de toutes ses forces pour compenser l'impossibilité d'articuler.

— Vous savez bien ce que je cherche. Où l'avez-vous caché ? demanda le type d'un ton agacé.

Gina ignorait de quoi il parlait. Elle tenta de se libérer en le frappant avec les poings, avec les pieds, en secouant la tête d'avant en arrière. Il toléra ce manège pendant à peu près une seconde, avant de la gifler de l'autre main. Les tympans de Gina produisirent un bruit d'enjoliveur en fuite, et elle serait tombée s'il ne l'avait pas retenue par le menton, en lui tirant la mâchoire sur le côté. Gina crut que l'os allait se déboîter.

— Je le trouverai de toute façon, assura-t-il. (Gina sentit quelque chose se déchirer derrière sa joue.) Mais vous pouvez nous faire gagner du temps et nous éviter des complications à l'un comme à l'autre. Alors, où est-ce que c'est ? Où est-ce qu'il travaille ?

— Je... ne...

— Maman ?

Gina et son assaillant se retournèrent en même temps pour découvrir Josh en bas de l'escalier. L'adolescent clignait des yeux, tandis que son visage se fronçait.

— Laissez ma mère tranquille !

Gina voulut lui crier de remonter là-haut, de se sauver, mais sa bouche ne rendit qu'un grognement suffoqué. Le type plongea sa deuxième main sans la poche de son manteau.

Josh s'élança à travers le salon.

— Laissez ma mère !

Gina eut à peine le temps de se dire qu'elle s'était méprise, qu'en fin de compte son fils n'était pas un homme mais juste un petit garçon, plus grand et plus mince mais encore si jeune, avant que le cinglé ne fasse feu sur le visage de Josh.

Comme elle hurlait, ou tentait de le faire, le grand gaillard jura dans sa barbe et la traîna vers l'entrée pour refermer la porte. Il la ramena dans le séjour où son fils gisait par terre, le bras et la jambe secoués de spasmes. Gina sentait son propre crâne s'emplir d'une lumière saccadée. Puis le type lui flanqua son poing dans le menton et elle perdit tous ses repères.

Une seconde ou plusieurs minutes s'écoulèrent.
Gina reprit conscience, étendue sur le sol, au pied du divan où dix minutes plus tôt elle se prélassait encore. Le plateau repas était renversé près de sa main. Sa mâchoire béante ne répondait à aucun muscle, et elle avait l'impression que deux énormes clous lui vrillaient les tympans.
L'homme au manteau était accroupi devant Josh, dont le bras droit continuait de bouger, barbotant lentement dans le sang qui s'échappait de sa tête.
Une odeur d'essence parvint aux narines de Gina. Le tueur vida sur son fils un petit bidon métallique, qu'il abandonna sur le corps avant de se relever.
Il posa les yeux sur Gina.
– C'est votre dernière chance, dit-il.
Son front était perlé de sueur, malgré la fraîcheur du salon. Il tenait un briquet dans une main, et son flingue dans l'autre.
– Où est-ce que c'est ?
Lorsqu'il alluma le briquet et l'avança au-dessus de Josh tout en dévisageant sa mère, Gina comprit : dernière chance ou pas, elle n'aurait pas la vie sauve.

Première partie

« Le plus grand danger, la perte de soi, peut se produire ici-bas sans le moindre bruit, comme si ce n'était rien. Aucune autre perte ne saurait être aussi discrète ; toute autre perte – celle d'un bras, d'une jambe, de cinq sous, d'une épouse... – se remarque à coup sûr. »

SØREN KIERKEGAARD
La Maladie à la mort

Chapitre 1

Il y avait cette fille, au lycée. Elle s'appelait Donna, et même ce prénom sonnait faux, comme s'il y avait eu une erreur d'étiquetage à la naissance. Ce n'était pas une Donna. Cette fille vous faisait comprendre que l'univers possédait un rythme sous-jacent, pour la bonne raison qu'elle était toujours à contretemps. Elle marchait un tantinet trop vite. Elle tournait la tête un brin trop lentement. Quelque chose en elle évoquait un mauvais doublage. C'était une de ces gamines que l'on apercevait au loin, une pile de livres dans les bras, l'air mal à l'aise parmi un groupe de jeunes dont on n'avait même pas remarqué qu'ils fréquentaient l'établissement. Elle avait des amis, elle obtenait des notes correctes, ce n'était pas une tache finie et elle n'était pas sotte. On avait du mal à la voir, c'est tout.

Comme dans toutes les écoles on avait nos canons et nos cageots, mais Donna était hors classement. Elle avait le teint pâle, des traits fins et harmonieux, zéro défaut à l'exception d'une cicatrice en forme de croissant à l'extérieur de son œil droit : les restes d'une collision de prime jeunesse avec une table. Elle avait des yeux très clairs, et les rares fois où l'on était amené à les regarder, on était surpris d'y déceler de la vie – à croire que, le reste du temps, on la prenait pour un zombie. Elle était un peu maigre, certes, mais à part ça elle avait tout d'une nana mignonne... sauf que non, rien à faire. C'était comme si elle ne sécrétait pas de phéromones, ou bien que celles-ci occupaient une bande de fréquence inaudible, diffusant leur signal vers des radios sexuelles du passé, ou alors du futur.

Je lui trouvais du charme, malgré tout, sans trop m'expliquer pourquoi. J'en ai pris conscience lorsqu'il m'a semblé qu'elle traînait avec (ou à proximité de) Gary Fisher. Fisher était de ces gamins qui paraissent soutenus par une fanfare lorsqu'ils passent dans le couloir, le genre d'individus qui vous vaccinent à vie contre les philosophies égalitaristes. Il jouait au football avec un talent magistral. Il était titulaire de l'équipe de basket, et se défendait même au tennis. Il était beau, cela va sans dire : quand Dieu vous confère la maîtrise des sphères athlétiques, il en profite souvent pour vous passer un coup de peau de chamois. Fisher n'était pas comme les acteurs des films d'ados d'aujourd'hui, des monstres d'élégance à la peau impeccable. Disons qu'il avait une belle gueule, quand le reste d'entre nous affrontait la glace chaque matin en se demandant ce qui avait pu merder, et si ça allait s'arranger ou s'aggraver au contraire.

Et puis, curieusement, ce n'était pas un connard absolu. Je l'avais un peu côtoyé au stade d'athlétisme, du fait de mes modestes aptitudes pour le lancer. Et c'est ainsi qu'un jour, par le bouche-à-oreille sportif, j'eus vent d'une redistribution des cartes au sein de l'élite lycéenne, dont l'événement le plus marquant était le départ de Karrin, la poule de Gary pour les bras d'un de ses potes – un simple transfert amical. Il y avait donc une place à prendre, et si l'intérêt de celle-ci sautait aux yeux, le plus curieux fut que Donna sembla croire à ses chances. Comme si un obscur informateur lui avait soufflé que le système de castes était un leurre, et qu'il était bel et bien possible d'emboîter un plot carré dans un trou rond. Elle ne pouvait prétendre partager la table de Gary, bien entendu, mais elle s'installait tout près, dans son champ de vision. Elle concevait des bousculades accidentelles dans les couloirs, qu'elle concluait au mieux d'un rire nerveux. Je l'avais même vue à deux reprises chez Radical Bob, une pizzeria où nous nous pressions le vendredi soir : elle s'arrêtait devant le groupe de Fisher pour lâcher un commentaire sur tel cours ou telle dissertation, ce qui faisait un flop absolu. Alors elle repartait, un poil trop lentement, comme dans l'espoir qu'on la retiendrait. Mais on ne la retenait jamais. Hormis son léger étonnement, je doute que Fisher ait jamais compris de quoi il retournait. Au bout de quinze jours, un marché fut conclu dans quelque arrière-salle dorée – ou plus vraisemblablement sur la banquette arrière d'une voiture dorée – et un matin Gary apparut en compagnie de Courtney Willis, le type même de la blonde incendiaire. La vie suivait son cours.

Pour la plupart d'entre nous.

Le surlendemain, on retrouva Donna dans la baignoire de ses parents, les poignets sectionnés d'un geste déterminé, après une entaille d'essai sur l'avant-bras. De l'avis général des adultes, avis qui me reviendrait plus d'une fois aux oreilles, son départ de ce monde n'avait pu être rapide, malgré une tentative de dernière minute pour accélérer le processus en s'enfonçant une paire de ciseaux à ongles dans l'orbite droite – à croire que cette cicatrice en forme de croissant avait présagé de sa fin. Donna avait laissé par terre une lettre manuscrite à l'intention de Gary Fisher, dont certains mots étaient brouillés par les projections d'eau. Des tas de gens affirmeraient par la suite avoir vu ladite lettre, ou une photocopie, ou avoir entendu quelqu'un en divulguer la teneur. Mais pour autant que je sache, ce n'étaient que des fables.

La nouvelle se répandit vite. Les gens se conduisirent comme il se doit, il y eut des crises de larmes et des prières, mais je pense que personne ne fut ébranlé jusqu'à la moelle. Pour ma part, je n'étais ni surpris ni vraiment attristé. Cela peut paraître cruel, mais en vérité cette fin était logique. Donna était une drôle de gonzesse.

Une fille bizarre, une mort idiote. Fin de l'histoire.

Pour la majorité d'entre nous, du moins. Car Gary Fisher eut une réaction bien différente, qui me surprit comme jamais. Tout était nouveau et insolite à cette époque, chaque événement vu à travers le prisme d'une vie en construction. Le garçon qui avait fait un truc un tant soit peu cool devenait aussitôt le Clint Eastwood de la classe. Une fête de l'année précédente pouvait générer des surnoms qui vous poursuivraient jusqu'à la tombe. Et quand un type perdait les pédales et partait en roue libre, eh bien ça vous marquait.

Michael Marshall

Le lundi suivant la mort de Donna, nous apprîmes que Fisher abandonnait l'équipe. Toutes les équipes, en fait. Il attendit que les entraîneurs aient fini de l'incendier, puis il reprit ses billes. De nos jours, une telle connerie vaudrait peut-être à son auteur un Oscar de la glandouille, mais pas dans les années 1980, ni dans la ville où j'ai grandi. C'était tellement incongru que c'en était dérangeant : LE SUPER ADO JETTE L'ÉPONGE. On vit Fisher déambuler entre la bibliothèque et les salles de cours, comme s'il avait dérapé dans la case de Donna. Et il se mit à bosser. Dur. En l'espace de quelques mois il améliora sa moyenne, de peu, puis de beaucoup. Abonné aux C – dont beaucoup étaient gonflés par ses prouesses sportives –, il passa aux B et tapa même dans les A. Peut-être ses parents lui payaient-ils du soutien privé, mais j'en doute. Je pense qu'il avait juste changé de cap, décidé de devenir autre chose. Vers la fin, on ne le voyait pratiquement plus en dehors des cours. Les masses le traitaient avec méfiance. Personne n'osait trop s'approcher, de peur que sa folie ne soit contagieuse.

Je l'ai quand même vu, moi, un après-midi. J'étais venu m'entraîner pour la dernière rencontre d'athlétisme de l'année de terminale, et le reste de l'équipe avait déjà quitté le stade. Officiellement, je restais pour lancer quelques javelots mais, pour être honnête, j'aimais avoir ces lieux pour moi tout seul. J'avais passé des heures et des heures à courir sur cette piste, et je prenais conscience que le moment des adieux approchait, que l'on entrait doucement dans la phase des dernières fois. Ce jour-là, donc, alors que j'arpentais la piste dans un sens puis dans l'autre pour travailler ma course d'élan, j'aperçus une silhouette à l'autre bout du stade. Au bout d'un moment je reconnus Gary Fisher.

Il marchait au bord de la piste, sans but précis. Il avait été l'un de nos sprinters vedettes, et peut-être venait-il pour les mêmes raisons que moi. Il s'arrêta à quelques mètres et m'observa un moment. Puis il ouvrit la bouche.

– Alors, ça gaze ?
– Ça va, répondis-je. Mais je risque pas de gagner.
– Pourquoi ?

Les Intrus

Je lui expliquai que j'avais un nouveau rival : un type d'un bahut voisin qui non seulement se révélait doué pour le lancer, mais qui en plus y mettait du cœur. Moi, la fin des victoires faciles avait sapé mon intérêt pour cette discipline. Je ne formulai pas cela en ces termes, bien sûr, mais c'était ça l'idée.

Fisher haussa les épaules.

– On sait jamais. Vendredi sera peut-être ton jour. Ce serait classe de finir sur une victoire.

En entendant ces mots, je changeai brusquement d'avis. Tout bien considéré, le javelot me plaisait. Tout bien considéré, j'étais peut-être capable de remporter cette ultime compétition.

Fisher s'attarda quelques instants, considérant la piste comme s'il entendait le galop des courses passées.

– Elle était en transit, lâchai-je tout à trac.

Je crus d'abord qu'il n'avait pas entendu. Puis il tourna lentement la tête.

– Qu'est-ce que tu dis ?

– Donna. Elle n'a jamais... pris racine, tu vois ? Comme si elle ne s'était jamais fixée nulle part.

Il fronça les sourcils. Je continuai :

– C'était comme si... comme si elle savait que ça pouvait foirer, tu comprends ? Comme si elle était venue au monde en sachant que le bonheur ne survenait que très rarement. Alors, elle a misé tous ses jetons sur un seul coup. Et quand le rouge est sorti à la place du noir, eh bien elle a quitté la table.

Ce discours était entièrement improvisé, mais j'en étais assez fier. Je disais là des choses profondes, du moins pouvait-on le croire – ce qui suffit amplement quand on a dix-huit ans.

Fisher fixa le sol quelques instants, puis il hocha la tête.

– Merci.

J'opinai à mon tour, et comme j'étais incapable d'ajouter quoi que ce soit, je bondis sur la piste pour lancer mon javelot. Avais-je envie de frimer, d'impressionner le Gary Fisher de huit mois plus tôt ? Toujours est-il que je ramenai mon bras beaucoup trop vite, ce qui rouvrit une vieille plaie à mon majeur et m'empêcha finalement de participer au meeting.

Puis ce fut la fin des cours. Comme tous mes camarades, j'étais trop occupé à enchaîner les rites de passage pour prêter attention aux gars que je connaissais moins bien. Examens, bals, les événements se bousculaient à mesure que l'enfance brûlait ses derniers litres d'essence. Puis, boum ! vous voilà catapulté dans le monde réel, ce méga-examen que vous n'avez jamais eu le temps de potasser. Aujourd'hui encore, la vie me fait parfois cette impression. Cet été-là, autant qu'il m'en souvienne, je n'entendis pas une seule fois prononcer le nom de Fisher. Puis je quittai la ville pour intégrer la fac. Il m'arriva de penser à Gary au cours des deux années suivantes, jusqu'à ce qu'il me sorte de l'esprit, comme tant de choses devenues hors sujet.

Cela pour dire que je n'étais guère préparé à nos retrouvailles, près de vingt ans plus tard, lorsqu'il se présenta à ma porte et se mit à parler comme si on s'était quittés la veille.

J'étais assis à mon bureau. J'essayais de travailler, même si un expert en gestion du temps aurait sans doute conclu que mon boulot consistait à regarder par la fenêtre, hormis quelques coups d'œil occasionnels et aléatoires vers mon écran d'ordinateur. La maison baignait dans le silence, quand la sonnerie du téléphone me projeta contre mon dossier.

Je m'étonnai qu'Amy appelle sur le fixe et non sur mon portable, mais après tout, pourquoi pas ? Ce coup de fil de mon épouse m'offrait une pause bienvenue. Après, j'irais refaire du café. Je fumerais une cigarette sur la terrasse. Le temps passerait. Puis viendrait le lendemain.

— Salut, bébé, dis-je en décrochant. La conquête des marchés progresse ?

— Je suis bien chez Jack ? Jack Whalen ?

C'était une voix d'homme.

— Oui, répondis-je en me redressant sur mon fauteuil. Et vous êtes... ?

— Accroche-toi bien, mon ami. C'est Gary Fisher.

Ce nom claqua comme un drapeau, mais je mis une seconde à le remonter du passé. Les noms d'autrefois sont comme des rues que l'on a désertées, il faut se rappeler où elles mènent.

— T'es toujours là ?

— Oui, oui. Je suis juste un peu surpris. Gary Fisher ? Sérieusement ?

— C'est bien mon nom, rigola-t-il. Pourquoi je mentirais ?

— En effet, murmurai-je. (Le cadran du téléphone était barré de points d'interrogation.) Comment t'as eu mon numéro ?

— Par un ami à Los Angeles. J'ai essayé de te joindre hier soir.

— Ah, c'était toi ? dis-je en me souvenant avoir reçu deux appels sans message. Tu n'aimes pas les répondeurs ?

— Je me disais que ça pouvait paraître un peu bizarre de reprendre contact au bout de quinze ans.

— Un peu, c'est vrai.

Je doutais que Fisher et moi ayons grand-chose à nous raconter, à moins qu'il ne veuille organiser une réunion d'anciens d'élèves, ce qui semblait très improbable.

— Alors, Gary, qu'est-ce que je peux faire pour toi ?

— En fait, c'est plutôt moi qui pourrais faire quelque chose pour toi, ou pour nous deux. Écoute, t'habites où exactement ? Je suis à Seattle pour quelques jours. Je me disais que ce serait sympa de se revoir, d'évoquer le bon vieux temps, tout ça.

— L'endroit s'appelle Birch Crossing. C'est à une heure et demie de route, à l'intérieur des terres. Et puis c'est ma femme qui a la voiture.

Amy dit que si on parvenait à réunir un nombre suffisant de misanthropes dans une pièce, je serais élu roi à coup sûr. Elle a sans doute raison. Depuis que mon bouquin était sorti, j'avais reçu des nouvelles d'anciennes connaissances, même si aucune n'était aussi ancienne que Fisher. Je n'avais pourtant jamais répondu à ces mails transférés par mon éditeur. D'accord, on se connaissait, et après ?

— J'ai une journée entière à tuer, insista Fisher. Une série de réunions qui a sauté...

— Et tu ne peux pas m'en parler au téléphone ?

— C'est que ça risque d'être long. Sincèrement, tu me rendrais service, Jack. Je deviens fou dans cet hôtel. Et à force de traîner au marché de Pike Place, je vais finir par acheter un poisson qui me restera sur les bras.

Je réfléchis. La curiosité passa un accord avec ma flemme, par l'entremise d'un fragment de mon âme pour lequel – chose absurde – le nom de Gary Fisher conservait une certaine charge affective.

— Bon, d'accord. Pourquoi pas ?

Il arriva peu après 14 heures. Je n'avais rien fait entre-temps, et mon petit coucou à Amy avait achoppé sur la messagerie de son portable. Je stagnais dans la cuisine en pensant vaguement à manger, lorsque j'entendis une voiture s'arrêter dans l'allée.

Je gravis les marches en bois lustré pour ouvrir la porte d'entrée. À la place de notre 4 x 4, qui se trouvait actuellement à Seattle avec ma femme, j'avisai une Lexus noire dont émergea une type d'environ trente-cinq ans. Il foula les graviers jusqu'au perron.

— Jack Whalen ! prononça-t-il dans la buée de son haleine. Alors comme ça, t'es devenu adulte... Comment c'est arrivé ?

— Ça me dépasse, répondis-je. J'ai pourtant tout fait pour l'éviter.

Je préparai du café, et nous descendîmes au séjour avec nos tasses. Gary observa la pièce quelques instants, admira la vallée boisée à travers la baie vitrée, puis il se tourna vers moi.

— Alors ? fit-il. Tu as toujours ton bras de lanceur ?

— Je sais pas. Ça fait une paye que j'ai rien lancé.

— Tu as tort. C'est très libérateur, tu sais. Moi, je m'efforce de lancer un truc au moins une fois par semaine.

Il sourit, et pendant quelques secondes je crus revoir le Gary de mon souvenir, mais en mieux habillé. Il me tendit la main par-dessus la table basse. Je la serrai de bon cœur.

— T'as bonne mine, Jack.

— Toi aussi, Gary.

Je ne disais pas cela par politesse. On repère les hommes en bonne condition physique rien qu'à leur façon de prendre un siège. Il y a une certaine assurance dans leur maintien qui suggère que pour eux la station assise n'est pas un soulagement, mais juste l'une des nombreuses positions où le corps se sent bien.

Les Intrus

Gary respirait la santé. Des cheveux bien coupés, sans trace de gris, et cette peau que la nourriture saine et l'absence de tabac accordent à ceux qui ont la force de supporter ce style de vie. Son visage avait mûri, lui donnant l'air d'un jeune sénateur d'une circonscription de second rang, le genre que l'on verrait bien briguer la vice-présidence. Il avait un regard bleu clair. Mon seul avantage sur lui était d'être moins ridé autour des yeux et de la bouche, ce qui me surprenait plutôt.

Il resta muet quelques secondes, sans doute occupé à un examen analogue. Revoir un contemporain après une longue parenthèse souligne le passage du temps de manière grave et irrévocable.

– J'ai lu ton livre, dit-il comme pour valider mes soupçons.

– Alors, c'est toi...

– Il ne s'est pas bien vendu ? Ça m'étonne.

– Si, ça marche pas mal. Très bien, même. Le problème, c'est que je suis pas sûr qu'il y en aura d'autres.

Il haussa les épaules.

– Tout le monde pense qu'il faut sans cesse recommencer les choses. L'important, c'est de dire ce qu'on a à dire, de se faire entendre une bonne fois. Tu n'avais peut-être qu'un seul bouquin en toi...

– Possible.

– Et tu ne peux pas reprendre du service dans la police ? (Il me vit tiquer.) Tu mentionnes le L.A.P.D. dans tes remerciements, Jack.

Un peu malgré moi, je lui rendis son sourire. Fisher avait encore cet effet sur les gens.

– Non, j'ai raccroché pour de bon. Et toi, tu fais quoi aujourd'hui ?

– Je suis avocat, spécialisé dans le droit des entreprises. J'ai des parts dans un cabinet, là-bas dans l'Est.

Cette profession lui allait comme un gant, à défaut de me donner du grain à moudre. Nous échangeâmes des phrases pendant un certain temps, au sujet de gens ou de lieux que nous avions connus jadis, mais la mayonnaise ne prenait pas. Quand on a gardé un minimum de contact au fil des ans, on dispose de balises pour traverser l'océan du temps. Autrement, on a l'impression d'affronter un imposteur, un type qui porte le même nom que l'un de vos anciens copains. Fisher parlait du « bon vieux temps », mais celui-ci n'avait guère existé, si ce n'est que nous avions sué sur le même stade et que nous pouvions tous deux réciter de mémoire le menu de chez Radical Bob. J'avais vécu des tas de choses depuis, et lui aussi sans doute. Ni Gary ni moi n'avions gardé d'attaches avec nos camarades d'autrefois, ou avec la ville de notre enfance. Les gosses que nous avions été nous faisaient désormais l'effet de personnages imaginaires, acteurs d'un mythe original censé expliquer ce que furent nos vingt premières années.

– Alors, dis-je en vidant le fond de ma tasse. De quoi voulais-tu me parler ?

Il sourit :

– Tu as eu ta dose de bla-bla ?

– Ça n'a jamais été mon fort, avouai-je.

– Oui, je me rappelle. Mais qu'est-ce qui te fait croire que je viens pour un truc précis ?

– Tu me l'as dit. Et puis, avant d'obtenir mon nouveau numéro, tu pensais visiblement que je vivais encore à L. A. Ce qui n'est pas exactement à deux heures de route de Seattle. J'en déduis donc que tu me cherchais pour une raison particulière.

Il hocha la tête, l'air flatté.

– Au fait, comment as-tu atterri ici ? questionna-t-il. Birch Crossing... C'est sur les cartes, au moins ?

– C'est grâce à Amy. On parlait de quitter L. A. J'en parlais, en tout cas. Puis elle a décroché un nouveau poste qui lui permet de vivre à peu près n'importe où, du moment qu'elle peut accéder à un aéroport de temps à autre. Elle a trouvé ce coin sur Internet ou je ne sais où. Elle est venue visiter, et je lui ai fait confiance.

– Tu t'y plais ?

– Complètement.

– Ça fait quand même un sacré changement, par rapport à Los Angeles.

– C'était en partie le but de l'opération.

– Bon, bon. Pas de gamins ?

– Non.

Les Intrus

– J'en ai deux, moi. Cinq ans et deux ans. Tu devrais essayer. Ça te change un homme, mon pote.
– Oui, c'est ce qu'on dit. Et toi, tu habites où ?
– À Evanston. Mais je bosse dans le centre de Chicago. Ce qui nous amène à l'objet de ma visite...

Il étudia ses mains, puis devint très sérieux.

Chapitre 2

— Voici ce que je sais, commença-t-il. Il y a trois semaines, deux personnes ont été assassinées à Seattle. Une femme et son fils, dans leur maison. La police a été alertée par un voisin qui a senti une odeur de fumée, puis vu des flammes dans la baraque en mettant le nez dehors. Quand les flics débarquent, ils trouvent Gina Anderson, trente-sept ans, étalée dans le salon. Elle a la mâchoire disloquée et le cou brisé. De l'autre côté de la pièce, son fils Joshua Anderson. On lui a tiré dans la tête avant de mettre le feu à son corps. Mais d'après les pompiers, ce n'est pas ça qui a brûlé la baraque, car à leur arrivée les flammes venaient à peine d'atteindre le salon. Le foyer principal se trouvait au sous-sol, là où le mari de la nana, Bill Anderson, avait son atelier. D'après les débris, il semble qu'on ait saccagé les lieux avant de vider plusieurs classeurs métalliques pleins de notes et de paperasse, et de jeter une allumette dans le tas. Je ne sais pas si tu connais Seattle, mais cela s'est déroulé dans le quartier de Broadway, qui domine le centre-ville. Les habitations sont rapprochées – des petits pavillons, pour la plupart en bois. Si l'incendie avait eu le temps de prendre, il n'aurait pas fallu grand-chose pour qu'il se propage de maison en maison et ravage tout le pâté.

— Où est le mari ? demandai-je.

— On n'en sait rien. Il a passé la première partie de la soirée avec deux copains. Il est chargé de cours au centre universitaire, à un kilomètre de là. C'est leur soirée entre potes, comme toutes les six semaines. Les deux amis confirment qu'Anderson était avec eux jusqu'à 22 h 15. Ils se sont séparés à la sortie d'un bar, et chacun est reparti de son côté. Pas de trace d'Anderson depuis.

— Et la police procède comment ?

— Personne n'a vu qui que ce soit entrer ou sortir de la maison ce soir-là. Anderson est le principal suspect et les flics ne cherchent nulle part ailleurs. Le problème, c'est le mobile. Ses collègues le trouvaient plutôt distrait ces temps-ci, et des témoins confirment qu'il était comme ça depuis quelques semaines, sinon un mois ou plus. Mais nul ne sait s'il avait des soucis. On ne lui prête aucune liaison ni rien de cet ordre. Les chargés de cours ne gagnent pas des mille et des cents, et Gina Anderson était femme au foyer, mais a priori ils n'avaient pas de gros problèmes financiers. Ils avaient souscrit une assurance décès au nom de son épouse, mais rien qui vaille la peine de se lever le matin, alors je ne parle même pas de commettre un meurtre.

— C'est le mari qui a fait le coup, déclarai-je. C'est toujours le mari. Sauf quand c'est la femme.

Fisher secoua la tête.

— Franchement, j'en doute. D'après les voisins, tout allait bien. Le fils écoutait la musique un peu fort, mais à part ça, RAS. Pas de disputes, pas de tensions.

— Une famille malade est comme le cerveau d'un alcoolique sociabilisé. Il faut être dedans pour remarquer quelque chose d'anormal.

— Alors, comment tu vois les choses ?

— Les scénarios possibles ne manquent pas. Bill était peut-être en train de frapper Gina, pour un motif que ni toi ni moi ne connaîtrons jamais. Le fils entend du grabuge, il descend de sa chambre et ordonne à son père d'arrêter. Mais papa continue. Le fiston assiste à ce genre de scène depuis sa naissance, et ce soir-là, c'est la fois de trop. Il ouvre le placard, prend le flingue de son père, revient au salon et jure qu'il ne plaisante pas : « Arrête de cogner maman ! » Ils se battent, papa s'empare du flingue, ou bien le coup part tout seul, et le fils s'écroule. La femme hurle à faire tomber les murs, son gamin gît par terre, Anderson sait qu'il est dans de sales draps. Alors il met le feu dans la partie de la maison connue pour être son antre, dans le but de faire croire à une intrusion, puis il s'assure qu'il n'y aura pas de témoin pour donner une autre version de l'histoire. À l'heure actuelle, il est à l'autre bout du pays, soûl comme un cochon et dévoré de remords, ou alors en train de se convaincre que tout ça c'était leur faute. Soit il se suicide dans la semaine, soit il se fait choper dans les dix-huit mois, alors qu'il aura refait sa vie avec une serveuse de Caroline du Nord.

— Ouais, possible, dit Fisher après un moment. Mais je n'y crois pas. Trois raisons à cela. D'une, Anderson est une crevette. Soixante kilos maxi tout mouillé. Il n'est pas taillé pour maîtriser deux adversaires.

— Le poids ne veut rien dire, Gary. La domination est avant tout psychologique.

— Ce qui ne correspond pas davantage à Anderson, mais admettons. La deuxième raison, c'est qu'une vieille dame affirme avoir vu un individu ressemblant à Anderson s'engager dans la rue vers 22 h 40. Personne ne prend cette femme très au sérieux, car elle est à moitié sénile et bourrée de lithium jusqu'aux amygdales, mais toujours est-il qu'elle affirme l'avoir vu remonter la rue jusqu'à ce qu'il puisse apercevoir sa maison, après quoi il se serait taillé à toute blinde.

— Bref, ce n'est pas elle qu'on fera venir à la barre. Et quand bien même elle l'aurait vu, Anderson était peut-être en train de se fabriquer un alibi. Quoi d'autre ?

— Un dernier petit détail. Ce sont bien les flammes qui ont achevé Joshua Anderson, mais le garçon était déjà en route pour l'au-delà à cause de « qu'il avait reçu dans la tête. On n'a pas retrouvé de balle sur place. Le rapport du légiste suggère qu'elle a rebondi dans le crâne sans ressortir, car il n'y a pas de deuxième trou. En revanche, on a relevé un second traumatisme causé par un instrument pointu. En d'autres termes, la personne qui l'a descendu a planté un couteau dans la charpie pour récupérer la balle, alors même que les fringues du gosse étaient en flammes. Personnellement, je ne vois pas un petit prof de physique faire ça. À son propre fils. D'autant plus qu'il ne possédait pas d'arme.

Je haussai les épaules.

— C'est sûr, Gary. Il y a des zones d'ombre, comme toujours. Il n'empêche que le mari reste le grand favori. Pourquoi t'intéresses-tu à cette affaire ?
— Cela concerne une succession dont mon cabinet a la charge. Je ne peux pas t'en dire plus pour l'instant.

Il restait évasif, mais, après tout, ses soucis professionnels ne me regardaient pas.

— Pourquoi tu m'en parles, alors ?
— J'aimerais que tu m'aides.
— Comment ?
— Ce n'est pas évident ?
— Pas vraiment, non.
— Ça m'aiderait beaucoup, ça *nous* aiderait beaucoup de découvrir ce qui s'est passé ce soir-là.
— Il y a la police, pour ça.
— Mais la police veut prouver par a + b qu'Anderson a tué sa femme et son fils, or je n'y crois pas une seconde.
— J'avais cru comprendre, répondis-je en souriant. Mais ça ne veut pas dire que tu aies raison. Je ne vois toujours pas ce qui t'amène ici.
— T'es flic.
— *J'étais* flic, nuance.
— Peu importe. Tu as une certaine expérience des enquêtes.
— Alors, tu t'es mal renseigné, Gary. Je n'étais jamais que patrouilleur. Je surveillais les rues.
— Oui, je sais que tu n'étais pas inspecteur. Je sais même que tu n'as jamais postulé.

Je lui lançai un regard noir.

— Je te préviens, Gary, si tu es venu me dire que tu as eu accès à mon dossier...
— J'ai pas eu besoin, Jack. T'es un type futé. Si t'avais voulu être inspecteur, tu y serais parvenu. Mais comme tu ne l'as pas été, j'en déduis que tu n'as pas essayé.
— Je n'ai jamais été très sensible aux flatteries, Gary.

Il sourit.

— Ça aussi, je suis au courant. Je me souviens également que tu préférais ne rien tenter plutôt que de risquer un revers.

C'est peut-être pour ça, au fond, que tu as passé près de dix ans sur le trottoir.

Cela faisait des lustres qu'on ne m'avait pas parlé comme ça. Gary le vit à mon visage.

— Écoute, dit-il en dressant ses paumes, je ne suis pas venu pour qu'on s'engueule. Excuse-moi, Jack. Ce n'est même pas que je fasse une fixation sur le sort de la famille Anderson. Disons que c'est une affaire mystérieuse et que ça me faciliterait la tâche si on pouvait l'élucider. Comme j'ai lu ton bouquin, je me suis dit que ça pourrait te brancher. C'est tout.

— Eh bien, merci d'avoir pensé à moi. Mais la police, c'était ma vie d'avant. Et puis j'étais à L. A., pas à Seattle. Je ne connais ni cette ville ni ses habitants. Je ne pourrai rien faire de plus que toi, et beaucoup moins que les flics. Si tu crois sincèrement qu'ils font fausse route, c'est à eux qu'il faut le dire.

— J'ai bien essayé. Mais ils pensent comme toi.

— Sans doute parce que c'est la vérité. Une triste histoire. Point final.

Fisher hocha lentement la tête, les yeux tournés vers la vitre. Le gris du ciel tournait au plomb, atténuant la lumière.

— On dirait que ça se gâte. Je ferais mieux d'y aller. Je n'ai pas envie de traverser cette montagne dans le noir.

— Je suis désolé, dis-je en me relevant. J'imagine que tu espérais mieux, après un si long trajet.

— Bah ! Je voulais un avis et je l'ai eu. Même si ce n'est pas celui que j'espérais.

— On serait parvenus à la même conclusion au téléphone, ajoutai-je en souriant. Comme je te le proposais...

— Ouais, je sais. Mais quand même, c'était sympa de se revoir après toutes ces années. De se raconter ce qu'on est devenus. On devrait rester en contact.

Je répondis oui, en effet, d'accord. Après quelques dernières banalités, je le raccompagnai à la porte et le regardai s'en aller.

La voiture partie, je m'attardai quelques instants dehors, malgré le froid. J'avais l'impression qu'un grand était venu dans mon bac à sable pour me proposer de jouer avec lui et que j'avais décliné par orgueil. La preuve que l'on peut vieillir sans forcément mûrir.

Je rentrai dans la maison et retournai à mon bureau. Là, je passai le dernier après-midi tranquille de mon existence à regarder par la fenêtre, à attendre que le temps passe.

Je me demande parfois ce qu'il serait advenu si ce matin-là j'avais réussi à travailler, et donc laissé Fisher se casser le nez sur mon répondeur. Même s'il avait laissé un message, je ne l'aurais sans doute jamais rappelé. Mais, en fin de compte, je crois que cela n'aurait rien changé. L'orage venait sur moi de toute façon. J'aimerais pouvoir clamer que je n'étais pas prévenu, que ça m'est tombé dessus d'un coup, dans un ciel sans nuages. Mais ce serait mentir. Les signes et les causes étaient là. Au cours des neuf derniers mois, ou même des dernières années, j'avais noté de légers changements. Je m'étais toutefois efforcé de les ignorer, de continuer comme si de rien n'était. Résultat, quand c'est arrivé, j'ai cru chuter d'un tronc dérivant depuis de longues années sur une rivière, pour m'apercevoir soudain qu'il n'y avait pas d'eau pour me porter et que j'avais atterri dans une lande méconnaissable : une plaine aride sans arbres, sans montagnes, sans repères, sans rien qui puisse me dire comment j'avais échoué là, ni d'où j'étais parti.

Cette chute se préparait depuis longtemps, tapie sous la ligne des changements perceptibles. Elle couvait au moins depuis un certain après-midi sur la terrasse de la nouvelle maison, et sans doute depuis des mois ou même des années avant cela. Mais traquer les racines du chaos revient à dire que l'important n'est pas l'instant où la voiture vous percute, ni celui où vous quittez le trottoir sans regarder. On peut soutenir que vos ennuis ont commencé dès que vous avez cessé d'ouvrir l'œil en traversant la nuit ; ce que l'on retient, néanmoins, c'est le moment de l'impact. Cet instant de crissement et de choc, cette seconde où la voiture vous cogne, annulant de facto tous les autres futurs possibles.

Ce temps d'arrêt, où il devient clair que votre monde a un sérieux problème.

Chapitre 3

Une plage sur la côte Pacifique, une bande de sable interminable, presque blanche le jour, mais d'un gris mat et cireux dès que tombe le soir. Les rares traces de pas de l'après-midi ont été lavées par l'une des nombreuses et lentes méthodes d'effacement dont dispose la nature. C'est ici que les gamins des villes passent leurs week-ends en été, brillant sous le soleil de leur jeunesse insouciante, tirant de la soupe de leurs enceintes portatives. Ceux-là ne tomberont, hélas, pas sous les balles des snipers et couleront des jours vides et heureux en faisant du tapage aux quatre coins de la planète. Un jeudi hors saison, la plage jouit d'une paix royale, si l'on excepte les bataillons de bécasseaux qui arpentent le bord, croisant et décroisant les jambes tels de joyeux jouets mécaniques. Une fois le boulot terminé, ils s'envolent au lit, laissant une grève silencieuse et immobile.

Huit cents mètres plus haut se trouve la petite ville balnéaire de Cannon Beach, avec sa courte enfilade d'hôtels discrets, mais la plupart des constructions sont de modestes maisons de vacances de deux étages maximum, chacune plantée à distance respectable de ses voisines. Certaines sont longues et râblées, avec des murs blancs en attente de ravalement, quand d'autres déclinent plus hardiment des formes octogonales en bois. Toutes sont reliées à la plage par des sentiers pelés qui traversent la dune herbeuse. Nous sommes en novembre et la quasi-totalité de ces logements reste plongée dans le noir ; les murs réservent leurs odeurs de crème solaire et de bougie pour les prochains vacanciers, pour ces parents qui chaque année surprennent un peu plus de gris dans ces miroirs étrangers, et pour ces enfants qui chaque année arrivent un peu plus grands et plus distants de ces adultes qui formaient jadis le centre de leur univers.

Il n'a pas plu depuis deux jours – chose rare dans l'Oregon en cette saison – mais ce soir un épais nœud de nuages s'unit à la mer, telle une goutte d'encre se diluant dans l'eau. Il lui faudra encore une heure ou deux pour atteindre le rivage, où il colorera les ombres de bleu noir et tendra dans l'air de longues cordes de pluie.

Pendant ce temps, une fillette est assise sur le sable, à la lisière de l'eau.

Sa montre disait qu'il était 17 h 35, alors ça allait. À 17 h 45 elle devait rentrer à la maison – enfin pas à la maison, à la villa. Papa appelait ça le bungalow, mais maman disait toujours la villa, or comme papa n'était pas là, cette fois-ci c'était forcément la villa. L'absence de papa entraînait des tas d'autres changements, comme celui qui occupait les pensées de Madison en ce moment même.

Ces vacances d'une semaine à la mer se déroulaient toujours de la même façon. Ils roulaient jusqu'à Cannon Beach pour visiter les galeries (une fois), pour faire des provisions au marché (deux fois), ou pour voir s'il y avait des nouveautés chez le marchand de jouets Geppetto's Toy Shoppe (aussi souvent que Madison l'obtenait, le record étant de trois fois). Autrement, ils vivaient sur le sable. Ils se levaient tôt et marchaient le long de la plage avant de revenir sur leurs pas. Ils passaient la journée à nager et à s'amuser – avec une pause à midi pour manger des sandwichs et se rafraîchir à la villa – puis vers 17 heures ils refaisaient une longue promenade en sens inverse. La balade du matin servait juste à se réveiller, à remplir de lumière les crânes engourdis. Celle du soir était consacrée aux coquillages – notamment aux oursins plats. C'était surtout maman qui adorait ces bestioles (elle conservait ceux qu'ils ramassaient ensemble dans une boîte à cigares), mais ils les cherchaient quand même à trois : une famille soudée par un même objectif ambulatoire. La promenade terminée, on se douchait, on s'enfilait des nachos, de la purée de haricots et des verres givrés de punch tropical, puis on montait en voiture pour dîner au Pacific Cowgirls de Cannon Beach, où il y avait des filets de pêche aux murs, des crevettes sautées sauce cocktail dans les assiettes et des serveurs qui disaient « mademoiselle », même si vous étiez petite.

Mais quand Madison et sa mère étaient arrivées hier, l'ambiance était bien différente. C'était la mauvaise saison, elles allaient avoir froid. Elles avaient défait les bagages en silence avant de sacrifier à la petite promenade rituelle, mais même si les yeux de maman étaient restés braqués sur l'eau, pas une fois Madison ne la vit se baisser, pas même devant ce quartz injecté de rose qui aurait dû la ravir. De retour à la villa, Maddy trouva dans le placard un vieux sachet de Kool-Aid, mais sa mère n'avait pas pensé à racheter des Dorritos, ni rien d'autre, d'ailleurs. Madison avait commencé à râler, mais en voyant combien les gestes de sa maman étaient lents, elle avait préféré se taire. Comme Cowgirls était fermé pour rénovations hivernales, elles avaient dîné ailleurs, près de la fenêtre d'une grande salle vide, devant une mer sombre et un plafond de nuages gris. Madison avait commandé des spaghettis, qui n'étaient d'ailleurs pas mauvais, sauf que ce n'était pas le genre de choses qu'on mangeait à la plage.

Il avait gelé dans la nuit, et ce matin elles n'avaient pratiquement pas marché. Maman avait passé la matinée assise au bout du sentier qui traversait les dunes, emmitouflée dans une couverture, des lunettes noires sur le nez et un livre dans les mains. En milieu d'après-midi elle était rentrée à l'intérieur de la villa, en autorisant Madison à rester dehors, mais sans s'éloigner de plus de quarante mètres.

Au début, ça allait, c'était même assez sympa d'avoir la plage rien que pour soi. Madison ne se baigna pas : depuis deux ans, les grandes étendues d'eau l'inquiétaient un peu, même moins froides que celles-ci. À la place, elle construisit et fignola un grand château de sable, et elle y prit du plaisir. Puis elle creusa un trou le plus profond possible.

Les Intrus

À l'approche des 17 heures, ses jambes commencèrent toutefois à la démanger. Elle se releva, se rassit. Joua quelques instants encore, mais cela devenait lassant. Sauter la balade du matin, c'était déjà embêtant, mais alors louper celle de cinq heures, cela faisait vraiment tout drôle. C'était important, la promenade, forcément, sinon pourquoi se promener deux fois par jour ?

Pour finir, elle gagna le bord de l'eau et resta plantée là, indécise. La plage était déserte, d'un côté comme de l'autre ; le ciel était bas, lourd et chargé, l'air fraîchissait. Tandis qu'elle patientait, le vent se leva pour annoncer la tempête. Il secoua son short, qui battit contre ses cuisses. Madison attendit, les yeux fixés sur la dune, au point précis où celle-ci cachait la villa.

Mais sa mère ne venait pas.

Alors, elle se mit en marche, tout doucement. Parcourut quarante mètres sur la droite, en se basant sur la longueur approximative d'une grande foulée. C'était très bizarre. Puis elle revint sur ses pas et recommença, les mêmes quarante mètres. Cet aller-retour lui procura des sensations proches de celles de la promenade ; on touchait du doigt ce point où l'on oublie que l'on marche vers un objectif – et pour cause, il n'y en a pas –, pour ne plus percevoir que le bruissement mouillé des vagues, et le mouvement flou des pieds qui entrent et sortent du champ de vision pendant qu'on se concentre sur les formes et les couleurs à la jonction de l'eau et du sable dur.

Et donc elle remit ça, jusqu'à ce que les deux extrémités du circuit prennent l'aspect de marches creuses, en s'efforçant de rendre aux vagues leur bruit habituel, en s'efforçant de ne pas imaginer le restaurant de ce soir, ni le silence du repas. En s'efforçant de...

Elle stoppa net. Se baissa lentement, la main en avant, pour ramasser quelque chose dans l'enchevêtrement d'algues, de bouts de bois et de miettes d'habitats marins. Elle l'approcha de son visage, osant à peine y croire.

Un oursin plat, quasi intact.

Assez petit, certes, à peine plus large qu'une pièce de vingt-cinq cents. Avec deux petits éclats dans la tranche. D'un gris plus crasseux que la moyenne, et taché de vert sur une face. Mais ça comptait quand même. Ça *aurait* compté, du moins, si les choses étaient restées normales.

Ce qui aurait dû être un moment de joie se révéla empreint de fadeur et d'amertume. Quand bien même l'objet qu'elle tenait dans la main eût été grand comme une assiette et vierge de toute ébréchure – sec, propre, d'une belle couleur de sable doré, aussi parfait en somme que ceux vendus dans les boutiques, eh bien, cela n'aurait rien changé.

Madison s'assit et considéra le coquillage dans sa main. Elle l'enserra délicatement dans son poing, puis regarda la mer.

Dix minutes plus tard, elle perçut un bruit. Une sorte de battement, comme si un gros oiseau venait sur elle en agitant ses ailes. Madison tourna la tête.

Il y avait un homme sur la plage.

À une dizaine de mètres d'elle. Il était grand et son manteau noir claquait dans les vents froids de cette tempête qui prenait dans le ciel l'aspect d'une mer violette. Il se tenait immobile, au bord de l'eau, les mains enfoncées dans les poches de son manteau. Le peu de lumière qui filtrait des nuages l'éclairait à contre-jour, dissimulant son visage. Mais Madison comprit tout de suite : il l'observait. Sinon, pourquoi restait-il là, comme un corbeau en ombre chinoise, vêtu pour l'église ou le cimetière, mais certainement pas pour la plage ?

Feignant l'indifférence, elle chercha par-dessus son épaule le début du sentier. Ça va, elle pouvait l'atteindre rapidement. Ce serait d'ailleurs une bonne idée, d'autant que la grande aiguille était déjà sur le 9.

Mais en fin de compte elle redressa la tête, pour contempler encore un peu les flots sombres et agités. C'était une mauvaise décision, pour partie motivée par une chose aussi simple que l'absence de tape affectueuse lorsqu'elle avait déniché ce qu'elle tenait dans son poing. Mais elle l'avait prise seule, cette décision, et elle en serait la seule comptable.

L'homme attendit quelques instants, puis il vint au-devant d'elle. Il marcha en ligne droite, sans se soucier des flux et reflux de la vague autour de ses chaussures. Le sol craquait sous ses pieds. Il n'était pas venu pour les coquillages et se moquait pas mal de leur sort.

Madison comprit sa bêtise. Elle aurait dû partir sans délai, tant que la voie était libre. Elle se serait levée, elle serait rentrée. Mais à présent, elle allait devoir jouer sur l'effet de surprise, en pariant que l'homme ne s'attendait plus à ce qu'elle se sauve puisqu'elle ne l'avait pas fait plus tôt. Elle le laisserait approcher de quelques pas encore, après quoi elle bondirait et s'élancerait en hurlant. Maman avait dû laisser la porte ouverte. Peut-être même était-elle en train de redescendre le sentier, inquiète de voir que sa fille ne rentrait pas. Oui, elle l'était sûrement, inquiète, car le retard de Madison était désormais officiel. Mais au fond d'elle-même, la fillette savait que sa mère était probablement assise dans son fauteuil, les épaules affaissées, à regarder ses mains comme hier soir au retour du restau.

Et donc elle prépara sa fuite, en s'assurant que ses talons étaient bien plantés dans le sable et ses jambes tendues comme des ressorts, prêtes à pousser de toutes leurs forces.

L'homme fit halte.

Bien qu'elle eût résolu de fixer la mer jusqu'au dernier moment, en feignant de ne pas remarquer la présence du type, Madison ne put s'empêcher de tourner la tête pour voir ce qu'il fabriquait.

Il s'était arrêté plus tôt que prévu, à six ou sept mètres. Maintenant qu'elle discernait son visage, elle s'aperçut qu'il était plus vieux que son père, peut-être même plus vieux qu'oncle Brian, qui avait cinquante ans. Mais oncle Brian souriait tout le temps, comme s'il essayait de se rappeler une blague du bureau, persuadé qu'elle allait vous plaire. Ce gars-ci semblait d'un autre genre.

– J'ai quelque chose pour toi, annonça-t-il.

Sa voix était sèche et basse, mais elle portait loin.

Madison détourna les yeux en catastrophe, le cœur battant à cent à l'heure. Protégeant instinctivement le coquillage dans sa main gauche, elle cala sa paume droite sur le sable pour mieux se propulser vers le sentier.

— Mais il faut d'abord que je sache quelque chose, ajouta le gars.

Madison comprit qu'il faudrait au plus vite atteindre sa vitesse de pointe. Oncle Brian était gros, on aurait dit qu'il était incapable de courir. Encore une différence avec ce type.

Elle gonfla ses poumons. Décida de compter jusqu'à trois. Un...

— Regarde-moi, fillette.

Deux...

Soudain, le bonhomme se trouva entre Madison et la dune. Elle n'avait rien vu venir, tellement il était rapide.

— Ça va te plaire, poursuivit-il comme s'il n'avait même pas bougé. Je te le promets. Tu en as très envie. Mais tu dois d'abord répondre à ma question. Tu veux bien ?

Sa voix se faisait plus humide. Madison comprit combien elle était sotte, et pourquoi les papas et les mamans exigeaient que les enfants rentrent avant une certaine heure, ne s'éloignent pas trop, ne parlent pas aux inconnus, etc. Ce n'était pas pour être méchant, pénible ou barbant, mais plutôt pour empêcher ce qui était en train de se produire.

Elle regarda le type et hocha la tête, espérant que cela jouerait en sa faveur. Elle était à court d'idées.

L'inconnu réagit d'un sourire. Sa joue était criblée de petits grains de beauté noirs. Il avait des dents pourries et inégales.

— Bien, dit-il.

Il se rapprocha d'un pas. Ses mains avaient quitté ses poches de manteau, révélant de longs doigts pâles.

Madison entendit le mot « trois » dans sa tête, mais trop faible pour être crédible. Son bras et ses jambes n'avaient plus rien de ressorts. C'était plutôt du caoutchouc. Elle ne savait même plus s'ils étaient tendus ou non.

L'homme se tenait déjà trop près. Il sentait le moisi. Ses yeux brillaient d'une étrange façon, comme s'il venait de trouver ce qu'il cherchait depuis longtemps.

Quand il s'accroupit devant elle, l'odeur empira subitement. Il avait une haleine de terre, et puait comme ces parties du corps qui normalement restent cachées.

— Tu sais garder un secret ? demanda-t-il.

Chapitre 4

Je suis rentré chez moi vers 21 h 15. Hormis le lait et le café, cette petite virée avait un but avant tout récréatif – grâce à Amy, les placards étaient toujours pleins. Je m'étais rendu en ville à pied, l'affaire de vingt minutes. Une balade agréable, que j'aurais entreprise même si j'avais disposé de la voiture. Je m'étais d'abord arrêté à la terrasse du bistro pour siroter un américano devant la gazette du jour, laquelle m'apprit ce qui suit : quelques soirs auparavant, deux autos s'étaient percutées – aucun blessé ; un notable s'était fait réélire à la tête du conseil des écoles pour la douzième année consécutive, ce qui me semblait un brin monomaniaque ; enfin, la Cascades Gallery cherchait une personne mûre pour vendre des tableaux et des sculptures d'aigles, d'ours et de guerriers indiens. On n'exigeait aucune expérience préalable, mais on demandait aux candidats de montrer qu'ils poursuivaient un rêve. Je ne me sentais pas concerné, car mon projet d'écriture en était toujours au point mort. J'espérais malgré tout que ladite galerie allait trouver un candidat à la maturité suffisante : l'idée qu'on puisse vendre de façon puérile des lithographies numérotées me faisait frémir.

Puis je rôdai longuement dans les allées du Sam's Market, prenant et reposant toutes sortes d'articles. Je finis par dégoter deux ou trois trucs indignes de figurer sur une liste de courses ordinaire – principalement des bières –, auxquels j'ajoutai à la caisse un poche de Stephen King. Je l'avais déjà lu, mais la plupart de mes livres étaient restés à L. A., et puis celui-ci me tendait les bras depuis son tourniquet branlant chargé de Dan Brown d'occase et de titres ronflants en lettres d'or.

De retour sur le parking, je casai mes emplettes dans mon sac à dos puis restai planté là. Un pick-up ronronnait dans le silence. J'avais croisé son propriétaire à l'intérieur du magasin, un gars du cru au visage anguleux avec de la mousse dans les oreilles. Il m'avait ignoré, comme il se doit avec les nouveaux arrivants. Alors je l'avais salué, juste pour lui embrouiller la tête. De l'autre côté de la rue, un couple émergeait de chez Laverne's Rib en titubant comme sur le pont d'un bateau. Laverne's se targuait de servir des portions généreuses, et ce couple était visiblement venu en connaissance de cause. Une femme aux traits tirés passa devant le supermarché en manœuvrant une poussette, avec l'air de celle qui ne fait pas ça pour le plaisir. Son bébé déployait toute son énergie, essentiellement vocale, pour défier la nuit. Voyant que je l'observais, la mère marmonna « Dix mois... », comme si cela expliquait tout. Je détournai les yeux.

Plus loin dans la rue, le feu clignotait.

Je n'avais toujours pas faim. Ni envie de boire une mousse dans un lieu public. Je pouvais toujours remonter la rue pour voir si la petite librairie était ouverte. Mais c'était peu probable, et puis j'avais déjà un roman à lire. Ce fut le coup de grâce à cette soirée. L'expédition avait vécu, coulée par cet achat impulsif.

Par où, maintenant ? Choisis ton aventure !

Je décidai de repartir par le même chemin qu'à l'aller, en remontant la centaine de mètres de commerces qui formaient le cœur de Birch Crossing, la plupart de plain-pied avec une devanture en bois. Un cabinet dentaire, un salon de coiffure et une pharmacie alternaient avec des enseignes à vocation plus éphémère, dont la Cascades Gallery elle-même, là où Amy avait déjà acquis deux tableaux, représentations prétentieuses d'un Ouest passe-partout. Les pâtés de maisons s'organisaient autour de larges structures en brique édifiées à l'époque où les zélotes redingotés de la ville pensaient que nous serions plus nombreux. Un de ces bâtiments abritait le Laverne's Rib, un autre était une banque dont le capital n'avait plus rien de local, et le dernier proposait des meubles artistiquement délabrés. Eux aussi avaient tapé dans l'œil d'Amy, et l'un d'eux me servait actuellement de bureau. La rue aboutissait à une petite station-service que d'anciens propriétaires avaient maquillée en chalet de montagne, puis on dépassait enfin le bureau du shérif, légèrement retiré de la route. Je dus me faire violence pour ne pas regarder à l'intérieur. Mon cerveau allait-il un jour comprendre le message ?

Je traversai la deux-voies déserte, avant de prendre la dernière route à gauche. Celle-ci partait à travers bois, entre des clôtures ponctuées de boîtes aux lettres robustes et de portails ouvrant sur de longues allées privées. Au bout de dix minutes, j'atteignis la boîte indiquant Jack et Amy Whalen. Plutôt que d'ouvrir le portail, je sautai par-dessus, comme à l'aller. Sauf que là, oubliant de compenser le poids de mon sac à dos, je faillis atterrir la tête la première. Je m'étais récemment remis au sport, en allant courir dans la forêt nationale qui commençait à la limite de notre propriété. Maintenant qu'étaient passées les premières courbatures, je me sentais mieux qu'auparavant, même si mon corps refusait d'oublier que ma dernière grande forme remontait à plus d'un an. Bien que personne ne fût là pour voir que je me sentais nul, je couvris d'insultes ce portail qui avait osé m'humilier. Mon père affirmait en son temps que les objets nous détestaient, qu'ils ourdissaient notre perte dans notre dos. Il avait sans doute raison.

Je suivis la piste cahoteuse, jusqu'à la maison qu'un certain bail m'attribuait comme mon nouveau chez-moi. La température continuait de baisser, et je me demandai si la neige n'allait pas choisir cette nuit pour tomber. Je me demandai aussi – ce n'était pas la première fois – comment nous ferions alors pour nous déplacer. Les gens du coin n'avaient ni trémolos dans la voix ni étoiles dans les yeux lorsqu'ils évoquaient la neige. Ils en parlaient comme on parle de la mort ou des impôts. L'agent immobilier avait glissé d'un ton jovial que la motoneige était fortement conseillée pour les mois les plus rudes. Mais nous n'avions pas de motoneige. Et nous n'en aurions pas. Mes projets de vie ne mentionnaient nulle part la possession d'une motoneige. Je préférais constituer des réserves de fusibles, de boîtes de chili et de choucroute. J'ai toujours eu un faible pour la choucroute, allez savoir pourquoi...

L'allée s'enfonçait dans un creux avant de remonter à flanc de terrain. À un petit kilomètre de la route, elle s'évasait enfin pour former notre parking. Vue d'ici, la baraque n'avait rien de sensationnel : une boîte plate, en planches de cèdre éprouvées, que les arbres protégeaient du soleil en été. C'est ainsi que je l'avais découverte sur le site Internet, et je lui avais trouvé un certain charme rustique. Mais en hiver, on aurait dit en réalité un abri antiatomique pris dans des pattes d'araignées mortes. Il fallait y entrer pour comprendre que l'on ne voyait que le haut des deux niveaux et demi, et qu'une immense baie vitrée constituait l'essentiel du côté nord, face à l'à-pic de la montagne. De jour, on avait une vue imprenable sur la vallée forestière qui grimpait jusqu'aux monts Wenatchee, se mêlait aux Cascades puis accrochait quelques bouts de Canada. Comme Gary Fisher avait pu le vérifier, on était toujours enclin à s'y perdre les yeux. Depuis la terrasse on apercevait également un étang d'environ cent cinquante mètres, au cœur des deux hectares que comptait la propriété. L'après-midi, des oiseaux de proie flottaient dans la vallée telles des feuilles au vent.

Je vidai mon sac à dos dans les placards de la cuisine. Au bout du comptoir, le répondeur clignotait.

– Pas trop tôt, murmurai-je, les premiers mots qu'entendait la maison depuis le départ de Fisher.

Et pourtant si, il devait être trop tôt. Deux personnes avaient appelé, ou bien la même avait appelé deux fois, mais sans laisser aucun message. Je lançai des foudres télépathiques sur le, la ou les coupables, puis d'autres sur moi-même pour n'avoir toujours pas installé l'identificateur d'appels. L'emballage de la machine jurait que c'était possible, mais la notice avait été traduite du japonais par un chien de prairie stupide. Rien que pour changer notre annonce, il m'avait fallu l'assistance technique de la NASA. Néanmoins, ni l'un ni l'autre de ces coups de fil ne venait d'Amy, car elle savait combien ces silences m'horri-

pilaient. Au pire, elle aurait pris une voix grave pour articuler :
« Aucun message, maître. »

Je dégainai mon mobile et composai le numéro de ma femme, avant de coincer l'appareil sur mon épaule, le temps de sortir une bière du frigo. Au bout de cinq sonneries je tombai sur la messagerie, pour changer. Le ton professionnel d'Amy remerciait chaleureusement quiconque essayait de la joindre, et promettait de rappeler bientôt. Je prononçai quelques mots pour lui demander, une nouvelle fois, de tenir cette promesse.

– Et si possible rapidement, grommelai-je après que le téléphone eut retrouvé ma poche.

J'emportai ma canette dans mon bureau. Amy étant celle de nous deux qui faisait bouillir la marmite, c'est elle qui avait la plus grande tanière, à l'étage du dessous. La mienne ne contenait rien de plus qu'une boîte à archives remplie de documentation, la table chiquement défoncée achetée au centre-ville, et une chaise déglinguée que j'avais dénichée dans le garage. Le seul objet sur le bureau était mon ordinateur portable. Il n'était pas poussiéreux, car je prenais soin chaque matin de l'essuyer avec ma manche, ni refermé comme un cercueil, car nous n'avions pas de clous. Je tamisai la lumière et m'installai sur ma chaise. Quand je dépliai l'écran, la bécane revint à la vie, ses illusions intactes. Elle me présenta un document de traitement de texte où peu de texte avait été traité, en partie à cause de cette vue panoramique sur les arbustes et les sapins de Douglas, que j'avais fixés pendant des heures. Quand la neige arriverait, ce ne serait même plus la peine d'allumer l'ordinateur. Les sources de distraction étaient toutefois moins nombreuses la nuit, car excepté quelques branches éclairées par la lumière de la pièce, on ne voyait plus rien dehors. Je pouvais donc espérer que mes doigts et mon cerveau allaient se débloquer et accepter de bosser de concert. J'allais peut-être trouver un truc à dire, et m'y atteler un moment.

J'allais peut-être réussir à oublier qu'après un mois de ce train-train, je m'ennuyais déjà comme un rat mort.

J'étais assis à ma table car, il y a deux ans, j'avais écrit un livre sur certains lieux de Los Angeles. Je dis « écrit », mais il s'agissait surtout de photos, et c'est encore un bien grand mot. J'avais pris ces clichés avec mon téléphone portable. Un jour que je me baladais l'appareil à la main, j'avais fait « clic ! » devant une scène intéressante. En transférant l'image sur mon ordinateur, j'avais été agréablement surpris. La résolution était si mauvaise que l'on se sentait projeté au cœur même de la scène, dans l'instant flou et fugace. De ce jour je pris l'habitude de photographier les endroits de la ville où je me rendais, et quand j'avais accumulé un certain nombre de prises je les regroupais dans un document, assorties de légendes. Avec le temps, ces commentaires enflèrent jusqu'à occuper chacun une ou deux pages, parfois plus. Un soir que je vaquais à cette occupation, Amy entra dans la pièce et demanda à lire mes textes. Je la laissai faire sans anxiété particulière, sachant qu'elle serait indulgente et qu'il n'y avait de toute manière aucun enjeu. Le surlendemain, elle me confia le nom et le numéro d'un gars qui travaillait chez un éditeur de beaux livres. Je lui ris au nez, mais comme elle insistait pour que je tente ma chance, je finis par envoyer le fichier à cet homme, sans grand espoir.

Trois semaines plus tard, le type m'appela un après-midi pour me proposer vingt mille dollars. Abasourdi, je lui répondis que ma foi, s'il était assez dingue... Amy poussa un cri perçant en apprenant la nouvelle, et elle m'invita au restau.

L'ouvrage parut huit mois plus tard, dans un format cartonné et carré. La couverture montrait la photo granuleuse d'une maison anonyme de Santa Monica. À mes yeux, il fallait être à côté de ses pompes pour consulter un tel ouvrage – je ne parle même pas de l'acheter –, mais il n'empêche qu'il fut remarqué par le *Los Angeles Times* et décrocha deux autres critiques élogieuses, de sorte que, bizarrement, il s'en vendit quelques-uns pendant un certain temps.

La roue tournait, alors nous avons suivi le mouvement. J'ai plaqué mon boulot, nous avons déménagé. À défaut d'être quelqu'un, j'étais désormais le type qui avait écrit ce bouquin. Sous-entendu, il fallait maintenant devenir le type qui avait écrit un *deuxième* bouquin. Mais je n'étais pas inspiré, et la constance avec laquelle l'inspiration se refusait à moi semblait suggérer que le manque d'inspiration serait le sujet même du prochain livre, sa qualité première et sa raison d'être.

Deux heures plus tard, j'étais retranché dans le living. J'avais repris quelques bières, pour un résultat nul. J'étais embourbé au milieu du canapé, dans cette fugue épuisante promise à ceux dont le chapeau ne veut rien sortir. Je savais qu'il était temps d'éplucher le carton de « recherches » sur Internet que j'avais glanées sans grande conviction. Mais j'en savais aussi le risque : si par malheur cet épluchage ne devait déboucher sur rien, les clous de cercueil s'imposeraient comme mon nouveau plan A. Or, au fond, je n'avais pas de réels griefs contre mon ordinateur. Je n'étais pas encore prêt à le tuer.
Je pris une cigarette dans le paquet posé sur la table et sortis sur la terrasse pour une pause clope imméritée. J'avais cessé de fumer à l'intérieur l'année de notre mariage. Au début, Amy me laissait faire, ayant elle-même été fumeuse bien avant notre rencontre. Puis elle se mit à investir dans des purificateurs d'air et à lever le sourcil chaque fois que j'en allumais une, mais subtilement, gentiment, pour mon bien. Ce nouveau régime ne m'avait pas contrarié outre mesure, car à l'époque je fumais autant que je voulais au bureau. Aujourd'hui les invités ne pouvaient plus m'accuser de tentative de meurtre, et puis c'était plus agréable pour tout le monde.
Je m'appuyai sur la balustrade. Le monde se taisait, hormis le bruissement confidentiel des arbres. Le ciel était clair et froid, d'un ton bleu nuit. Parmi les effluves de pin, je perçus quelques notes de feu de bois – sans doute chez les voisins, les Zimmerman. C'était chouette ici, j'en étais conscient. Nous avions une belle baraque, dans un paysage verdoyant et préservé du temps. Birch Crossing savait être authentique sans trop la ramener. Les pick-up faisaient jeu égal avec les 4x4, et vous auriez pu acheter une spatule à la pointe du design si le cœur vous en disait. Les Zimmerman étaient à cinq minutes en voiture, et ils nous avaient déjà reçus deux fois à dîner. C'était un couple d'anciens profs de Berkeley, et la conversation avait un peu peiné le premier soir, mais le single malt que nous leur offrîmes lors de notre deuxième rendez-vous parvint à délier

les langues. Ces septuagénaires étaient encore très verts : Bobbi mettait de tout dans son lecteur de CD, de Mozart à Sparklehorse, et les cheveux noirs de Ben grisonnaient à peine. Quand je le croisais en ville, on arrivait à discuter de manière affable, lui et moi, même si je flairais une certaine réserve chez sa femme.

Une semaine plus tôt, sur cette même terrasse, il s'était pourtant passé quelque chose.

À travers les portes vitrées, je regardais Amy qui débitait des légumes tout en surveillant une casserole sur le feu. Je sentais mijoter le mélange de tomates, de câpres et d'origan. C'était le milieu de l'après-midi et il y avait assez de lumière pour apprécier à la fois la vue et la maison. Au lieu de trimer au bureau jusqu'à 9 heures du soir, mon épouse s'affairait dans sa cuisine, à confectionner gaiement ses petits pâtés. Elle aussi était attirante sous tous les angles. Il m'était venu une idée, ce matin-là, et je n'étais pas loin de penser que j'allais peut-être pondre un livre sur un sujet qu'il me restait à définir. Les astres étaient alignés, et les neuf dixièmes de l'humanité auraient volontiers pris ma place.

Et pourtant, l'espace d'un instant, ce fut comme si un nuage obscurcissait l'univers. J'eus d'abord du mal à identifier la chose. Puis je m'aperçus que j'ignorais où j'étais. Dans quelle ville, dans quel État. Je ne savais ni quand ni comment j'avais échoué en ce lieu et en cette époque. La maison m'était inconnue, les arbres semblaient avoir été rajoutés quand j'avais le dos tourné. Cette femme derrière la grande vitre était une étrangère, une étrangère aux mouvements imprévisibles.

Qui était-elle ? Que faisait-elle là-dedans, un couteau à la main ? Et pourquoi l'observait-elle de cette façon, comme si elle avait oublié ce qu'elle comptait en faire ? Cette sensation fut trop profonde pour que je la qualifie de panique, mais je sentis bel et bien se dresser les poils de ma nuque. Je clignai des yeux, regardai autour de moi, tentai de me raccrocher à un élément connu. Ce n'était pas une réaction au changement d'environnement – j'avais beaucoup voyagé, et L. A. me sortait par les yeux. J'étais fatigué car je dormais mal, mais le sommeil n'était pas davantage en cause, pas plus que les fantômes ordinaires qui hantaient mes nuits. Ce n'était pas une question de regrets ou de remords. Ce n'était rien d'aussi précis.

Tout clochait. D'un bout à l'autre.

Puis, le nuage passa. Hop ! envolé. Amy releva la tête et me fit une œillade : indubitablement la femme que j'aimais. Je lui rendis son sourire avant de me retourner vers les montagnes pour finir ma cigarette. La forêt était telle que je m'y attendais. Tout était rentré dans l'ordre.

Le dîner fut délicieux et j'écoutai Amy me décrire son nouveau poste. Elle travaille dans la publicité, vous connaissez peut-être. Ce métier consiste à pousser certains à dépenser davantage afin que des gens qu'ils ne connaissent ni d'Ève ni d'Adam puissent se payer des bicoques encore plus grandes. De ce point de vue, cela s'apparente au crime organisé, sauf que les horaires sont plus lourds. Quand j'ai dit ça à Amy, en lui suggérant d'abandonner les slogans et les études de marketing au profit des menaces directes sur les consommateurs et sur leurs biens, elle m'a fait promettre de ne jamais répéter cela devant ses collègues, de peur qu'ils ne prennent ma recommandation au pied de la lettre.

Les nouvelles attributions d'Amy étaient cruciales pour nous deux, car ce poste de directrice artistique itinérante – entre les bureaux de Seattle, de Portland, de San Francisco et de Los Angeles – avait été notre ticket de sortie de L. A. Pour cette Californienne pur jus, de surcroît très liée à sa famille, cela représentait un grand bouleversement. Amy justifiait ce choix par le pont d'or qu'on lui offrait, et pourtant elle n'avait jamais été obsédée par l'argent. Je pensais pour ma part qu'elle l'avait surtout fait pour moi, afin de me permettre de fuir la ville.

Au moment du dessert, je lui exprimai ma gratitude. Elle leva les yeux au ciel en disant que j'étais idiot, mais elle accepta mon baiser de remerciement. Et tous ceux qui suivirent.

Ma cigarette terminée, je sortis le téléphone de ma poche pour regarder l'heure : 23 h 30. Le boulot d'Amy impliquait de nombreux dîners avec les clients, surtout ces temps-ci, et il se pouvait qu'elle n'ait pas encore regagné son hôtel. Je savais aussi qu'elle écouterait ses messages dès que possible. Mais je n'avais pas entendu sa voix de toute la journée, et en cet instant rien ne me faisait plus envie.

J'allais faire une dernière tentative lorsque l'appareil se mit à pépier de lui-même. Les mots « AMY PORTABLE » jaillirent à l'écran. Séduit par cette coïncidence, je souris tout en portant le téléphone à mon oreille.

– Salut, déclarai-je. Ça bosse dur, à ce que je vois ?

Mais la personne au bout de fil n'était pas mon épouse.

Chapitre 5

– Qui c'est, siouplaît ? lança une grosse voix rugueuse.
Venant du portable d'Amy, c'était on ne peut plus anormal.
– Jack, répondis-je bêtement. Mais...
– C'est la maison ?
– Quoi ? Mais qui êtes-vous ?
Le type prononça quelques syllabes incohérentes.
– Pardon ?
Il répéta. Ce pouvait être du polonais, du russe, du martien. Ou même une quinte de toux. Il y avait du boucan derrière lui. Comme des bruits de circulation.
– C'est la maison ? aboya-t-il de plus belle.
– Mais comment ça ? Que fabriquez-vous avec le por... ?
Le type avait une question à poser, et il n'en démordait pas :
– C'est le numéro écrit « maison » ?
Je compris enfin :
– Oui, c'est bien ça. C'est le téléphone de ma femme. Mais où... ?
– Trouvé dans taxi.
– Ah, d'accord. Je comprends. Mais quand l'avez-vous trouvé ?
– Quinze minutes. J'appelle quand j'ai réseau. Téléphones pas toujours marcher ici.
– Il appartient à ma femme, articulai-je avec force. Blonde, cheveux courts, au carré. Elle portait sûrement un tailleur. Vous avez pris une cliente qui ressemblait à ça ?

– Toute la journée, répondit-il. Toute la journée, femmes comme ça.

– Et ce soir ?

– Peut-être. Elle est là ? Je peux lui parler, siouplaît ?

– Non, je ne suis pas à Seattle. C'est elle qui est à Seattle, pas moi.

– Ah. Alors... vous voulez quoi ?

– Attendez un instant. Ne quittez pas.

Je dévalai les marches jusqu'au bureau d'Amy. Collé au centre de son écran, un Post-it indiquait un nom d'hôtel. Le Malo.

Une sirène couina dans l'écouteur. J'attendis que le bruit décline pour reprendre la parole.

– L'hôtel Malo, énonçai-je. Vous connaissez ?

– Bien sûr. Dans le centre.

– Vous pouvez le rapporter là-bas ? Vous pouvez rapporter ce téléphone à cet hôtel et le déposer à la réception ?

– C'est loin, répondit l'homme.

– Oui, je comprends. Quand vous serez à la réception, dites-leur de faire descendre la dame. Elle s'appelle Amy Whalen. Vous avez bien entendu ?

Il prononça un nom sans grand rapport avec celui de mon épouse. Je lui répétai la bonne version, avant de l'épeler deux fois de suite.

– Rapportez le téléphone, d'accord ? Elle vous paiera. Je vais l'appeler pour lui dire que vous arrivez. Ça marche ? Rapportez-le à l'hôtel.

– O.K., fit-il. Vingt dollars.

Mon cœur tambourinait lorsqu'il raccrocha. Au moins, je savais à quoi m'en tenir : mon dernier message était resté sans réponse car Amy ne l'avait pas reçu, ce qui signifiait qu'elle avait perdu son téléphone plus tôt dans la journée. Quand l'avais-je appelée ? Vers 21 heures, environ. Mais il se pouvait qu'elle eût égaré son portable bien avant, et prévu de m'en informer une fois rentrée à l'hôtel. Quoi qu'il en soit, il fallait que je la prévienne avant que ce type ne débarque là-bas – en espérant qu'il ne m'avait pas mené en bateau. Certains voleurs de téléphone n'hésitent pas à joindre le domicile de leurs victimes en se faisant passer pour des citoyens bienveillants, afin de les convaincre que l'appareil n'est pas perdu. De cette façon le pigeon renonce à bloquer son abonnement, ce qui permet à l'escroc d'utiliser le téléphone jusqu'à épuisement du forfait, après quoi il n'a plus qu'à le jeter à la poubelle. Mais quand bien même ce soi-disant chauffeur de taxi m'aurait joué un sale tour, je ne pouvais pas faire grand-chose, je n'allais pas fermer la ligne d'Amy sans lui en parler d'abord. Le Post-it n'indiquait pas les coordonnées de l'hôtel, et cela n'avait rien d'étonnant : nous communiquions toujours avec nos portables lorsque Amy était en voyage, ce qui expliquait d'ailleurs que mon numéro figure dans son répertoire sous le nom de « maison ».

Il me suffit de dix secondes d'Internet pour débusquer l'hôtel Malo. Je composai le numéro et me farcis l'inévitable phrase d'accueil du réceptionniste, qui allait jusqu'à mentionner les plats du jour. Quand il eut fini, je demandai la chambre d'Amy Whalen.

Quelques crépitements de clavier, puis :

– C'est impossible pour l'instant, monsieur.

– Elle n'est pas encore rentrée ? (Je consultai l'horloge. Bientôt minuit. Plutôt longuet pour un dîner, quelle que soit l'importance du client...) Dans ce cas, passez-moi la boîte vocale.

– Non, monsieur, j'entends par là que je n'ai personne à ce nom.

J'ouvris la bouche. La refermai. M'étais-je trompé dans les dates ?

– À quelle heure a-t-elle rendu sa chambre ?

Il se remit à pianoter.

– Je n'ai trace d'aucune réservation à ce nom, monsieur.

– Aujourd'hui, vous voulez dire ?

– Depuis une semaine.

– Elle est là pour deux jours, expliquai-je patiemment. Elle est arrivée mardi et elle repart vendredi matin. Demain, donc.

L'employé ne répondit rien.

– Pourriez-vous vérifier le nom « Amy Dyer » ?

Je lui épelai le nom de jeune fille d'Amy. La personne

chargée de lui réserver une chambre avait peut-être utilisé cet ancien patronyme par simple habitude. Même au bout de sept ans. Ce n'était pas complètement impossible, en tout cas.

— Non, monsieur. Pas de Dyer dans la base.

— Alors essayez Kerry, Crane & Hardy. C'est le nom de sa société.

Nouveau bruit de clavier...

— Toujours rien, monsieur.

— Donc, vous dites qu'elle ne s'est jamais présentée ?

— Y a-t-il autre chose que je puisse faire pour vous, monsieur ?

Je ne voyais pas quoi lui demander de plus. Prenant acte de mon silence, il cita l'adresse Web du groupe et raccrocha.

Je détachai le papillon jaune de l'écran. Amy possède une écriture des plus lisibles. Un satellite pourrait la déchiffrer depuis une orbite basse. Or, elle avait bien noté « hôtel Malo ».

Je recomposai le même numéro et obtins le service des réservations. Nous vérifiâmes une nouvelle fois les trois noms précédents, mais sans succès. Avant de raccrocher, je pensai in extremis à redemander la réception, où je tombai cette fois sur une demoiselle. Je l'informai qu'elle allait recevoir un téléphone portable et la priai de bien vouloir le conserver à mon nom. Je lui dictai mon numéro de carte bancaire afin qu'elle laisse vingt dollars au chauffeur de taxi.

Là-dessus, je retournai sur la Toile. Cherchai dans le centre de Seattle tout ce qui pouvait ressembler à Malo. Je trouvai quelques rues plus loin un hôtel Monaco. Au vu de son site Internet, c'était tout à fait le genre d'endroit où Amy poserait ses valises : ambiance raffinée, cuisine pan-Cajun, poissons rouges de compagnie et autres concepts délirants.

J'examinai le pense-bête. Oui, ce pouvait être « Monaco », si Amy l'avait griffonné dans la précipitation, ou sous le coup d'une embolie cérébrale. Ou qu'elle avait mal compris le mot qu'on lui dictait. Mal-o. Monac-o. Peut-être.

Je contactai le Monaco et fus accueilli par une personne efficace et compréhensive. Qui sut vite me dire, et à regret, que mon épouse n'était pas et n'avait jamais été leur cliente. Je la remerciai puis raccrochai – avec flegme, comme si mon attitude était tout à fait rationnelle. Comme si l'on pouvait réellement confondre « Monaco » et « Malo » – soit en lisant mal un Post-it, soit en comprenant de travers ce que dictait une secrétaire – et ainsi échouer dans un hôtel qui non seulement existait bien à Seattle, mais se trouvait seulement à deux petites rues du bon. Comme par extraordinaire.

Je me levai. Me frottai les mains, fis craquer mes jointures. La maison paraissait immense. Je perçus soudain un cliquetis métallique à l'étage, mais ce n'était que le frigo renouvelant son stock de glaçons.

Je ne suis pas un homme particulièrement imaginatif. Les éclairs d'intuition que j'ai pu connaître dans ma vie reposent en général sur des évidences, fût-ce de manière rétrospective. Ce soir-là, en cet instant précis, je me sentais vulnérable, désarmé, comme une semaine plus tôt sur la terrasse. Il était minuit passé ; vingt-cinq heures s'étaient écoulées depuis mon dernier échange avec ma femme, une brève discussion entre deux êtres qui s'aiment depuis des années. Ta journée, ma journée ; pense à racheter du machin ; bisous, bonne nuit. J'avais plus ou moins imaginé Amy assise en tailleur sur un lit bien fait, un broc de café à portée de main ou en train d'arriver, ses escarpins hors de prix et sans doute trop serrés rejetés au milieu de la pièce, dans cet hôtel Malo.

Sauf qu'elle n'y avait jamais mis les pieds.

J'attrapai la souris de son ordinateur. Après quelques secondes d'hésitation, je double-cliquai sur son logiciel d'agenda. J'avais l'impression de violer son intimité, mais il fallait que je vérifie. La semaine en cours apparut dans une fenêtre. Une barre courait sur quatre jours avec la mention « Seattle », ponctuée de réunions, de petits déjeuners, de déjeuners et de dîners d'affaires. Mais rien pour ce soir. D'après ce document, Amy était libre à partir de 18 h 30.

Pourquoi n'avait-elle pas appelé, dans ce cas ?

Certes, il y avait eu ces deux coups de fil sans message sur la ligne fixe. Mais Amy m'appelait toujours sur mon portable. Même si j'étais censé bosser à la maison, elle savait que mon bureau et moi étions comme deux aimants de même polarité et qu'elle avait donc toutes les chances de me trouver ailleurs. Et puis surtout, elle laissait *toujours* un message. Amy avait des goûts très arrêtés en matière d'hôtellerie. Déçue par le Malo, elle se serait rabattue ailleurs ? En omettant de me le signaler car c'était sans importance et que cela n'entravait en rien notre communication ? Ce soir, parvenue au bout de son tunnel de réunions, elle aurait dîné seule dans le restau le plus coté de Seattle, devant des liasses de mémos et de tableaux statistiques, en prévoyant d'appeler Jack sitôt revenue dans sa chambre. Puis elle aurait croisé un confrère ou une consœur et se serait attardée le temps d'un dernier verre de vin. À cette heure-ci elle devait être en train de regagner l'hôtel. Elle plonge la main dans son sac et... *merde, où est le bigo ?*

Mouais, possible.

Je scrutai une dernière fois le plateau de son bureau. Les espaces de travail d'autrui sont comme les ruines de civilisations disparues : impossible de savoir pourquoi telle chose est posée là, et telle autre ici – même sur celui d'Amy, toujours en ordre et digne de figurer dans un catalogue de fournitures d'entreprise, accompagné de la mention « suggestion de présentation ». Ce bureau était rangé comme à l'ordinaire, sur le mode du je-reviens-plus-tard, sauf que le PDA n'avait pas quitté son socle. De tous les détenteurs d'agenda électronique que je connaissais, Amy était la seule à s'en servir vraiment. Elle y inscrivait ses rendez-vous, y tenait son carnet d'adresses, prenait des notes et le consultait vingt fois par jour. Et l'emportait partout dès qu'il s'agissait du boulot.

Mais pas cette fois. J'ôtai l'appareil de son support et l'allumai. Je découvris la même page d'agenda que sur l'ordinateur, ainsi que des listes de tâches et des ébauches de slogans. Je reposai l'engin. Amy aurait décidé de voyager léger. Rock and roll, bébé. Sauf que dans le monde d'Amy il y avait une place pour chaque chose et que chaque chose restait à sa place.

Or elle-même, ce soir, n'était pas à l'endroit prévu.

Que faire de plus ? Son téléphone était pris en charge. J'avais tenté de la retrouver par tous les chemins possibles, mais tous finissaient en cul-de-sac. Cela ne voulait sûrement rien dire. Mon esprit rationnel guettait son coup de fil – où je l'entendrais, penaude et vannée, me raconter son affreux mic-mac, entre réservations foireuses et malédiction du portable fugueur. J'anticipais déjà la sonnerie stridente du téléphone et me demandais si j'allais patienter sur la terrasse avec une cigarette ou bien attendre au lit.

En fin de compte je me retrouvai au salon, planté devant l'immense vitre, les bras pendant le long du corps. Les minutes s'écoulèrent sans que je bouge d'un cil. La maison était calme, si calme dans le silence persistant du téléphone, que le bruit du sang dans mes oreilles envahit tout l'espace, monta crescendo jusqu'à imiter le crissement des pneus sur l'asphalte mouillé, ceux d'une voiture à l'approche.

C'était ridicule, mais je ne pouvais m'ôter de l'idée qu'il était arrivé quelque chose à ma femme. Qu'Amy était peut-être en danger. Et comme je fixais, par-delà mon reflet, les formes sombres du dehors précédant le ciel bleu-noir, j'acquis la certitude que cette bagnole imaginaire fonçait droit sur moi.

Qu'elle m'avait pris pour cible et que mon heure était venue. Que cette nuit était celle où la voiture me percuterait.

Chapitre 6

Oz Turner occupait le siège qu'il avait choisi à l'avance, le côté mur du box le plus proche de la porte. De cette façon, le portemanteau l'isolait de la plupart des clients du Blizzard Mary, et puis il avait une vue directe sur le parking, avec ses autos et ses pick-up dont le seul point commun était leur âge avancé. Il était venu dans ce bar à deux reprises la veille, pour repérer les lieux. À l'heure du déjeuner on y croisait des employés de bureau ou de jeunes mamans venues partager une salade. En fin de soirée la clientèle se composait surtout d'hommes seuls ou de couples de quinquagénaires qui buvaient verre sur verre dans des silences pas toujours complices. Pendant ce temps, leurs véhicules attendaient sagement dehors, comme de vieux toutous rendus blafards par la nuit. Après le parking commençait la petite bourgade de Hanley. Quelques rues plus loin, le nœud croquignolet du centre historique était traversé par un large et paisible cours d'eau. Soit le Mississippi lui-même, soit la Black River. Oz ne savait plus trop. Il s'en fichait un peu.

Pour mériter sa place, il sirotait une bière. Il avait aussi commandé l'une des spécialités maison, des Buffalo Wings gluantes qu'il avait à peine entamées. Ce manque d'appétit n'était pas juste dû au stress. En l'espace de douze mois, les habitudes d'Oz avaient radicalement changé. Fini le gros gourmand, l'amateur de quantité. Celui qui versait trois grandes cuillers de Maxwell dans son eau chaude et avalait des portions démesurées, celui qui appréciait le goût des choses, bien sûr, mais demeurait avant tout sensible à leur volume. Le gavage n'était plus pour lui une source de réconfort, et quand la serveuse finit par enlever son assiette, il ne se sentit pas lésé.

Il consulta une nouvelle fois sa montre. On avait largement dépassé minuit. La salle était sombre, sauf sous les lampes et les néons à l'effigie de marques de bière. Un téléviseur fonctionnait en sourdine. Il ne restait qu'une dizaine de personnes, quinze à tout casser. Oz laissait encore un quart d'heure au gars pour arriver, après quoi il mettrait les bouts.

Alors même qu'il prenait cette décision, une voiture s'arrêta sur le parking.

L'homme qui entra portait un vieux jean et un blouson des Raiders aux manches élimées. Il avait l'air d'un type qui passe ses journées dans les grandes plaines, près de machines agricoles. Les Raiders étaient tout sauf des enfants de la région, mais de nos jours la géographie est une notion relative. Oz se dit qu'il pouvait également s'agir d'un message. À son intention. Il se tourna pour suivre le reflet du gars dans la vitre.

Ce dernier s'avança jusqu'au comptoir, commanda une bière, lança les plaisanteries de rigueur pour passer inaperçu, puis obliqua directement vers le box. Il s'était à l'évidence servi des glaces derrière le bar pour scruter la salle et faire mine de retrouver un ami.

Oz se détourna de la fenêtre, tandis que l'homme se glissait sur la banquette opposée.

– Monsieur Jones ?

Le gars hocha la tête tout en le jaugeant du regard. Oz savait quelle image il donnait de lui-même : celle d'un homme qui paraissait dix ans de plus que son âge, avec une barbe grise de trois jours et des bajoues fondues suite à la perte de trente kilos superflus. Dans un épais manteau qui semblait replié sur lui-même, telle une couverture sur le dos d'un clébard.

– Ravi que vous ayez accepté de me voir en tête à tête, dit le dénommé Jones. Un peu surpris, aussi.

— Deux mecs dans un bar, expliqua Oz. Personne ne saura de quoi ils ont causé. Avec les mails, n'importe qui peut découvrir ce qui s'est dit. Même quand les deux protagonistes sont morts...

L'homme acquiesça :

— S'ils te cherchent, ils te trouvent.

Cela, Oz ne le savait que trop, pour avoir subi « leurs » assauts un an plus tôt, même s'il se demandait toujours qui « ils » étaient vraiment. Il avait réussi à limiter la casse, mais au prix d'un départ précipité. Depuis, il vivait sur la route, ayant laissé derrière lui un poste de journaliste dans une gazette locale, ainsi que les quelques individus qu'il avait pris pour des amis. Rester dans l'ombre. C'était mieux ainsi.

Jones ignorait tout cela, bien entendu. Il faisait juste allusion au fait que chaque mail envoyé, chaque message posté, chaque fichier téléchargé sont consignés quelque part sur un serveur. Les machines ne voient rien, et elles comprennent encore moins, mais leur mémoire est infaillible. L'anonymat n'existe pas sur Internet, et tôt ou tard des tas de bons citoyens s'apercevront que les mails à leurs maîtresses ne sont pas confidentiels, pas plus que les heures passées devant le halo de poupées nues. Que des gens vous observent, en permanence. Que le Web n'est pas un immense bac à sable, mais plutôt un lit de sables mouvants, capable de vous engloutir.

— Et pourquoi Hanley ? s'enquit le visiteur tout en promenant son regard dans la salle.

Le couple à la table voisine se disputait à mi-voix, s'échangeant des répliques acerbes sans grand rapport entre elles.

— Je connais un peu le Wisconsin, ajouta-t-il. Mais je n'avais jamais entendu parler de ce trou.

— C'est là que je suis en ce moment, répondit Oz. Pas plus compliqué que ça. Comment avez-vous trouvé mon adresse électronique ?

— En entendant votre podcast, on a eu envie de vous parler. Alors on a un peu creusé, au petit bonheur la chance... Rien de bien sorcier.

Oz hocha la tête. Il animait jadis une émission de radio nocturne, là-bas dans l'Est. Sa fuite avait mis un terme à cette activité, naturellement, mais depuis deux mois il recommençait à enregistrer de courtes séquences sur son ordinateur portable, pour les mettre en ligne et prêcher la bonne parole. Ils étaient plusieurs à procéder de la sorte.

— Quand même, insista-t-il, ça me tracasse que vous ayez réussi à dégoter mon adresse.

— C'est le contraire qui serait inquiétant : je ne serais qu'un pauvre amateur.

— Et donc, de quoi vouliez-vous me parler ?

— Vous d'abord, répondit Jones. Comme je trouvais que votre cast tournait un peu autour du pot, je vous ai envoyé quelques biscuits, pour vous donner une idée de ce qu'on sait. Maintenant c'est votre tour.

Oz avait réfléchi à la façon d'aller au fait sans tout déballer. Il but une gorgée de bière et la reposa sur la table.

— Les Néandertaliens avaient des flûtes, commença-t-il. Pour quoi faire ?

— Pour jouer des airs, dit l'autre en haussant les épaules.

— Vous ne faites que reformuler la question. Pourquoi tenaient-ils tellement à reproduire certains sons, alors qu'ils devaient lutter pour manger à leur faim ?

— Pourquoi, en effet ?

— Parce qu'on a oublié l'importance du son. Pendant des millions d'années, on ne savait pas l'enregistrer. Maintenant qu'on en est capable, on se concentre sur les formes sonores qui ont un sens évident. Mais la musique n'est qu'une contre-allée. Même la parole est secondaire. Toutes les autres espèces s'en sortent en pépiant ou en aboyant. Alors pourquoi l'homme a-t-il besoin de milliers de mots ?

— Parce que notre univers est plus complexe que celui des chiens.

— Ça, c'est la conséquence du langage, et non sa cause. Notre monde est gorgé de paroles, à la radio, à la télé, on bavasse du matin au soir, et tellement fort qu'on en oublie pourquoi la maîtrise du son était au départ si cruciale.

— Mais encore ?

— La parole s'est développée à travers les rites religieux

préhistoriques, elle est née de sons chantés. La question, c'est : à qui voulait-on parler, au juste ?

Un rictus joua sur les lèvres de Jones.

— Comme lorsqu'on étudie les vestiges de l'âge de pierre en Europe, poursuivit Oz. On voit tout de suite que le son était un critère architectural majeur. Newgrange. Carnac. Prenez Stonehenge. Les pierres verticales sont rugueuses à l'extérieur, mais les faces intérieures sont lisses. C'est pour canaliser le son – certaines *fréquences* de son.

— Mais tout ça remonte à loin, Oz. Qui sait ce que ces gens avaient en tête ? Et en quoi ça nous intéresse ?

— Lisez donc *Syntagma Musicum*, la célèbre encyclopédie des instruments de musique de Praetorius. Au XVIe siècle, toutes les grandes cathédrales européennes avaient des orgues à trente-deux pieds, des monstres qui produisaient des infrasons, c'est-à-dire des sons trop graves pour être perçus par l'oreille humaine. Question : à quoi cela pouvait bien servir, sinon à exploiter d'autres vertus propres à ces fréquences ? Pour quelle raison les gens se sentaient-ils si différents à l'église, en réelle communion avec une force supérieure ? Et pourquoi tant de thérapies alternatives mettent-elles aujourd'hui l'accent sur la vibration, qui n'est jamais qu'une autre manière de quantifier le son ?

— Dites-moi, murmura Jones.

— Parce que l'histoire des murailles de Jéricho ne raconte pas l'effondrement de vrais murs, mais de murs *métaphoriques*. Les murs entre tel endroit et tel autre. Le son, ce n'est pas juste ce qu'on entend. C'est aussi ce que l'on voit.

Jones opina lentement du chef, l'air approbateur.

— Je vous entends bien, mon ami, si vous me passez l'expression. Je vous reçois même cinq sur cinq.

Oz se renversa sur son dossier.

— Alors, ça vous suffit ?

— Pour l'instant, oui. Nous sommes sur la même longueur d'onde, c'est certain. Par simple curiosité, quand avez-vous entendu parler de ça pour la première fois ?

— J'ai rencontré un type dans une conférence, il y a deux

ans. Une petite convention sur certains trucs inexpliqués, dans le Texas.

— Genre grand rassemblement d'allumés ?

— Si on veut. On est restés en contact. Il avait quelques idées qu'il essayait de développer sur son temps libre. Il fabriquait quelque chose. On échangeait des mails à l'occasion, et je lui faisais part de mes recherches sur la préhistoire. Puis il s'est évaporé. Cela fait presque un mois, et je suis sans nouvelles depuis.

— Ne vous inquiétez pas, répondit Jones. Les gens prennent peur, ils décident de se faire oublier un peu... Vous n'avez jamais discuté sur un forum public ?

— Vous plaisantez ? Toujours en privé.

— Et de votre côté, vous n'avez jamais envoyé de mail sur ce thème à qui que ce soit d'autre ?

— Jamais.

— On ne sait jamais quand « ils » écoutent, pas vrai ?

C'était une boutade, sans en être tout à fait une. Oz répondit d'un petit grognement. Parmi les gens qui traquaient la vérité, « ils » était un concept délicat. On savait qu'ils étaient là, bien sûr – comment expliquer autrement tous ces phénomènes incompréhensibles ? – mais à trop parler d'eux on avait vite fait de passer pour un cinglé. Alors on mettait des guillemets. Ceux qui disaient ILS ou EUX avec de grosses capitales soulignées deux fois étaient soit des comédiens, soit des maboules. Mais de petits guillemets ironiques, c'était plutôt le signe d'un gars normal.

— Et comment ! ajouta Oz pour jouer le jeu jusqu'au bout. On ne peut jamais savoir. Quand bien même « ils » n'existeraient pas...

Jones sourit.

— Eh bien, je vais en toucher deux mots à mes amis, pour voir s'il y aurait moyen de nous réunir tous ensemble. Ravi de vous avoir rencontré, Oz. Cela faisait longtemps que j'espérais m'acoquiner avec quelqu'un comme vous.

— Moi aussi, répondit Oz en se sentant soudain très seul.

— On vous contacte bientôt, promit Jones. D'ici là, prenez soin de vous.

Et sur ces mots il repartit.

Après avoir regardé Jones remonter en voiture, quitter le parking et filer en direction de l'autoroute, Oz prit le temps de finir sa bière. Rien ne pressait, de toute façon. Il avait presque le sentiment d'être juste assis dans un bar, comme un type normal et non comme un fugitif. Les gens au comptoir bavardaient, rigolaient. Le couple d'à-côté avait enterré la hache de guerre pour se dévorer par-dessus la table, la femme tenant la nuque de l'homme comme un poulet rôti. Oz leur souhaita d'être heureux.

Lorsqu'il remit enfin le pied dehors, il faisait froid et le vent balayait des rues désertes. Les gens ordinaires dormaient dans leurs pénates. Oz allait à présent les imiter. Ses pénates du moment consistaient en un motel anonyme et excentré, mais l'essentiel était d'avoir un toit.

Tout en marchant il songea à l'homme qu'il venait de rencontrer, et à ce qu'il représentait. On ne comptait plus les groupes qui enquêtaient sur le dessous des cartes, sur les vérités cachées. Des obsédés de JFK qui se rencontraient toutes les semaines pour étudier des clichés d'autopsie ; des internautes du 11-Septembre avec leurs modélisateurs de trajectoires ; les sectateurs du Prieuré de Sion, les négationnistes, les concours de branlette sur tout ce qui pouvait avoir ou ne jamais avoir eu lieu. La bande de Jones semblait toutefois différente, sans quoi Oz n'aurait jamais accepté d'entrer en contact avec lui. Un groupe soudé, déterminé, des hommes et des femmes qui examinaient les faits sans idées préconçues, qui se réunissaient en secret et n'étaient pas trop spécialisés, ce qui leur permettait de conserver une vue d'ensemble sur les choses. Exactement ce dont Oz avait besoin. Des gens rigoureux. Des gens dévoués.

Des gens, putain.

Peut-être qu'après cette longue traversée du désert la chance allait enfin tourner.

Oz hâta légèrement le pas, en se demandant si l'hôtel possédait un distributeur de sucreries.

Il n'en possédait pas, et la machine à boissons était en panne. Lorsque ces faits furent établis et qu'il en eut pris son parti, Oz se glissa dans sa chambre, constatant au passage que la bande d'adhésif qu'il avait tendue au bas de la porte était toujours en place.

Une fois entré, il se demanda quoi faire. Il était tard et la sagesse commandait de se coucher. Pour reprendre la route de bonne heure, pour rester en mouvement. Mais la rencontre de ce soir l'avait galvanisé, et s'il reposait sa tête maintenant, il était sûr de retomber dans cette spirale infernale qui vous flanquait la migraine au réveil.

Il se tourna donc vers l'antique téléviseur jouxtant le bureau miteux. L'écran s'éveilla lentement, sur un vieux feuilleton des familles dont Oz se souvenait à peine. Parfait. Un petit bruit de fond sympathique, le genre qui s'insinue dans votre crâne pour vous dire que tout va bien. Le bruit du réconfort.

Puis on frappa à la porte, et son cœur fit un bond.

Le poste n'était pas assez bruyant pour gêner les voisins. Or Oz ne pouvait imaginer d'autre motif à cette intervention. Le réveil de la table de chevet indiquait 2 h 33.

On frappa de nouveau, cette fois un peu moins fort.

Oz devinait que la lueur de l'écran filtrait de part et d'autre des rideaux. Il se leva pour se poster derrière la porte. C'était le moment tant redouté, l'instant de vérité, la funeste perspective qui l'empêchait de dormir la nuit, et dire qu'il n'avait même pas élaboré de plan de secours... Il avait bonne mine, le Cavalier solitaire de l'Inconnu.

— Monsieur Turner ? C'est M. Jones.

Le visiteur avait parlé d'une voix très faible. Oz considéra la porte avant d'approcher son oreille.

— Comment ?

— Je peux entrer ?

Oz finit par ôter le verrou. En entrouvrant la porte, il découvrit un Jones transi de froid.

— Qu'est-ce que vous fichez là ?

Jones resta en retrait de la porte, sans essayer de s'imposer.

— Au bout de quelques kilomètres, je me suis aperçu que j'avais oublié de vous dire deux choses. J'ai fait demi-tour, et là je vous ai vu traverser la ville. Alors, je vous ai suivi.

Oz admit le type à l'intérieur. Il s'en voulait de s'être laissé filer comme un bleu.

— Vous m'avez flanqué une sacrée trouille, dit-il en verrouillant la porte. La vache...

— Ouais, je suis vraiment désolé. Mais après avoir fait tout ce chemin... Et puis, vous savez, je crois que ce rendez-vous restera un moment fort pour l'un comme pour l'autre. Le début de quelque chose de grand.

— C'est fort possible.

— On est bien d'accord. C'est pourquoi je tenais à ce que tout soit dit.

Oz se décrispa, un peu.

— Alors, de quoi s'agit-il ?

Le gars prit un air honteux.

— Premièrement... C'est assez gênant. Jones n'est pas mon vrai nom, voilà.

— Entendu, répondit Oz d'une voix perplexe.

Cette information n'avait rien d'un scoop : il n'avait jamais pris son blaze pour argent comptant.

— C'est pas un drame, ajouta-t-il.

— Je sais bien. Mais bon, vous allez l'apprendre tôt ou tard, et je ne voulais pas que vous pensiez que je m'étais payé votre tête.

— Tout va bien, assura Oz tout en se demandant s'il devait offrir un verre au gars.

Puis il se rappela qu'il n'avait rien à proposer. Le motel n'allait pas jusqu'à mettre des cafetières dans les chambres — c'est à peine si l'on changeait les serviettes de toilette. Mais bon, au moins ils n'essayaient pas de justifier cette incurie par de joyeuses foutaises sur le respect de l'environnement...

— Et donc ? fit Oz. Vous vous appelez comment ?

L'homme s'avança d'un chouia.

— Shepherd, répondit-il.

Oz remarqua soudain combien le type avait les yeux foncés.

— Eh bien moi, je m'appelle vraiment Oz Turner, alors nous voilà fixés sur la nomenclature. C'était quoi, la deuxième chose ?

— Ceci, dit Shepherd avant de le pousser en arrière.

Les Intrus

Pris par surprise, Oz ne put garder son équilibre, surtout après que l'autre lui eut glissé un pied derrière les talons. Malgré ses moulinets de bras il tomba à la renverse, pour se cogner la tête contre le téléviseur.

À moitié sonné, il put à peine émettre une syllabe interrogative avant que Shepherd ne l'empoigne par le manteau et le ramène à la verticale.

– Quoi ? gémit Oz.

Son œil droit clignotait. Il se sentait vaseux. Il vit que l'homme portait des gants.

– Qu'est-ce que vous... ?

L'autre approcha son visage.

– Juste pour votre gouverne, ils existent bel et bien. Et ces messieurs vous saluent.

Sur quoi, il lâcha sa proie en la faisant tourner sur elle-même. La tête d'Oz heurta de nouveau le flanc du poste, mais à l'oblique, le cou plié. Il y eut un claquement sourd.

Shepherd s'assit au bout du lit, le temps qu'Oz finisse de suffoquer. Il ne retrouvait plus le nom du feuilleton à l'écran, mais il savait que la plupart des acteurs étaient morts depuis belle lurette. Des fantômes de lumière, jouant pour un mourant. C'en était presque drôle.

Quand il fut convaincu que Turner avait rendu l'âme, Shepherd sortit de sa poche une bouteille de vodka et la vida presque entièrement dans le gosier du journaliste. Puis un peu sur les mains, et le reste sur le manteau. Il laissa la bouteille par terre, là où elle aurait pu rouler. Un légiste méticuleux serait tenté de vérifier le contenu de l'estomac ou le taux d'alcoolémie, mais Shepherd doutait que l'on aille aussi loin. Pas ici, en pleine cambrousse. Pas pour un gus dont tout montrait qu'il était voué à cette fin-là.

Il fallut moins de trois minutes à Shepherd pour trouver l'ordinateur et les notes, qu'il remplaça par d'autres bouteilles vides. En sortant il referma doucement la porte derrière lui, et mit à peine une minute à dénicher le CD de sauvegarde scotché sous le tableau de bord de la voiture d'Oz. Ces trois prises seraient détruites avant le lever du jour.

Point final, pensa-t-il.

Michael Marshall

De retour dans son véhicule, Shepherd s'aperçut que son téléphone sonnait. Il plongea la main sous le siège mais ne put décrocher à temps.

Il consulta le journal d'appels. Si le numéro était inconnu, l'indicatif régional lui arracha un juron.

503. Oregon. Cannon Beach.

Il claqua sa portière et démarra en trombe.

Chapitre 7

Quand on restait immobile, qu'on ne bougeait plus du tout, on entendait le bruit des vagues. C'était, pour Madison, l'un des principaux atouts de la villa. Quand on allait au lit et que personne ne regardait la télé dans la pièce principale – c'était souvent le cas, car selon papa les vacances à la mer étaient faites pour lire et s'aérer l'esprit, non pour regarder ces éternelles c... –, dans ces moments-là on pouvait entendre l'océan. Mais il fallait d'abord s'accorder avec les éléments. La dune faisait rempart, et à marée basse l'eau demeurait parfois très distante. Il fallait laisser retomber son souffle et rester sur le dos, inerte, les oreilles grandes ouvertes. Alors, petit à petit, on percevait ce bruissement et ce battement qui signifiaient que l'on dormait au bout du monde. Car on finissait toujours par s'endormir, à mesure que les vagues semblaient se rapprocher, vous attraper doucement par les pieds, vous attirer dans la tendre chaleur du repos.

Quand on se réveillait la nuit, on les entendait aussi. Encore mieux, même, comme s'il n'y avait nul autre bruit à la surface de la terre. À Portland, il y avait toujours des voitures, des chiens, des passants. Mais pas ici. Parfois les flots étaient très discrets, à peine audibles derrière le bourdonnement de vos oreilles, mais par gros temps ils pouvaient gagner une puissance considérable. Une fois, Madison avait eu très peur, une nuit d'orage où on aurait dit que les vagues s'écrasaient dans la pièce d'à-côté. Ce n'était qu'une impression, bien sûr, et papa avait expliqué que c'était impossible car la dune protégeait la maison. Alors depuis, Madison prenait plaisir à ce concert nocturne, à cette ambiance d'aventure sans danger, aux fracas de cet univers rugueux qui ne la blesserait jamais.

C'est pourquoi, lorsqu'elle s'aperçut qu'elle était réveillée, les vagues furent la première chose qu'elle remarqua. Ensuite la pluie, qui tambourinait sur le toit de la villa. La tempête que Madison avait vue s'amonceler dans le ciel battait son plein. Demain, le sable serait picoté, gris, et sûrement jonché d'algues. Les algues s'échouaient sur la plage dès que la mer était mauvaise, et elles avaient une consistance spongieuse sous le pied. Mais encore fallait-il qu'on aille se promener demain, ce qui...

Elle se redressa brusquement.

La pluie était si violente qu'on aurait dit de la grêle. Madison regarda l'heure. Il était 1 h 12. Mais que fichait-elle les yeux ouverts ? Parfois, elle avait besoin d'aller au toilettes, mais là, non. Et puis, d'habitude, les réveils nocturnes étaient un moment confus, brumeux. Mais là, elle n'avait même pas l'impression d'avoir dormi. Pas une seule seconde. Une question l'obsédait.

Que faisait-elle ici ?

À côté du réveille-matin reposait un petit objet rond. Elle s'en saisit. Un oursin plat, de taille modeste. Elle se rappelait l'avoir trouvé la veille, même si cela semblait remonter à loin, à leur dernier séjour ici, ou même à l'été d'avant. Elle renifla le coquillage. Il sentait encore la mer.

Elle se revoyait sur la plage, avec la tempête qui arrivait par le sud, assise dans le sable, à se dire qu'elle allait bientôt devoir rentrer. Mais après... Elle n'arrivait pas à... C'était comme lorsqu'on roulait en voiture et qu'on s'apercevait subitement qu'un gros laps de temps venait de filer. L'instant d'avant on était encore à vingt minutes de la maison, et voilà soudain qu'apparaît la porte du garage ! Non pas qu'on se soit assoupi : on avait juste la tête ailleurs, on rêvassait, et pendant ce temps le monde avait continué de tourner. On était forcément éveillé, car on avait accompli des choses entre-temps, mais de manière machinale ou inconsciente. Un peu comme lorsque papa mettait le régulateur de vitesse sur l'autoroute : hop ! dès la bretelle de sortie on rouvrait les yeux, on reprenait les commandes.

Ça y est... Maintenant elle se souvenait de la suite, à la villa. En rentrant de la plage, Madison avait trouvé sa mère dans son fauteuil, mais sans livre, la télé éteinte. Encore en train de regarder ses mains. Elle avait salué sa fille, mais sans ajouter un mot – ce qui était surprenant, car Maddy avait du retard. Au moins une demi-heure. En fait... Oui, elle se souvenait même d'avoir regardé la pendule de la cuisine, et qu'il était 19 heures. Cela faisait donc *une heure entière* qu'elle aurait dû être rentrée.

Madison s'était douchée pour éliminer le sable, après quoi maman avait dit qu'elle n'était pas trop d'humeur à dîner dehors, mais que l'on pouvait plutôt commander des pizzas. Madison jugea l'idée super géniale, car le Mario de Cannon Beach faisait ce que papa appelait de la « pizza top niveau », et on n'en trouvait nulle part ailleurs, car Mario n'était pas une chaîne de pizzerias. Cette suggestion était assez inattendue dans la bouche de maman, qui considérait d'ordinaire que Mario mettait trop de fromage et que ses garnitures n'étaient pas garanties sans OGM, mais la réponse fut : « Oh, oui, s'il te plaît ! ».

Manque de chance, maman ne retrouva pas le menu. Elle envisagea d'appeler les renseignements, mais en attendant il se faisait de plus en plus tard, et Madison finit par comprendre qu'il n'y aurait pas de pizza ce soir. Elle dégota un sachet de soupe dans le placard et la délaya dans de l'eau. Sa maman n'en voulait pas. Madison non plus, mais elle se força à en boire la moitié, puis elle se plongea dans l'un de ses manuels d'histoire. Elle adorait l'histoire, car cela vous apprenait comment les gens vivaient auparavant.

Elle était ensuite allée se coucher. Avait enfilé son pyjama et grimpé dans son lit. Puis elle avait dû s'endormir.

Maintenant, elle était réveillée.

Madison rouvrit la main pour regarder l'oursin une dernière fois. Elle se rappelait s'être baissée pour le ramasser. Puis s'être assise avec. Mais pourquoi sa mémoire avait-elle effacé la suite ? Ce n'était pas rien, un oursin de mer. Elle serait sans doute rentrée en courant pour le montrer à sa mère, espérant peut-être ainsi lui mettre du baume au cœur. Pourquoi était-elle incapable de s'en souvenir ?

Elle se renversa sur le matelas et remonta les couvertures. Madison avait une bonne mémoire. Elle réussissait toujours ses interros et elle battait tous les invités de la maison au Memory et au Snap – oncle Brian disait même qu'elle pourrait remporter les championnats du monde de Memory, si un tel concours existait. Mais à présent, c'était comme si le monde était un gros téléviseur diffusant deux programmes en simultané, ou que le signal était brouillé et que l'on recevait un film avec le son d'un autre. Elle se rappelait les raisons de sa présence ici : elle était ici parce que c'était la maison de la plage, et qu'elle était venue avec sa mère, et elle était au lit parce que c'était la nuit.

Sa respiration devint plus rapide, comme si elle redoutait une mauvaise nouvelle, ou qu'elle percevait un bruit menaçant. Il y avait un truc bizarre, tordu, pas net...

Un homme ! N'avait-elle pas croisé un homme ?

Et cet homme ne lui avait-il pas remis un objet, qu'elle avait ensuite rangé dans le tiroir de la table de chevet ? Une carte, blanche, comme les cartes de visite de papa, mais en plus dépouillé ?

Non. Absolument pas.

Il n'y avait jamais eu d'homme. Elle était catégorique sur ce point. Ni homme ni carte. Pas besoin de vérifier.

Mais elle vérifia quand même, et trouva bel et bien une carte dans son tiroir. Y était imprimé un nom, suivi d'un numéro de téléphone noté au bic. L'autre face présentait une sorte de symbole. On aurait dit que quelqu'un avait tracé un 9, puis incliné la carte de quelques degrés, tracé un nouveau 9 et ainsi de suite, jusqu'à revenir à la position de départ.

D'un geste à peine conscient, Madison attrapa le téléphone de la chambre et composa le numéro. La ligne sonna dans le vide, indéfiniment, comme si l'on essayait de joindre la face cachée de lune. Elle finit par raccrocher.

Madison s'imposa de rester allongée. D'essayer d'entendre au-delà de la pluie, de se concentrer sur le bruit des vagues derrière cette tempête éphémère, de retrouver le son rassurant de l'eau qui déferle, qui trace sa ligne à l'extrémité du monde.

Les Intrus

Elle garda les yeux fermés et les oreilles ouvertes, attendant que la mer la remmène vers le noir. Demain au réveil, tout paraîtrait normal. Elle était juste fatiguée, égarée dans un demi-sommeil. Tout allait bien. Rien n'avait bougé.

Et il n'y avait jamais eu d'homme.

Quand Alison O'Donnell ouvrit les paupières à 2 h 37, elle remarqua d'abord la pluie, mais ce n'était pas la pluie qui l'avait réveillée. Elle repoussa les couvertures et sortit les jambes du lit, attrapa sa robe de chambre et l'enfila. Sa tête était engourdie de mauvais sommeil et de rêves lancinants, mais les pieds d'une mère sont des organes autonomes. Peu importe combien vous êtes faible, recrue, combien votre corps et votre cerveau aspirent à retourner sous les draps pour y rester une semaine, un mois, peut-être même à jamais. Certains bruits vont droit à l'encéphale, sans vous demander votre avis.

Votre enfant qui s'agite, par exemple.

Elle quitta la chambre et prit le couloir à pas de loup. Par la fenêtre elle vit les arbres secoués par le vent, et les giclées d'eau qui s'écrasaient sur le carreau. Une violente bourrasque leur donna la force de cailloux.

Le premier bruit se répéta.

La porte du fond était entrebâillée. Alison la poussa de quelques centimètres pour y passer la tête.

Madison était couchée, les couvertures baissées jusqu'au nombril. Elle remuait, lentement, tournant la tête d'un côté à l'autre. Ses paupières étaient fermées, mais elle gémissait.

Alison s'avança dans la pièce. Elle connaissait bien cette plainte. Sa fille avait eu ses premières crises de cauchemars peu avant l'âge de trois ans, et pendant plusieurs années elles avaient été assez terribles. Au point que la pauvre Maddy n'osait plus aller au lit, persuadée que ce qu'elle y avait vu – même si elle ne s'en souvenait jamais au réveil – allait revenir la chercher, qu'elle allait revivre cette sensation d'oppression et d'étouffement. Et puis, voilà environ un an, ces épisodes avaient cessé. Mais cette nuit, Madison recommençait à gémir.

Alison se demanda quoi faire. Ils n'avaient jamais trouvé la bonne approche. Le problème, si on la réveillait, c'est qu'elle peinait à se rendormir, et parfois les cauchemars recommençaient sur-le-champ.

Soudain Madison se cambra, ce qu'elle ne faisait pas d'ordinaire. Elle émit un long râle, après quoi son corps se relâcha en douceur. Sa tête partit sur le côté, mais il s'ensuivit un soupir. Ses lèvres remuèrent – à peine, en silence. Puis elle ne bougea plus.

Alison resta quelque minutes de plus, pour s'assurer que sa fille dormait profondément. Elle remonta les couvertures sur le petit corps puis s'attarda encore un peu, devant ce visage endormi.

Profites-en bien, gamine, se surprit-elle à penser. *Tu ne sais rien de la vraie tristesse.*

Comme elle tournait les talons, elle repéra quelque chose au pied du lit, sur le plancher entre le vieux tapis et la plinthe.

En se baissant elle reconnut un oursin plat. Petit, grisâtre. Brisé en deux.

Elle ramassa l'une des moitiés. D'où venait ce coquillage ? Madison l'avait-elle trouvé dans l'après-midi ? Mais pourquoi n'avoir rien dit ? Il y avait toujours une récompense...

Alison comprit subitement pourquoi sa fille s'était tue, et elle crut mourir de honte. Cette coquille était dure et ferme. Il fallait le vouloir pour la casser.

Elle reposa le morceau par terre et quitta la chambre, laissant la porte à peine entrouverte. Elle regagna son propre lit et y demeura longuement, à fixer le plafond tout en écoutant la pluie.

Chapitre 8

J'atteignis l'hôtel Malo peu avant 10 heures du matin. Cela faisait quatre heures que j'étais debout, et, comme il ne rimait à rien d'appeler le bureau d'Amy aux aurores, j'avais décidé de passer à l'action : 7 heures était le minimum décent pour sonner chez les Zimmerman et leur emprunter une voiture sans qu'ils se posent trop de questions. M'inspirant de la toute fraîche visite de Fisher, je leur avais expliqué qu'un vieil ami m'invitait à déjeuner à Seattle. Bobbi m'avait dévisagé une seconde de plus que nécessaire, tandis que Ben commençait à m'expliquer le fonctionnement de la boîte de vitesses.

Je pris la 90 vers l'ouest, attrapai la 5 alors que le rush matinal atteignait son pic et parvins à m'extirper sur James Street. Jusqu'ici, je roulais en terrain connu, c'était ce chemin que nous avions pris pour passer une journée dans la grande ville, une semaine après notre emménagement. Amy m'avait montré deux ou trois lieux emblématiques comme le marché de Pike Place ou la tour Space Needle, mais à vrai dire elle connaissait mieux les conseils d'administration de la cité que ses attractions touristiques. Le ciel était bas et d'un gris implacable – comme la dernière fois. J'arrivai enfin sur la grande boucle de la 6ᵉ Avenue, une gorge bordée d'immeubles gris et de petits arbres impeccables munis de lampes jaunes.

Je m'arrêtai devant le Malo, derrière une file de grosses berlines noires. L'hôtel arborait une marquise aux rayures rouge et ocre. Un chasseur en veste et chapeau voulut déplacer ma voiture, mais je parvins à l'amadouer. Le hall combinait pierre blanche et beaux tissus, avec une grande cheminée sur le côté. Les chariots à bagages étaient en cuivre patiné, les grooms sages comme des images. Une musique discrète et New Age s'échappait d'enceintes invisibles, comme un arôme de biscuits à la vanille prêts à sortir du four.

L'employée de la réception était celle qui m'avait répondu à minuit et des poussières. À ma grande surprise, elle avait bien une enveloppe à me remettre, de même qu'un reçu pour mes vingt dollars. Et puis, contrairement à moi, elle avait eu la présence d'esprit de demander au chauffeur de taxi son nom ainsi que celui de sa société. Le prénom du type était Georj, et son patronyme une série de syllabes croquantes venues d'ailleurs. Il travaillait pour les Red Cabs. La façon dont la jeune femme me donna cette information semblait suggérer que les clients de cet établissement usaient en général de moyens de transport plus sophistiqués ou plus branchés, comme le porteur indigène ou le skate volant à fusion froide. J'obtins qu'elle consulte une dernière fois ses registres, en laissant entendre que j'étais un collègue de travail d'Amy, que mon adjoint avait normalement réservé une chambre, et qu'il allait en voir de toutes les couleurs si ce n'était pas le cas. Mais rien n'y fit : pas d'Amy.

– Je peux vous demander une ultime faveur ? ajoutai-je, une idée qui m'était venue sur la route. Vous pouvez vérifier sur les tout derniers mois ?

La fille pianota, plissa les yeux devant son écran, hocha la tête et pianota de nouveau.

– Voilà, dit-elle en posant son doigt sur l'écran. Mlle Whalen est effectivement venue chez nous il y a trois mois, pour deux nuits consécutives. Et avant ça, j'ai une réservation en janvier – trois nuits, cette fois-là. Je continue ?

Non, ce n'était pas la peine. Je ressortis de l'hôtel et m'esquivai au coin de la rue, loin du portier et de ses copains qui voulaient mordicus me faire ranger ma voiture. Je me demandais encore si ma réaction n'était pas disproportionnée. J'avais facilement tendance à remuer ciel et terre, même quand il suffisait de prendre son mal en patience. Mais j'avais au moins appris qu'Amy était déjà venue au Malo, et cela changeait beaucoup de choses. L'élément important n'était pas la date de ses séjours, mais le fait qu'elle connaissait déjà cet hôtel, ce qui excluait la thèse d'un revirement de dernière minute. Le site Internet de l'établissement m'avait en outre appris qu'il restait des chambres libres, ce qui éliminait aussi celle de la réservation ratée.

Je revins vers le portier, lui glissai quelques billets et promis de ne pas être long, après quoi je zigzaguai de rue en rue jusqu'à l'hôtel Monaco, sur la 4e Avenue. Amy aurait aimé cet endroit – Dieu lui-même s'y serait plu – mais une recherche rapide confirma que ni l'un ni l'autre n'y avait séjourné de manière récente.

La question du lieu était une impasse. Il était temps de l'oublier. Comme tout le reste de cette histoire, sans doute. C'était cette nuit, vers 1 heure du matin, que j'avais décidé de me pointer à Seattle. Je me disais que je rendrais service à Amy en récupérant son portable, et puis qu'est-ce que deux cents bornes quand on vit dans le Nord-Ouest ? Mais ce n'était pas la seule raison, bien sûr. Amy effectuait toujours six ou sept voyages d'affaires par an, depuis même que je la connaissais, et nous avions nos habitudes. Jamais nous n'avions laissé passer une journée sans échanger quelques mots, fussent-ils brefs. Mais là... eh bien là, Amy n'avait pas couché dans son hôtel habituel. Cela se résumait à ça. J'avais un peu honte d'être ici, et j'étais presque tenté de croire cette petite voix qui me soufflait que j'avais juste trouvé un bon prétexte pour fuir mon bureau.

De retour au Malo, je pénétrai dans le hall et m'assis dans un fauteuil près de la grande fenêtre. Je sortis de l'enveloppe le téléphone d'Amy. On le reconnaissait tout de suite, bien qu'elle eût changé le fond d'écran. C'était un appareil ordinaire, sans plus : dans une bravade inattendue contre la culture d'entreprise, Amy avait résisté aux sirènes de l'enfer Black-Berry. Je pressai la touche verte. Le journal indiquait un appel vers mon portable – celui du chauffeur de taxi – précédé de noms et de numéros que je ne connaissais pas, puis il mentionnait un appel entrant, le mien, deux jours plus tôt.

J'ouvris le répertoire pour chercher Kerry, Crane & Hardy à Seattle – mais sans succès, bien sûr. D'une, Amy appelait ces gens par leur prénom. De deux, elle les joignait sur leur ligne directe plutôt que de passer par le standard.

Je vis soudain que le témoin de batterie clignotait, et deux secondes plus tard le téléphone s'éteignit.

À l'aide du mien, je me procurai auprès des renseignements le numéro de KC&H, que je composai aussitôt. Une voix guillerette me chantonna ces trois lettres familières. Je demandais à parler à quelqu'un de l'entourage d'Amy Whalen. J'avais bon espoir de trouver un sous-fifre au courant de son emploi du temps, et donc à même de me dire où et quand l'intercepter. Peut-être même qu'elle était dans les murs. Auquel cas je pourrais l'emmener déjeuner...

Le téléphone resta muet un petit moment, puis on me passa la secrétaire d'un certain Todd. Celle-ci confirma que Todd saurait me renseigner, le seul problème étant qu'il se trouvait en réunion. Mais il m'appellerait aussi vite que possible, voire plus vite encore.

Là-dessus je contactai les Red Cabs pour parler à Georj Imprononçable. Un type assez méfiant me répondit que son camarade n'était pas de service, mais promis, il lui dirait de m'appeler dès qu'il le croiserait. Je raccrochai en sachant que cela n'arriverait jamais.

Quittant l'hôtel, je traversai la rue et poussai la porte d'un café de la chaîne Seattle's Best. Je m'assis en terrasse avec un double express et mes cigarettes, pour regarder la pluie en attendant que quelqu'un, n'importe qui, me rappelle.

Vers 11 heures moins le quart, j'avais froid et les nerfs en pelote. Les dix billets laissés au portier du Malo avaient fait leur temps, et Monsieur ne supportait plus de voir mon véhicule croupir devant l'hôtel. Le 4×4 bas de gamme des Zimmerman ne mettait pas franchement l'établissement en valeur. Les universitaires retraités semblent peu sensibles à la boue et aux gnons, et la lunette arrière était bardée d'autocollants pacifistes. Quand le type au chapeau vint me chercher sur mon trottoir, j'acceptai de mettre les voiles.

Les Intrus

Je tournai dans le quartier jusqu'à trouver un parking souterrain. En refaisant surface, je scrutai longuement le plan du centre-ville que j'avais chipé au comptoir du Malo. Il mettait surtout l'accent sur le shopping et les restaus, et il me fallut du temps pour isoler la rue de l'agence. D'autant qu'elle ne se situait pas là où je l'attendais : j'avais imaginé des bureaux perchés au millionième étage d'un de ces colosses qui m'entouraient, alors que le plan m'indiquait une voie étroite près de la place du marché.

Je longeai deux immeubles vertigineux avant de trouver le grand panneau Public Market Center. De là, je demandai mon chemin à un kiosquier. Il m'orienta vers une rue qui descendait sous le marché principal et finissait en pente dans un virage serré. Une plaque me confirma qu'il s'agissait de Post Alley. Cela ressemblait surtout à un coin pour charger et décharger le poisson ou vendre de la drogue. Au bout d'une centaine de mètres, la rue débouchait brusquement sur un quartier retapé dans le style post-moderne des années 1990, mais avec des paniers de fleurs suspendus. Je dépassai un restaurant de sushis, puis un Deli où des gens alignés en vitrine mangeaient tous la même salade. Peu après, je vis une sobre pancarte suspendue à une vieille poutre pittoresque, et je sus que j'étais arrivé.

Je franchis le seuil tout en me demandant quelle attitude adopter. Nos vies professionnelles étaient restées très cloisonnées. J'avais un peu connu l'assistant d'Amy à L. A., au gré de ses appels de crise et de ses visites affolées, mais elle était partie en congé de maternité quelques mois avant qu'Amy ne prenne son nouveau poste. Je connaissais néanmoins le nom de certains collègues, et j'étais presque sûr qu'il y avait un Todd dans le lot. Ce pouvait être celui-ci comme ce pouvait être un autre. On devait trouver des Todd dans toutes les agences de pub du pays, selon un système de quotas. L'exercice eût été plus simple au téléphone – j'aurais fait mine d'être resté dans ma cambrousse et de chercher ma femme pour un simple petit coucou – mais j'en avais marre d'attendre des coups de fil qui ne venaient pas.

L'accueil d'une entreprise est un message en soi, et les patrons avaient mis le paquet pour feindre de l'ignorer –

le genre de truc qui devait rendre les confrères baba. Le moindre fauteuil aurait coûté plus d'un mois de salaire à la fille du comptoir, mais cette idée ne semblait guère la miner. Svelte, vêtue de noir, avec de grands yeux qui pétillaient d'intelligence, elle donnait l'impression de vivre dans le meilleur des mondes et d'avoir hâte de répandre la joie autour d'elle.

Je demandai Todd ; elle me demanda si j'étais attendu.

— Oh non, dis-je en haussant les épaules d'une façon qui se voulait charmante (je manquais d'entraînement). Je passais juste comme ça, au cas où.

Elle rayonna, comme s'il n'existait pas de plus belle manière de passer, puis elle décrocha son téléphone. Elle conclut sa conversation d'un hochement de tête vigoureux, dont je déduisis que j'étais admis, ou alors qu'elle avait un grain.

Cinq minutes plus tard, une femme étonnamment semblable apparut au fond de la pièce, par une porte en verre dépoli. Je me levai pour la suivre. À l'évidence, cette employée-ci ne vivait que dans le troisième ou le quatrième meilleur monde : elle ne versait pas dans l'hilarité ni les bavardages stériles, même si j'appris qu'elle s'appelait Bianca. Nous prîmes l'ascenseur jusqu'au deuxième étage avant de longer une enfilade de bureaux vitrés, de petites pièces chics où des gens aux cheveux courts bossaient en binôme, avec une ardeur et une créativité qui me donnèrent envie de déclencher l'alarme anti-incendie – de préférence en allumant un feu.

Parvenue au bout du couloir, elle ouvrit une porte et me fit entrer.

— Todd Crane, annonça-t-elle.

Ah, me dis-je, comprenant subitement que j'allais parler à l'un des trois larrons dont la boîte portait les noms.

Je me trouvais dans un espace austère nanti de deux baies vitrées adjacentes, lesquelles offraient une vue panoramique sur Elliott Bay et les quais. Le reste des murs était tapissé de diplômes, de prix et de grandes photos à la gloire de différents produits, dont je me souvenais que plusieurs avaient mobilisé les talents d'Amy. Au centre de la pièce, s'étalait un bureau assez large pour jouer au basket. Un quasi-quinquagénaire était en train de le contourner. Mince, pantalon en lin et chemise lilas bien repassée. Des cheveux noirs parsemés de gris, et une ossature si élégante qu'il aurait pu tourner des spots pour à peu près n'importe quel article concernant un type sain et abordable.

— Salut, fit-il. Je suis Todd Crane.

Je sais que c'est toi, pensai-je tout en lui serrant la main. *Et ta tête ne me revient pas.*

Il était doué, néanmoins. Je pense que la moitié de son job consistait à mettre les inconnus à l'aise. Un petit cadre se dressait sur un coin du bureau, une photo de studio montrant Crane enlacé à une femme pomponnée, au milieu de trois filles d'âges très divers. Curieusement, ce cliché était orienté non pas vers le fauteuil, mais vers le cœur de la pièce. Comme s'il s'agissait d'un certificat, à l'instar de ceux accrochés aux murs. Dans un angle reposait un vieux poste de radio des années 1970, sans doute destiné lui aussi à épater la galerie.

— Alors, Jack ? Je suis ravi de mettre enfin un visage sur votre nom. Je n'en reviens pas qu'il ait fallu attendre tout ce temps...

— On quittait rarement L. A. avant de déménager.

— Et que venez-vous faire en ville, dites-moi ? Je crois savoir que vous êtes maintenant dans les bouquins...

— J'ai un rendez-vous. Et comme Amy a réussi à perdre son téléphone dans un taxi hier soir, je me suis dit que j'allais faire d'une pierre deux coups et lui rapporter son joujou au plus vite. Elle doit être en manque, à l'heure qu'il est.

Todd rigola. Ha ! ha ! ha ! Trois petit coups détachés, comme si la séquence avait été composée, répétée et fignolée en privé voilà de longues, très longues années.

Puis il se tut, attendant que j'ajoute quelque chose. Je trouvai cela curieux. N'était-ce pas à lui d'éclairer ma lanterne ?

— Alors ? finis-je par lancer. Comment on fait ?

— Eh bien, je n'en sais rien, répondit Crane d'un air dubitatif.

— Je me disais que quelqu'un connaîtrait son emploi du temps...

— Eh bien, non, pas vraiment, dit-il en croisant les bras et en pinçant les lèvres. Amy est notre experte itinérante, comme vous le savez, bien sûr. Elle est un peu sur tous les fronts à la fois. Elle a une vision globale. Stratégique. Mais à la base, elle dépend toujours du bureau de L. A. Ce sont eux qui pourraient...

Il s'interrompit, comme s'il venait de comprendre la situation. Il me dévisagea.

— Amy n'est pas à Seattle cette semaine, Jack. Pas chez nous, en tout cas.

J'eus beau me ressaisir au plus vite, ma bouche dut rester béante une seconde entière. Sinon deux.

— Je sais, mentis-je dans un grand sourire. Elle est chez des amis. Je me demandais juste si elle prévoyait de faire un saut à un moment ou à un autre. Vu qu'elle est dans le secteur...

— Pas à ma connaissance. Mais bon, on ne sait jamais. Vous avez essayé à son hôtel ? On réserve toujours au Malo. Sauf si elle dort chez... ses amis.

— Je lui ai laissé un message là-bas. Je voulais simplement lui rendre son portable le plus vite possible.

— Je comprends bien, opina Todd. On ne sait plus vivre sans ces engins, pas vrai ? J'aimerais pouvoir vous aider, Jack. Si jamais elle passe, je lui dirai que vous la cherchez. Vous voulez me laisser votre numéro ?

— C'est déjà fait, répondis-je.

— Ah oui, pardon. J'ai eu une sale matinée. Les clients sont des gens invivables. Mais il est déconseillé de leur tirer une balle dans la tête. À ce qu'on dit, en tout cas.

Il me tapa sur l'épaule et me raccompagna au bout du couloir, en meublant le trajet de compliments sur ma femme suivis d'une longue méditation sur la façon dont les nouvelles prérogatives d'Amy allaient donner un coup de fouet à la boîte, dans le bon sens du terme. Je voyais bien cet homme saluer sa femme et ses gosses de cette façon-là chaque matin, un joli baratin sur l'ambition et la réussite, le tout enrobé dans l'assurance de son indéfectible attention, avec copie pour info à sa fidèle secrétaire.

Il me laissa à la porte et je retraversai le hall tout seul. Juste avant de retrouver le monde extérieur, je regardai par-dessus mon épaule. J'avais la vague impression d'être observé à travers le verre dépoli, sans toutefois en être certain.

Je remontai lentement la rue. J'avais laissé le PDA d'Amy à la maison, mais je me souvenais de son contenu, trois journées bourrées de réunions. Je n'en avais pas lu les détails, et celles-ci auraient aussi bien pu se tenir à L. A., à San Francisco ou à Portland – qui n'était qu'à trois heures de route de chez nous –, seulement j'étais persuadé d'avoir bien lu le nom de la ville. À preuve, c'est ici qu'on avait retrouvé le téléphone. Amy était venue à Seattle, et jusque la veille nous avions communiqué de manière parfaitement normale. À présent, elle était introuvable. L'hôtel ne l'avait pas vue. Ses collègues ignoraient où elle était, officiellement du moins.

Et je ne savais rien de plus.

Post Alley me laissa dans un grand cul-de-sac au-dessus duquel naissait une route aérienne. Celle-ci partait vers la baie avant de virer à gauche pour rejoindre l'Alaskan Viaduct. Ses piliers en béton étaient recouverts de plusieurs années de graffiti. « Rev9 », « Plus tard », « De retour », pouvait-on lire entre autres. Tandis que mes yeux s'attardaient devant ce tableau, je ressentis un picotement entre les omoplates.

Je pivotai, tranquillement, l'air de rien. Quelques individus allaient et venaient autour de moi, vaquant à leurs activités dans l'ombre de la route surélevée, quittant ou regagnant leurs voitures, déplaçant des choses d'un point A vers un point B. Au-delà couraient une large artère et deux quais, après quoi scintillaient les eaux d'Elliott Bay.

Personne ne regardait dans ma direction. Tous étaient en mouvement, à pied ou au volant. Le trafic bourdonnait sur la voie aérienne, lançait de profondes vibrations dans les bâtiments et les trottoirs alentour, jusqu'à ce que la ville entière semble chanter une même note, longue et basse.

Chapitre 9

Je trouvai un bar dans le centre-ville. Je m'installai près de la fenêtre et commandai un broc entier de café, avant d'épuiser mes derniers restes de charme à convaincre la serveuse de me laisser brancher le téléphone d'Amy sur une prise du comptoir, au moyen du chargeur que je venais d'acheter. Le temps qu'arrive mon café, j'observai les autres consommateurs. À l'origine, les bars étaient des endroits conçus pour s'isoler du monde extérieur. Aujourd'hui, les gens viennent profiter du WiFi gratuit ou parler dans leur portable.

Hélas, personne ne faisait rien d'assez intéressant pour me divertir des controverses qui bouillonnaient sous mon crâne. Le fait qu'Amy soit venue à Seattle à l'insu de ses employeurs s'expliquait sans doute. Je le savais. Cela ne m'affolait pas. Il se pouvait que la situation soit parfaitement normale, sauf dans ma propre tête, et cela me rappela une certaine période, vieille d'environ un an, où Amy s'était mise à parler dans son sommeil. Au début, il s'agissait de simples marmonnements sans queue ni tête, mais bien vite ceux-ci s'étaient mués en véritables phrases. J'étais réveillé toutes les nuits, et nous dormions de plus en plus mal. Amy s'efforça d'ajuster son régime, de limiter la caféine et d'allonger ses séances de fitness, mais rien n'y fit. Puis, sans raison apparente, cela cessa d'un coup, même s'il me fallut encore deux semaines pour dormir d'une traite. Pendant ces insomnies chroniques, j'avais eu tout le loisir de m'interroger sur le fonctionnement du cerveau humain.

Comment s'organisait-il pour verbaliser des pensées malgré le repos théorique de ses fonctions conscientes ? Comment s'y prenait-il, et pourquoi ? À qui parlait-il comme ça ?

C'est à ce jeu-là que ma cervelle semblait vouloir jouer présentement. La partie sous contrôle plantait son doigt dans les brèches pour me proposer des explications rationnelles. Et elle faisait du bon boulot, en supposant par exemple qu'Amy pouvait être venue ici incognito, afin d'amener de nouveaux clients à sa boîte sans que cela passe pour une victoire collective. Amy était une tacticienne née. D'ailleurs, c'était peut-être de cela qu'elle essayait de me parler, ce fameux soir où je n'avais écouté que d'une oreille...

Mais dans le même temps, d'autres zones de mon esprit couraient dans tous les sens. Au fond de chaque être siège une voix qui se méfie de l'ordre et ne s'apaise qu'en voyant le monde se briser dans le chaos, ce chaos qu'elle croit déceler derrière toute chose. Ou bien c'est juste moi.

Lorsque le téléphone d'Amy eut suffisamment de jus, je le récupérai derrière le comptoir. Le tenir dans ma main me fit un drôle d'effet : le seul appareil qui me permettait de parler à ma femme était en ma possession, et cela semblait nous éloigner un peu plus encore. L'homme a évolué, l'invention du mail et du portable l'a doté d'un sixième sens. Mais ôtez-lui ce sens et il panique, comme s'il perdait la vue. L'idée me vint d'essayer de joindre la maison, mais la ligne sonna dans le vide, avant le répondeur. Je laissai un message indiquant où j'étais, et pourquoi, au cas où Amy rentrerait avant moi. Cette démarche aurait dû me paraître judicieuse, mais j'avais juste l'impression de voir une énième route se dissoudre sous la pluie.

Le portable d'Amy était d'une autre marque que le mien, avec des touches sensiblement réduites, de sorte que mon pouce ouvrit par erreur le menu baladeur. Il y avait huit pistes MP3 en rayon, ce qui m'étonna un peu. Comme toute Américaine non-Amish du XXIe siècle, Amy possédait un iPod. Elle n'avait aucune raison d'utiliser son portable pour écouter de la musique, et si je concevais qu'un téléphone soit vendu avec quelques titres préchargés, huit me semblaient quand même beaucoup.

Les sept premiers morceaux avaient pour titre Piste 1, Piste 2... jusqu'à Piste 7, et le huitième présentait seulement une longue suite de chiffres. J'essayai la Piste 1. L'oreillette cracha des notes métalliques, un de ces vieux jazzmen grésillants des années 1920. Cela ne ressemblait guère à Amy, qui avait plus d'une fois prouvé sa détestation du jazz et plus généralement de tout ce qui était antérieur à Deborah Harry. J'essayai une autre piste, puis une autre encore, pour un résultat analogue. J'avais l'impression de tenir le plus petit tripot du monde, au plus fort de la Prohibition.

Je refis un tour dans le répertoire, non plus pour chercher Kerry, Crane & Hardy, mais pour voir si autre chose retenait mon attention. Hélas, rien ne me frappa. Je ne connaissais pas tous les noms, mais quoi de plus normal ? Le boulot d'un conjoint est un pays étranger. Vous n'y serez jamais chez vous.

J'ouvris ensuite la rubrique des SMS. Amy avait été initiée aux joies des mini-messages par les jeunes pousses de sa boîte, et depuis nous échangions régulièrement des bribes de texte – quand je savais qu'elle serait en réunion, ou qu'elle souhaitait me transmettre une info n'exigeant pas mon attention immédiate. Le plus souvent, c'était juste pour dire bonjour. Sans grande surprise, je trouvai quatre messages de ma part dans les archives, disséminés sur plusieurs mois. Il y en avait aussi deux de sa sœur, qui vivait à Santa Monica dans la maison de leur enfance.

Et onze d'une tierce personne.

Les miens et ceux de Natalie mentionnaient un nom d'expéditeur, quand les onze autres affichaient juste un numéro – toujours le même.

Je sélectionnai le message le plus récent. Il était vierge, pas le moindre caractère. Idem pour le suivant, et encore celui d'après. Pourquoi s'acharner à balancer des messages vides ? L'incompétence était une explication possible, mais tout de même, au bout de trois ou quatre tentatives, même le pire empoté aurait pigé le truc. Je passai tous les autres en revue. À force d'ouvrir des pages blanches, je n'attendais pas que le sixième soit différent – à défaut d'être plus clair.

Les Intrus

Il disait :

oui

Trois lettres, sans même un point. Suivirent quelques nouveaux messages vides, puis le dernier en date :

1 rose embaumrt autt ss 1 autr nom... :-D

Je posai le téléphone sur la table et me resservis du café. Cela fait beaucoup, onze messages, même si la plupart ne disaient rien. Et puis Amy n'était pas femme à encombrer sa mémoire numérique avec les erreurs de manipulation des autres. Elle n'était pas sentimentale à ce point. De mes propres messages, elle n'avait conservé que ceux qui contenaient des renseignements utiles à long terme. Les quelques je-pense-à-toi que je lui avais postés l'avant-veille, et auxquels elle avait répondu, étaient déjà effacés. Quant à ceux de Natalie, je soupçonnais Amy de les avoir gardés pour leur caractère exaspérant, comme éléments à charge contre sa sœur.

La question demeurait entière : pourquoi conserver les loupés d'un tiers ? Et dans quel contexte peut-on recevoir autant de messages d'une personne dont le nom ne figure même pas dans la liste de contacts ? Les autres messages étaient attribués à Maison – les miens – ou à Natalie, alors que ceux-ci renvoyaient à un simple numéro. Étant donné leur nombre, pourquoi ne pas s'être donné la peine d'entrer le nom de leur expéditeur ?

Pour le garder secret ?

Je basculai dans le journal des appels passés et reçus. Le numéro mystère n'apparaissait nulle part. Ce correspondant ne communiquait visiblement que par SMS ; du moins n'avait-il pas appelé au cours des trente derniers jours.

Cela me donna une idée. Revenant sur le premier message, je vis qu'il datait d'un peu plus de trois mois. Un autre mois s'était écoulé entre le premier et le deuxième, puis deux semaines avant le troisième, après quoi la fréquence avait sensiblement augmenté. Ce « oui » sibyllin remontait à six jours, et ce truc sur les roses était arrivé hier, en fin d'après-midi.

Amy l'avait forcément lu, sans quoi il eût figuré dans la catégorie NON LUS. Elle avait perdu son téléphone peu après, au cours d'une soirée que son agenda disait libre d'obligations.

Puis elle s'était perdue elle-même.

Je quittai la section des messages reçus pour celle des textes envoyés. La liste était très brève. Une réponse à Natalie, une autre à moi. Puis une troisième, expédiée deux minutes après réception du dernier message, et qui disait ceci :

Bell 9. Attendrai, qd seras prêt, aujrd, 1 sem, 1 an biz biz

La serveuse vint me demander si je désirais du café frais. Je déclinai la proposition, préférant une bière.

S'il est un domaine où mon défunt père ne m'a jamais déçu, c'est lorsqu'il s'agissait de répondre à mes questions de gamin. Cet homme n'était pas d'une patience infinie, mais quand on lui demandait une explication – comment la Lune était apparue, pourquoi les chats dormaient tout le temps, pourquoi le monsieur là-bas n'avait qu'un bras –, il offrait toujours une réponse de grande personne. Sauf un jour, quand j'avais environ douze ans : impressionné par le numéro d'esbroufe d'un élève plus âgé, j'étais revenu de l'école en demandant à mon papa quel était le sens de la vie, pensant que cela me ferait paraître au moins seize ans. Mais je parvins seulement à l'agacer, et il jugea ma question idiote. Devant mon incompréhension, il développa : « Imagine qu'un jour tu rentres à la maison et que tu trouves quelqu'un derrière la table, en train de manger dans ton assiette. Tu ne vas pas lui demander : "Qu'est-ce que tu fabriques là, assis à ma place, à bouffer mon dîner ?" car l'autre pourra s'en tirer en disant qu'il avait faim. Cela répondrait à la question posée, certes, mais pas à la *vraie* question qui te taraude, à savoir : "Qu'est-ce que tu fous chez moi ?" »

Sur le moment je n'ai pas compris, mais au fil des ans cette remarque m'est souvent revenue en mémoire. Elle a sans doute fait de moi un flic un peu moins borné que la moyenne, qui laissait parler les témoins avant de les accabler de questions préétablies. J'y repensais encore aujourd'hui, assis dans ce bar de Seattle, à l'heure d'entamer ma première bière.

Les Intrus

J'avais la tête lourde, les os glacés, et une petite voix me soufflait que cette journée risquait de mal finir. Je me disais aussi qu'il fallait peut-être cesser de se demander où était passée Amy, pour envisager dès maintenant la question du pourquoi.

Chapitre 10

Au même moment, une fillette était plantée dans un hall d'aéroport. D'après la grande horloge suspendue au plafond, il serait 16 heures d'ici vingt-quatre minutes. Puis le dernier chiffre changea, transformant le 16 h 36 en 16 h 37. La fillette garda le nez en l'air jusqu'à 16 h 39. Elle aimait bien les 9. Elle n'aurait su dire pourquoi, mais ce chiffre lui plaisait. Une annonce enregistrée répétait aux gens de ne pas fumer, ce qui devait, à son avis, leur être assez pénible.

Madison ignorait quelle était sa destination. Pendant deux minutes elle n'avait même pas su où elle était. Mais ça y était, elle reconnaissait les lieux. L'aéroport de Portland, bien sûr. Elle était déjà venue à plusieurs reprises. Le dernière fois, c'était au printemps, pour rendre visite à la maman de maman en Floride. Madison s'en souvenait bien, elle avait feuilleté quelques livres dans la petite librairie Powell's et bu un jus d'orange dans le café d'où l'on voyait atterrir et décoller les avions. Maman appréhendait le vol, et papa avait réussi à la dérider en racontant des blagues. On rigolait plus, à l'époque. Beaucoup plus.

Mais aujourd'hui ? Madison se rappelait une discussion matinale sur un éventuel saut à l'épicerie de Cannon Beach, discussion restée sans suite. Puis elle avait passé un peu de temps sur la plage. Il faisait froid, il y avait du vent. On ne s'était pas promené. Avait suivi un déjeuner frugal et silencieux, dans la villa, après quoi maman était restée à l'intérieur, laissant Madison seule devant la mer.

Les Intrus

Après ça... il y avait un trou. Comme lorsqu'elle s'était réveillée, cette nuit, incapable de se remémorer ses derniers instants sur le sable. C'était comme si un gros nuage venait lui barrer la vue.

Maman n'était pas dans cet aéroport, c'était certain. Elle n'aurait pourtant jamais abandonné sa fille dans un tel endroit... Madison s'aperçut alors qu'elle portait son nouveau manteau. Ça aussi, c'était bizarre. On n'allait pas au bord de l'eau avec ce manteau-là. On prenait plutôt l'ancien, celui qui ne craignait pas le sable. Autrement dit, Madison avait dû repasser par la villa après la plage, pour se changer avant de filer en douce.

Mais *après* ? Comment s'était-elle rendue à Portland ? Oncle Brian avait un mot pour ça : déconcertant. Sinon, à part ça, elle se sentait bien. Dans son état normal. Alors c'était quoi, ce trou noir ? Et qu'était-elle censée faire, maintenant ?

Ses doigts serraient quelque chose dans sa poche. Elle sortit l'objet. Un carnet. Petit, en cuir marron et taché, d'aspect vieillot. Elle l'ouvrit. Les pages étaient remplies de texte. La première phrase disait :

Au commencement était la Mort.

L'encre brunâtre avait bavé par endroits. Il y avait aussi des dessins, des cartes et des diagrammes, des listes de noms. L'un de ces diagrammes était le même que sur la carte de visite qu'elle avait conservée, avec les 9 entremêlés. L'écriture aussi était identique. Des premières pages dépassait un long rectangle de papier. Un billet United Airlines.

Comment... comment avait-elle acheté ce machin ?

Ces questions ne lui inspiraient aucune peur. Enfin, pas vraiment. La situation avait quelque chose d'irréel, comme dans un rêve. L'important, c'était peut-être d'aller là où elle devait aller, sans se soucier du reste. Elle aurait tout le temps, ensuite, de se poser des questions. Oui, cela semblait plus avisé. Plus simple.

Madison cligna des yeux, et lorsque ses paupières se rouvrirent ses angoisses avaient disparu. Comment avait-elle parcouru les quatre-vingts kilomètres entre Cannon Beach et l'aéroport ?

D'où venait ce billet d'avion à plus de cent dollars ? Que faisait-elle ici toute seule ?

On verrait tout ça plus tard.

Pour Jim Morgan, la vie renfermait un grand secret, et ce secret il le tenait de son oncle Clive. Ce type cadavérique – le frère de son père, donc – avait fait toute sa carrière au centre d'expédition de Ready Ship, du côté de Trigart. Vérifier les camions entrants, vérifier les camions sortants, cinq jours par semaine pendant plus de trente ans. Le papa de Jim n'avait jamais caché que, étant lui-même cadre (moyen) dans une banque, il pensait avoir dépassé son grand frère de plusieurs barreaux sur l'échelle sociale. Et pourtant, alors que le paternel passait sa vie à gémir et à se sentir méprisé, l'oncle Clive, lui, semblait ravi de son propre sort.

Un dimanche soir, quand Jim avait treize ans, son oncle avait parlé de son travail d'un bout à l'autre du dîner. Ce n'était pas la première fois, et les parents de Jim roulèrent ostensiblement des yeux, mais ce coup-ci leur fils tendit l'oreille. Il écouta son oncle détailler les plannings et les objectifs commerciaux. Il l'écouta décrire les procédures. Il comprit petit à petit que tous les jours, entre 8 heures et 16 heures, sortir de l'entrepôt Ready Ship revenait à faire passer un gros chameau dans le chas d'une aiguille – et que cette aiguille, c'était son oncle Clive. Peu importait qui vous étiez ou ce que vous transportiez, peu importait le degré de retard ou d'urgence, peu importait combien de fois Clive avait vu votre bouille, vous présentiez votre badge, votre laissez-passer ou votre lettre d'autorisation. Vous vous montriez poli. Vous vous adressiez à l'oncle Clive en y mettant les formes, sinon vous ne passiez pas, ou alors au prix d'un long échange truffé de coups de talkie-walkie et de hochements de tête négatifs dont vous ressortiez tout merdeux. Les règles étaient claires. On montrait son laissez-passer. C'était la loi, et si vous ne pouviez pas vous la rentrer dans le crâne, l'oncle Clive n'y était pour rien.

Quinze ans plus tard, Jim avait fait siens ces principes. Vous pouviez faire le con ou bien vous tenir à carreau : il y aurait toujours quelqu'un, mandaté par Dieu ou par les autorités compétentes, pour s'assurer que vous obéissiez aux instructions. Mais il y avait un autre enseignement derrière tout cela, une façon d'envisager la vie : prendre du plaisir là où l'on peut, et s'arranger pour être le roi dans son domaine. Amen.

Le domaine de Jim était la ligne de sécurité de l'aéroport de Portland, et il se montrait intraitable. Soit les gens se plaçaient comme il fallait, soit ils s'exposaient aux foudres de Jim qui n'avait aucun scrupule à suspendre une vérification pour remonter lentement la file de voyageurs crispés et dire aux petits cons du fond de garder le rang. Devant aussi, il avait sa technique. Le client avait le droit de s'approcher, mais tous les autres (y compris les époux, les collègues, les mères et les guides spirituels) devaient rester derrière cette putain de ligne jaune et attendre leur tour. Toute infraction conduisait Jim à s'interrompre pour s'avancer d'un ou deux pas et rappeler le règlement à la face du contrevenant. Il pouvait y passer la journée, lui, c'était même pour ça qu'on le payait, fût-ce par tranches de deux ou trois heures. Mais les gens de la file n'étaient pas du même camp que le salopard d'en face. Eux étaient pressés d'atteindre la salle d'embarquement, d'acheter un magazine ou d'aller couler un bronze, et quiconque contrariait ces desseins se posait en ennemi du peuple. C'est pourquoi Jim avait adopté la devise « diviser pour régner » ; du moins l'eût-il ainsi formulé s'il s'était posé la question. Mais il n'en avait pas besoin. Ce n'était pas son boulot d'expliquer les choses. Les choses étaient comme ça et pas autrement, point final.

À 16 h 48, tout allait bien dans le petit monde de Jim. Sa file avançait en bon ordre. Elle n'était ni trop longue (il passerait pour inefficace) ni trop courte (il passerait pour trop coulant, ce qui était encore pire) et elle était bien droite. Jim remercia d'un hochement de tête une octogénaire du Nebraska qui, au terme d'un premier examen, semblait peu susceptible de transporter un briquet, une arme à feu ou un engin atomique, après quoi il la dirigea vers la machine à rayons X. Puis, à son rythme, il revint face à la file.

Une fillette attendait. Neuf ans, peut-être dix, avec de longs cheveux. Seule, visiblement.

Jim plia la main pour lui indiquer d'approcher. Elle s'exécuta. Il releva la tête, ce qui signifiait : « Montrez-moi vos documents et tâchez de les présenter dans le bon ordre (ordre qui n'était spécifié nulle part), ou alors je vous fais passer pour une tarte devant tout le monde. »

— Bonjour, dit la gamine en souriant.

C'était un joli sourire, de ceux qui suscitent une deuxième ou une troisième virée dans les magasins de jouets, le sourire d'une petite fille qui avait toujours eu son fort pour gagner les gens à sa cause. Mais Jim ne le lui rendit pas. La sécurité n'était pas affaire de risettes.

— Billet.

Elle le lui tendit sans délai. Jim l'examina à sa vitesse habituelle, trois fois plus lente que nécessaire. Puis, les yeux rivés sur le papier où tout était inscrit, il demanda :

— Adulte accompagnateur ?

— Pardon ?

Il releva lentement les yeux.

— Il, ou elle, est où ?

— Quoi ? fit l'enfant d'un air perdu.

Jim s'apprêtait à brandir l'une des phrases types prévues en cas d'entorse à la procédure – ses versions à lui étaient notoirement brutales. Le seul problème : ce n'était qu'une gosse. Les deux clients d'après commençaient à scruter la scène. Jim ne pouvait pas l'incendier.

Il sourit maladroitement :

— Tu as besoin d'un adulte accompagnateur pour te rendre en salle d'embarquement. C'est la loi.

— Vraiment ? répondit-elle. Vous êtes sûr ?

— Ben tiens. « Les mineurs non accompagnés doivent être conduits à la porte d'embarquement par un parent ou un adulte responsable, récita Jim, lequel devra rester dans l'enceinte de l'aéroport jusqu'à ce que l'enfant ait embarqué et que l'appareil ait quitté la porte. » Tu ne peux pas te pointer la bouche en cœur et t'envoler comme ça.

— Mais... je vais rendre visite à ma grand-mère ! protesta Madison d'une voix paniquée. Elle m'attend. Elle va s'inquiéter.

— Eh bien, ta maman aurait sans doute dû vérifier que...
— S'il vous plaît ! Je ne suis pas venue toute seule, en fait. Mon... mon accompagnateur a dû ressortir pour fumer. Il sera là dans une minute, je vous jure.

Jim secoua la tête.

— Même si je te laissais passer, ce que je ne vais pas faire, ils te contrôleront une nouvelle fois à la porte. Tu ne pourras jamais t'approcher de l'avion sans adulte avec toi.

Le sourire de la fille se fana lentement.

— Désolé, petite, dit Jim au prix d'un gros effort pour cacher qu'il ne l'était pas du tout.

Elle le considéra un instant.

— Surveille tes arrières, lâcha-t-elle entre ses dents.

Puis elle se glissa sous la corde et s'éloigna dans le hall, pour se fondre parmi les autres voyageurs du soir.

Bouche bée, Jim la regarda disparaître. En matière de chiards, il était partisan du « rien à battre », mais là... ne fallait-il pas lui courir après ? Pour s'assurer qu'elle était bien accompagnée ?

D'un autre côté, la file s'allongeait, certains commençaient à voir rouge, et en définitive ce n'était pas son problème. Tout ce qu'il voulait, c'était terminer son service, rentrer à la maison et boire des bières devant la télé, avant de choper un peu de porno sur Internet. Sans compter que...

C'était grotesque, évidemment, de telles paroles dans la bouche d'une enfant. Elle avait dû piquer cette réplique dans un film. Mais c'était dit sur un ton... Si la môme avait mesuré cinquante centimètres de plus, Jim aurait pris la menace au sérieux, même venant d'une femme – et cela, personne n'avait à le savoir. Alors il s'occupa de la personne suivante, qui se révéla de nationalité française. Jim procéda donc à un contrôle spécial non-Américain, ce qui consistait à étudier les papiers du gars encore plus longuement et d'un œil encore plus sombre que d'habitude, puis de lui lancer un regard hostile du genre : « Ne crois pas qu'on a oublié le déballonnage sur l'Irak. » Au terme de cet exercice, Jim était redevenu le roi de la ligne.

La gamine lui sortit de l'esprit jusqu'au lendemain, lorsque les inspecteurs se pointèrent pour l'interroger. Là, en comprenant qu'il avait loupé l'occasion d'empêcher la disparition d'une fillette de neuf ans, Jim eut une deuxième révélation : il existait des trous encore plus étroits qu'il ne le pensait, et il allait passer un sale moment à les traverser dans un sens et dans l'autre.

Madison avait quitté le bâtiment pour se réfugier sur le trottoir, en plein désarroi.

Que faire à présent ?

Alors qu'elle se demandait, les sourcils froncés, ce qui avait pu l'inciter à prendre l'avion quand il semblait tellement plus sensé de rentrer à la maison en taxi, elle remarqua un homme qui fumait, à environ trois mètres d'elle. Il l'observait avec l'air de se demander où étaient passés ses parents. Il avait une tête de brave gars, le genre à venir vérifier si tout allait bien, auquel cas Madison ne saurait pas quoi lui répondre. Elle n'était même plus sûre d'oser parler : elle avait tenu à l'agent de sécurité des propos à la limite de la grossièreté, ce qui ne lui ressemblait pas du tout. Maddy était très polie, toujours, surtout avec les grandes personnes.

Elle se dépêcha de traverser la chaussée pour gagner le parking à étages, comme si c'était là son but initial. La vue de ce fumeur venait de combler un vide dans sa mémoire : un autre type l'avait observée aujourd'hui, juste après qu'elle... mais oui !

Voilà comment elle était arrivée ici. En bus, pardi.

Elle avait atteint la station Greyhound de la 6e Avenue nord-ouest, puis marché un long moment, en cherchant une certaine adresse. Un lieu qu'elle connaissait, mais n'aurait pas pu situer sur un plan. Dans un coin sans charme, avec de nombreuses boutiques murées, surmontées de lettres qui ne formaient même pas de vrais mots. Il y avait des cartons un peu partout, et une odeur de fruits pourris. Les voitures garées semblaient très vieilles. La seconde différence avec les autres quartiers de Portland, c'était que celui-ci semblait exclusivement peuplé d'hommes. Des hommes plantés dans des épiceries crasseuses. Des hommes allongés dans des entrées d'immeubles, seuls ou à deux, qui ne disaient pas un mot mais suivaient chaque passant du regard. Des hommes grelottant à l'angle d'une rue. Il y en avait des Blancs, des Noirs et des Asiatiques, mais tous avaient à peu près la même allure et semblaient savoir les mêmes choses. Tel était peut-être le sens des paroles de maman, lorsqu'elle disait que la couleur de la peau ne faisait aucune différence. À un moment donné, Madison avait eu affaire à l'un d'eux – à deux d'entre eux, même. Ils tenaient un chien au bout d'une chaîne. Ils étaient venus vers elle d'un pas décidé, en surveillant les alentours, mais soudain leur chien était devenu fou et ils avaient changé de trottoir.

L'avait-elle trouvée, finalement, cette mystérieuse adresse ? Cette partie-là de la journée demeurait obscure. Mais ce dont Madison était sûre, c'est qu'elle n'avait pas ce carnet sur elle en quittant la villa ce matin. Autrement dit, le calepin en cuir taché venait sans doute du quartier sordide. Très bien. Un détail de plus de réglé. Elle avait regagné Portland en bus.

Lorsqu'elle aurait rempli chacune des cases, tout rentrerait dans l'ordre.

Le parking était sombre et froid. Les gens allaient et venaient en tirant des valises qui produisaient un bruit de crécelle. Les voitures quittaient leurs emplacements pour filer vers la route. De gros cars blancs, jaunes ou rouges, avec des portes coulissantes et des noms d'hôtel sur les flancs, chargeaient ou déchargeaient des voyageurs. C'était un lieu plein de gens qui ne se connaissaient pas. Tant mieux. Cherchant un endroit où s'asseoir pour réfléchir au calme, Madison remonta le milieu d'une allée. Tout le monde bavardait, plaisantait, payait le taxi ou surveillait ses marmots. À croire que personne ne la voyait. Cela lui rappelait quelque chose, mais quoi ?

À l'approche d'une voiture jaune garée à mi-hauteur de l'allée, Madison se surprit à réduire ses foulées. La portière du conducteur était ouverte. Comme elle dépassait le véhicule, la fillette jeta un coup d'œil. Un homme était assis à l'avant. Vieux, les cheveux gris. Il tenait le volant, bien que le moteur fût arrêté. Les yeux rivés sur le pare-brise, il semblait stationner là depuis un moment. Madison se demandait ce qu'il pouvait bien fixer comme ça, quand l'individu parut se réveiller et tourna la tête vers elle. Son visage avait quelque chose d'étrange, mais Madison n'en vit pas davantage car aussitôt il démarra, recula d'un bond et quitta le parking en crissant des pneus, comme dans une course-poursuite.

Elle sentit alors se combler le dernier blanc de sa mémoire, telle une baignoire rappelant son eau par la bonde. Cela concernait son périple dans la ville... Une Chinoise. Oui, une Chinoise lui avait donné le carnet. Et lorsque Madison était ressortie de chez cette femme, un automobiliste s'était arrêté pour lui proposer de la conduire quelque part. On avait toujours défendu à Madison de monter dans la voiture d'un inconnu, et pourtant c'est ce qu'elle avait fait. Le conducteur lui avait d'abord paru aimable ; il se rendait à l'aéroport, et il était ravi de la dépanner. Puis il devint excité comme un petit garçon, à glousser même lorsqu'il n'y avait rien de drôle. Il la complimenta sur sa beauté, chose qu'elle aimait entendre dans la bouche de papa, mais pas dans celle de ce type.

Ils s'étaient présentés ensemble au guichet d'une compagnie aérienne ; elle s'était fait passer pour sa fille, et il avait payé le vol avec l'argent qu'elle lui avait remis. Mais ensuite il avait voulu revenir ici, dans ce parking, et il avait tenté de la ramener dans la voiture. Maintenant qu'il avait fait ce qu'elle lui demandait, c'était à elle de se montrer gentille, disait-il. Il lui avait posé la main sur le bras.

Madison ne savait plus comment cela avait tourné, mais elle le revoyait encore repartir tout seul, la joue écorchée. Oui, Madison savait qu'elle n'était pas remontée dans la voiture de l'homme. Elle avait regagné le terminal en courant, pour essayer de prendre l'avion.

Elle sortit le billet de sa poche. Elle n'avait jamais mis les pieds à Seattle, alors pourquoi s'y rendre maintenant ? Elle l'ignorait. Mais elle y tenait, pourtant, et de toute urgence. Elle sentait au fond d'elle que sa place était là-bas. Comme papa disait parfois à ses collègues au téléphone, elle allait donc devoir trouver une « solution plus viable ».

S'apercevant que son manteau faisait une bosse à la poitrine, elle plongea la main dans la poche intérieure. Elle en ressortit une enveloppe poussiéreuse contenant des billets de cent dollars. *Plein* de billets de cent dollars. Ils ne pouvaient être à maman – elle avait ses cartes de crédit. Sous la liasse se cachait un petit anneau métallique, reliant une paire de clés.

Madison rangea l'enveloppe dans son manteau, en la classant mentalement parmi les mystères à élucider plus tard. Elle était maligne, tout le monde le disait. Elle trouverait le fin mot de l'histoire.

Quelques voitures plus loin, une femme glissait une petite valise dans son coffre. Madison alla aussitôt se planter derrière elle.

La dame se retourna. Elle était plus jeune que maman.
– Bonjour, lança-t-elle. Comment tu t'appelles ?
– Madison. Et vous ?

La femme répondit qu'elle s'appelait Karen. Elle était douce, souriante. Deux minutes plus tard, Madison se dit qu'elle tenait peut-être une solution viable.

Lorsque Karen sortit du parking, la fillette était assise à côté d'elle. Voyant la conductrice perdue face à la multiplicité des panneaux – cela arrivait aussi à maman –, Madison décida de lui épargner la pression d'un public. Elle rouvrit le calepin en cuir pour lire la suite de la première page.

Les gens n'étaient pas aveugles, ils se rendaient bien compte que la mort était une saloperie, mais ils voulaient y voir la volonté de Dieu – car notre Dieu était un dieu sévère, qui nous détestait. Dans leur esprit, la mort était Son châtiment final, au terme de nos brefs passages dans la fange du malheur : Il nous jetait sur ce sol sombre et violent pour nous faire courir d'abris glacials en assiettes vides, sous une pluie interminable, tremblants de savoir qu'à tout moment, à n'importe quel moment, un talon souillé de sang pouvait s'abattre comme la foudre et nous écrabouiller sur les pierres. On nous reprend les êtres aimés, nous les voyons bouffés, putréfiés par la maladie, et c'est pourquoi nous noyons nos existences fébriles dans la bouffe, la baise, le rêve, car nous comprenons que le même sort nous attend. Et qu'après cela nous guette une éternité de silence et de nuit, nous laissant couchés, inertes et aveugles sur un nuage moelleux, une perspective enjolivée par les mensonges que l'on a appris à se raconter dès que l'on a su parler. La promesse d'une réclusion éternelle, dans le grenier cossu du paradis, ou dans les galeries de l'enfer.

Sauf que, et là, ouvrez grand vos oreilles !...
Ce mensonge n'en est pas vraiment un.

Ces endroits existent, mais tout près de nous. Les gens s'en sont aperçus petit à petit, ils ont commencé à s'organiser. Certains, du moins. Une infime minorité. Ceux qui avaient la volonté, la force de caractère. Ceux qui se sont élus eux-mêmes. Ceux qui ont appris que les portes des prisons pouvaient s'ouvrir la nuit, que nous pouvions revenir sur nos pas. Et que, au bout du compte, nous pouvions aussi habiter les heures du jour, en redevenir les occupants.

Des gens comme nous.
Des gens comme toi, mon petit.

– Qu'est-ce que tu lis ? demanda Karen, visiblement soulagée d'avoir trouvé la bonne route.

– Aucune idée, répondit Madison.

Chapitre 11

Le premier bar était correct, mais un peu guindé. Après quelque temps, les patrons avaient allumé la télévision, et toute la salle avait suivi un match sans le son. Ce n'était pas un lieu pour moi. J'avais donc migré vers un autre troquet, le Tillie's, où l'on écoutait du rock à plein tube dans une ambiance relâchée. Non pas que ce cadre fût tellement plus idéal. L'avantage et l'inconvénient, avec les bars et l'alcool, c'est qu'ils déforment les relations humaines. Parfois c'est un plus, quand une âme solitaire trouve du réconfort auprès de nouvelles têtes – la chaleur grégaire du feu de camp tribal. Mais il arrive aussi que l'on soit séduit par un individu, et puis après par son voisin ; que votre copain ou votre copine se révèle rasoir au possible, tandis que les inconnus d'en face deviennent vos meilleurs amis. Après quoi l'on s'engage dans des conversations qui n'ont pas lieu d'être. Telle est mon expérience, en tout cas. Je me souviens notamment d'un gus avec lequel la discussion était partie en eau de boudin. Le type avait des poches sous les yeux, des cheveux à l'abandon, et son blouson était chouette mais semblait dater d'une période plus faste : il habitait cette pelure de la même façon que les retraités sans le sou passent leurs après-midi d'hiver assis dans des squares bien tondus.

– Jack Whalen, lui répétais-je en haussant la voix, tout près de son visage. Faudra peut-être le commander, ou aller sur Amazon, mais il existe.

Mon interlocuteur ne semblait guère impressionné. Il avait plutôt l'air de me trouver encore plus lourdingue qu'au début. Il n'avait peut-être pas bien entendu, ou alors rien compris. Ses prunelles me montraient qu'il était aussi gris que moi – c'est-à-dire proche du noir. Alors que je rouvrais la bouche pour gueuler carrément, l'expression de ses yeux me fit ravaler ma salive. Je n'y voyais pas seulement du mépris, mais une espèce de haine lasse.

Un bruit dans mon dos. Je me redressai.

Un type en costume clair fit irruption aux chiottes avec les mains sur la braguette. Il atteignit de justesse l'urinoir avant de pisser comme un cheval de course.

— Ouaaahh ! expira-t-il tout en m'adressant un sourire, émerveillé par ses brillantes facultés d'élimination.

— N'est-ce pas, répondis-je.

C'était une réplique faiblarde, mais je ne vois toujours pas ce que j'aurais pu apporter de plus au débat. Je me séchai les mains sur mon pantalon et me traînai hors des toilettes avec une sensation de froid dans la nuque.

La musique me parut tout à coup molle et vieille, et le lieu plus lumineux que dans mon souvenir. Et puis j'étais conscient d'avoir parlé à mon reflet au-dessus du lavabo des gogues. Cela m'arrive parfois, quand je suis particulièrement cuit ou à côté de mes pompes. Je fixe mon visage, et l'espace d'un instant je crois voir un parfait étranger. Au début, la rencontre reste conviviale, mais parfois elle verse dans un registre plus intime, du style ressaisis-toi-grosse-loque. Oui, j'étais certain d'avoir cru parler à un autre, et cela n'augurait rien de bon, car il était à peine 8 heures du soir, et en l'absence d'éléments nouveaux je n'étais pas près de rentrer chez moi.

Je me rappelai soudain que cent cinquante bornes me séparaient de la maison. Que j'aurais dû rendre le 4×4 aux Zimmerman depuis plusieurs heures. Que je n'étais plus en état de conduire, ne savais pas où dormir, et n'avais toujours pas eu le moindre contact avec ma femme, dont le portable contenait des messages très suspects.

Puis je me souvins d'avoir déjà ruminé tout cela en allant

aux toilettes, sans trouver, là non plus, la moindre ébauche de solution.

Heureux de voir que ma bière Mack & Jack's était à peine entamée, j'essayai de reprendre pied dans le décor. Il y avait une serveuse assez mignonne. Mince, avenante, les cheveux savamment désordonnés. La blouse et le tablier lui allaient à ravir. Mais je ne portais là qu'un jugement distancié, telle une femme avisant une paire d'escarpins qu'elle n'a ni l'envie, ni le besoin, ni les moyens de s'offrir. D'autres clients manifestaient leur approbation de manière plus directe. Une demi-heure plus tôt, un gars était descendu de son tabouret pour repartir dans la nuit, la mine déconfite. Au moment de le saluer, la jolie serveuse lui avait dit :
– En tant que père, tu as des droits, tu sais.
Certes, pensai-je alors, *mais t'aura-t-il vraiment échappé que si le mec te racontait ses misères avec sa garce d'ex-femme, et en soulignant à quel point il aimait ses enfants, ce n'était pas pour obtenir de précieux conseils juridiques mais plutôt dans le vague espoir d'accéder à ton lit ?* Comme vous le voyez, plus je buvais, plus je gagnais en sagesse. C'est souvent le cas, chez moi.
À la place du dragueur déchu apparut un jeune pseudo-couple. La fille s'était vêtue avec soin et maquillée avec ferveur, et pourtant elle demeurait désespérément quelconque. Son compagnon mal rasé avait des pommettes rebondies et le teint olivâtre. Il portait un jean, un cuir râpé rouge, des favoris pointus, sans oublier le bandana de la même couleur que le blouson. Je l'ai tout de suite détesté.
– Je serais incapable de t'en vouloir, lui expliquait la fille.
Le blaireau hocha la tête au petit bonheur la chance, signe d'une compréhension langagière plus limitée qu'il ne le voulait le montrer.
La discussion progressa cahin-caha, sous la houlette de la demoiselle. Le jeune homme se contentait d'intervenir de loin en loin, sa retenue conférant un semblant de profondeur à des perles gnomiques du style : « Oui, je pense aussi comme toi. » Son côté inoffensif, à la limite du touchant, ne le rendait que

plus cognable. La nana se penchait souvent vers lui, rapprochant ni vu ni connu son siège de quelques centimètres. Le gars supportait cela avec stoïcisme, et soudain leur situation me devint des plus limpides, comme si j'étais perché au bord de leur relation pour l'observer d'un œil critique, tel un dieu aviné chargé d'accompagner leurs premiers pas. Mais à force de me pencher vers eux, je fus repéré par la fille.

L'instant d'après, je m'adressai à elle :

– Écoute, chérie, je vais te faire économiser du temps et des larmes. Ce que le brave Carlos essaie de te dire sans le dire vraiment, c'est qu'il a bien aimé te sauter au cours de ces dernières semaines, mais qu'il doit maintenant rentrer en Europe, où il en sautera une autre, probablement la nana du village dont les lettres se sont empilées sous son lit durant son séjour ici.

Elle écarquilla les yeux. Je haussai les épaules :

– Me dis pas que t'es surprise. Il suffit de regarder ces favoris pour comprendre que l'ami Pedro n'est ni poète ni torero. Il passera ses plus belles années à conduire le camion de livraison du restau de son oncle, à baisouiller à droite et à gauche tant qu'il en sera capable, puis il gonflera comme une outre et ses cernes se creuseront un peu plus. Allez, console-toi en te disant que ce type restera ton amant imaginaire jusqu'à la fin de tes jours, et reviens au plan A en te dégotant un gentil petit diplômé d'école de commerce, un type du cru qui aura les joues bien lisses et fréquentera une salle de gym.

Les deux me fixaient à présent, lui complètement perdu, un léger sourire aux lèvres, épaté de voir combien les Américains sont liants – ils prennent la parole comme ça, de manière spontanée, c'est trop génial. La fille, elle, se remit à cligner des paupières, deux fois de suite, et je compris subitement que j'étais loin du compte.

– Attendez un peu, repris-je alors que la lumière se faisait en moi. Vous n'avez *pas* baisé, c'est ça ? Mais Monsieur repart demain, et tu espères conclure ce soir. Désolé, chérie. Cela n'arrivera pas. Vous n'avez jamais été que de simples copains, même s'il a toujours su, de manière instinctive, que tu n'attendais que ça.

Les Intrus

La fille me dévisageait, bouche bée. Je secouai lentement la tête pour compatir à sa douleur, pour communier avec son âme limitée et néanmoins honnête.

Sur quoi elle me balança un cendrier dans la tronche.

Je quittai le Tillie's dans un nuage de brume. J'avais voulu m'expliquer avec la serveuse, mais le sang sous mon nez m'avait sensiblement gêné. Elle appela un grand Black en cuisine pour m'inciter à déguerpir. Ce ne fut pas difficile, le molosse était convaincant.

Je me retrouvai donc sur le trottoir, à devoir affronter seul le trafic et la bruine. J'arpentai la 4e pendant un moment, fumant héroïquement des clopes tout en insultant les arbres. Je réessayai à trois reprises de joindre la maison, sans le moindre résultat. Je savais que je m'étais soûlé pour ne pas voir la vérité en face, mais cette prise de conscience ne réglait rien en soi, je refusais toujours d'y penser. Ne trouvant aucun refuge hormis le Malo et un autre bar d'hôtel, et sachant que je ne serais le bienvenu ni dans l'un ni dans l'autre, je m'engageai à droite dans une certaine Madison Street afin de pousser jusqu'aux quais. Je découvris alors que cette Madison n'était pas une rue mais un flanc de montagne. Je parvins à grimper l'équivalent de deux pâtés de maisons, mais quand j'atteignis la 2e Avenue et découvris le tronçon suivant, je fus tenté de camper là jusqu'à ce qu'on ouvre un café dans le secteur. Jugeant toutefois que c'eût été un aveu de faiblesse – l'esprit du mâle abonde en conneries de ce genre –, je poursuivis mon effort. Le pavage en béton de Federal Building laissa place à des briques saillantes, ce qui m'aida un brin, mais après quelques pas mes jambes capitulèrent. J'atterris sur le coude et sur le cul, avant de glisser en arrière sur environ trois mètres, pour heurter avec fracas une poubelle métallique.

Comme je me relevais, un couple d'âge moyen me croisa, le pas sûr et régulier.

– Ça glisse, hein ? lança l'un des deux.

Leurs polaires assorties leur donnaient l'air d'un lombric à deux têtes.

– Je vous emmerde, répondis-je.

Au coin de la 1re Avenue, j'entrai dans une supérette pour racheter des clopes. La Chinoise qui tenait la caisse aurait préféré m'ignorer, mais je lui décochai Le Regard et elle obtempéra. Je pris aussi une bouteille d'eau, et vérifiai dans la vitre du réfrigérateur que je n'avais plus de sang sur le visage. De retour dans la rue, j'avisai la lueur d'un bar, sur le trottoir d'en face. Je m'y rendis en clopinant. C'était un endroit distingué, plus ou moins rattaché à un hôtel, mais assez sombre pour que les zébrures de ma joue ne sautent pas aux yeux.

Je commandai une bière légère et m'assis dans un coin, à l'abri du danger. C'est ce que je me disais, en tout cas. Me serait-il resté une once d'emprise sur cette soirée, j'aurais pigé que toute bière supplémentaire était contre-indiquée, comme le simple fait de revenir dans un bar. L'ennui, c'est que mon pire ennemi semble habiter ma propre tête.

Mon premier geste fut de vérifier si le téléphone d'Amy n'était pas cassé. Dieu merci, il paraissait intact. Ma mauvaise chute semblait en outre m'avoir un peu dégrisé, à moins que je ne fusse entré dans ce que j'appelle « l'été indien perceptif », lorsque le système nerveux vous prévient qu'il va bientôt décliner toute responsabilité, vous laisse une dernière chance de rentrer au bercail avant qu'il n'ouvre la valve et vous laisse crouler comme un sac.

Faute d'explication probante à la collection de SMS d'Amy, je rouvris le menu de l'appareil. Plus tôt dans l'après-midi, j'avais pensé à un moyen direct de démasquer leur auteur, mais je n'avais pas osé en venir à cette extrémité. Maintenant que j'avais bu, si.

Je pressai la touche verte pour joindre l'inconnu.

Après quelques secondes de silence, je tombai sur les bips indiquant un faux numéro. Je raccrochai, mi-soulagé, mi-songeur. Où était passée Amy, bon sang ? Avait-elle eu un pépin ? Sinon, pourquoi n'appelait-elle pas ? Combien de temps étais-je censé attendre avant d'aller trouver les flics ? Vu la faiblesse de mes arguments, je voyais d'ici leur réaction, mais merde, j'étais inquiet. Deuxième option, je pouvais essayer de remettre la main sur notre voiture, en faisant le tour des parkings du centre-ville. Cela revenait à chercher une aiguille dans une botte de foin, mais soudain l'idée me plaisait. Au moins, je me bougerais, et il en sortirait forcément quelque chose. Pour l'heure il pleuvait à verse, mais dès que le temps se serait calmé...

Dans l'intervalle, je réessayai la maison. Toujours pas de réponse, à 21 heures bien sonnées. Je calculai rapidement qu'Amy et moi ne nous étions pas parlé depuis environ quarante-six heures – du jamais vu en sept années de mariage. D'un côté cela m'inclinait à penser qu'il y avait un souci, de l'autre cela m'incitait à espérer le contraire – comme lorsque le médecin grimace devant vos examens sanguins, alors que vous attendez depuis six mois de savoir ce qui vous rend patraque.

Pour tuer le temps je repris l'appareil et me promenai dans le menu. Le dossier images contenait quatre fichiers. Depuis un an, Amy manifestait une étrange aversion pour les photos. Elle avait beau les manipuler à longueur de journée au bureau, depuis les captures brutes jusqu'aux clichés finals sur papier glacé, elle détestait se trouver dessus et n'en prenait jamais elle-même. La première photo qu'afficha le téléphone était son ancien fond d'écran. On nous y voyait tous les deux, joue contre joue, hilares. Je l'avais réalisée avec mon portable voilà un an et demi, au bout de la jetée de Santa Monica. C'était une belle image, et cela me fendait le cœur de la voir jetée aux oubliettes. Le deux clichés suivants s'intitulaient Photo-76.jpg et Photo-113.jpg. Sombres et flous, ils ne rendaient rien sur un si petit écran. La dernière photo était plus claire, et bien qu'elle parût prise entre chien et loup, on discernait son sujet : un homme, photographié en buste, à une distance de deux mètres. Son visage était dans l'ombre et il regardait ailleurs comme s'il ignorait qu'on le photographiait. À défaut d'un titre, la photo était accompagnée d'un message :

Confirmé. Pardon pour la qualité. Mais tu seras contente.

Le numéro de l'expéditeur n'était pas le même que celui des SMS. Je reposai l'appareil sur la table et bus une gorgée de bière. Tout bien considéré, refaire le plein de Mack & Jack's me semblait fort indiqué – je savais que c'était faux, mais il en

fallait plus pour m'arrêter. Comme je levais les yeux vers la serveuse qui s'approchait, mon propre portable sonna.
Je ne reconnus pas le numéro.
– Allô ? lançai-je. Amy ?
Ce n'était pas ma femme. C'était le chauffeur de taxi.

Chapitre 12

Il arriva en vingt minutes. Un jean trop bleu, une veste trois quarts en cuir toute neuve. Des cheveux courts, une carrure solide et anonyme. J'avais commencé à voir débarquer ce genre de types un ou deux ans avant notre départ de L. A. : les bêtes de somme du nouveau millénaire, de jeunes hommes prêts à remplir des rayons, à vendre des produits de contrebande au coin d'une rue, à trimer comme des chiens dans des emplois déclarés ou bien à fracasser des crânes aux petites heures du matin, avec cette détermination froide et constante dont semblait dépourvue la plèbe locale.

Et à conduire un taxi, bien sûr.

Je lui fis signe d'un mouvement de menton. Il vint s'asseoir de l'autre côté de la table, puis il reluqua ma bière.

– Je vous en offre une ?

– Siouplaît, répondit-il.

– Mais vous n'êtes pas en service ?

Il me considéra sans un mot. Je levai la patte pour commander deux mousses. La serveuse était rapide : le temps que je rallume une clope, nos verres étaient déjà là.

Georj but une grande lampée.

– Bonne, fit-il en hochant la tête. Alors ?

– Merci d'avoir rapporté le téléphone à l'hôtel.

Il haussa les épaules.

– Merci pour l'argent. Je pensais pas qu'y serait là, sûrement. Alors ?

– Je voulais juste savoir si vous vous rappeliez quoi que ce soit d'autre.

Il observa ses mains comme un type habitué à ne pas s'en souvenir des choses, et à ne pas se souvenir sur commande.

– Je roule toute la journée. Partout. Ils montent, ils sortent...

Je pressai quelques touches de mon téléphone avant de le brandir par-dessus la table.

– C'est elle, dis-je.

Georj se pencha en avant, lorgna la photo affichée – la même que l'ancien fond d'écran d'Amy.

– Ma femme, précisai-je. Vous voyez, c'est moi à côté d'elle. Je ne suis pas flic. J'essaie juste de la retrouver.

Il me prit l'appareil des mains, l'orienta dos à la lumière.

– O.K., lâcha-t-il enfin. Je me rappelle.

Mon cœur se mit à palpiter, mais j'étais trop rompu à ce genre d'interrogatoires pour crier victoire.

– Elle est assez grande, poursuivis-je. Un mètre quatre-vingts...

Il secoua la tête aussi sec.

– Pas elle, alors. La femme que je pense, dix centimètres plus petite.

– Exact, c'est elle.

Il me regarda en levant un sourcil ironique.

– Pas flic, hein ? Et moi pas russe. Je viens de Disneyland.

– D'accord, j'avoue. J'ai été flic dans le temps. Mais visiblement, vous-même avez l'habitude de parler à la police, alors on ne va pas tourner autour du pot. Vous l'avez vue quand ?

Il réfléchit.

– Tôt, le soir. Montée dans le centre. Sortie à Belltown, je crois.

Je secouai la tête en signe d'incompréhension.

– En haut, après marché aux poissons, précisa-t-il. Elle laissait trop gros pourboire, c'est comme ça je me rappelle.

Deuxième signe distinctif.

– Et vous vous souvenez d'autre chose ?

– Pas beaucoup. (Il me prit une clope et l'alluma.) C'était la pluie. Je regardais la route. Ils parlaient. Je...

– *Ils*, vous dites ?

— Elle, et l'homme.
Mon estomac s'enflamma.
— Et il ressemblait à quoi, cet homme ?
— Costume, je crois. Cheveux foncés. Je sais plus.
— Ils sont montés ensemble ?
— Oui.
— Et ensuite ?
— Je sais pas. Ils parlaient.
— Ils parlaient de quoi ?
— Comment je sais, moi ? J'écoute la radio.
— Je vous en prie, Georj. Ils avaient l'air sérieux ? Ils riaient ? Ils étaient comment ?

Je m'aperçus qu'il me dévisageait et que je criais à moitié.

— O.K., dis-je en baissant d'un ton. Excusez-moi. Vous avez donc pris deux clients. Vous les avez conduits quelque part, à Belltown ou je ne sais où. Elle vous paye et vous repartez. C'est tout ?

Il siffla le reste de sa bière, prêt à lever le camp. Dans un accès de désespoir, j'attrapai le mobile d'Amy sur la table. Sélectionnai la dernière photo. La montrai à Georj.

— Ce pourrait être cet homme-là ?

Il regarda l'image, une seconde à peine, puis secoua la tête et se leva.

— Je sais pas. Photo mauvaise. Peut-être, peut-être pas.
— D'accord, je vous remercie. Vous avez une course de prévue, là tout de suite ?

Il hésita.

— Non...
— Eh bien maintenant, si.

Je le suivis sous le crachin. Je ne savais pas si le Malo aurait une chambre de libre, ou s'ils accepteraient d'accueillir si tard un client comme moi. Mais je ne pouvais pas continuer à écumer les bars, et le Malo était la dernière adresse connue d'Amy, aussi mensongère fût-elle.

Marchant d'un pas soutenu, Georj quitta la 1re Avenue en tournant à droite. Pourquoi ne s'était-il pas garé devant le bar ?

— Pourquoi vous ne vous êtes pas garé devant le bar ? demandai-je d'un ton agressif.

Je commençais à manger mes mots, et la frontière entre l'intérieur et l'extérieur de ma tête devenait de moins en moins nette.

— Pour police, répondit-il sans même se retourner. S'ils me voient passer de bar à voiture, pas bon.

Nous bifurquâmes encore deux fois, et je m'aperçus soudain que nous étions tout près de Post Alley. Cela me fit penser à Todd Crane. Qui était brun. Qui était le genre de mec à porter des costumes. Il avait paru sincère en disant qu'il ignorait le programme d'Amy, mais bon...

Nous atteignîmes une ruelle pavée, derrière de vieux entrepôts. Un taxi rouge était rangé sur le côté. Georj avait désormais une dizaines de mètres d'avance sur moi, et lorsqu'il s'arrêta pour sortir ses clés, je remarquai quelque chose.

Deux silhouettes émergeaient de l'obscurité, au fond de la ruelle. La distance m'empêchait de les détailler, mais elles portaient des habits sombres et venaient droit sur le taxi.

— Georj, prononçai-je.

Tournant la tête, il vit que je m'élançais en avant. Il fit volte-face et se pétrifia.

Les silhouettes couraient, elles aussi. Dans ma direction, ayant compris que je serais le premier obstacle sur leur chemin. Leurs visages étaient pâles et calmes. Un grand blond et un petit rouquin. J'eus le réflexe de porter la main à ma ceinture, mais il n'y avait rien à saisir.

J'accueillis le premier type d'un coude bien dressé et bien ferme, en me baissant pour le lui flanquer dans la gorge. Il bascula en arrière et s'écrasa sur le trottoir mouillé. Georj se colletait déjà avec l'autre, et avant que je ne puisse l'aider il reçut un coup de boule au visage. Il tomba à la renverse, en glissant sur l'aile du taxi.

Sentant une main se fermer sur mon épaule droite, je me baissai de plus belle et virevoltai par la gauche, au contraire de ce que feraient la plupart des gens. Mon agresseur perdit l'équilibre et je lui plantai mon poing dans les côtes. Nos visages étaient assez proches pour que je le sente expectorer sur ma joue. Je lui envoyai mon genou dans la cuisse, juste au-dessus de la rotule, de façon à écraser le nerf. Je le sentis retourner au tapis cependant que l'autre lâchait Georj pour m'étrangler à deux mains.

Plus fort et plus précis que son compère, celui-ci me projeta sur le capot de la voiture. Je rebondis d'une drôle de manière et m'affaissai sur le pavé, mais là il commit l'erreur de revenir trop vite.

Je lui fauchai l'arrière du mollet au moyen d'une balayette. Il trébucha, suffisamment pour recevoir mon épaule dans la tronche lorsque je remontai sur mes jambes. Il s'étala sur le flanc ; je lui écrabouillai les doigts.

L'autre sbire avait la main dans son blouson. Je lui fis face pour l'obliger à dévoiler son jeu. Avais-je oublié que je n'étais pas armé moi-même ? À vrai dire, je ne pensais à rien du tout. J'étais juste un homme qui se bat, dopé par la rage, par le besoin de faire payer à quelqu'un ce vide brusque et inexplicable au centre de sa vie.

— Non, émit le type que j'avais allongé, mais cela ne s'adressait pas à moi.

Son pote hésita. Il finit par sortir la main de son blouson, puis ils détalèrent en silence, par où ils étaient arrivés.

Georj était recroquevillé au pied de son taxi, la tête enfouie dans ses paumes. Je m'accroupis devant lui, hors d'haleine, pour lui ouvrir les mains. Le sang avait pissé de ses narines jusqu'à sa veste. Sans lui demander son avis, je lui palpai la base du nez. Il jura méchamment et tenta de chasser mes doigts.

— Ça va, déclarai-je. Il n'est pas cassé.

Je me redressai. Scrutai le fond de la ruelle. Les deux hommes avaient disparu.

— C'était qui ? demandai-je.

— *Quoi* ? répondit Georj, qui s'était relevé à son tour et tripotait ses clés d'une main tremblante.

Il me regarda comme si j'étais une créature échappée de la baie, une bête aux dents ruisselantes.

— Vous avez très bien entendu. C'était qui, ces mecs ?

Il secoua la tête d'un air ahuri.

— C'est quoi, ton problème ? grognai-je en retenant sa portière tandis qu'il remontait à bord. Je viens de te sauver les miches. Tu peux bien me dire qui ils sont !

— Comment je sais, moi ?

— Arrête ton char. Ils t'ont raté ce coup-ci, mais ils vont revenir. Continue à faire l'idiot, et...

— Je sais pas ! gueula-t-il. Je suis pas criminel, moi. Pas ici, pas là-bas.

— Mais...

— Oui, monsieur le malin, je beaucoup parlé à police. Ma sœur était journaliste à Saint-Pétersbourg. Tuée trois ans avant. Voilà quand je leur parlais. (Il braqua son doigt sur mon visage.) Et toi, hein ? Tu fais quoi, toi ?

Il cracha à mes pieds, claqua sa portière et mit les gaz.

Je restai planté au milieu de la rue. La ville trempait dans un silence nouveau, loin des klaxons et des sirènes des lieux où la vie continuait. Je me faisais l'effet d'un autre, et j'avais mal aux poings.

Je pivotai pour considérer le fond de la ruelle.

Chapitre 13

Elle était dans la cuisine, les mains agrippées au comptoir. La fenêtre montrait le ciel gris-bleu d'une aube hostile. Alison savait qu'il fallait se retourner, pour regarder son mari dans les yeux. Qu'ils devaient s'en dire davantage, bien qu'elle eût l'impression d'avoir déjà tout raconté – ce que Simon avait sans doute compris. Même si son crâne menaçait de se fendre en deux, elle devait se retourner.

Comment soutenir le regard de quiconque en un jour pareil ?
Peu importe. Elle n'avait pas le choix.

Alors elle se retourna. Son mari était assis à la table. Épuisé, rongé d'effroi, mais vif, alerte, dynamique. Elle connaissait ce visage-là, cette expression qu'il prenait lorsqu'il pensait devoir agir mais ne savait pas comment. C'était un signal de disponibilité, une façon de dire : « Je sais que je ne fais rien, mais je ne demande que ça. » Il releva les yeux d'un air interrogateur.

– Non, dit Alison. Rien d'autre.

Elle était enrouée. Sans doute le fait d'avoir parlé, en plus des cris d'hier. Des cris qu'elle avait poussés sur la plage, puis sur le sentier et dans toute la villa, puis sur la pelouse séparant la villa de la grand-route, puis de l'autre côté de la route, puis de nouveau dans la villa et de nouveau sur la dune en regagnant la plage venteuse. De retour sur le sable, elle songea qu'elles ne s'y étaient pas promenées ce matin-là, et se prit à espérer que sa fille avait simplement décidé d'y remédier en se baladant toute seule. Elle se mit donc à courir au bord de l'eau, bien plus loin que la famille ne s'y était jamais aventurée. Puis elle rebroussa chemin, dépassa la villa et parcourut en sens inverse une distance au moins égale. Mais rien, personne, aucune trace d'aucune sorte.

Alors, elle avait regagné la villa et s'était efforcée de dompter ses nerfs, de penser de manière positive. Elle avait patienté ce qui lui parut une heure entière – en réalité quinze petites minutes – puis elle était retournée sur la plage, l'avait longée d'un bout à l'autre, en tâchant d'être efficace, de ne pas céder à la panique.

Elle avait fini par demander aux voisins s'ils avaient vu une petite fille. La maison d'à-côté était celle d'un vieux couple ; ils vivaient là depuis le jurassique mais on les connaissait à peine, et quand bien même un missile eût atterri dans leur salon, ils auraient été capables de ne rien remarquer. De l'autre côté se trouvait un petit immeuble de quatre appartements, inoccupé en hiver. Les concierges n'avaient rien vu, mais jugèrent que Madame aurait dû mieux surveiller sa fille. Ça, Alison le savait déjà. Elle venait de le comprendre. Le brouillard qui l'enveloppait depuis des mois s'était dissipé en un clin d'œil. Elle savait sur quoi aurait dû porter son attention, comme elle savait quel allait être le prix de ce manquement.

Elle avait regagné la maison et attendu dans la cuisine, en faisant les cent pas entre la fenêtre côté plage et la fenêtre côté route. Puis elle était ressortie, avait sauté dans la voiture et avalé le petit kilomètre jusqu'à Cannon Beach. Elle avait ratissé les commerces et cafés, interrogé les gens. À son retour, elle courut une dernière fois sur la plage pour appeler et hurler le prénom de sa fille. Madison était une bonne nageuse, peu susceptible de se faire emporter par les vagues. Ce n'était pas totalement exclu, sans doute, mais Alison n'avait aucune envie d'y penser.

Maintenant que la nuit tombait, elle savait que courir et crier ne servaient plus à rien.

Restait donc la parole. Le coup de fil à la police.
Puis celui à Simon.

– Tu l'as vue pour la dernière fois...
– Je te l'ai déjà dit, Simon.

– Je sais, mais je n'ai pas dormi, je suis arrivé à 3 heures du matin et je ne suis vraiment pas...

– Vers midi, répondit Alison d'une voix rauque. Elle est revenue de la plage et elle a dit qu'elle voulait lire un peu. Elle s'est isolée dans sa chambre. J'étais assise dans le fauteuil. J'ai... j'ai dû m'endormir. Quand je me suis réveillée, je suis allée lui demander si elle voulait se promener, et là...

Simon hocha la tête. Il joignit ses mains sur la table et fixa de nouveau le mur. Il savait que son épouse avait tendance à interpréter ses attitudes corporelles, qu'elle croyait y lire tout un tas de choses. Des choses dépréciatives, bien entendu. Mais s'il se tenait de cette façon, en unissant ses dix doigts, c'était pour éviter de se lever et de frapper celle qui était sa femme depuis douze ans. Cela ne s'était jamais produit, il n'en avait même jamais eu envie – pas même lorsqu'il avait commencé à se dire que... enfin, passons. Mais s'il se révélait qu'elle était responsable de la disparition de son enfant, eh bien alors... Non, jamais il n'irait jusque-là, bien sûr. À quoi bon ? Il n'était pas comme ça. Pas lui.

Il resserra un peu ses doigts.

C'était leur premier moment d'intimité depuis que Simon était arrivé. Alison l'avait prévenu après les flics, ce qui en soi n'était pas grave. Il aurait juste aimé qu'elle les alerte *avant* de courir dans tous les sens hier après-midi, et qu'elle l'appelle, lui, sitôt qu'elle avait constaté que Madison n'était ni dans sa chambre ni en vue sur la plage. Mais bon, on ne pouvait plus rien y faire. Simon avait immédiatement pris sa voiture, enfreint toutes les limites de vitesse de la 26 depuis Portland, et trouvé dans le bungalow quatre agents du bureau du shérif. Ils avaient posé de nombreuses questions à Alison et ils l'interrogèrent lui aussi, malgré l'heure avancée, et même s'ils voyaient bien qu'il débarquait à peine. Ils voulaient savoir si « tout allait bien à la maison », comme s'ils sous-entendaient la possibilité d'une fugue. Puis la plupart étaient ressortis pour se mêler aux recherches. Il est des mots que l'on aimerait ne jamais accueillir dans sa vie. « Recherches », par exemple. Surtout s'ils se rapportent à votre unique enfant.

Michael Marshall

Ensuite, à mesure que la nuit s'étirait vers l'aurore, les flics avaient multiplié les allers-retours. Dedans, dehors, derrière, devant. Dans le jardin, sur la plage. Ils revenaient parfois, deux par deux, pour poser de nouvelles questions, et en général il restait toujours un agent dans la maison. Mais à présent ils étaient seuls : Simon et sa tendre épouse.

Cette épouse qui détournait la tête, une fois de plus, vers la fenêtre donnant sur la pelouse et sur la route. Elle croyait peut-être que cela allait tout arranger, qu'elle allait soudain voir Maddy arpenter la chaussée, les bras chargés de provisions (Simon avait remarqué que la nourriture et la boisson brillaient par leur absence). Qu'ainsi, comme par magie, tout reviendrait à la normale. Que l'on pourrait...

— Voilà quelqu'un, dit Alison.

Des pas sur le perron, puis trois coups à la porte. Simon alla ouvrir. Un homme se tenait sur le seuil, grand, vêtu d'un manteau sombre. Le visage grave et sec, le teint cireux.

— Oui ? fit Simon, le cœur battant à toute bride.
— Je peux entrer ?
— Qui êtes-vous ?
— Mon nom est Shepherd.

Alison était venue se poster derrière son mari.

— Vous êtes de la police ? demanda-t-elle.
— Agent fédéral Shepherd, du bureau de Portland.

Il brandit sa carte et ils s'écartèrent. Le type s'avança dans la cuisine, examina la pièce.

— Votre fille a disparu, déclara-t-il sans ambages.

Alison allait répondre oui, quand elle fondit en larmes. Cet homme était le premier à employer des mots aussi crus. Elle tâcha de se ressaisir, de prononcer quelques paroles, mais sa voix n'était plus qu'un souffle laborieux. Simon lui prit la main, ce qui ne fit qu'aggraver sa détresse. Pendant ce temps, le fédéral patientait. Il ne montra aucun effort pour réconforter Alison ou la mettre à l'aise. On avait même l'impression qu'il la trouvait pénible.

— Quand l'avez-vous vue pour la dernière fois ?
— Hier en début d'après-midi, répondit Simon.

Shepherd considéra le mari.

Les Intrus

— Vous étiez là ?
— Non, mais...
— Alors, veuillez laisser répondre Mme O'Donnell.
Cela suffit à stopper les pleurs :
— Mon mari en sait autant que moi, plaida Alison.
— C'est-à-dire pas grand-chose, acquiesça Shepherd. Et elle est partie comme ça ? Hop ! Volatilisée ?
— Je dormais, et...
— Vous ne savez pas où elle aurait pu aller ? Des amis dans la région ? Des proches dans le secteur ? Un endroit particulier où elle aimait s'isoler ?
— On ne se sépare jamais quand on vient ici, répondit Alison. On fait tout en famille.

Coulant un regard vers Simon, elle fut soulagée de le voir aussi surpris qu'elle. Elle ne rêvait pas, cet homme avait un ton hargneux que rien ne justifiait.

— Absolument, confirma Simon. On ne connaît personne, ici. On vient juste pour...
— Madison a-t-elle déjà rencontré Nick Golson ?
Alison se pétrifia.
Simon fronça les sourcils. Ce nom ne lui évoquait rien.
— Qui ça ? demanda-t-il.
— L'homme avec qui votre épouse a failli avoir une liaison.
Simon devint blanc comme un linge. Il tourna les talons et prit la porte. Alison entendit son pas lourd sur les marches du perron.

Incroyable mais vrai, la situation avait réussi à empirer.

— Je n'ai jamais... Comment vous savez ça, d'abord ? Depuis combien de temps ?... Pourquoi avez-vous... ?
Shepherd la dévisagea jusqu'à ce qu'elle se taise.
— L'a-t-elle rencontré, oui ou non ?
Alison secoua vivement la tête.
— Golson sait-il que vous avez une fille ? A-t-il jamais manifesté le moindre intérêt pour elle ?
— Bien sûr que non. Enfin, il la connaissait, mais... qu'est-ce que ça vient faire là-dedans ?
— Rien, j'espère. Je me fiche de votre vie privée, sauf pour ce qu'elle peut affecter la sécurité de Maddy.

Il sortit une carte de visite, un bristol immaculé où ne figurait qu'un nom, Richard Shepherd. Au dos était griffonné un numéro de téléphone.

– Si jamais elle rentre, appelez-moi avec votre portable. Si vous avez la moindre idée de l'endroit où elle a pu filer, pareil – un coup de portable. Et sur-le-champ. Compris ?

Il repartit sans même attendre la réponse.

Alison se retrouva toute seule dans une pièce où elle avait jadis cuisiné, ri, et même fait l'amour. Les murs avaient besoin d'un bon coup de peinture. Par quoi fallait-il passer pour noter ce genre de choses... Elle regarda le grand type descendre l'allée du jardin et remonter dans une berline garée au bord de la route. Il démarra en trombe.

Puis elle ramena ses yeux vers son mari, assis sur la pelouse, la tête dans les mains. Et se demanda, comme une idée en l'air, s'il ne serait pas plus simple de se supprimer.

Vingt minutes plus tard, deux flics locaux reparurent. On devinait à leur visage qu'ils ne savaient rien de plus. Quand Alison leur parla de l'agent du FBI, elle les vit très perplexes. Le Bureau était prévenu, certes, mais l'on n'attendait personne avant 8 ou 9 heures du matin. Alors ils la pressèrent de questions sur ce mystérieux visiteur, et comprirent rapidement qu'il avait montré de faux papiers. D'après eux, ce type d'incident était fort rare. Alison leur montra la carte de visite qu'il lui avait laissée. Ils composèrent le numéro inscrit au dos, mais personne ne décrocha.

Ils passèrent donc à la vitesse supérieure. Ils demandèrent une description détaillée de la berline ainsi que du bonhomme, puis ils commencèrent à marmotter dans leurs radios.

Alison les abandonna pour parler à son mari. Mais Simon n'était plus au jardin. Elle se rua vers la route. À une centaine de mètres, une silhouette s'éloignait en direction de Cannon Beach.

Elle accéléra l'allure.

Puis se mit à courir.

Chapitre 14

La première chose que je vis, c'était un homme immense qui me dominait de toute sa hauteur. J'étais frigorifié, ma tête semblait en mille morceaux, mais malgré tout je décelai une grosse anomalie chez ce gaillard. Il était complètement disproportionné. Des traits trop marqués, outrés, une peau raboteuse et usée, même dans la lueur du matin. Et puis, remarquai-je enfin, il était vraiment très grand.

Et tout en bois.

Je me redressai sur mon séant. Mon cerveau resta à la traîne. J'étais rencogné derrière un bâtiment, à demi couvert par des feuillages. Le mur dans mon dos arborait des fenêtres condamnées et des serrures rouillées, vestiges d'anciennes boutiques. Devant moi s'étalait un square – des arbres et des buissons, tout au moins, même si le sol était couvert de pavés en granite. Les bâtiments d'en face formaient une muraille de pierre sombre, haute de trois étages. J'aperçus deux gars allongés sur un banc, sous des cartons disloqués. Plus professionnels que moi, en d'autre termes.

Ce que j'avais vu en ouvrant les yeux n'était autre qu'un totem, ou une sculpture analogue. Un truc primitif, en tout cas. Il y en avait plusieurs, disséminés de-ci de-là, dont l'un représentait deux monstres en plein combat, ou sur le point de se tordre le cou. Ce site bousculait les rêves que j'avais dû faire, pleins de noirceur, de violence, de cris dans des pièces sans air.

Où je cherchais en vain mon père dans la maison de mon enfance.

Ma montre indiquait 6 h 10. Je m'étonnai de la trouver à mon poignet. Une vérification rapide m'apprit que j'avais également sauvé mon téléphone et celui d'Amy, ainsi que mon portefeuille. Soit les pickpockets du coin n'étaient pas des flèches, soit ils n'avaient pas souhaité s'approcher de moi. J'avais mal aux mains et au visage, mais la gêne physique n'était rien comparée à mon état mental. Je supposais que j'étais toujours à Seattle, mais à part ça c'était le trou noir. Je ne suis pas un gros buveur, en général. Je ne me retrouve jamais dans ce type de situations, pour lesquelles je n'ai ni compétence ni expérience. J'étais mal en point et j'avais peur. Alors je me relevai, dans l'espoir d'un léger mieux.

— Ça va, monsieur ?

Me tournant d'un pas gourd, je vis un cycliste arrêté à deux mètres de moi.

— On est à Seattle ? demandai-je.

— Occidental Park, répondit-il en s'approchant, son vélo à la main.

Il portait un casque blanc et un blouson de la même couleur. Tout chez lui était propre, net, immaculé. C'était moi avec le préfixe *non* devant.

— Mais ça se trouve bien à Seattle ?

Je regrettai aussitôt ces paroles. Si ce type n'était pas un flic stricto sensu, il allait de soi qu'il travaillait plus ou moins pour l'ordre public. Pouvait-il m'embarquer au seul motif que j'étais con ?

— Oui, monsieur. Vous êtes à deux rues de Pioneer Square, si cela vous situe un peu mieux.

C'était le cas. Je me trouvais à cinq minutes du dernier endroit où je me rappelais avoir traîné.

— Écoutez, je vais bien. J'ai bu deux verres de trop, voilà tout.

Il hocha la tête, évitant poliment d'en rajouter.

— Vous êtes blessé ? dit-il en scrutant mon visage.

— J'ai glissé dans Madison, et je me suis un peu cogné.

— Vous n'avez rien perdu durant la nuit ?

Je palpai de nouveau mes poches, juste pour lui faire plaisir.
– Tout est en bon ordre, assurai-je, espérant montrer par ces mots que ne j'étais pas un ivrogne fini.

Mais je ne faisais que m'enfoncer, telle une vieille bonne femme jacassant pour prouver qu'elle n'est pas sénile.

– Vous avez un endroit où aller ?
– J'ai une voiture. Je vais rentrer chez moi. Aujourd'hui même.
– Je prendrais mon temps, à votre place. Et un petit déjeuner ne vous ferait pas de mal.

Il remonta sur sa selle et s'éloigna en pédalant.

Je quittai le parc. Au premier carrefour je rattrapai la 1re, avant de virer à droite pour parcourir cent mètres jusqu'à Pioneer Square. Ledit square est moins carré que triangulaire, pris entre la 1re Avenue, Yesler Way et une rangée d'immeubles. Aucun de ses côtés n'atteint les cinquante mètres de long. C'est une aire pavée protégée par une grille en fer forgé de style victorien, avec des bancs, des arbres, une fontaine d'eau potable surmontée d'une tête d'Indien – sans oublier un totem, plus grand et plus typique que celui de mon réveil.

Je me plantai au carrefour, devant le Starbucks qui n'avait pas encore ouvert, le regard perdu dans les arbres. Des balayeurs nettoyaient les rues ; l'un d'eux s'arrêta un instant, le sourcil levé, comme s'il m'offrait la possibilité de rejoindre sa pile de détritus, histoire de faire place nette. C'était très amusant, et pourtant je m'en serais passé. Je me sentais toujours aussi moribond. Toutefois, ayant quitté le parc où j'avais rouvert les yeux, je pouvais déjà commencer à dénier l'incident. Les phases finales de ma soirée demeuraient obscures – celles qui avaient suivi la bagarre –, mais, maintenant que je l'apercevais, de l'autre côté du square, je me souvenais vaguement d'avoir stagné dans ce bar, le Doc Maynard : perché sur un tabouret dans une salle sombre et bondée, l'air belliqueux, conscient d'avoir déjà dépassé mes limites, et dès lors résolu à voir jusqu'où menait la pente. Vachement malin. J'aurais aimé pouvoir revenir en arrière pour coller une droite au moi d'hier. *Ça se finit que tu te réveilles au beau milieu d'un parc*, aurais-je gueulé. *Tu trouves ça cool, pauvre abruti ?*

L'homme en blanc avait dit vrai : il me fallait un petit déj, surtout le genre chaud, liquide et servi dans un gobelet. Pour accomplir la démarche qui semblait maintenant s'imposer, j'avais tout intérêt à ne pas trop puer l'alcool. J'allumai une cigarette afin de préparer mon âme à la longue et froide balade jusqu'au marché de Pike Place, qui était sans doute le seul endroit ouvert à cette heure-ci. Ma tête criait misère de trois façons différentes. J'avais localisé de vives douleurs dans mon dos, dans la nuque et à la main droite ; ma bouche me faisait l'effet d'un fond marin asséché après des années de désastre écologique.

Mais le vrai problème n'était pas là.

Le problème, c'est que depuis six mois je soupçonnais ma femme de ne plus m'aimer comme avant, que depuis hier soir je la soupçonnais d'avoir une liaison, et que, si tout ou partie de ces craintes devait se confirmer, je ne savais pas quelle serait ma réaction.

Vis-à-vis d'elle, ou de moi-même.

Je poireautai quarante minutes dans une salle d'attente, à lire des affiches délavées et à reculer mes pieds pour laisser passer les gens. Certains étaient tristes, d'autres furieux ; il y avait ceux qui gueulaient, et ceux qui semblaient se taire à jamais. J'avais absorbé suffisamment de caféine et d'antalgiques de force thermonucléaire pour me sentir à la fois un peu mieux et nettement plus mal. Je m'étais brossé les dents et acheté un tee-shirt propre en chemin. Vu de l'extérieur, je devais – j'espérais – avoir l'air d'une personne normale.

Finalement, un type en cravate et bras de chemise appela mon nom par la porte du fond. Je le suivis dans le couloir, jusqu'à une pièce sans fenêtre. Il se présenta – inspecteur Blanchard – et me fit signe de m'asseoir de l'autre côté de la table.

Il prit le temps de lire les éléments que j'avais fournis plus tôt, et je me surpris à crisper les doigts sur les accoudoirs métalliques. Cette petite salle aux murs gris n'était pas conçue pour distraire ses occupants. Je n'avais d'autre choix que de regarder l'inspecteur s'échiner à mémoriser les éléments de mon formulaire, à moins qu'il ne fût en train de le traduire en chinook.

Les Intrus

L'homme avait un certain embonpoint, une peau claire et lisse, et des cheveux fins qui s'amusaient à déserter son crâne, comme pour renforcer son air de gros bébé. Je m'efforçai de ne penser à rien, sinon à garder une respiration profonde et régulière. Mais cela ne marchait pas.

— Mon épouse a disparu, répétai-je quinze minutes plus tard. Quel est le mot qui vous pose problème ?

— Définissez-moi le terme « disparu ».

— Elle n'est pas à l'hôtel où elle était censée descendre.

— Alors elle est repartie...

— Elle ne s'y est jamais pointée ! Ils n'ont aucune réservation à son nom, comme je l'ai écrit sur ce papelard.

— C'était un Hilton ? Il y en a plusieurs, ici. Vous avez peut-être contacté le mauvais...

— Non, répondis-je. Il s'agissait du Malo, ce que vous savez déjà si vous avez réellement lu ce formulaire posé devant vous.

— Le Malo. Très chic. Et que fait-elle, votre épouse ?

— Elle bosse dans la pub.

Il hocha la tête, comme si l'activité d'Amy révélait une chose capitale sur elle ou sur moi.

— Et elle voyage souvent pour son boulot ?

— Sept ou huit fois par an.

— Habituée, donc. Elle aura décidé de changer. Ou bien quelqu'un aura cafouillé avec la réservation, et elle aura dû sonner ailleurs.

— J'ai déjà cherché de ce côté-là. Elle est toujours introuvable.

— Vous ne l'avez jamais appelée ici dans la semaine, au numéro de l'hôtel Malo ?

— Non, pour une bonne et simple raison, que je vais vous répéter autant de fois qu'il le faudra : *elle n'y a jamais mis les pieds*. Je l'appelle toujours sur son portable quand elle est en déplacement. C'est bien plus simple.

— En effet, sauf que maintenant elle ne l'a plus.

— Cela fait trente heures que je sais qu'elle l'a perdu. Elle m'aurait déjà appelé pour me dire ce qui se passe.

— Sauf que vous n'êtes pas chez vous, n'est-ce pas ?

— *Moi aussi, j'ai un portable.*

– Et elle compose le numéro entier à chaque fois ?

– Elle a programmé une touche de raccourci, admis-je.

Là, il marquait un point. Si l'on m'avait demandé de réciter le numéro d'Amy de tête, je ne serais pas allé bien loin. Mais Amy n'était pas comme moi. Son cerveau était optimisé pour retenir ce genre d'informations. Même si... C'est vrai que j'avais changé d'opérateur suite au déménagement, et que mon nouveau numéro n'avait que quelques semaines d'existence.

– Elle veut donc vous appeler pour vous mettre au courant, mais elle ne sait pas votre numéro par cœur et elle n'a plus son portable. Vous voyez où je veux en venir ?

– Elle s'en souviendrait. Du numéro.

– Vous en êtes sûr ?

– Je connais ma femme.

Il se renversa dans son siège et me considéra, jugeant inutile de commenter cette assertion, étant donné les circonstances. Inutile, voire imprudent.

– Savez-vous interroger vos messages à distance... ceux de la maison ?

– Non. Je n'en ai jamais eu besoin.

– Jusqu'à aujourd'hui. Y a-t-il un voisin qui possède un double de vos clés ?

Nous perdions notre temps, mais je n'allais rien obtenir de ce type si je n'entrais pas dans son jeu. L'ami Ben ne rechignerait pas à aller interroger notre répondeur, même si moi je rechignerais à le lui demander.

J'acquiesçai. Blanchard n'eut plus qu'à pousser la balle dans le trou :

– Excellent. Voyez donc si votre femme n'a pas essayé de vous joindre. Peut-être qu'elle aussi se demande où vous êtes passé, et qu'elle est en train de remplir sa propre déclaration de disparition à... (Il reprit le formulaire) à Birch Crossing, Dieu sait où ça se trouve.

– Et s'il n'y a aucun message ?

– Revenez me voir et on en rediscutera. Je conçois que vous puissiez me trouver obtus, monsieur Whalen. Si ma femme ne donnait plus signe de vie depuis deux nuits, je serais le premier à m'affoler. Mais pour l'instant, je ne puis rien faire que vous n'ayez déjà fait. En même temps que nous parlons il se passe des tas de choses dans cette ville, et je suis payé pour m'en occuper. Vous l'étiez aussi, j'ai cru comprendre...

Je le dévisageai.

— Eh oui, fit-il dans un demi-sourire. Quand un type se pointe en disant que sa femme a disparu, on vérifie son nom dans la machine. J'ai d'ailleurs l'honneur de vous dire que vous avez un dossier impeccable. Pas d'engueulades nocturnes. Pas de coups de fil paniqués aux services d'urgence. J'ai juste un Jack Whalen qui a servi dix ans dans une division de patrouille du L. A. P. D., secteur ouest. Et démissionné il y a un peu moins d'un an. C'est bien vous ?

— Oui, et après ?

Il se contenta de me fixer en silence, assez longtemps pour que cela devienne insultant.

J'inclinai la tête :

— Vous avez un problème d'audition ?

— Je suis juste intrigué, expliqua-t-il. D'après votre allure, je vous aurais plutôt vu de l'autre côté de la barrière. Avec des menottes, par exemple.

— J'ai très mal dormi, expliquai-je. Je me fais un sang d'encre pour ma femme, et je ne pensais pas qu'il était si difficile d'être pris au sérieux quand on venait signaler une disparition.

— Pour l'heure il n'y a *pas* de disparition, rétorqua Blanchard d'une voix moins douce que son visage. Nous avons juste un *téléphone égaré*, qui d'ailleurs ne l'est plus car vous l'avez dans votre *blouson*, O.K. ?

— O.K., répondis-je.

Je me relevai, en cognant la table par mégarde. L'attitude de Blanchard était la raison même pour laquelle je n'étais pas venu la veille. Je me sentais idiot, naïf.

— Juste par curiosité, ajouta-t-il tout en pliant mon formulaire en deux, je peux savoir pourquoi vous avez quitté la police ?

— Non, mais moi aussi je suis curieux : il vous arrive de faire votre boulot de flic ?

Il sourit en fixant la table.

— Je vais vous dire comment je vois les choses, monsieur. Votre femme n'a pas dormi à l'hôtel dont elle parlait, et depuis un jour et demi elle n'a rien fait pour vous joindre. Soit l'explication est évidente, soit Madame a disparu de son plein gré. Ce n'est pas le problème de la police, monsieur Whalen. (Il releva les yeux.) C'est juste le vôtre.

Je marchai vite et sans but pendant une dizaine de minutes, au terme desquelles je sortis le téléphone d'Amy et ouvris le répertoire. J'y avais aperçu la veille le numéro des Zimmerman – un numéro absent de mes propres tablettes.

Hélas, il fallut que je tombe sur Bobbi. Elle demanda d'emblée si le véhicule n'avait rien, et quand je comptais le ramener, en laissant entendre qu'elle en avait besoin *sur-le-champ* pour conduire à l'hôpital des cohortes d'enfants malades et de bonnes sœurs blessées.

– La voiture est intacte, répondis-je. Je suis toujours à Seattle, c'est tout.

– Vous étiez censé rentrer hier après-midi !

– Je sais, mais j'ai eu un imprévu, et... Vous pouvez me passer Ben ?

– Non, je ne peux pas. C'est tout le problème, Jack. Ben s'envole ce matin pour la région de la Baie. Il va rendre visite à l'un de nos vieux amis. Qui est en train de *mourir*.

– Je suis vraiment désolé, répondis-je, soulagé de pouvoir enfin m'excuser d'une chose qui n'était pas de mon fait.

– Benjamin a dû prendre la deuxième voiture, et je me retrouve coincée à la maison parce que nous pensions que vous seriez rentré hier soir. De quoi vouliez-vous lui parler ?

– J'ai un problème.

– C'est on ne peut plus clair. Seulement...

– Vous voulez bien m'écouter, Bobbi ? Amy a disparu.

Il y eut un long silence.

– Disparu ? répéta-t-elle.

– Oui, disparu. (Je me serais bien gardé de lui déballer toute l'histoire, mais je ne voyais pas d'autre moyen de forcer son obligeance.) Amy a perdu son portable il y a deux jours de ça, et elle n'a pas rappelé depuis. J'espère que c'est juste parce qu'elle n'a plus mon numéro de portable. Mais il se peut qu'elle se souvienne de celui de la maison, et donc je voulais demander à Ben d'aller voir s'il y avait quoi que ce soit sur notre répondeur.

– C'est une plaisanterie, Jack ?
– Est-ce que j'ai l'air de plaisanter ? criai-je sans le vouloir. Enfin, Bobbi...
– Donc, vous voudriez que je me rende chez vous et que j'écoute votre répondeur, pour savoir si Amy a appelé ?
– C'est ça. Mais bon, puisque vous n'avez pas de voiture, je comprendrais que ça vous embête.
– Ça ne m'embête pas du tout, Jack. Je peux même faire beaucoup mieux.

Il y eut un silence étouffé, puis l'appareil changea de mains.
– Jack ? Où est-ce que t'es ?
L'espace d'un instant je crus entendre des voix.
– *Amy ?* C'est toi ?
– Bien sûr que c'est moi, dit-elle d'un ton léger.
J'avais l'impression d'entendre ma mère. Ma mère qui est morte.
– Qu'est-ce que tu fabriques à Seattle, Jack ?
– Mais où... où t'étais, bon sang ?
– J'étais ici, Jack. À me demander où *tu* étais, toi.
– Mais tu n'as pas eu mes messages ? Sur le répondeur ?
– Tu sais bien que je n'ai jamais su m'en servir. Et je n'avais aucune raison de penser qu'il y aurait un message de ta part.

J'ouvris la bouche pour répondre, mais ma langue semblait en panne.
– Écoute, chéri. Rentre, maintenant, d'accord ? Et sois prudent sur la route.

Elle raccrocha le combiné, me laissant planté dans la rue avec la mâchoire pendante.

Puis la pluie apparut, avec une force soudaine, comme si elle avait oublié de démarrer plus tôt.

Chapitre 15

Je laissai le 4 × 4 des Zimmerman devant chez eux, avec les clés sur le contact. L'ami Ben eût-il été présent, je me serais montré moins cavalier, mais là je n'étais pas d'humeur à affronter Bobbi.

Manque de pot, elle m'attendait. Cela faisait peut-être deux heures qu'elle me guettait derrière la porte, et je n'eus pas le temps de m'esquiver. La voyant sortir, je pris une longue inspiration. Mon crâne menaçait d'exploser et je n'avais aucune envie de me battre. Sauf si on m'y poussait.

Mais contre toute attente, Bobbi me dit simplement merci.

Je passai le bras dans la voiture pour récupérer les clés.

— Désolé pour le retard, Bobbi, mais j'étais complètement...

— Je sais, dit-elle. Je m'excuse d'avoir été si dure.

Je hochai la tête, cherchant ce que je pouvais ajouter.

— Je suis navré pour votre ami. J'espère qu'il ne souffre pas trop.

Elle répondit d'un sourire vague, après quoi je redescendis l'allée pour longer la route jusqu'à notre propre domaine. D'abord lente, mon allure s'affirma à l'approche de la maison. Notre voiture trônait devant la maison. Grosse, noire, irréprochable.

Rien de bizarre dans ma vie, chef.

Je poussai la porte et la refermai sans bruit. Ôtai mon manteau et gagnai le haut de l'escalier pour plonger les yeux dans le séjour.

Les Intrus

Amy était assise au milieu du canapé. Pull rouge, pantalon noir, un mug de café dans les mains, absorbée dans un dossier. De la paperasse tout autour d'elle, sur les coussins, par terre, sur la table basse. Cette image était l'essence même d'Amy, une photo générique de Femme travaillant chez elle. La scène semblait si ordinaire qu'on aurait dit un spectre.

J'avais descendu la moitié des marches lorsqu'elle releva les yeux et sourit.

– Salut, dit-elle. Tu as fait vite.

– T'es rentrée quand ?

– Ce matin, comme prévu. (Elle parut surprise, quoique joyeuse.) Qu'est-ce qui se passe, Jack ?

– Un type m'a appelé mardi soir. Pour me dire qu'il avait trouvé ton portable à l'arrière de son taxi.

– Ah ! jubila-t-elle en écartant les documents de ses genoux. (Elle se leva d'un bond pour me serrer dans ses bras.) Je me demandais justement si c'était là que je l'avais perdu, et j'étais incapable de me rappeler le nom de la compagnie. Y a du café tout frais.

– Pardon ?

Elle pointa la tête vers la cuisine.

– Du café. Tu as l'air d'en avoir besoin.

– Je vais très bien, déclarai-je d'une voix calme et posée. J'ai juste bu deux petites bières hier soir.

– Deux petites bières, puis deux petites de plus ? Tu as la joue bien amochée, monsieur l'Abstinent.

– Où est-ce que t'étais passée, bordel ?

– Tu le sais très bien, chéri : j'étais à Seattle. Ce que je ne pige pas, c'est ce que tu as fait, toi. Je ne dis pas que tu dois rester ici à jouer les femmes d'intérieur, loin de là, mais franchement, tu me sembles un peu... Tu es sûr que ça va ?

Je ne savais par où commencer.

– Tu ne devais pas rentrer hier ?

Elle me prit la main pour m'emmener dans la cuisine.

– Pièce à conviction numéro un, annonça-t-elle en montrant le calendrier fixé au frigo.

Il y était écrit, de la main même d'Amy, qu'elle devait partir à Seattle le mardi pour rentrer le samedi matin. C'est-à-dire aujourd'hui.

— Mais j'ai appelé à ton hôtel, mardi. Ils n'avaient aucune trace de toi.

— Quel hôtel ? fit-elle en me tendant un café.

La tasse était brûlante, et je n'en voulais pas.

— Le Malo.

— Enfin, chéri ! Je t'ai justement dit que je n'allais *pas* là-bas.

Je la considérai.

— Je ne me souviens pas de ça.

— Mais si. Je t'ai expliqué que ce ne serait pas très malin de dormir à l'hôtel attitré de KC&H alors que j'étais en mission de reconnaissance. J'aurais pu croiser n'importe qui dans le hall, et je me serais grillée.

— Comment ça, « en mission de reconnaissance » ?

Elle eut un sourire affectueux – et un brin agacé.

— Souviens-toi, trésor, on a déjà parlé de tout ça. Ici même, au dîner, il n'y a pas plus d'une semaine...

Je fit une tête suggérant que cela m'évoquait peut-être quelque chose, bien qu'il n'en fût rien.

— Ça y est, sourit Amy, le fameux cerveau Whalen a rétabli la connexion ! Je n'en avais jamais douté, tu sais – je suis ta plus grande admiratrice.

— Alors pourquoi tu ne m'as pas donné le nom de ton hôtel ?

— Je pensais l'avoir fait. Mais qu'est-ce que ça change, de toute façon ? On utilise toujours les portables.

— Il y avait pourtant un Post-It indiquant « hôtel Malo » sur ton écran d'ordinateur.

— Exact, Columbo. Destiné à moi-même. J'ai oublié mon bouquin là-bas, la dernière fois. Comme c'était un exemplaire dédicacé, je voulais le Malo avant de partir. Ça aussi, je suis presque sûre de te l'avoir dit. Tu sais, le bouquin que Natalie m'a offert l'an dernier...

Je me frottai les tempes.

— Pourquoi tu n'as pas appelé en t'apercevant que tu avais paumé ton portable ?

Elle rit :

— Je n'arrivais pas à retrouver ce fichu numéro. Je sais, c'est ridicule... En même temps, ce n'est pas si drôle que ça. Tu crois que je vieillis ?

— Non, c'est juste la malédiction des touches de raccourci, marmonnai-je tout en revoyant en esprit la mine hautaine de Blanchard.

Simple problème de numéro, avait prédit l'inspecteur. Votre femme sera à la maison, à se demander où vous êtes passé...

— Et de l'ère moderne en général, renchérit Amy. Mais écoute ça. (Elle débita d'une traite ce qui devait être mon numéro de mobile.) Je l'ai appris par cœur dès que je suis rentrée ce matin. N'hésite pas à me le faire réciter de temps à autre.

J'aspirai une gorgée de café, en cherchant quelles seraient mes dix prochaines questions, et dans quel ordre les poser.

— Écoute, je suis vraiment navrée, fit Amy avec une compassion soudaine. Tu t'es inquiété ?

— Évidemment que je me suis inquiété ! Un inconnu me dit qu'il a trouvé ton bigo. Je contacte l'hôtel où je crois que tu résides, et tu n'y es pas. Alors je me rends à Seattle, et tu restes introuvable. J'ai même rempli une déclaration de disparition !

— *Quoi ?*

— Qu'est-ce que tu crois ? J'ai même parlé à Todd Crane. Pour trouver un moyen de te joindre.

Elle grimaça.

— Ça ne m'arrange pas, ça.

— Te bile pas, t'es couverte. J'ai expliqué que tu rendais visite à des amis et que je voulais simplement faire le maximum.

— C'est le moins que l'on puisse dire. Autant de kilomètres, pour un simple téléphone... J'apprécie, chéri, sincèrement. Mais tu sais, je l'ai fait neutraliser dix minutes après avoir découvert que je l'avais perdu. Ils vont m'en expédier un autre lundi.

— Neutraliser ? (Je sortis son appareil de ma poche.) C'est avec ça que j'ai appelé Bobbi ce matin.

Elle se renfrogna.

— C'est bizarre, ce que tu me dis là. Il va falloir que je les rappelle.

— Je n'ai pas l'impression que quelqu'un d'autre s'en soit servi, tu sais.

— Tant mieux. Mais il n'empêche, j'avais demandé qu'on le

bloque. Il aurait pu tomber entre les mains de n'importe qui. Ce n'est vraiment pas sérieux.

Amy tout craché, là encore.

J'attendis qu'elle réagisse au fait que j'avais eu son portable entre les mains et que je m'en étais servi. Mais elle ne trahit aucun malaise.

Elle se rapprocha d'un pas.

— Ça me touche que tu sois parti à ma recherche. (Elle me caressa le bras.) Je me doute que ça n'a pas dû être agréable de se rendre chez les flics, et je m'en veux de ne pas avoir appelé. Mais je pensais que tu resterais confiant : pas de nouvelle, bonnes nouvelles.

— Eh bien non, figure-toi. Je ne vis pas dans un monde où l'on part du principe que tout baigne. Ça fait des lustres que je n'habite plus ce monde-là.

— Je sais, murmura-t-elle. J'ai été nulle. Ça ne se reproduira plus.

— C'est pas grave, Amy. J'ai juste...

— Je sais. (Elle m'embrassa, ses bras chauds autour de ma taille.) Sincèrement. Promis.

Je restai longuement sous la douche, à contempler la luxueuse pierre blanche de la cabine. J'avais très peu dormi et je restais aux prises avec une vilaine gueule de bois, ce qui expliquait peut-être que je me sente aussi comateux. Je n'avais en outre pratiquement rien avalé de toute mon escapade, ce qui ne devait rien arranger.

Une fois propre et habillé, je passai à la cuisine pour me préparer des œufs au plat. Je les engloutis avec application, recourbé sur le comptoir, sans même songer qu'il s'agissait de nourriture. Mon corps était raide et lourd. J'eus l'idée d'un petit footing, afin de purger la machine, mais rien que d'y penser j'avais envie de vomir.

Amy avait repris sa place sur le sofa, assise en tailleur au milieu de ses papiers. Il fallut que je m'approche à deux mètres pour qu'elle remarque ma présence. Je notai que la paperasse semblait plus textuelle que d'habitude, avec moins de synthèses et de graphiques. La typo évoquait celle d'une machine à écrire, et l'on ne trouvait plus le logo KC&H à toutes les pages.

– Tu planches sur quoi ?

Amy releva le nez.

– De vieux textes de référence, dit-elle en rassemblant ses feuilles. Très assommants, du reste.

– Tu me diras quand même comment ça s'est passé ?

– Oui, bien sûr. Mais pour l'instant j'ai la tête pleine, et il faut j'y remette un peu d'ordre. Désolée pour le foutoir, au fait.

– Te tracasse pas pour ça. Bon, je vais essayer de bosser, moi aussi.

– Comment ça avance, mon petit scribe ?

– Très lentement.

– Lentement comme dans « à reculons » ?

Je souris.

– « De guingois », si tu préfères.

– Bah ! Comme dit ce bon vieux Lao Tseu, un voyage de mille lieues commence toujours...

– ... par de longues heures à regarder le paysage, c'est bien ça ?

– Allez, je crois en toi, Jack. Tu vas y arriver. Tu parviens toujours à tes fins.

Je regagnai mon bureau, en refermant la porte à moitié. Je passai un long moment à retourner mes cartons de documentation, en m'efforçant de produire un bruit suffisamment explicite. Chaque bouquin, chaque magazine, chaque coupure de presse me donnaient envie de grogner d'ennui, mais malgré tout je les empilai en plusieurs tas sur la console. En prenant de l'âge, je me suis découvert un vrai goût pour le classement. Livres, revues, DVD : j'aime les voir rangés, j'aime les voir triés. C'est leur ordre qui m'intéresse, avant même leur contenu.

Cette tâche accomplie, je déplaçai ma chaise à l'extrémité du bureau, de sorte à détourner mon écran de la porte. Au besoin, je pourrais toujours expliquer à Amy que j'avais changé de position pour ne plus être distrait par la vue, laquelle se trouvait désormais dans mon dos – même si Amy ne venait jamais ici quand je travaillais. Disons que c'était une simple... quoi ? Précaution ? Ruse ? Excentricité, plus probablement. J'ouvris l'ordinateur et l'écran reprit vie, toujours sur le même document intitulé « Chapitre 3 ». Les chapitres 1 et 2 n'existaient pas, et il n'y avait rien d'inscrit sous « Chapitre 3 ». Mais peu importait, je n'étais pas là pour écrire.

J'hésitai quelques instants. Puis je perçus un lointain bruissement de papier, preuve qu'Amy se trouvait toujours dans le séjour. Alors, je sortis mon portable et basculai l'ordi en mode de réception Bluetooth. Lorsque la liaison fut établie, je naviguai dans les différentes rubriques de mon téléphone.

Pour envoyer vers ma bécane les éléments que j'avais pompés sur le mobile d'Amy, avant de quitter Seattle.

J'avais renoncé à tirer quoi que ce soit des mystérieux SMS anonymes, que je n'avais même pas pris la peine d'effacer de mon portable. Ce que je venais de transférer, c'étaient les pistes musicales, le fichier sonore et les trois photos. Je branchai des écouteurs sur le côté de l'ordinateur et ouvris le fichier sonore. Même à fort volume et sans bruit de fond, je ne décelai rien de plus que dans le brouhaha du bar. Un rire d'homme, point à la ligne. Je poussai le son jusqu'à le transformer en chose abstraite, dans l'espoir de discerner je ne sais quelle texture en arrière-plan, une bribe d'indication quant au lieu de l'enregistrement. Mais je ne perçus rien de ce tout cela. J'entendais juste un homme qui riait, dans un endroit ni bruyant ni particulièrement calme. Si je lui trouvais un je-ne-sais-quoi de déplaisant, c'était peut-être le fait d'entendre le rire d'un autre sur le téléphone de mon épouse. Mais il se pouvait qu'Amy ait simplement joué avec son portable lors d'un temps mort au restaurant, et enregistré par inadvertance un type assis plus loin.

Les photos ne m'aidèrent pas davantage. Elles étaient plus grandes sur mon ordi que sur le mobile d'Amy, mais elles n'en demeuraient pas moins sombres et floues, au point que je doutais de reconnaître le gars si je le croisais dans la rue. Les deux autres clichés ne ressemblaient à rien, du moins au début. Deux rectangles d'obscurité parsemés de zones plus claires. Puis, il me sembla deviner un parking de supérette, ainsi qu'un homme en train de pénétrer dans le magasin. Le deuxième lieu demeurait insondable – un bar sombre, peut-être –, mais là aussi je crus distinguer une silhouette.

Je rangeai ces fichiers dans un dossier que je planquai dans un sous-sous-répertoire du disque dur. J'avais l'impression d'avoir commis un vol, et j'étais furieux de ne rien en tirer. Les paroles de Blanchard résonnaient encore dans ma tête, et je me trouvais pitoyable. Une seule chose pouvait encore me convaincre que je n'étais pas un crétin fini, mais hélas je ne pouvais la vérifier dans l'immédiat.

Un bruit me fit relever les yeux. Amy se tenait dans la pièce, à cinquante centimètres de la porte.

— Ah, salut, bredouillai-je.

— Désolée, dit-elle. Je ne voulais pas te déranger. Ça cogite dur, à ce que je vois ?

— Ouais, ouais. Quoi de neuf, de ton côté ?

— Ras... le... bol, répondit-elle. Je vais acheter deux ou trois bricoles au centre-ville, je ne sais pas encore quoi. Tu as besoin de quelque chose ?

Sur le moment, je m'étonnai qu'elle ne me propose pas de l'accompagner. Puis, je me souvins que j'étais censé avancer sur mon bouquin. Amy évitait juste de me dissiper par des tentations inutiles, et en fin de compte c'était cela, l'essence même de mon épouse. Subtile par nature, brusque s'il le fallait, une femme capable de débouler dans la salle de bains pendant que je me rasais pour lancer : « Dis donc, Dugland, tu comptes la réparer, cette étagère que tu as promis de réparer, ou bien tu attends que je te rapporte à la maison du Mari ? » Un jour, j'avais relaté cette anecdote à un homme et une femme coutumiers du lancer d'assiettes, pour leur suggérer d'exprimer leurs désaccords de manière plus simple et directe. Suite à cette intervention, je reçus tous les ans au commissariat une carte de vœux signée « Les Dugland – toujours ensemble ». Cela reste à mes yeux l'un de mes plus beaux succès de flic.

— Ça va, répondis-je dans un sourire, le cœur un tantinet plus rapide, débordant d'amour pour cette femme et par conséquent dévoré de honte à l'idée de ce que j'allais faire et que son absence allait faciliter. C'est gentil, mais j'ai déjà tout ce qu'il me faut.

— T'es pas un mec ruineux, dit-elle avant de s'éclipser.

Elle s'affaira dans la cuisine quelques instants, puis elle me cria au revoir.

Je comptai trois minutes avant de quitter le bureau et de remonter l'escalier. J'atteignis la fenêtre de l'entrée juste à temps pour voir la bagnole disparaître dans l'allée. Je patientai quelques minutes de plus, jusqu'à ce que je sois sûr qu'Amy ne ferait plus demi-tour, puis je redescendis tout en bas, là où Amy avait son antre.

Une heure plus tard, je me trouvais à trois bornes de la maison, sur un chemin forestier. Je n'ai jamais aimé le jogging. Ça me fatigue à l'avance, ça m'épuise quand j'y suis, et surtout cela ne rime à rien. Le corps humain n'est pas fait pour courir longtemps, et mon esprit pas davantage. Néanmoins, même si je déteste l'admettre, le footing semble répondre à ce besoin qu'éprouve parfois l'organisme d'être pris au sérieux. La première partie du circuit avait ravivé mon mal de crâne, et je dus m'arrêter à deux reprises pour cracher mes poumons, mais à présent je progressais d'une foulée souple et constante, au beau milieu des arbres. Je courais comme on se repent, en essayant d'enterrer mes exploits de la ville. *Je suis un sportif, vous voyez, et non le genre de type à se réveiller dans des parcs.*

Je courais aussi dans l'espoir d'y voir un peu plus clair. J'avais trouvé dans le bureau d'Amy un ordinateur éteint. J'aurais pu l'allumer, mais les temps de démarrage et d'extinction sont trop imprévisibles : en cas de retour précoce, Amy risquait de me prendre la main dans le sac. Elle y verrait une intrusion, et elle aurait raison. J'avais donc préféré consulter son agenda électronique, regarder ce qu'il m'apprenait, puis l'éteindre, le rebrancher sur le chargeur et enfiler ma tenue de jogging.

L'air fraîchissait. Je sentais la température baisser progressivement, voyais mon haleine former une vapeur de plus en plus dense. Le ciel était sombre à travers les feuillages, et la lumière assourdie teintait de bleu le vert des pins. Je décidai de rebrousser chemin avant que la nuit ne m'emprisonne.

Ce que j'avais vu sur le PDA était parfaitement clair. Une

barre intitulée « Seattle » – comme dans mon souvenir. Sauf que cette barre courait jusqu'au samedi.

Ce qui ne correspondait *pas du tout* à mon souvenir.

Quand Amy m'avait montré le calendrier de la cuisine, je n'en avais pas cru mes yeux. J'étais pourtant sûr d'avoir compris qu'elle rentrait vendredi. C'était ce que j'avais noté dans mon esprit, ce que je pensais avoir entendu de sa propre bouche, et quand j'avais vérifié l'info sur son ordinateur, cela m'avait fait l'effet d'une simple confirmation. Or, son PDA parlait à présent de samedi – tout comme son ordi, selon toute probabilité. Il n'y avait que deux explications possibles. Amy était censée rentrer la veille, comme je le pensais, mais suite à un imprévu qu'elle ne souhaitait pas mentionner, elle était reparue ce matin et avait décidé de passer en force. Elle avait donc coché après coup les bonnes cases du calendrier – qu'elle s'était empressée de me montrer, et sans douter une seconde de ce qu'on y découvrirait –, non sans avoir préalablement modifié son agenda sur l'ordinateur et actualisé le PDA, au cas où son mari eût exigé trois preuves concordantes. Une manœuvre de falsification destinée à me berner, en d'autres termes. C'était toutefois assez risqué, car pour peu que je reste persuadé d'avoir lu et entendu « vendredi », cette réécriture de l'histoire serait pour moi une véritable sonnette d'alarme. Seulement, voilà : je n'en étais *pas* persuadé. Et peut-être qu'au fond...

Peut-être que j'avais juste compris de travers.

Peut-être qu'il avait toujours été question de samedi, en définitive. J'étais déjà bien flippé lorsque j'avais consulté la machine d'Amy jeudi soir ; j'avais dû me fourrer dans le crâne qu'elle rentrait vendredi, et du coup j'aurais vu sur cet écran ce que j'avais envie d'y voir. Du reste, je n'arrivais plus à me remémorer une barre de planning s'arrêtant au vendredi ; rien à faire, elle courait toujours jusqu'au lendemain. Parce que c'est ainsi que je l'avais vue en dernier ? Ou alors, solution plus vraisemblable, parce qu'il n'en avait jamais été autrement ?

Ce n'est pas le problème de la police. C'est le vôtre.

Hormis ce hiatus sur le calendrier, je n'avais rien contre Amy, et cela signifiait certainement qu'elle n'avait rien à se reprocher. À mesure que je remontais le sentier vers le point de jonction entre la forêt domaniale et notre propriété, cette conviction se renforça en moi, apaisant tout mon corps tel un bon massage dorsal. En même temps, j'avais un peu honte. Le contenu du portable demeurait énigmatique, mais les bribes de communication des autres le sont toujours un peu. Et même s'il est parfois tentant de l'oublier, notre partenaire ne sera jamais nous. Amy n'avait pas bronché en apprenant que j'avais manipulé son portable ; difficile, dès lors, de voir en cet objet un lieu de débauche électronique. Imaginons plutôt une blague récurrente entre collègues, ou bien des fragments d'une future campagne de marketing sauvage. Pendant quelque temps mon crâne s'était rempli d'une noirceur quasi palpable, comme si j'avais pu sentir un poids suspendu au-dessus de ma tête.

Je reconnaissais cette sensation, savais qu'elle était le fruit d'événements qui nous avaient frappés, Amy ou moi, au cours des deux dernières années. Ils m'avaient laissé dans une sorte de qui-vive permanent, à guetter sans arrêt le chaos et les intrusions. Le bruit d'un carreau brisé au fond de la maison, les crissements de pneus d'une voiture montant sur le trottoir pour me renverser. Un coup de fil annonçant que l'un de nous deux avait un cancer, alors que ni Amy ni moi n'avions passé le moindre examen, ni même éprouvé l'envie ou le besoin de le faire.

Aucun de ces malheurs ne nous avait frappés. Il s'en était produit d'autres, mais toujours imprévisibles. Je n'avais jamais été averti des intentions du dieu des calamités. Ce n'est pas comme ça qu'il fonctionne, et cela ne signifiait pas non plus que de nouveaux drames se profilaient. Rien ne m'obligeait à rester sur mes gardes, à prévoir le pire, à bâtir toutes sortes de scénarios catastrophes. Tout allait bien.

Je me surpris à répéter ces mots dans mon souffle, pour garder la cadence, tandis que mes pieds battaient la dernière grande montée vers la maison.

Tout... va... bien...

Tout... va... bien...

C'est un bon rythme pour courir.

Amy était rentrée. Elle se prélassait dans son bain, la radio allumée, écoutant d'une oreille amusée les délires d'un vieux parano sur de prétendues forces occultes à l'origine des attentats de l'année précédente à Thornton, en Virginie, comme si les terroristes classiques n'étaient pas assez méchants comme ça. Je me douchai, me changeai, puis fis comme toujours après un footing, sans doute par esprit de contradiction : prendre une bière dans le frigo et m'en griller une sur la terrasse.

L'éclairage extérieur s'alluma tout seul lorsque je franchis la porte vitrée. Comme d'habitude, je le déplorai, avant (comme d'habitude) de me rappeler que le système se désactivait depuis l'intérieur de la maison, ce à quoi je ne pensais qu'une fois dehors. Amy préférait garder la lumière allumée, mais comme elle était frileuse et ne venait jamais ici le soir, c'était plutôt à moi d'en décider. Je me fis une petite note mentale, en me jurant ce coup-ci de tourner l'interrupteur dès mon retour au salon, puis je m'accoudai à la balustrade. Le vent se levait, secouant la cime des arbres et attisant la braise de ma cigarette.

Quelques instants plus tard, je frottai mon mégot sous la rambarde et le rangeai dans mon paquet. En revenant vers la porte-fenêtre, j'avisai par terre quelques cendres issues de ma pause clope précédente. Le hasard et la géométrie avaient décidé que les vents des deux derniers jours n'atteindraient jamais ces poussières. Un phénomène à la fois fascinant et général, qui fait qu'il reste toujours des bouts d'hier dans aujourd'hui. Puis les cendres disparurent, emportées par une bourrasque.

Chapitre 16

Il roula vite mais bien, sans dépasser les limitations de vitesse. Comme toujours, il s'efforçait de passer pour un automobiliste lambda. Shepherd avait joui de nombreux privilèges dans sa vie, et il en connaissait le prix. Tout se payait d'une façon ou d'une autre, or le coût le plus élevé, celui qu'on n'amortissait jamais, c'était celui du temps. Une amende pour excès de vitesse vous faisait perdre au moins une demi-heure, et Shepherd ne pouvait se le permettre. Il remonta donc l'Interstate 5 en maîtrisant son allure et en espérant résoudre son problème dans la soirée. Au départ, le plan était très simple. Jamais il n'aurait cru que la situation puisse tourner si mal, et si vite.

Cela faisait déjà plus de vingt-quatre heures que la fille avait disparu.

Il n'avait rien espéré de sa première halte. Mais Shepherd devait sa réussite à son sens méthodique, et la visite auprès des parents O'Donnell était un passage obligé. Avant de quitter Cannon Beach, il avait longé la grand-route dans les deux sens, puis jeté un œil sur la plage, sans se bercer d'illusions. Les flics du coin quadrillaient le terrain : si la gamine avait été là, ils l'auraient retrouvée. Mais elle n'y était pas. Elle avait filé ailleurs.

Il devait trouver où, et le plus vite possible.

Redevenu l'agent Shepherd, il se gara devant la maison, dans le quartier nord-ouest du centre de Portland, à deux rues des boutiques chic de la 22ᵉ et de la 23ᵉ Rues. Il frappa à la porte, attendit un peu, puis s'introduisit discrètement. Il resta six minutes à l'intérieur. Toujours pas de gosse.

Il regagna son siège et réfléchit à la suite. La nuit commençait à tomber. Restait une destination évidente, celle qui depuis le début semblait la plus logique. Mais d'un point de vue géographique, cela représentait un vrai pari. Car s'il partait tout là-bas alors que la fillette se trouvait encore dans l'Oregon, à errer çà et là comme une somnambule, elle finirait tôt ou tard par se confier à des gens – jusqu'à lâcher la phrase de trop, celle qui générerait des tas de variables.

Shepherd n'aimait pas les variables. Depuis plus de trente ans il tournait le dos à l'incertitude, et il y trouvait son compte. C'était l'un des avantages de sa condition : la liberté d'ignorer ces obstacles qui brident l'existence des gens ordinaires. Mais la liberté a pour corollaire la responsabilité, c'est-à-dire la conscience d'avoir tracé son destin tout seul, sans pouvoir rejeter ses erreurs sur autrui. Il se revoyait encore assis dans ce bar d'hôtel, dans une ville située à deux heures d'ici plus au nord. On le pressait d'accepter une proposition qu'il savait lourde de dangers, une offre qui lui ferait hypothéquer les objectifs de toute une vie. Mais il lui avait suffi de croiser le regard de la personne assise en face de lui pour comprendre qu'il allait dire oui. Même marginalisé, ce client-là n'était pas homme à se laisser éconduire. Shepherd avait lui-même vu du pays et commis des actes dont peu de gens aimeraient être au courant. Et pourtant, autour de cette table, il avait tout de suite su qui était le patron, qui avait les limites les plus élastiques, et qui allait imposer sa volonté.

Et puis, bien sûr, il y avait l'argent.

Énormément d'argent.

Il avait donc ouvert les écoutilles, et quitté ce bar d'hôtel convaincu de tenir ses engagements. Au cours des tout derniers mois, Shepherd avait élaboré son propre plan, son plan alternatif. Mais avant cela, il avait joué sa partition. Il avait surveillé, méticuleusement, même après que la cible eut changé d'État. Il s'était rendu sur place, fondu dans le décor, pour corriger telle ou telle trajectoire individuelle, en s'approchant juste assez pour infléchir le sort. Il avait, dix jours plus tôt, infligé un avertissement à un homme et précipité la fin brutale d'une amitié qui faisait vibrer Alison O'Donnell depuis cinq mois. Cette amitié menaçait de devenir une variable, or Shepherd n'aimait que les constantes, et cette famille avait besoin de stabilité. Son intervention avait été pour beaucoup dans la retraite inopinée d'Alison à Cannon Beach. Bien évidemment, la dame n'avait pas dit à son mari quelle était la cause de ce nouvel épisode dépressif, de même que M. Golson ne lui avait jamais expliqué, à elle, pourquoi il n'avait plus le temps de prendre un café après le travail – à savoir qu'un type s'était assis à côté de lui dans un Starbucks pour lui ordonner à voix basse de tirer un trait sur cette relation, sous peine d'un coût personnel exorbitant.

Il n'était écrit nulle part que cette amitié aurait tourné à l'idylle, mais on n'est jamais trop prudent, et Shepherd ne prenait jamais de risques.

Sauf une fois, dans ce bar d'hôtel.

À l'époque, le risque en question avait paru acceptable, car il lui promettait un avenir bien meilleur. Mais voilà peu, Shepherd avait revu sa position. Il était donc entré en action, bien avant l'échéance normale, et c'est là que les ennuis avaient commencé. Il avait réclamé son dû ; cette phase-là avait abouti. Mais lorsqu'il était revenu exécuter la seconde moitié du plan remanié – la partie rapide et violente –, la gosse n'était plus là.

Le coup de fil survint une demi-heure plus tard. Shepherd l'ignora tout d'abord, pensant qu'il s'agissait de la femme qui le harcelait depuis des semaines, puis il vit que ce n'était pas elle et se jeta sur le téléphone.

L'appel fut bref, émis d'une cabine. Il reconnut immédiatement la voix de la fillette. Il lui posa des questions précises, mais elle paraissait troublée, anxieuse, et il ne parvint à lui soutirer que deux petits mots – « Creek » et « repos » – avant d'être coupé. Alors il déplia une carte de la région et trouva la solution de l'énigme. Par chance, la môme avait emprunté la direction que Shepherd soupçonnait dès le départ. Sans cela, il eût été battu.

Les Intrus

Mais il pouvait encore l'être, vu la distance à parcourir.

Il s'arracha donc de Portland, dépassa Kelso et Castle Rock, puis avala des kilomètres et des kilomètres de chaussée noire, déserte, encadrée d'arbres gris, un paysage morne qui endossait la civilisation à la manière d'un pardessus neuf. La pluie se mit de la partie, mais Shepherd maintint sa vitesse à travers Chehalis, Centralia, et tous ces patelins qui s'égrenaient en direction de Seattle, par l'ouest de l'État de Washington.

Une heure et demie après avoir quitté Portland, il repéra la bretelle. Tandis que la courbe l'éloignait de l'autoroute, il éteignit ses phares. La pluie tombait à verse, et entre deux grincements d'essuie-glaces il distinguait un bâtiment plat, au milieu d'un bouquet d'arbres, après quoi s'étirait un parking. Une lumière blafarde perçait à travers deux vitres étriquées, ce qui ne faisait que renforcer l'aspect désolé des lieux.

Sur le bas-côté, une pancarte indiquait : « AIRE DE REPOS DE SCATTER CREEK ».

Une seule voiture sur le parking. Shepherd décrivit un arc de cercle pour s'arrêter cinq ou six mètres plus loin, puis il éteignit son moteur. L'autre véhicule était une Ford Taurus, un modèle fort prisé des loueurs. L'habitacle baignait dans le noir. Shepherd patienta deux minutes, avant de sortir sous la pluie.

Il marcha lentement, son arme baissée contre sa cuisse. La voiture paraissait vide, mais qui dit méthode dit vérification. La lunette arrière révéla une banquette vacante, tout juste encombrée d'une veste. Shepherd contourna prudemment le véhicule et plongea les yeux par la vitre du conducteur. Personne. Se redressant, il ouvrit la portière. Il faisait frais dans l'habitacle. Soit le conducteur avait roulé sans chauffage, soit il s'était arrêté depuis un bout de temps. Pas de clé dans le démarreur.

La personne serait-elle tombée en panne, avant d'être évacuée par les services d'assistance ? Possible. Mais elle aurait verrouillé les portes et sûrement pris la veste. Entre les sièges étaient glissées des cartes routières, minces et cornées – typique, là encore, des voitures de location.

Il y avait un paquet de cigarettes entamé dans le vide-poche de gauche, ainsi qu'un briquet jetable. Sur le tapis du passager gisait un sachet de sucre candi, à côté d'un emballage de Chicken McNuggets.

Shepherd referma la portière. Il n'avait jamais été fumeur, mais il savait que les gens accros au point de braver les écriteaux « FUMEZ PAS, BORDEL ! » des voitures de location n'étaient pas du genre à se tailler sans leurs sucettes à cancer.

La personne était ici, quelque part.

Il se dirigea vers le bâtiment. Sur la gauche, un mur carrelé cachait l'entrée des toilettes pour hommes. Une fenêtre de trente centimètres sur trente constituait l'une des deux sources lumineuses aperçues plus tôt. La structure couverte était soutenue pas des colonnes de pierre. Des stands de prospectus vantaient les attractions du coin. Un comptoir, sans doute destiné au café, était fermé pour la nuit par un rideau de fer. Venaient enfin trois téléphones publics et deux fontaines à eau cabossées. Tout était sombre et froid.

En regardant de plus près, Shepherd vit que l'un des combinés pendait au bout de son cordon.

Il repartit vers les chiottes. Carrelage crème et café. Deux vasques, deux urinoirs, deux cabines. D'une propreté inattendue. Les portes s'arrêtaient à trente centimètres du sol, et il n'y avait personne derrière.

La pluie jouait du tambour sur le toit métallique.

Shepherd se rendit du côté femmes. Trois cabines, même topo. Sauf que le sol était mouillé, et que l'on distinguait des pieds sous la dernière porte.

Jean bleu, tennis blanches. Suggérant une posture agenouillée.

– Madame ?

Il y avait autre chose par terre. Un petit objet en plastique mauve.

Shepherd poussa la porte. Une femme était recroquevillée dans un coin. On aurait presque dit qu'elle se planquait, comme dans une partie de cache-cache.

L'homme se baissa pour ramasser l'objet en plastique : un capot de batterie de téléphone portable. Puis il enfila ses gants, saisit délicatement l'épaule de la dame et la retourna vers lui.

Les Intrus

Elle était morte d'un traumatisme crânien oblique, sans doute en se cognant contre le bord de la cuvette. Le téléphone gisait sous elle, l'écran brisé. Shepherd laissa retomber le corps et prit la main droite de la femme.

Légère coloration jaune sur la tranche de l'index.

Fumeuse.

Loueuse présumée de la voiture du parking.

Chauffeuse probable d'un(e) amateur(trice) de bonbons et de nuggets, qui aurait surpris sa conductrice en train d'utiliser son portable en douce, après que ce passager ou cette passagère eût tenu sur la route des propos étranges.

Le passager se pointe à la porte de la cabine ; la femme sursaute, glisse sur le sol mouillé et fait une chute fatale, l'un de ces coups de malchance qui se produisent parfois.

Sûrement.

Shepherd jura dans sa barbe et quitta la cabine. Se hâtant sous la pluie en direction de son coffre, il dressait déjà dans sa tête une liste de tâches.

Éliminer pièces du téléphone. Essuyer empreintes dans cabine. Idem sol toilettes et murs intérieurs toilettes. Essuyer combinés téléphoniques, emporter celui sans doute utilisé. Examiner et essuyer surfaces intérieures voiture victime, essuyer zone autour poignée. Charger corps dans coffre voiture, transférer véhicule.

Ce n'était pas bon, Shepherd le savait. Tout en sortant son matériel de nettoyage, il estima calmement l'ampleur des dégâts. *A priori, la victime n'a pas eu le temps d'atteindre la police, sans quoi l'endroit grouillerait de flics. Mais peut-être que quelqu'un, ailleurs, aura vu la dame embarquer son passager. Les aura vus ensemble dans une station-service ou au MacDo. Juste ce qu'il faut pour aiguiller ceux qui la cherchent...*

Shepherd sortit deux derniers outils, ainsi qu'un grand sac en plastique gris.

Vilain travail en perspective.

Ensuite, il fouilla tout le périmètre du parking, sans aucun résultat. La gamine avait trouvé le moyen de repartir. Il peinait à croire qu'un autre automobiliste l'avait recueillie dans sa voiture, sur la foi de quelque explication abracadabrante. Mais Shepherd avait cru comprendre que la gosse était maligne. Elle était parvenue à fuir cette aire d'autoroute, tout comme elle avait convaincu la femme de la conduire jusqu'ici – tout comme elle avait trouvé un abri pour la nuit passée, après avoir réussi à rejoindre Portland.

Quand il reprit le volant, Shepherd laissait derrière lui une berline en flammes. D'ici quelques minutes, le réservoir exploserait. Il ne s'agissait pas de la voiture de la nana, mais de la sienne à lui, car, même calciné, le véhicule de location serait trop facile à identifier, et les enquêteurs sauraient aussitôt le nom de la défunte. Karen Reid, en l'occurrence. Permis de conduire, cartes de crédit, sac à main, tout cela était déjà détruit. Les autres éléments d'identification potentiels étaient enfermés dans le sac en plastique gris, à l'arrière du nouveau véhicule de Shepherd, à côté d'une de ces valises qui l'accompagnaient depuis les débuts de sa vie d'adulte. La femme avait perdu ses empreintes digitales – dans le feu de son propre briquet –, et sa tête avait été vidée de ses attributs distinctifs. Allégé de ces éléments, son corps reposait dans le coffre de la voiture incendiée. Les parties restantes seraient dispersées entre ici et la prochaine halte de Shepherd. Ce n'était pas parfait, mais seule la mort peut l'être. On peut être parfaitement mort, à la rigueur ; pour tout le reste il faut se débrouiller avec les moyens du bord.

À minuit passé, l'Interstate était plus déserte que jamais. Shepherd poussa ses rapports avant de bloquer le régulateur de vitesse sur la limite autorisée. C'est à peine s'il se rendait compte qu'il avait changé de voiture. Il avait conduit d'innombrables véhicules dans sa vie, et détruire celui-là ne l'avait nullement ému. Shepherd avait pour principe de ne jamais s'attacher à rien. Cela permettait une meilleure maîtrise des choses, maîtrise qu'il avait d'ailleurs bon espoir de recouvrer. Déjà, il savait dans quelle ville se jouerait la suite. Il sentait aussi qu'il allait falloir mettre d'autres paires d'yeux sur le coup. Pour cela, il devrait parler à certains membres du groupe, ce

Les Intrus

qui l'obligerait à inventer une histoire qui tienne debout – juste au cas où l'un d'eux atteindrait la fille avant lui.

Mais pour l'instant, tout ce qu'il avait à faire, c'était conduire.

Au bout de huit kilomètres, il baissa la vitre et jeta une première dent de Karen Reid.

Deuxième partie

« Inconsciemment, nous envions l'intégrité des morts : ils en ont terminé avec la phase préliminaire, leur caractère est clairement dessiné. »

André Siniavski
Pensées impromptues

Chapitre 17

Dimanche matin, petit déjeuner au bistrot de Birch Crossing, suivi d'un café en terrasse afin que je puisse fumer. Amy se montra magnanime, s'accommodant du froid et s'abstenant de toute allusion au fait que je devais arrêter le tabac. Je feuilletai distraitement le gazette, sans rien trouver d'excitant parmi les nouvelles du cru. Amy observa une mère et ses deux bambines à la table d'à-côté, puis au bout d'un moment son regard s'évada.

Nous étions là depuis une demi-heure, quand quelqu'un nous dit bonjour. Ben Zimmerman, arrivant au bistrot. Ses journaux sous le bras, il arborait un vieux treillis kaki, comme d'habitude, avec le genre de pull que l'on réserve pour la pêche, depuis que Madame nous en interdit l'usage dans un contexte civilisé. Il n'empêche, j'aurais bien aimé lui ressembler au même âge.

Ce salut en passant me donna l'impression d'habiter ici pour de vrai. Je répondis d'un signe de tête avant de demander :

– Comment va votre ami ?

Ben haussa les épaules, dans un demi-sourire. Fallait-il comprendre que l'ami en question tenait le coup, ou bien qu'il était mort ? Dans le doute, j'opinai du chef, puis Ben entra dans le café.

Amy et moi fîmes les boutiques pendant un moment, bercés de New Age et de Mozart. Planté dans la rue, je la regardai par la vitrine examiner un chemisier qu'il fallait bien qualifier de rose. J'étais surpris. Les hommes de mon âge et de mon profil ont à peine conscience que cette couleur existe, ils ne la voient de près que lorsqu'ils sont papa d'une petite fille. Quant aux épouses, elles la bannissent de la déco et n'en porteraient pour rien au monde. Le rose devient ce qu'était le violet au Moyen Âge : exotique, inconnu, et néanmoins curieux car il suggère un ailleurs, au milieu des ocres, des turquoise et des inévitables noirs.

Ressortant du magasin, Amy leva un sourcil :
— Qu'est-ce que tu regardes comme ça, face de singe ?
— Je ne t'avais jamais imaginée en bonbon rose. Mais attention, ça le fait grave. Tu veux qu'on aille se peloter au cinoche, après ? Ou qu'on aille traîner au centre commercial ?

Elle rougit, me tapa l'avant-bras, puis déroula toute une litanie de suggestions imagées quant à l'endroit où je pouvais me fourrer ledit centre commercial – avec son grand parking. Nous rentrâmes à pied dans un silence complice, régalés par l'odeur des pins. Nous étions aux antipodes de la vie à L. A., et dans le meilleur sens du terme.

Amy retourna travailler sur le sofa et je regagnai mon bureau. Avant d'ouvrir mon ordinateur, je restai un temps immobile face à la baie vitrée. J'avais accouché d'une idée, mais je voulais m'assurer qu'elle n'était pas stupide. Qu'elle ne prouvait pas seulement combien j'avais du mal à oublier mon existence d'avant.

Être flic est un drôle de métier, bien plus prosaïque que ne le prétend l'industrie du divertissement. En gros, vous êtes un surveillant de lycée armé qui doit se coltiner les cupides, les malhonnêtes et les demi-fêlés – mais ça, c'est avant de quitter le commissariat, ha, ha, ha ! Vous êtes l'agent d'entretien social, celui qui rapièce et qui reprise, celui qui essaie de maintenir les lieux propres et ordonnés, et qui de temps en temps prend part à l'interminable bagarre de saloon entre ceux qui ont subi une offense et ceux qui l'ont commise – ou *semblent* l'avoir commise – sauf qu'au moment des faits ils allaient voir leur sœur à l'hôpital, qu'ils n'ont même pas de voiture et sûrement pas de ce type-là, et puis pourquoi tu me les brises, sale petit fils de pute, t'aurais pas plutôt des vrais criminels à cogner ?

La première chose que l'on apprend, c'est que l'espéranto

ne sert à rien. On a déjà un langage universel, le mensonge. Tout le monde ment, sur tout, tout le temps. Très vite vous cessez de croire ce qu'on vous raconte, et vous découvrez que les victimes vous donnent encore plus de fil à retordre que les agresseurs. Soit ce sont les mêmes que les agresseurs, mais tombés sur plus méchant qu'eux et bien décidés à pousser leur avantage, soit ce sont des connards des classes moyennes qui considèrent la police comme un service de sécurité privé et croient que leurs soucis disparaîtront moyennant quelques confidences et un billet de cent dollars, glissé discrètement ou pas.

Ainsi, vous jouez un rôle. En revêtant votre uniforme, vous devenez quelqu'un d'autre. Un autre capable d'occulter la possibilité que ce jour soit celui où le type inoffensif que vous arrêtez sur le bord de la route est remonté contre sa femme ou sa poule, ou contre le Loto qui refuse de le laisser gagner ; le jour où il voit rouge et attrape sous son siège un pétard qui normalement resterait caché. Vous essayez d'oublier combien d'armes vous entourent : des couteaux dans les tiroirs de cuisine, des bouteilles dans les bars où les rixes pullulent comme les prospectus dans les boîtes aux lettres ; une lame de rasoir rouillée, enfouie dans les loques du clodo qui pousse son mystérieux fourbi le long de l'autoroute – un barjo connu dans le quartier, qui ne fait de mal à personne, mais que l'on doit passer une heure à déloger parce qu'un riverain s'est plaint et que de toute façon *c'est la loi*, et que vous arrachez à de fiévreuses méditations sur les rayons micro-ondes et les terroristes qui lui volent ses poils pubiens, depuis suffisamment de temps pour qu'il voie en vous un ennemi passible d'un combat à mort.

Un être humain se trouve rarement à plus d'un mètre d'une arme potentielle. Un des mes collègues s'est fait planter un décapsuleur dans la gorge par une femme dont la bouche était pleine de sang, mais qui perdait toute raison de vivre si son concubin allait au trou. Le flic fut enterré avec les honneurs militaires ; la femme écopa d'une longue peine de prison ; le gars qui lui avait flanqué son poing dans les dents vit aujourd'hui chez une autre. Assis dans un fauteuil, pianotant des doigts sur les vieux accoudoirs poussiéreux tout en se demandant pourquoi les gosses de sa gonzesse s'échinent à le mettre en rogne et pourquoi cette pouffiasse ne leur dit rien et ne lui rapporte pas une autre bière ; et puis pourquoi, quand il la regarde, il a parfois envie de lui briser le nez. Tôt ou tard, un de ses pourris de voisins lui piquera son téléviseur, sa batterie de voiture ou ses grolles, et vous devrez lui témoigner tout le respect dû à son nouveau statut de victime.

C'est ça, le boulot du flic. Des trottoirs chauds au crépuscule. Cogner à des portes minces comme du papier à cigarette. Dire à des gosses aux yeux écarquillés que tout va bien, alors que rien ne va plus. Des filles bourrées qui jurent que leur mec a fait que dalle – avant de comprendre qu'elles sont elles-mêmes en mauvaise posture et donc d'admettre que oui, monsieur l'agent, possible que mon mec soit un criminel de guerre nazi. Des époux qui s'étripent dans leur jardin, pour des griefs si vieux qu'on ne connaît même plus leur origine : cet après-midi, l'un des deux a oublié de racheter du café, alors vous en débattez tous les trois pendant quarante minutes, puis vous prenez congé ; ils vous serrent la paluche, et un mois plus tard vous-même ou un collègue reviendrez les séparer pour une histoire de tours de poubelle.

Tel fut mon métier pendant dix ans. Je me pointais pour accomplir ce pour quoi j'étais payé, n'entrant chez les gens que lorsqu'ils déraillaient, après que le dieu des calamités leur eut rendu une petite visite. À la longue, ma propre vie s'est mise à dévier, comme beaucoup de vies de flics. Le problème, quand on est policier, c'est qu'à force de fouler le terrain de jeu du dieu des calamités, on s'installe dans sa ligne de mire – dans le rôle du fouille-merde, du gêneur, de celui qui vient l'empêcher de semer la peine et le désarroi dans le quotidien des gens. Le dieu des calamités est un petit merdeux, mais il a de la mémoire et une grande faculté de concentration. Une fois qu'il vous a repéré, il ne vous lâche plus. Il devient votre diablotin, perché sur votre épaule pour vous chier dans le dos.

C'est du moins ce que pensais, de manière épisodique. Je sais que c'est fumeux. Mais je le ressentais comme ça.

Être écrivain me semblait une reconversion logique, et pas seulement parce que j'avais fait des études de lettres. Patrouilleur est un job hautement verbal. Vous passez vos journées à chercher quoi dire et comment le dire, à formuler vos injonctions de façon à être compris même des bourrés, des drogués et des attardés, puis à interpréter et à filtrer les réponses d'individus pour qui la vérité est au mieux une troisième langue. Vous vous évertuez à éviter la violence, car les autres seront toujours plus aguerris que vous en la matière, et sans doute moins complexés. Certes, vous pourrez obtenir des renforts dans la minute, mais il suffit de quelques secondes pour ôter une vie, et si la dernière fois vous avez dû rameuter les hélicos, votre prochaine venue dans cette rue promet d'être longue et pénible. La faculté de trouver les mots justes, de jauger le ton et l'attitude de la personne en face de vous : le métier se résume à cela, à 99 pour cent du temps, jusque dans les séances de paperasse, réellement interminables, où l'on apprend à s'exprimer de manière claire et concise, avec juste un doigt de fiction ici ou là.

La terminologie devient cruciale. « Monsieur » et « madame » servent à montrer aux gens qu'on les prend au sérieux, même si on les emploie aussi avec les malfaiteurs. « Voulez-vous bien sortir de la voiture, monsieur ? Votre mari dit que vous détenez un couteau, madame. Monsieur, je vais vous demander *une dernière fois* de poser cette arme et de vous coucher sur cette putain de moquette. » Ce sont des marques de déférence formelle, de politesse conditionnelle, comme lorsqu'une maman ajoute un patronyme derrière le prénom de son rejeton, plutôt que de lâcher : « sale petite crevure ». Quant à l'« auteur » d'un crime ou d'un délit, il s'agit d'un mot clé par lequel on ramène les innombrables caractéristiques d'un individu à celle d'avoir (a priori) commis un acte répréhensible – comme pour mieux l'opposer aux victimes, à vous-même, et au monde en général. C'est un concept de poids, dont découle tout le reste.

Une « arme » est un objet dont la détention laisse supposer que l'on est ou que l'on risque de devenir l'auteur d'un crime. Le « mode opératoire » est la méthode spécifique employée par l'auteur. « Victime » est un rôle engendré par le passage à l'acte du ou des auteur(s). L'« intrusion » est une forme d'action particulière, dont les neuf lettres enserrent tout ce qui doit être dit sur l'inviolabilité de l'espace privé (tel que défini par le droit de la propriété), comme le fait qu'un individu n'est pas censé se glisser derrière les murs que nous avons dressés contre le chaos des autres. Le « meurtrier », pour sa part, n'est jamais qu'une variété d'auteurs parmi d'autres.

Tous les flics ne sont pas sensibles à ces questions sémantiques, bien entendu. Mais certains s'y intéressent, de la même façon qu'un neurochirurgien peut brailler dans des stades, ou qu'un curé peut confesser ses ouailles tout en rêvant à sa pizza du soir : *Très bien, mon fils, tu as donc des pensées lascives pour ta voisine*, mais la vraie question est : *Avec ou sans anchois ?* Votre mission consiste à trouver les formulations qui structureront chaque situation donnée, à en dégager une issue autre que la prison ou la mort. Armé de vos mots, vous fendez la nuit de votre glaive et vous refaites le monde. Dans les rapports écrits, tout au moins. Car le système judiciaire a le chic pour renvoyer le brouillard dans sa grotte. Les avocats possèdent leur propre vocabulaire, qu'ils manient à leurs propres fins. Leurs structures sont nettes, théoriques : ils n'ont jamais à se farcir les cages d'escalier, les parkings et les bars.

Et lorsque vous rendez votre tablier ?

Quitter la police, c'est comme sortir de prison, mais d'une façon peu riante. Vous maîtrisez la langue, la culture et la géographie d'un pays qui, du jour au lendemain, disparaît de la carte, avec tous ses habitants. Soudain, vos connaissances et réflexions autistiques ne riment plus à rien. Vous devez rattraper ce qui s'est passé dans le *vrai* monde, apprendre à communiquer sans badge sur la poitrine, et trouver ce que ces drôles de gens normaux ont bien pu faire et se dire pendant que vous et vos codétenus aviez les yeux rivés sur le très mal.

Cela exige une réadaptation complète. À part la mort, rien n'est sans doute plus radical.

Les endroits que j'avais photographiés à L. A. étaient des lieux de crime, quoique d'un genre bien précis. Mon livre s'intitulait *Les Intrus*. La couverture montrait le pavillon où l'on avait retrouvé le corps d'une certaine Leah Wilson : un meurtre banal, commis par un ou plusieurs inconnus, mais qui m'avait marqué. Tous les sites présentés dans ce bouquin avaient été le

Les Intrus

théâtre d'une intrusion suivie d'un vol, d'une agression, d'un viol ou d'un meurtre. Des maisons, des garages, les cuisines d'un fast-food, des chambres d'hôtel miteuses ou cossues, un café de Venice Beach... Il n'y avait aucune image de victime, et je n'avais jamais cherché à montrer les conséquences du grabuge. Dans les textes d'accompagnement, je m'en tenais à décrire les faits – du mieux que je pouvais, en tant que non-témoin – ainsi que l'atmosphère du quartier. J'essayais, en quelque sorte, de ramener ces lieux vers ce qu'ils avaient été, avant qu'un élément extérieur les altère à jamais. Je crois savoir ce qui motivait cette démarche : j'avais passé toute ma vie active à intervenir après coup, après la bataille. Je voulais faire mentir ces photos, même si elles le font par nature.

Ma nouvelle idée était fort simple. Je l'avais déjà eue auparavant, mais sans jamais y donner suite, persuadé que *Les Intrus* devait rester un livre isolé. La visite de Fisher m'avait peut-être débloqué, même si je persistais à penser que Bill Anderson demeurait le principal suspect du meurtre de sa femme et de son gosse, et donc que ce crime n'avait rien d'une intrusion.

Je m'apercevais que j'étais capable de pondre un nouveau tome, non plus sur Los Angeles, mais sur une autre ville. Au hasard, Seattle.

Je n'aurais pas accès aux dossiers d'enquête, pas plus que je ne connaîtrais l'histoire des différents quartiers. Mais je pourrais toujours effectuer des recherches et interviewer des riverains. Un coup de fil aux responsables des faits divers de la presse régionale suffirait à me mettre en selle. Je pourrais même essayer de revoir Blanchard, si j'en trouvais le courage ; après tout, les disparitions commencent parfois par une intrusion...

Plus je restais là sur ma chaise à contempler le paysage, plus ce projet me semblait pertinent. Je pense que je m'étais toujours vu comme un gars abonné aux uniques fois. Quels étaient les mots de Gary, déjà ? *L'important, c'est de dire ce qu'on a à dire.* Eh bien, il était grand temps de raconter la suite.

Et d'admettre que, oui, j'étais un ex-flic dans l'âme.

Émergeant de ma rêverie, je perçus de la musique au salon. Cela signifiait qu'Amy ne travaillait pas trop dur – et donc qu'elle me laisserait lui soumettre mon idée.

La mélodie se précisa lorsque je parvins à mi-chemin de la porte, et je ralentis en attendant la fin du morceau. Mais celui-ci reprit. J'entrai dans la pièce. Amy était assise sur le sofa, les genoux couverts de documents qu'elle ne regardait pas. Elle semblait fixer un point lointain, le dos un peu voûté, comme si elle tenait cette pose depuis un long moment.

– Salut, lançai-je.

Je n'étais pas très rassuré. J'avais déjà vu ce visage-là par intermittence, un an et demi plus tôt.

Elle cligna des yeux et se tourna vers moi.

– J'étais ailleurs, répondit-elle.

– Qu'est-ce que tu écoutes ? Je ne reconnais pas ton style.

– Tout le monde grandit, chéri. Tu veux du thé ?

– Du café, tu veux dire.

Elle fronça vaguement les sourcils.

– Non. J'ai envie de thé.

Je haussai les épaules. Je ne savais même pas que nous avions du thé dans nos placards. Je me postai devant la baie vitrée tandis qu'Amy gagnait la cuisine. Le temps qu'elle revienne, je considérai les sapins, les cornouillers, le ciel qui avait perdu son bleuté matinal pour virer au gris clair. Toutes sortes de musiques se seraient mariées avec cette vue.

Mais le vieux jazz, ça ne collait pas.

Une heure plus tard je courais à grand-peine parmi les arbres. Il était rare que j'aille gambader deux jours de suite, et mon corps ne pigeait pas ce que j'essayais de prouver. Mais le savais-je moi-même ? Disons que j'avais ressenti le besoin de prendre l'air.

J'aurais voulu prolonger mes réflexions sur mon bouquin, mais mon esprit préférait s'inquiéter des nouveaux goûts musicaux d'Amy. Alors je tentai faire le vide, en me concentrant sur le tempo de mes semelles sur le sol, sur les odeurs de résine, sur le va-et-vient de l'air froid dans mes poumons.

Comme je repartais vers l'étang situé au creux de notre

domaine, je perçus soudain la sonnerie de mon portable. Je ralentis pour plonger la main au fond de ma poche de survêtement, puis je m'arrêtai. Je ne reconnus pas le numéro affiché. Je portai l'appareil à mon oreille et me remis en marche, les yeux levés vers la maison, me demandant si c'était Amy.

— Jack, fit une voix d'homme.

Ce fut aussi surprenant que la première fois.

— Salut, Gary. Tu m'appelles en plein footing.

— Ah, désolé. Il faut qu'on parle.

— Je n'ai pas changé d'avis, tu sais.

Maintenant que j'apercevais la maison, perchée à quelque cent cinquante mètres de distance, il me semblait distinguer une silhouette sur la terrasse.

— Je n'appelle pas vraiment pour ça, répondit Gary. (Il hésita un instant.) Tu étais à Seattle, il y a deux jours.

Je me raidis.

— Comment tu le sais ? Qui t'a donné mon numéro de portable, d'abord ?

— Il faudrait que tu reviennes. Le plus tôt sera le mieux.

— Dis, Gary, je commence à me demander si tu ne m'as pas suivi. C'est peut-être toi qui devrais te ramener ici, pour m'expliquer ce que tu as en tête. Parce que...

— Je ne peux pas venir chez toi, coupa-t-il.

— Écoute, ça devient carrément bizarre, dis-je en gardant une voix égale. (Je voyais à présent que c'était Amy sur la terrasse. Comme si cela n'allait pas de soi...) Alors, tu vas me donner une bonne raison de ne pas raccrocher et de ne pas bloquer ton numéro, Gary. Et de ne pas appeler les flics.

Un silence. Amy regardait la forêt, sans savoir que je l'observais. Elle n'allait pas rester longtemps, vu qu'elle était sortie sans veste. Amy déteste le froid, et celui-ci était assez vif pour nimber son visage d'un petit nuage blanc.

— Ça concerne Amy, lâcha enfin Gary. Je suis désolé, Jack, mais il y a des choses qu'il faut que tu saches.

Chapitre 18

Marcher, marcher, marcher. Il n'y avait pas d'autre solution. Marcher, c'était aller quelque part, et si vous alliez quelque part vous étiez quelqu'un de normal et personne ne vous embêtait. Et donc vous poursuiviez l'effort, même si vous aviez les jambes en compote et ne saviez plus distinguer l'endroit où vous étiez de celui d'où vous veniez. Au moindre arrêt, les gens vous regardaient. Vous demandaient si vous étiez perdue. Si vous aviez faim ou soif, et où était votre maman. Ils n'avaient pas l'air de mesurer combien ces mots faisaient mal.

Madison se félicitait d'avoir son manteau, et pas seulement à cause du froid. Ce manteau avait coûté cher, et les autres semblaient s'en rendre compte. Cela dissuadait certaines personnes de l'importuner, des personnes qui, autrement, ne se seraient sans doute pas gênées. Elle avait aussi l'avantage d'être grande, comme maman.

Et puis maintenant il faisait jour. La nuit avait paru interminable. En arrivant dans la ville, après avoir été déposée près du centre par un homme qui faisait une pause pipi à Scatter Creek et qui fut ravi de l'emmener en pick-up contre mille dollars en liquide, elle s'était aperçue qu'elle ne savait rien de plus sur sa destination finale. Elle était parvenue à Seattle, et après ? Elle avait fui Cannon Beach en se sentant poussée vers un but, mais ce sentiment s'éteignait peu à peu. Dommage, car il rendait les choses tellement plus faciles. C'était comme d'obéir à une grande fille dans le but d'être son amie. Ou comme si vous étiez dans la cuisine, que vous veniez de manger les deux seuls biscuits auquel vous aviez droit, mais que soudain vous en découvriez un troisième dans votre main, à demi entamé. Oups. À croire que votre bras cachait un frère jumeau, qui s'arrogeait tous les droits dès que votre mère avait le dos tourné. Mais quand maman revenait et vous prenait sur le fait, le coupable avait disparu, vous laissant assumer toute seule.

Maddy avait noté le même phénomène chez son père, au dîner, lorsqu'il disait que c'était son dernier verre, puis que sa main s'emparait de la bouteille pour lui reverser quelques gouttes, comme à son insu. Maman aussi se conduisait ainsi dans les magasins, peut-être même ailleurs. Parfois, au cours des derniers mois, Maddy avait vu sa mère triste et muette, comme si elle avait pris une grande décision. Mais le soir même ou le lendemain, elle avait retrouvé son entrain – et comment était-ce possible, sauf à revenir sur sa décision ? Comment peut-on vouloir quelque chose, puis ne plus la vouloir ? Une autre fois, en entrant dans la maison, Madison avait trouvé sa mère au téléphone : elle se faisait peut-être des idées, mais là on aurait juré que c'était *maman* qui avait volé un gâteau. Madison se disait qu'au fond c'était peut-être pareil pour tout le monde. Elle espérait ne pas être la seule. Et, surtout, que ça n'empire pas.

Au moins, elle avait réussi à boire et à manger. Le conducteur du pick-up avait partagé son café et lui avait laissé la moitié de son sandwich. Madison savait que, à la place de ce type, beaucoup auraient tenté de l'assommer pour voir ce qu'elle cachait d'autre dans ses poches. Mais cet homme était différent. Elle l'avait compris avant même de sortir les billets. Il avait des yeux roses et il souriait beaucoup, le gars qui ne demandait rien de plus qu'une petite vie tranquille. Maman disait souvent que Madison était douée pour cerner les gens. À quoi papa ajoutait : « et pour les mener par le bout du nez », mais c'était dit avec le sourire, et comme un compliment.

Elle passa de longues heures à sillonner les rues, changeant de cap chaque fois qu'elle percevait des pas ou des cris. Elle essaya de joindre la maison depuis une cabine téléphonique, grâce aux pièces qu'elle avait chipées dans le sac de sa mère

– elle s'en souvenait, à présent, et elle avait très mauvaise conscience. Elle n'était pas une voleuse. Quoi qu'il en soit, le téléphone de Portland avait sonné dans le vide, avant que ne s'enclenche le répondeur. D'accord, c'était le milieu de la nuit, mais il y avait un combiné dans la chambre des parents. Pourquoi papa n'était-il pas là ? Madison voulut alors contacter sa mère sur son portable, mais curieusement elle fut incapable de composer le bon numéro. Elle le connaissait, pourtant. Elle s'était embêtée à l'apprendre par cœur, à peine deux mois plus tôt. Elle testa diverses combinaisons qui semblaient justes et réveillèrent quelques personnes mécontentes, mais aucune n'était sa mère.

Elle continua donc de marcher. Régulièrement lui venait l'impression de chercher une chose précise, et à un moment donné elle se retrouva à gravir une longue montée, très raide, vers un quartier de jolies maisons. Elle se planta devant l'une d'elles, dans l'obscurité du trottoir opposé, mais cela eut pour seul effet d'aviver sa colère et sa tristesse. Quand l'air devint vraiment glacial, elle trouva une ruelle dans le centre-ville, au milieu de laquelle s'enfonçait une entrée d'immeuble. Elle s'y installa, recroquevillée dans son manteau. Ça sentait la pisse. Madison voulut rester en éveil, mais c'était trop difficile. Toute cette marche l'avait épuisée. Ainsi que ses efforts pour dissimuler sa peur.

Elle finit par sombrer dans un mauvais sommeil. Les images affluaient dans sa tête et revenaient en boucle. Certaines lui plaisaient, comme ce rêve plein de jolies petites filles souriantes, ou encore celui où elle occupait un fauteuil dans une belle maison avec vue sur la baie. D'autres étaient tristes ou effrayants, tel celui où elle courait au bord de l'eau, sur un chemin bétonné, hors d'haleine. Elle aimait les rêves, d'habitude. Ils pouvaient être drôles et intéressants. Mais pas ceux-ci. C'était comme si elle avait zappé sur un nouveau bouquet de chaînes. Certains la ramenèrent des années en arrière, lorsqu'elle se réveillait la nuit et voyait que l'un de ses parents avait accouru, alerté par son agitation. D'autres étaient lugubres, bruyants, et plus contemporains – très désagréables. Elle ne vit rien que son âge lui interdît de voir, mais elle pressentait qu'en regardant assez longuement...

Durant tout le temps qu'elle passa dans cette entrée, Madison sut rarement si elle était endormie ou réveillée. Pour finir, quand elle eut l'impression d'avoir les yeux ouverts et que l'aube se levait, elle quitta la ruelle et se remit en marche.

L'ouverture des magasins allégea son supplice. Elle suivit les troupeaux de piétons vers une zone dégagée du centre-ville. Il y avait un Barnes & Noble au coin de la rue, et elle y entra avec la certitude d'y trouver du répit. On pouvait rester aussi longtemps qu'on le souhaitait dans les librairies, du moment que l'on possédait un joli manteau. Madison feuilleta des livres et des magazines, et quand un homme badgé vint lui demander si tout allait bien, elle répondit oui avant de faire signe à une personne imaginaire par-dessus l'épaule du type. Rassuré, le vigile sourit, puis lui ficha une paix royale. Il était gentil, il lui rappelait un peu l'oncle Brian.

Il y avait dans le rayon d'autres fillettes de son âge, mais, après le rêve de cette nuit, elles lui parurent un peu bizarres. S'apercevant qu'elle les fixait avec insistance, Madison fila au Starbucks du coin pour acheter de l'eau, un café et deux gâteaux. Cette commande n'avait rien de prémédité, mais une fois à la caisse elle comprit que c'était bien joué. Quelle grande fille, cette Maddy qui se présente au comptoir toute seule, sous l'œil bienveillant de sa mère assise... juste là ! Elle but le café et mangea le cake à la carotte, avant de ranger l'eau et la barre aux céréales dans son manteau. Ses poches étaient pleines à craquer, mais c'était mieux que des poches vides.

Elle avait des provisions. Elle se débrouillait bien.

De retour au rayon jeunesse de la librairie, elle prit un siège et rouvrit le vieux carnet en cuir, en le cachant dans un album de Richard Scarry.

Plus Madison lisait ce calepin, plus elle se sentait différente. Mais elle n'aurait su dire en quoi. Le texte n'était pas agencé comme un récit. Il n'y avait pas un point de départ, puis une succession d'événements, puis une fin comme dans tous les livres qu'elle avait connus jusque-là – sauf, à la rigueur, dans les ouvrages pour bébés, ceux qui avaient le don d'exaspérer son père : Molly la souris sort de son lit, Molly se tient sur une colline fleurie, Molly va à la mer avec son ami Neville le narval... FIN. Papa pestait contre ces bouquins qui n'avaient même pas d'histoire, et puis c'était qui, d'abord, ce Neville sorti de nulle part ? Le carnet était bâti sur le même principe : des textes en vrac, désordonnés, sans début ni fin. La grande différence étant que, dans les livres pour bébés, on présentait les choses de la façon la plus claire possible. La colline serait très ronde, les fleurs auraient des pétales bien nets et des couleurs ultravives, Neville le narval tombé du ciel remplirait les trois quarts de la page. Ces livres étaient destinés à vous apprendre la lecture et le sens des mots.

Dans le carnet, on avait souvent l'impression que son auteur avait au contraire formulé son texte de manière qu'on ne puisse *pas* comprendre, à moins de savoir à l'avance de quoi il retournait :

J'ai toujours vécu ici.

Pendant longtemps, nous ne connaissions que les arbres.

Mais ensuite les envahisseurs ont débarqué : en abattant les portes comme s'il ne leur était jamais venu à l'esprit que d'autres habitaient ici et s'y estimaient chez eux. Je serai bref et laisserai les détails à notre pas-si-aimable lecteur, en guise d'exercice.

1792 : Vancouver et son équipage entrent pour la première fois dans le détroit de Puget Sound. En 1851, les membres du groupe Denny revendiquent des terres. Puis les tribus indiennes locales des Duwamish et des Suquamish, fournissent en nourriture les colons d'Alki Point lors du rude hiver 1851-1852. On aurait pu croire qu'à ce stade ils auraient compris la leçon, mais à mon avis ils n'étaient pas très futés. Le chef Seattle, qui avait en revanche la sagesse accumulée de plusieurs vies, incita le « Doc » Maynard à rejoindre la colonie en 1852. Il savait que son ami connaissait les coutumes locales, et il comptait sur lui pour défendre l'intégrité de ce lieu si particulier. Maynard délimita ainsi les laisses de vase que sont aujourd'hui Pioneer Square et International District – drôle de choix, pourrait-on penser. Denny, Bell et Boren prirent les hauteurs autour de la baie d'Elliott (aujourd'hui Downtown, Denny Triangle, Belltown), et en octobre 1852 arriva un certain Henry Yesler qui cherchait un lieu où installer sa scierie. Dès lors la ville se développa. King County fut créé le 22 décembre 1852, et l'année 1853 vit la visite du premier gouverneur du territoire, le colonel Isaac Stevens, dont la mission consistait à chasser les tribus de leurs terres. En 1854, le chef Seattle prononça un discours exemplaire de justesse et de vérité. Mais Visage pâle n'a pas compris le message, bien sûr. Visage pâle est infoutu de piger quoi que ce soit.

 En 1889, la ville fut ravagée par un incendie que l'on imputa à un feu de colle dans l'atelier d'un ébéniste. Ne fallait-il pas plutôt y voir une ultime tentative pour empêcher la colonie de se fixer sur le site ? Mais il était trop tard. Personne ne s'interrogea sur le nom d'origine lushootseed de ce village – Djijila'letc, « le lieu de passage » – tant il semblait évident que cela renvoyait au chemin qui traversait jadis la baie à marée basse. Il est toujours là, cet endroit, et la terre qui l'entoure est gorgée du sang des hôtes défunts.

 J'aime à penser que j'ai rempli ma part.

C'était ainsi tout du long, une énumération de choses et de faits. Le texte semblait du reste avoir été écrit à la hâte, et il y avait parfois des lettres en trop – des *i* et des *j*, par exemple. Et puis, sans être une spécialiste de la question, Madison savait qu'on ne mettait jamais d'apostrophe au milieu d'un grand mot.

 Elle poursuivit néanmoins sa lecture, laissant ses yeux courir sur l'encre rouge-brun, ce qui lui procurait un étrange réconfort. Certaines pages mentionnaient des noms et des adresses, mais rien de tout cela ne lui évoquait quoi que soit.

 Puis soudain elle fut sur ses jambes, de retour dans la rue. On apercevait un petit centre commercial de l'autre côté de la place, mais elle doutait d'y être à l'aise sans sa maman, et à cette pensée elle se sentit redevenir la Madison d'avant, ce qui la fit pleurer.

Elle avait l'impression de recracher un poids qu'on aurait maintenu au fond d'elle, et soudain ses yeux ruisselaient de larmes, son visage se tordait d'un cri qu'elle ne pouvait lâcher, sa poitrine se soulevait, menaçant de gonfler jusqu'à l'éclatement.

Tout surgissait d'un coup. Le fait qu'elle était loin de la maison, que ses parents ignoraient où elle se trouvait. Certains points s'éclaircirent à propos des deux derniers jours, mais vus d'un œil nouveau : ces gestes qui paraissaient convenables semblaient à présent monstrueux. Se glisser près de sa mère endormie pour lui dérober son argent ; prendre le bus de Portland avec un mélange d'excitation, de honte et de perplexité ; rouler dans la voiture de la gentille dame qui avait accepté de la conduire à Seattle après avoir gobé une histoire fabriquée de toutes pièces, puis qui s'était mise à la regarder d'un drôle d'air, s'était retranchée aux toilettes avec son téléphone portable et...

Non, cette partie-là demeurait voilée. Mais tout le reste lui revenait. Y compris...

Le numéro de sa maman.

Boum ! le voilà, en plein milieu de son cerveau, comme si un nuage s'était écarté.

Madison ravala ses sanglots et balaya la place du regard. Elle s'élança sur le trottoir, à toutes jambes, tournant et se retournant pour repérer une cabine. Elle finit par en aviser une de l'autre côté de la rue. Elle traversa sans attendre, sous une volée de klaxons. Un taxi jaune fit une brusque embardée, mais elle continua de courir. Au coin de la rue se trouvait une borne téléphonique. Il fallait l'atteindre au plus vite, avant que le numéro ne disparaisse de plus belle, avant le retour du nuage. La bouteille d'eau tomba de sa poche mais elle la laissa filer. Elle fondit sur le premier téléphone de la borne, les mains tendues en avant, tout en se récitant la précieuse série de chiffres...

Mais le temps de presser les deux premières touches, la suite s'était évanouie.

Madison cria de rage et jeta le combiné contre le mur. Où était passé ce numéro ? Pourquoi s'effaçait-il, bon sang ?

– Hé là ! intervint un passant. Tu vas te calmer, ou...

Madison virevolta. Le type s'interrompit.

– Décampe, gros lard, marmonna-t-elle.
Le type ouvrit de grands yeux, avant de prendre la tangente.
Madison était horrifiée. Elle n'avait jamais été aussi grossière avec un adulte – ni avec un enfant. Pas même dans sa tête. C'était encore pire qu'avec l'employé de l'aéroport ! Quelle mouche l'avait piquée ?
Elle resta figée un instant.
Puis elle cligna des paupières et raccrocha délicatement le combiné. Elle y voyait clair, tout à coup. Appeler sa mère ne l'intéressait plus. Elle avait un autre numéro à sa disposition, celui inscrit sur la carte de visite rangée dans le carnet. Mais la première fois qu'elle s'en était servie, le correspondant s'était montré assez autoritaire. Et sans savoir pourquoi, elle ne lui faisait pas vraiment confiance.
S'écartant du téléphone, elle considéra la place. Pourquoi avait-elle pleuré quelques minutes plus tôt ? Tout allait bien, en vérité. Elle était loin de la maison, de maman, de papa, de tout ce qui l'enfermait dans ce rôle de petite fille, de gamine à qui l'on peut sans cesse dicter sa conduite. Depuis quelques mois déjà, elle se disait que la donne pouvait changer. Qu'elle avait du pouvoir. Qu'elle pouvait plier les gens à *ses* désirs, pour une fois. Elle ne manquerait pas de contacter Alison et Simon, bien sûr. Elle avait des questions à leur poser. Mais rien ne l'obligeait à le faire dans la minute.
Pour l'heure, elle avait faim et elle savait ce qu'elle voulait. Non pas une barre aux céréales, mais un petit déjeuner d'adulte, avec des œufs au plat, des frites maison et de la sauce piquante. Elle savait même où se procurer tout ça.
Madison prit la direction du marché. Son pas était long, sa tête droite, et les gens qui la remarquaient ne se demandaient plus ce qu'elle faisait toute seule ni où étaient ses parents, mais plutôt d'où lui venait cet air si sûr, si mûr, si entier.

Chapitre 19

Arrivé à Seattle avec une bonne heure d'avance, je me rendis chez un disquaire de la 4e Avenue. Je filai au rayon jazz, trouvai le vendeur qui avait le moins l'air de se languir des pistes de snow-board, et sortis mon téléphone pour lui jouer l'un des MP3 d'Amy. Il se pencha en avant, tendit l'oreille et hocha la tête au bout de deux secondes.

— Beiderbecke, dit-il. *A Good Man Is Hard To Find*. C'est un standard. Et c'est tellement vrai [1].

Il m'emmena dans une allée, fit courir sa main sur les CD comme sur le dos d'un amant, puis piocha un disque dans le bac. La couverture montrait un personnage tout droit sorti de l'ère du noir et blanc, et qui tenait dans ses mains un instrument trompettoïde. J'autorisai l'employé à me vendre l'article.

— Quel gâchis, fit le gars en attendant que ma carte soit acceptée. C'était un prodige, l'ami Bix. Il lisait à peine la musique, mais il jouait comme un ange. Mort à vingt-huit ans. Il buvait comme un trou.

Il conclut cela d'un soupir, à croire qu'il avait perdu un proche.

Je remontai Pike Street jusqu'au marché, pour m'installer à la terrasse d'un Seattle's Best. J'avais encore du temps devant

---

[1]. *A Good Man Is Hard To Find* : « Dur de trouver un mec bien. » (*N.d.T.*)

moi. Fisher avait refusé de m'en dire plus au téléphone, estimant sans doute – et à raison – qu'il n'obtiendrait pas ce tête-à-tête s'il vendait la mèche trop tôt. J'avais passé une soirée quelque peu tendue, à penser malgré moi qu'Amy était plus normale que d'habitude. Ma femme est de ces êtres capables de rafler des ingrédients au hasard, de les lancer en l'air, et de faire retomber dans les assiettes un mets sexy et succulent. Pourtant, hier soir le dîner était à la limite du mangeable, et pas seulement à cause de mon estomac noué. Après le repas, Amy s'isola dans son bureau, et quand elle reparut elle semblait perdue sans ses songes. Tout en fumant ma dernière cigarette sur la terrasse, je la regardai feuilleter quelques beaux livres avec l'air d'y chercher quelque chose de précis. Je l'avais déjà vue se conduire ainsi au cours des deux années passées, et quand je lui demandais si ça allait, la réponse était toujours oui.

Ce matin, au moment de quitter la maison, quand je lui avais expliqué que j'allais à Seattle nouer des contacts pour mon bouquin, elle avait brusquement relevé la tête, hésité un instant et haussé les épaules.

– Je ne suis pas sûre que ce soit une bonne idée, avait-elle dit avant de retourner bosser.

Puis, alors que je roulais depuis une vingtaine de minutes, elle m'avait envoyé un SMS :

Bonne chance :-D

Je ne savais plus quoi penser, et passai donc ce matin clair et frisquet à penser dans le vide. Un jour, j'avais entendu l'histoire suivante, au sujet des premiers colons de la région. Lorsque les Européens atteignirent les côtes nord-ouest de l'Amérique, persuadés d'être les conquérants héroïques d'un nouveau monde, ils furent stupéfaits de voir que les autochtones ne semblaient guère surpris. Avaient-ils déjà reçu la visite de Blancs venus de l'est du continent ? Nullement. Mais de loin en loin, les générations successives avaient vu des navires de commerce croiser au large – une fois tous les dix, vingt ou cinquante ans. Comme ils savaient que ces bateaux ne pouvaient être l'œuvre de voisins, les anciens en avaient déduit qu'un autre groupe, humain ou non, s'approchait inexorablement.

J'avais frémi en entendant cette anecdote. Je ne sais même pas si elle est vraie, mais elle touchait une corde sensible en moi : cette idée d'apparitions fantomatiques, de formes mystérieuses que l'on aperçoit à l'horizon et qui ne s'approchent jamais – mais qui, une fois repérées, deviennent immanquables. Comme un premier signe que le monde renferme davantage que ce qu'on nous a vendu, comme le présage d'événements que l'on ne pourra ni empêcher, ni hâter ni freiner. Comme des augures d'origine et de type inconnus, tapis dans la brume des mers – un futur en suspens, mais néanmoins certain.

Les autochtones avaient vu quelque chose, puis ils avaient tourné le dos à la mer pour vaquer à leurs occupations.

Ce dont, personnellement, je doutais fort d'être capable.

Fisher avait une mine épouvantable. Il s'assit en face de moi et but une grande gorgée du café qu'il avait apporté.

– Merci d'être venu, dit-il.

Je me contentai de le fixer.

– O.K., fit-il en plongeant la main dans sa poche avec une certaine hésitation. Je vais te montrer quelque chose. Puis je vais te raconter un truc avant de t'expliquer ce que tu auras sous les yeux. Cela prendra quelques minutes, et tu ne voudras pas en entendre parler, mais il le faudra, sans quoi tu ne comprendras pas en quoi cette affaire m'intéresse. D'accord ?

J'acquiesçai. Il sortit une enveloppe et me la remit par-dessus la table. Je l'ouvris, saisis son contenu. Deux images de dix par quinze. Baveuses comme le sont les photos numériques prises de trop loin.

La première montrait une femme plantée devant une entrée des plus banales, dans une rue qui aurait pu se trouver n'importe où. La porte était ouverte. La femme se tenait de profil. C'était Amy.

En regardant bien, on distinguait une deuxième personne, dans l'ombre de l'entrée. La lumière était celle d'une fin d'après-midi.

– Et après ?

Les Intrus

Fisher ne répondit rien.

Le second cliché présentait une autre rue, ou bien la même photographiée sous un angle différent. Un homme et une femme marchaient ensemble, vus de dos. Ils se tenaient tout près l'un de l'autre et le type avait la main sur l'épaule de la fille. Impossible de dire s'il s'agissait du même gars que dans le téléphone d'Amy. Il était un peu plus grand que la moyenne, en costume bleu ou noir, les cheveux bruns. Leurs visages étaient cachés, mais la femme portait les mêmes vêtements que sur la photo précédente.

Je relevai les yeux. Fisher regardait ailleurs.

Les images mentent, puisqu'elles figent un simple instant. Or, les gens de la pub sont des êtres tactiles. Amy descendait la rue en compagnie d'un collègue ou d'un client, qui lui aurait pressé l'épaule pour souligner tel propos ou pour célébrer une victoire professionnelle. Ou bien elle aurait confié qu'elle avait froid et il l'aurait brièvement couverte de son bras, d'un mouvement un peu gauche, par simple galanterie, en se disant que les convenances toléraient ce type d'incursion ponctuelle dans l'espace intime d'autrui. Capturé au bon moment, pour une éternité sans rapport avec sa durée véritable, n'importe lequel de ces gestes pouvait être mal interprété. Du moins voulais-je le croire.

– Ça vient d'où ? demandai-je.

– Seattle, vendredi dernier.

Quand je m'y trouvais moi-même, autrement dit. Je pris une longue et lente inspiration. J'avais une certaine expérience des dépositions de témoins. Pour qu'un individu vous parle, il faut le lui permettre. Et vous n'avez pas le droit de le frapper d'abord.

– Je t'écoute, dis-je à Fisher.

Il se leva.

– Marchons un peu.

Fisher me guida hors de l'enclos de la terrasse, avant de s'engager sur la 1re Avenue. Nous remontâmes vers le nord, puis au troisième carrefour nous enchaînâmes plusieurs tournants à gauche et à droite.

— Je t'ai dit que mon intérêt pour les meurtres Anderson concernait une succession, expliqua-t-il tout en marchant. Celle d'un client du cabinet, Joseph Cranfield. Tu connais ?

— Pourquoi, je devrais ?

— Pas vraiment. C'était une espèce de patriarche à l'ancienne. Costaud, un mètre quatre-vingts, les épaules carrées même à soixante-dix ans bien sonnés. Il a commencé à bosser à treize ans – un de ces gosses qui gagnaient leurs premiers ronds en couche-culotte, le genre à distribuer le journal à quatre pattes. Ça ne t'a jamais frappé de voir comment certaines personnes sont dans la course dès le départ, à guetter la chance de leur vie, en sachant déjà ce qu'elles feront lorsqu'elle se présentera ?

J'avais effectivement connu de tel individus, ceux qui naissent avec des baskets aux pieds. Mais je n'en avais jamais pensé grand-chose, et là je ne n'étais pas d'humeur.

— Ouais, sans doute.

— Dans les années 1950, Joe rachetait des fabriques de la Nouvelle-Angleterre pour les redresser et les revendre. Quand le marché s'est fait bouffer par la concurrence étrangère, il s'est reconverti dans le commerce de détail, les franchises, tout ce qui pouvait rapporter. De là, il a bifurqué dans l'immobilier et investi dans les premiers centres commerciaux géants de l'Illinois. Je ne dis pas qu'il ne se plantait jamais. Mais il savait toujours rebondir.

— Un héros américain, en somme. Il mériterait d'avoir sa statue à chaque coin de rue.

— C'est sûr, ça aurait pu être le mec le plus puant de la création. Je l'ai rencontré alors que je sortais à peine de la fac. J'exerçais depuis deux semaines, et voilà que mon employeur m'envoie chez Cranfield pour le conseiller sur une bricole. Imagine l'angoisse. J'ai vingt-trois ans et je viens d'entrer dans un cabinet d'élite. Si je foire ce rite de passage, je suis fini. Alors je me pointe avec mon costume neuf et ma serviette clinquante, convaincu que cette réunion va sceller mon destin. J'avais l'appareil digestif à sec, je peux te le dire !

L'idée d'un Gary Fisher anxieux était bien plus fascinante que le reste de son bla-bla.

— Et... ? lançai-je malgré moi.

— Il m'a fait asseoir, m'a offert un café, puis il m'a expliqué ce qu'il attendait de moi. Heureusement, c'était dans mes cordes, alors il m'a dit de me mettre au boulot. Une semaine plus tard, je découvre un mot de remerciement sur mon bureau. Écrit de la main de Cranfield. Puis les années passent et il me confie de plus en plus de missions. Jusqu'au jour où l'un de mes patrons boit quelques verres de trop et m'avoue que Cranfield me réclame en personne dès qu'il a besoin de nos services. Pour moi, c'est énorme, et à ce stade je connais suffisamment le personnage pour savoir qu'il ne fait jamais rien au hasard. Il m'a rangé dans ses petits papiers, et six mois plus tard je suis bombardé associé adjoint.

— Il te confiait ses besognes personnelles, les choses qu'il ne voulait pas faire au grand jour ?

— Tu es cynique, Jack.

— J'ai été flic pendant dix ans. Et je suis un être humain.

— Eh bien non, il ne s'agissait pas de ça, reprit Gary alors que nous traversions un nouveau carrefour en nous éloignant un peu plus du Seattle des brochures touristiques. Je me doute bien que Joe prenait parfois quelques libertés – personne ne s'enrichit en respectant les règles apprises à la fac –, mais il ne m'a jamais rien demandé qui aurait choqué ta mamie. Bref, la vie continuait comme avant, sauf que j'avais un grand bureau et que je gagnais beaucoup plus de blé.

— Jusqu'à ce que... ?

— Un matin, le téléphone sonne. Joe Cranfield est mort dans son sommeil. Boum, fini.

Nous avions ralenti l'allure. Gary se tut quelques instants.

— Je suis désolé pour toi.

— Ouais, ça m'a fait un choc. Il avait quatre-vingts balais, mais on l'aurait imaginé atteindre la centaine les doigts dans le nez. Une heure à peine après avoir appris son décès, on reçoit un coup de fil d'un cabinet dont personne n'a jamais entendu parler. Il s'avère que Joe faisait appel à une autre équipe pour gérer ses affaires privées. O.K., ça arrive, mais une boîte aussi insignifiante, distante d'un demi-continent ? On n'en croit pas nos oreilles. Mais le gars a reçu des consignes, et il veut nous voir sur-le-champ. C'est à partir de là que ça devient bizarre.

— Mais encore ?

— Le testament. Deux millions pour sa femme, un million pour chaque enfant, plus deux cent cinquante mille par petit enfant. En tout, huit millions et des poussières.

Je ne voyais toujours pas où il voulait en venir.

— Il possédait combien à sa mort ? demandai-je.

— Pratiquement deux cent soixante millions de dollars.

Je plissai le front. Fisher esquissa un sourire.

— Enfin tu m'écoutes. Dans l'absolu, c'est un score de seconde zone, mais on reste quand même loin de la grande pauvreté. En fait, son pactole avait pas mal fondu, car Joe s'était montré prodigue au cours des cinq dernières années. Il avait financé des institutions, des œuvres, des écoles. Un hôpital par-ci, un dispensaire par-là, une ou deux toiles de maître laissées en dépôt permanent dans une obscure galerie d'Europe. On était au courant, bien sûr, à cause des implications fiscales, mais personne ne mesurait vraiment l'ampleur de ces décaissements. Il y en avait pour près de soixante-dix millions.

Je révisai mon jugement sur le vieil homme, dans un sens positif.

— Et donc, à qui léguait-il le reste ?

— C'est toute la question. L'après-midi des obsèques, Lytton, l'un des deux associés en titre de ce mystérieux cabinet, est apparu chez nous avec un grand carton de paperasse. Tous ceux qui se sentaient d'attaque se sont rassemblés en salle de réunion pour éplucher les documents. Cranfield laissait des instructions précises quant au démantèlement de son empire, et Burnell & Litton avaient déjà appliqué la moitié d'entre elles. C'est eux qui avaient la qualité d'exécuteurs testamentaires. Pour le reste, Lytton s'adresse à nous comme à de simple subalternes : faites ceci, faites cela, et que ça saute. Joe avait pensé à tout, jusqu'au sort d'une gargote pour routiers à Houma, en Louisiane — il la léguait à la vieille femme qui avait tenu la boutique pendant de longues années. Il y avait une kyrielle de dispositions de ce style, des citoyens lambda qui recevaient quelques miettes du gâteau, mais à part ça tout le reste devait être liquidé. Il fallait même vendre les maisons, et le solde final — moins dix pour cent – devait être réparti parmi les neuf principaux bénéficiaires.

– À savoir ?

– Des femmes battues. Des centres de réinsertion pour jeunes, ou des associations de lutte contre la toxicomanie. Des programmes de fournitures médicales pour des pays africains. Et même une campagne pour la protection des loutres de mer, dirigée par une espèce de hippie de Monterey – qui aura récolté la bagatelle de 6,5 millions de dollars. C'est moi qui l'ai appelé pour lui annoncer la chose. J'ai cru qu'il allait me faire une crise cardiaque. Il n'avait jamais rencontré Cranfield... Il ne connaissait même pas son nom !

– Et les 10 pour cent restants ?

– Ils allaient à une fondation administrée par Burnell & Lytton, qui finance un réseau caritatif international.

– Et la famille a pris ça comment ?

– À ton avis ? Ils étaient fous furieux. Imagine des quinquas qui n'ont jamais eu à bouger le petit doigt et qui déboulent dans mon bureau en hurlant comme des junkies lâchés par leur vendeur de crack. Leur cirque a duré des semaines. Ces gens ont vécu dans l'idée qu'un jour ils encaisseraient un énorme chèque, et soudain on leur dit que tout ça n'était qu'un rêve... Ils ont attaqué le testament, tu t'en doutes, mais le document était signé, déposé en trois exemplaires et visé par quatre témoins – des juges et des prêtres qui jouissaient à l'évidence de toutes leurs facultés mentales. La famille a embauché des avocats qui avaient fait carrière en passant ce genre de documents à la moulinette, de vrais requins, mais ils ne sont arrivés à planter leur crayon nulle part. La seule personne qui n'a pas pété les plombs, c'est l'épouse de Cranfield, mais j'y reviendrai. Pour résumer, le vieux savait ce qu'il voulait, et il n'a pas eu de scrupules. Finalement, en désespoir de cause, les gosses nous ont assignés en justice.

Nous étions arrêtés à une nouvelle intersection. Depuis quelques instants mon esprit rétrogradait vers la photo d'Amy. J'essayais d'imaginer ce que le type avait pu faire de sa paluche, passé l'instant du cliché. Gary n'avait plus qu'une minute pour me bassiner avant que je ne montre les crocs.

— Et ça a donné quoi ?

Le visage de Fisher se crispa. Je devinai que ses pattes-d'oie étaient assez récentes.

— La procédure suit son cours. Tout le reste du cabinet a lâché le dossier Cranfield, comme si c'était un bâton merdeux. Mais moi, je ne peux pas. Voilà un mois, je suis tombé sur un truc étrange qui méritait quelques éclaircissements, alors j'ai pris l'avion pour Seattle. Je me suis rendu chez Burnell & Lytton.

— Et... ?

— Il n'y avait pas de cabinet.

— Comment ça ?

— Cela faisait déjà trois mois que je bossais avec ces types. Je connais leur adresse et leurs numéros de téléphone par cœur. Donc, j'atterris à Sea-Tac et je file là-bas en taxi. C'est un quartier où on s'attendrait plutôt à trouver des prêteurs sur gage. Quand je m'arrête devant le numéro indiqué, je tombe sur une vieille devanture condamnée par des planches, et depuis un bout de temps. Il s'agit vraisemblablement d'un ancien troquet, on voit même un arbre sortir du toit – oui, un arbre. Mais aucune trace d'un quelconque cabinet Burnell & Lytton. Il y a un interphone qui semble dater de la préhistoire. Dix boutons, mais seul l'avant-dernier semble avoir servi. Alors j'appuie dessus. Pas de réponse. J'essaie tous les autres. Que dalle. Là, je commence à me poser des questions. Je remonte au coin de la rue, je m'achète un café, puis j'appelle à mon bureau pour vérifier l'adresse. Ensuite, je téléphone chez Burnell & Lytton. La secrétaire de Lytton décroche. Je demande à lui parler. Elle me dit qu'il est sorti. Alors je lui demande de me confirmer leur adresse, soi-disant pour envoyer un colis important. Elle me débite la même adresse avec les mêmes chiffres. Je lui demande ensuite quel est le bouton de l'interphone, et là, plus rien. Silence de mort. Puis elle me fait : « Vous êtes en bas ? », mais d'une voix sèche, impérieuse, pas du tout celle d'une secrétaire.

— Curieux.

— N'est-ce pas ? Alors je lui réponds que non, je ne suis pas à Seattle, mais que mon assistante est malade et que je tiens à remplir le bordereau le plus précisément possible. En entendant ces mots, elle redevient charmante, me dit que ça n'a aucune importance, qu'il suffit d'indiquer le numéro et la rue. Je la remercie, demande que ses chefs me rappellent, et je raccroche. Je reste assis, songeur, et au bout d'une minute mon portable sonne. C'est l'un de mes collègues qui m'avertit que Lytton vient d'appeler au bureau pour me parler. Par chance, mon assistante lui a simplement répondu que j'étais à l'extérieur, sans mentionner Seattle. Alors bon, on peut toujours invoquer une coïncidence, mais avoue que c'est étrange. Du coup, je décide de retourner devant l'immeuble. J'actionne l'interphone, il ne se passe rien. Puis je réessaie de les joindre, et cette fois-ci personne ne décroche. Par contre, je perçois un bruit. Une sonnerie, qui vient d'en haut.

– Ton propre appel ?

– T'as tout compris. Je raccroche et je recommence, pour en avoir le cœur net. En reculant de quelques pas j'entends bel et bien sonner un téléphone à l'intérieur du bâtiment. Je m'attarde encore un peu, puis finalement je me tire et je prends mon avion.

Gary leva les mains, signe qu'il avait terminé – et qu'il me posait une question. Mais je n'étais pas sûr de savoir laquelle.

– Tu as eu l'occasion de leur parler, depuis ?

– De nombreuses fois. Dès mon retour à Chicago, les affaires ont repris comme avant. On s'est occupés des derniers détails, et c'est quasiment bouclé.

– Tu as évoqué ton voyage avec l'un ou l'autre de ces avocats ?

– Non. Je ne voyais aucune façon d'aborder le sujet. « Au fait, mec, comment ça se fait que votre siège soit un immeuble abandonné ? » J'ai voulu en toucher deux mots à l'un des associés principaux de chez nous, mais il s'est bouché les oreilles. Personne ne veut entendre parler des histoires de Cranfield.

C'était aussi ma position. Il était temps de conclure :

– Bref, ils ont des locaux minables. La belle affaire.

Mais Fisher insista :

– Sérieusement, Jack, tu confierais ta succession à des avocats qui bossent dans une poubelle ? Alors que tu pèses deux cents millions de dollars et que tu es déjà sous contrat avec l'un des plus prestigieux cabinets de Chicago ?

— Ce sont deux hypothèses très improbables. Et toi, tu es sûr d'avoir d'autres motivations que celle d'empêcher ta cote de dégringoler ?

— Va chier, Jack.

— Dis-moi ce que je fous là, Gary.

Pour toute réponse il pointa le doigt dans la diagonale du carrefour, vers le nord.

Je pivotai pour découvrir une rangée d'immeubles délabrés. Une bannière effrangée signalait le quartier de Belltown. À l'angle se trouvait un café, devant lequel étaient assis deux types avec des gueules de brutes crevées. Le commerce d'après se voulait une librairie d'occasion, mais tenait davantage du lieu où l'on vient chercher du porno ou de bons plans came.

Suivait une vitrine bardée de planches, sur une vieille façade marronnasse. Plus large que les deux autres, elle aurait pu abriter une épicerie de belle taille. Au-dessus de la fenêtre bouchée gisait une enseigne lépreuse, peinte à la main en noir en blanc : THE HUMAN BEAN. Sur la gauche se dressait une porte anonyme, couleur vert-de-gris. Je ressortis l'enveloppe de Fisher, consultai la première photo. Je n'avais pas besoin de relever les yeux pour reconnaître l'endroit.

L'espace d'un instant, j'eus presque l'impression de voir Amy devant cette porte, la tête un peu tournée comme pour soutenir mon regard, mais avec le visage d'une parfaite inconnue.

Chapitre 20

Je traversai la rue, indifférent au souffle d'un camion dans mon dos. Parvenu de l'autre côté, je me tournai vers le sud, en direction du centre-ville. Je comparai la vue à celle du deuxième cliché de Fisher, et notai suffisamment de ressemblances pour les juger identiques.

– Exact, dit Fisher en me rejoignant. J'étais posté au carrefour suivant.

Je m'avançai jusqu'au bâtiment condamné, tentai de glisser un œil à travers les planches de la devanture, mais celui qui les avait clouées s'était appliqué à ne laisser aucun interstice. Je me décalai vers l'entrée, appuyai la main sur la porte. Elle ne bougea pas. Elle était lourde, massive, bordée de rivets et hermétiquement fermée. Ses multiples couches de gris lui conféraient un aspect imprenable. En examinant la poignée, je décelai des marques brillantes sur la serrure : on y avait introduit une clé tout récemment.

Je reculai de quelques pas et considérai la rue d'un bout à l'autre. L'entrée de l'immeuble étaient offerte aux regards, visible à cinquante mètres à la ronde. Elle avait cette raideur monumentale qu'affectionnaient les bâtisseurs du début du XXe siècle, comme la promesse d'une fortune éternelle. Elle était toujours debout, mais ne rapportait plus rien à personne. À chaque étage s'alignaient trois grandes fenêtres. Au premier et au deuxième, plusieurs carreaux étaient cassés, obturés par des planches. Ceux du troisième semblaient intacts, mais les reflets des nuages suggéraient l'absence de lumière intérieure. Des herbes poussaient dans les gouttières brisées du toit, ainsi qu'un arbre minuscule.

Quand je ramenai les yeux vers le sol, je vis que les deux gars installés devant le café observaient mon manège. J'allai au-devant d'eux, avec Fisher dans ma roue.

Chacun portait un sweat à capuche délacé, un blue-jean cradingue et des Nike sorties de leur boîte depuis cinq minutes tout au plus. Hormis quelques détails d'ordre facial, les deux hommes paraissaient fonctionnellement identiques. La table cabossée qui les séparait était vide comme le désert. Me voyant approcher, l'un fit un rictus à son pote :

– Y a comme une drôle d'odeur. Tu sens rien, toi ?

L'autre hocha la tête.

– Ouais, ça pue la merde.

– Très drôle, leur lançai-je. Mais c'est votre propre odeur que vous reniflez. Moi-même, je la sens d'ici. La prochaine fois qu'il pleut, je vous conseille de rester dehors.

Le premier ravala son sourire :

– Qu'est-ce que tu veux ?

– L'immeuble que je regardais : vous pouvez me dire quoi, là-dessus ? Vous avez vu entrer ou sortir des gens ?

Ils secouèrent lentement la tête, comme s'ils étaient actionnés par un même fil paresseux.

– Bien sûr, vous ne savez rien sur le quartier. Vous débarquez tout juste de Paris, dans le cadre d'un échange universitaire, et vous êtes venus avaler un croissant et un crème entre deux cours. Je me réchauffe ?

Ils me fixaient d'un air hostile. Je leur servis un sourire formel, avant de rompre le contact visuel pour sortir un bout de papier de ma poche et leur noter mon numéro de portable.

– Appelez-moi. Y a du fric à la clé.

Je saluai les deux paires d'yeux d'un signe de tête avant de retourner au pied du bâtiment. Je me demandais s'il y avait un accès par l'arrière.

– C'est vraiment efficace ? s'enquit Gary quand il m'eut rattrapé, visiblement soulagé d'avoir quitté les lascars. L'approche ouvertement frontale ?

— Oui, répondis-je tout en examinant le rez-de-chaussée de la façade. Et t'es le prochain sur ma liste, si tu ne me dis pas tout de suite ce que...

Je m'interrompis pour revenir devant la porte. L'interphone consistait en une plaque oblongue et rouillée, avec une série de gros boutons surmontés d'une grille. Je les pressai l'un après l'autre, sans avoir l'impression que cela produisît quoi que ce soit, comme s'il n'y avait plus la moindre connexion à établir.

Mon doigt s'arrêta sur l'avant-dernière touche, sans l'enfoncer. La rouille y était moins épaisse, et la patine différente. Fisher avait raison : on pouvait supposer que ce bouton-ci servait de temps à autre. C'était le deuxième en partant du haut. Avais-je trouvé le sens du dernier SMS d'Amy ?

Celui qui disait « Bell 9 » ?

Derrière l'immeuble se trouvait un parking. Le mur du fond perdait son crépi par plaques entières et la porte donnant sur la rue était solidement bouclée. Là aussi, des planches obturaient les ouvertures, et l'escalier de secours se disloquait. Je contemplai le tableau quelques instants, puis tournai les talons. Quelques rues plus loin, en remontant vers le centre-ville, nous dépassâmes un bar. Je stoppai net, revins sur mes pas et m'engouffrai à l'intérieur.

La salle était sombre, avec un long comptoir sur le côté. Des lumières tamisées, des lambris qui n'avaient pas bougé depuis l'époque où c'était la mode. Certains clients devaient même se souvenir de la déco précédente.

Le barman était maigre comme un clou et de nature perspicace. À peine m'eut-il repéré qu'il se mit à s'excuser pour des faits dont je ne savais rien et dont je me fichais encore plus.

— Je suis pas flic, bordel. On veut juste boire une mousse. C'est possible ?

Je m'installai à la table du coin. Fisher me rejoignit avec deux bières à la main. Je restai muet quelques minutes, le temps de fumer une clope. Puis :

— O.K., Gary. Raconte-moi la suite. Et pas de digressions.

Fisher se lança :

— Après mon retour à Chicago, cette histoire a commencé à

me turlupiner. Avec le temps, j'avais appris à connaître Joe, et franchement on ne pouvait pas dire qu'il était brouillé avec ses gosses. Le clan Carnfield était soudé : vacances ensemble à la propriété, cartes de Noël avec photo de toute la lignée. On voit beaucoup de familles de ce type dans mon métier. Il arrive que les esprits s'échauffent quand le vieux taureau quitte le ranch pour une strip-teaseuse dont personne n'a jamais entendu parler, mais un patriarche ne met pas le feu à son royaume de cette façon.

– C'est pourtant ce qu'il voulait, manifestement.

– Ça n'en reste pas moins absurde. Je tanne ma femme avec cette affaire, et je ne vois presque plus mes mômes. Mais, bref, j'ai décidé d'aller rendre visite à la veuve de Cranfield. Je l'avais souvent croisée, j'avais même dîné chez eux à plusieurs reprises. Norma n'a rien d'une potiche d'apparat. Ils étaient mariés depuis cinquante ans. Je me suis donc pointé chez elle, voici quelques semaines, et elle m'a reçu dans une grande pièce à moitié vide, au milieu des cartons. Elle m'a expliqué qu'elle allait s'installer en ville, dans un petit appartement, et je décelais une certaine perplexité au fond de ses yeux, comme si elle se demandait quand elle allait se réveiller. Je n'ai pu m'empêcher de lui poser la question : comprenait-elle ce qui se passait ?

– Elle a répondu quoi ?

– Rien, tout d'abord. Puis elle a fini par se relever, pour ouvrir le tiroir d'un bureau. Elle a sorti une carte sur laquelle était collée une vieille photo en noir et blanc montrant une jetée. Quand je lui ai demandé de quoi il s'agissait, et elle m'a répondu : Monterey, la ville de leur rencontre. Il y avait un message à l'intérieur de la carte, écrit de la main de Joe : « Ne m'en veux pas. »

– C'est tout ?

– Oui, ces cinq petits mots-là. J'ai regardé Mona, qui a haussé les épaules en disant : « C'est tout ce que je sais. » Elle n'avait parlé de cette carte à personne d'autre. Pas même à ses enfants. Là-dessus je suis rentré directement au bureau, et pour la centième fois j'ai repris le dossier. Non pas pour chercher une faille, mais juste pour comprendre. Je me suis d'abord penché sur les neuf organisations qui avaient décroché le jackpot, mais rien de suspect à ce niveau-là. Même le coup des loutres de mer pouvait s'expliquer, en un sens. Norma m'avait parlé d'un long week-end à Monterey, il y a dix ans, lors duquel Joe était tombé en extase devant l'aquarium, il avait adoré voir ces loutres nager tout autour d'eux. Je suis donc passé aux légataires de moindre importance. Il y en a une trentaine, dont la gérante de la gargote, des anonymes appartenant au lointain passé de Joe. Je peux situer chacun d'eux, les rattacher à telle ou telle branche des activités de Cranfield, sauf un seul – un type qui semble n'avoir jamais eu le moindre rapport avec Joe, ni de près ni de loin. Alors, j'ai tapé son nom dans Google, et c'est là que j'ai découvert que le bonhomme habitait Seattle et que sa famille venait de mourir.

– Bill Anderson.

– Figure-toi qu'il a reçu un chèque de deux cent cinquante mille dollars – soit le même montant que Joe réservait à ses propres petits enfants, si tu souviens bien. Le chèque a été signé voilà sept semaines, soit un mois entier avant que le type ne s'évanouisse dans la nature. Et il ne l'a toujours pas encaissé à ce jour. Cela représente quatre ou cinq années de son salaire, et le gus ne prend même pas la peine de le déposer sur son compte ? C'est aussi pour cela que je refuse de croire qu'il ait commis un crime d'argent.

– En effet. Tu ne pouvais pas me le dire quand tu es venu à la maison ?

– Ça aurait changé quelque chose ?

– Possible.

– Ce Bill est la seule zone d'ombre dans la succession de Cranfield, et mon seul espoir de percer les motifs d'une attitude que ni ses avocats, ni ses gamins, ni son épouse ne peuvent comprendre. Si j'ai lu ton bouquin à sa sortie, c'est parce que j'ai reconnu ton nom et que j'avais besoin d'un flic. Je pense que les Anderson ont été tués par un intrus, or c'est précisément le titre de ton livre ! Ose me dire, après ça, que je n'avais pas toute les raisons de m'adresser à toi...

– Je veux que tu me parles d'Amy.

– J'y viens, j'y viens. Mais puisque tu me fais ton regard de gros méchant, dis-toi bien que je ne suis qu'un messager dans l'histoire. Je suis revenu à Seattle pour enquêter sur les meurtres Anderson. Mon emploi du temps me le permet car, comme tu l'as si joliment formulé, ma cote est en chute libre...

J'allais répondre quelque chose, mais il me montra sa paume.

– C'est vrai, Jack, tu as vu juste. Mais tu ne sais pas ce qui nous attend, dans ce métier, quand on commence à redescendre les échelons. Le monde des affaires repose presque exclusivement sur la confiance. Alors, soit tu te rattrapes fissa, soit on t'enlève l'échelle et c'est fini. J'avais accepté de tirer du prestige de mes liens avec Joe, mais le revers de la...

– Bon, tu as trouvé quoi en revenant ici ?

– Ce dont je t'ai parlé chez toi. Pour être tout à fait franc, ça m'importe peu, en définitive, qu'Anderson ait tué les siens ou non. Je veux juste savoir pourquoi il a reçu cet argent. Donc je me retrouve dans une chambre d'hôtel avec une connexion Internet et du temps à tuer. Je creuse tous azimuts, et la première piste qui se dessine est celle du bâtiment que je t'ai montré.

– Le siège de Burnell & Lytton.

– Exactement. Je découvre d'abord qu'ils sont seulement locataires. Quant à l'ancien café, il a mis la clé sous la porte depuis des lustres. Là-dessus, j'apprends qu'au milieu des années 1990 tout le premier étage était loué à des professionnels en tant que studio de photo et de cinéma. Belltown était un vrai trou à l'époque, et l'on pouvait acheter de la pierre pour une bouchée de pain. L'immeuble ne fait plus office de studio aujourd'hui, mais les proprios sont toujours les mêmes. Les dénommés Kerry, Crane & Hardy.

Je faillis lâcher mon verre. Fisher aplatit ses mains sur la table et se pencha en avant, avec l'air content de celui qui vient de trouver un public.

– Eh oui ! fit-il. Sur le moment, ça ne m'évoque rien. La Toile indique qu'il s'agit d'une agence de pub, mais je ne vois pas où ça peut mener. Je les ai contactés, mais pas moyen d'obtenir un responsable à même de me renseigner. Alors je mets ça de côté, après quoi il me reste une dernière petite porte à enfoncer. Tu devines laquelle ?

– Le projet caritatif qui a recueilli 10 pour cent de la succession globale.

Fisher sourit.

– Tu vois, murmura-t-il. C'est à ce genre de réponse que je sais que tu vas pouvoir m'aider.

– Et qu'as-tu trouvé ?

– La fondation s'appelle Psychomachy Trust, et elle a son siège à Boston. Notoriété zéro, n'a jamais sollicité de dons privés, ni auprès de grosses fortunes ni auprès du grand public. Elle est dirigée par Burnell, Lytton et une poignée de pékins inconnus au bataillon, sans doute non-américains. Le point intéressant, c'est qu'elle fait partie d'un réseau. Les structures caritatives sont plus faciles à observer du fait qu'elles sont soumises à certaines règles fiscales. Celle-ci, et ses sœurs de Paris, de Berlin, de Jérusalem, de Tokyo et d'autres grandes villes sont toutes affiliées à une institution londonienne. Une vieille maison fondée voilà deux ou trois siècles – ou même avant, mais là ça devient trop vague. Grosso modo, je suis tombé sur une impasse, là encore. En revanche, peu après, j'ai réussi à en savoir plus sur l'immeuble qu'on vient de visiter. J'ai obtenu une copie de l'acte de propriété, avec les noms des signataires.

Fisher sortit une feuille de sa poche, la déplia et la poussa devant moi. J'ignorai son papelard, préférant allumer une cigarette en attendant la suite.

– Ils sont trois, expliqua Fisher. Le premier nom coule de source : Todd Crane, actionnaire de la société acquéreuse. Le deuxième est Marcus Fox, qui semble avoir été un associé de Joe Cranfield, ici à Seattle.

– Les pièces commencent à s'emboîter...

– Absolument. Fox a disparu de l'orbite de Cranfield au milieu des années 1990, et je n'ai rien déniché de plus sur son compte. Le troisième nom était une énigme totale, jusqu'à ce que je refasse un tour sur le site de Kerry, Crane & Hardy, et que je repère une personne qui porte le même prénom.

Celui-ci était facile à isoler, même sur une page remplie de formules juridiques.

Le troisième nom était Amy Dyer.

En voyant cet Amy et ce Dyer imprimés noir sur blanc, j'eus l'impression que la voiture m'avait enfin percuté. Je mis quelques instants à remarquer que le document datait de 1992, soit six ans avant notre rencontre.

— Tu le savais déjà quand tu es venu me voir, déclarai-je.

— Oui, Jack. J'ai découvert qu'Amy Dyer s'appelait désormais Amy Whalen, et que son mari n'était autre que toi. Mais à ce stade, elle demeurait à mes yeux un simple nom sur une feuille de papier. Je suis venu te parler, j'ai recueilli ton point de vue et je n'ai pas insisté. Mais ensuite, comme j'étais retenu à Seattle pour quelques jours...

— Tu passes beaucoup de temps loin de chez toi, dis-moi.

— Oui, le temps de débroussailler cette affaire. Donc je suis coincé à Seattle, et il m'arrive régulièrement de passer devant cet immeuble. Vendredi dernier, je suis resté deux heures à la terrasse d'un café sympa, celui qui fait l'angle, deux rues plus loin. C'était la fin d'après-midi, je commençais à geler et à me sentir idiot – ce n'est pas la première fois, crois-moi –, quand tout à coup deux personnes sont sorties de l'immeuble. Ce que j'ai vu, c'est ce que l'on voit sur les deux photos.

— Tu n'en as pas d'autres ?

Il secoua la tête.

— Je ne voulais pas me faire repérer. La surveillance n'est pas mon rayon. Et puis il y a des gars patibulaires dans ce quartier, et je n'ai pas ton aisance avec eux. Alors je suis resté discret, en me contentant de deux clichés. Mais à aucun moment je n'ai réussi à distinguer les traits du type, tu sais. Je te le jure.

La porte du bar s'ouvrit. Un groupe d'individus déshydratés entra dans un rai de lumière fugace, les premières foules de midi. Fisher se tut tandis que je les observais, mais en vérité je les voyais à peine. Sur ma rétine mentale ne figuraient que deux personnes, un homme et une femme descendant une rue, serrés l'un contre l'autre.

J'écrasai mon mégot.

— Je veux voir les originaux de tes photos.

Fisher sortit de sa poche un petit appareil numérique. Il extirpa la carte mémoire et me la remit.

— Dois-je comprendre que... ?

— Pour l'instant, en tout cas. Donne-moi tout ce que tu as sur Bill Anderson, puis va-t'en et laisse-moi tranquille.

Chapitre 21

Todd Crane était assis dans son bureau. À côté de lui s'étalait une mer de papier couverte d'argumentaires, de slogans et de croquis, autant de choses qu'il était censé avoir lues, digérées et commentées. Les équipes de créatifs attendaient ses verdicts. Sur le côté s'élevait une pile de DVD transmis par les directeurs commerciaux. Eux aussi guettaient son feu vert afin que les responsables de pub et les chefs de fabrication puissent s'atteler à réserver les créneaux, négocier les tarifs, engager les acteurs, et d'une manière générale porter KC&H vers de nouveaux et glorieux sommets dans l'art de vendre aux gens des merdes inutiles.

Mais il n'avait encore rien fait.

Il avait juste tourné son fauteuil face à la grande vitre pour laisser vaguer son regard dans la baie d'Elliott. De cette hauteur on distinguait les digues, encadrées sur la droite par le toit du marché couvert et sur la gauche par les quais tentaculaires. Derrière l'ensemble s'étirait la masse gris-bleu des eaux, avec en arrière-plan les montagnes Olympiques. Il fut une époque où Todd et ses anciens copains de fac passaient chaque année un long week-end dans les forêts de ce massif, pour crapahuter, boire quelques bières et comparer leurs réussites respectives. À quand remontait la dernière fois ? Six ans ? Sept ans ? Peut-être bien dix. Avec le temps, le souvenir de ces escapades deviendrait sans doute agréable, une pierre de plus parmi les nombreuses activités d'affirmation de soi ayant concouru à la richesse de son existence, une preuve supplémentaire que l'on pouvait – pour peu que l'on ait du tempérament et de l'argent (et une épouse accommodante) – faire de sa vie un éternel spot d'autopromotion.

Mais pour l'heure, ce souvenir avait le goût d'une chose qui vous échappe, comme l'espoir de parler un jour couramment le français, de visiter les temples troglodytes de Pétra ou de maîtriser la technique du blues en picking. Il ne savait même plus d'où lui venaient ces lubies. Il s'était juste mis dans l'idée qu'elles se réaliseraient tôt ou tard, qu'il était destiné à les vivre. Or, à présent, rien ne semblait moins sûr.

Dans un coin de la pièce reposait un vieux poste de radio qu'il avait retrouvé chez lui quelques semaines plus tôt. Ses parents le lui avaient offert quand il avait une vingtaine d'années. Un modèle de luxe, un beau cadeau de la part des deux êtres qui n'étaient plus de ce monde. Le transistor avait fonctionné pendant trois ans, avant de tomber en panne. Le problème était sans doute mineur, et les radios se réparent facilement, mais en trente ans Todd n'avait jamais pris la peine de s'en occuper. L'objet avait stagné sur des étagères, dans des tiroirs, tantôt visible, tantôt caché, jamais vraiment déchu, mais toujours à réparer. C'était idiot. Todd l'avait apporté ici la semaine précédente, en espérant que cela l'inciterait à faire le nécessaire. Or, depuis, le poste n'avait pas bougé. Peut-être était-il voué à rester hors d'usage. Peut-être la vie affectionnait-elle ce genre de fatalités.

Todd se détourna de la vitre. Il avait cinquante-quatre ans, nom d'un chien. De nos jours, c'était à peine un âge moyen, alors pourquoi avait-il l'impression de perdre pied petit à petit ? Pourquoi se focalisait-il soudain sur les choses qu'il n'avait pas faites, et non sur celles, pourtant nombreuses, qu'il avait accomplies ? Il dormait mal. Mais le stress symbolisé par le bazar sur son bureau n'y était pour rien, il le savait. Il avait toujours été débordé, tout en dormant comme un bébé quatre-vingt-dix-neuf nuits sur cent. Alors, quel était le problème ? Faute d'explication rationnelle, son fameux esprit fertile avait suggéré plusieurs réponses improbables. Ainsi, un peu plus tôt dans l'année, pendant quelques semaines il avait eu le sentiment que les rues de cette ville avaient changé. Qu'elles étaient excessivement bondées pour la saison. Il lui était même arrivé de s'asseoir aux terrasses des cafés en milieu d'après-midi, avec l'air de celui qui vient travailler au calme, dans le seul but d'évaluer le nombre de passants – pour s'apercevoir, en fin de compte, que les trottoirs étaient plutôt déserts. Quant à son analyste, elle ne lui était d'aucune aide. Elle ne l'avait jamais été, d'aucune façon que ce soit, pas même lors des cinq mois où ils avaient couché ensemble. Et le fait qu'ils eussent réussi à restaurer une relation strictement thérapeutique tendait à prouver que ni le cul ni l'analyse n'avaient apporté grand-chose à aucun des deux.

Et puis il y avait eu la visite de cet ex-flic, le mari d'Amy. Quelque chose chez ce type vous donnait envie d'ériger une muraille autour de vous. Plus troublant encore, Todd était persuadé que Jack Whalen lui avait menti – qu'il ignorait ce que sa femme fabriquait à Seattle, et qu'il avait inventé de toutes pièces cette histoire de téléphone perdu. En revanche, tout portait à croire qu'Amy était bel et bien venue à Seattle, car son Jack n'était pas homme à se tromper là-dessus. Mais alors pour quoi faire ? Du business en loucedé ? Possible, auquel cas Todd s'en fichait. Néanmoins, son petit doigt lui disait que c'était plus compliqué que ça, que cela concernait des sujets d'un autre ordre – d'autant que, le même jour, Bianca avait dû rembarrer un gars qui souhaitait se renseigner sur un certain immeuble. Le petit doigt de Todd lui disait qu'elle était là, la cause de cette grosse boule noire qui lui bouffait le ventre : des gens venaient frapper à la porte d'une partie de sa vie qu'il n'avait jamais bien comprise.

Jusqu'alors, Todd n'avait guère connu le doute, ni la peur du temps qui passe. S'il y succombait aujourd'hui, c'était forcément que son passé revenait l'embêter.

Il s'était enfin mis au travail quand l'interphone le fit sursauter. Il écrasa la touche d'écoute.

– Qu'est-ce qu'il y a ? soupira-t-il.

– C'est Jenni, de l'accueil.

Todd fut tenté de lui rappeler que, hors événements de nature à changer la face du monde, seule Bianca était habilitée à le déranger. Malheureusement, il pensait avoir une réputation de patron sympa, ce qui signifiait qu'il n'engueulait le personnel que de manière très sporadique. Il avait compris de longue date que c'était un rôle pourri, mais à ce stade on ne pouvait plus revenir en arrière.

— Qu'y a-t-il, Jenni ?
— Je suis avec une personne de l'école de Meadow. Elle aimerait vous parler.

Todd fronça les sourcils. L'école de sa fille cadette ?
— Qu'est-ce qu'elle veut ?
— Elle aimerait vous parler en privé.

Todd dit à Jenni de faire monter la visiteuse. Il empoigna aussitôt le téléphone pour demander à Livvie si elle savait quoi que ce soit, avant de se souvenir que son épouse avait une séance de Pilates ou de yoga ou Dieu sait quelle magie corporelle. Peu importe. Il n'était pas devenu le numéro un de l'agence la plus florissante du Nord-Ouest Pacifique en se montrant incapable de converser sans notes. Et puis il y avait des limites au grabuge que pouvait causer une fillette de douze ans, sûrement.

Espérons.

Il ouvrit son dernier tiroir pour vérifier son image dans un miroir de poche. Il avait les traits tirés, mais rien de monstrueux. La porte s'ouvrit et son assistante entra en compagnie d'une personne qui ne pouvait enseigner dans l'école de sa fille, ni dans aucune autre. Il se figea, à moitié debout.

— C'est qui ?

Bianca indiqua d'un sourcil qu'elle n'en savait fichtre rien. L'intéressée fixa Todd et répondit d'elle-même :

— Je m'appelle Madison.

Bianca hésitait à quitter la pièce. Son travail consistait en partie à anticiper et déminer les interventions des nanas de l'accueil. De cette façon, les subtiles hiérarchies du monde de l'entreprise demeuraient claires là où elle étaient les plus vitales : en bas de l'échelle.

— Est-ce que... ?
— C'est bon, répondit Todd.

Les Intrus

Elle acquiesça et ressortit.
— Alors, lança Todd avec chaleur. (Il vint s'asseoir sur le coin du bureau tout en désignant à sa visiteuse la chaise la plus proche.) J'imagine que tu es une camarade de classe de Meadow ?
— Non, répondit l'enfant. (Elle s'installa bien droite, au milieu du siège.) Je ne l'ai jamais vue.
— Mais tu disais...
— Il y avait un autre moyen de vous atteindre ?
Todd n'avait pas de réponse à ça. La fillette montra la photo qui trônait en évidence sur le bureau :
— Elle a quoi ? Treize ans ?
Todd hocha la tête, tout en se demandant à quel moment rappeler Bianca. Bientôt, estima-t-il. Voire *très* bientôt.
— Oui, presque treize ans.
L'enfant offrit un grand sourire.
— Moi, j'en ai neuf. Mais j'ai dit à la femme d'en bas qu'on était dans la même classe. Et elle m'a crue. Elle n'est pas très futée, hein ?
— Elle... elle n'a jamais rencontré Meadow. Je pense qu'elle voulait juste se montrer polie.
Cette réplique lui était venue facilement, même s'il se demandait ce qui avait bien pu passer par la tête de Jenni pour laisser entrer cette gosse.
— Possible, répondit la petite. Vous couchez ensemble ?
Elle obtint enfin l'attention qu'elle voulait :
— *Quoi ?*
— Vous avez l'air un peu croulant, c'est vrai. Mais je suis sûre que vous n'êtes pas sourd. Et que vous savez toujours danser sur le baquet.
Le *quoi* ?
— Écoute, gamine, quel que soit ton prénom...
— Madison, je viens de vous le dire.
Todd retourna derrière son bureau. Il était temps que Bianca rapplique.
Puis un détail le fit tiquer. Il hésita, la main sur l'interphone.
— Mais si tu n'es pas dans son école, comment connais-tu le prénom de ma fille ?

Madison fit la moue :

— En fait, j'en sais rien. Je le connais, c'est tout. Tout comme je sais que vos autres filles sont bien plus vieilles. Et que votre femme buvait, aussi... (Elle baissa brusquement la tête.) Excusez-moi, c'était très grossier.

L'enfant parut absente quelques instants, puis elle se redressa et son visage n'était plus le même. Elle clignotait des yeux, l'air très agitée.

— S'il vous plaît, je peux avoir un morceau de papier ? Et un stylo ?

La main de Todd était toujours sur l'interphone. Il la retira pour indiquer les Post-it. La fillette saisit un stylo et griffonna sur la première feuille du bloc ce qui ressemblait à une suite de chiffres.

Elle en nota quatre ou cinq avant de s'interrompre.

— Non, grogna-t-elle. Non...

Elle ajouta vite fait deux chiffres en début de ligne, puis arracha le papillon et l'enfouit dans sa poche de manteau, telle une jeune clocharde voulant mettre son bout de ficelle préféré à l'abri des extraterrestres, de la CIA ou des méchants fantômes. Après quoi elle se renversa sur son dossier et cacha son visage dans ses mains.

Todd suivait la scène avec des yeux ronds. Bientôt il entendit des pleurs – un son plus proche de l'épuisement que des véritables sanglots. Il était désemparé. Quelle erreur d'avoir congédié Bianca...

— Écoute, fit-il d'un ton qu'il espérait moins perplexe qu'amical, je peux t'offrir quelque chose ? Une boisson, peut-être ?

Todd crut d'abord qu'elle n'avait pas entendu. Puis, derrière ses mains, elle émit deux mots sourds :

— Un café.

— Un café ? Tu es sûre ? Tu ne veux pas plutôt... un soda ? Ou de l'eau ?

Elle secoua la tête.

— Un café. Noir.

Todd fit trois pas jusqu'à la cafetière, versa une tasse et l'apporta à la gamine. Il savait jouer les serveurs dociles, pour l'avoir souvent fait avec ses propres filles. Parfois, il n'y a qu'en feignant d'inverser le pouvoir que l'on peut amener un enfant à vous obéir. Les gosses semblent venir au monde avec un sens politique inné, en sachant dès le début comment les choses fonctionnent.

— Tiens, dit-il.

Madison baissa lentement les mains de son visage. Considéra la tasse, la prit entre ses paumes et but une longue gorgée, alors même que le jus avait chauffé sur une plaque brûlante. Puis elle garda la tasse entre ses doigts, en fixant le reste du liquide.

— C'est exactement ce qu'il me fallait, dit-elle avant de relever la tête.

Un sourire se dessina sur ses lèvres.

— Alors, Todd. Qu'est-ce que tu deviens ?

Il cligna des paupières. Tout en elle avait changé : sa voix, l'expression de son visage. La petite fille perdue faisait place à... Il n'aurait su dire quoi au juste, mais il savait qu'il n'en voulait plus dans son bureau.

— Tu vas devoir partir, maintenant. Je peux faire appeler un taxi si tu as besoin qu'on te reconduise chez toi.

— Oh oui, fit-elle en regardant la vitre derrière lui. Toujours aussi généreux avec les petits êtres...

— Mais qui es-tu, à la fin ?

— Devine.

— Je n'en ai pas la moindre idée, rétorqua Todd. Tu es entrée en te faisant passer pour une amie de ma fille. Mais nous savons l'un comme l'autre que c'est faux.

— S'il te plaît, insista-t-elle. Dis-moi. Dis-moi qui je suis.

— Tu es une petite fille.

Alors elle s'esclaffa, de manière spontanée, un éclat tonitruant qui le laissa bouche bée.

— Je sais, répondit-elle. C'est inestimable, n'est-ce pas ?

— Assez rigolé, dit Todd en tendant le bras vers l'interphone.

— T'avise pas de faire ça, menaça la fillette. Je t'aurai prévenu.

— Écoute, la plaisanterie a assez duré. Je ne sais pas ce que tu fabriques ici, et tu m'as l'air d'être un drôle de petit phénomène.

Mais, Dieu merci, c'est le problème de tes parents, pas le mien. Alors laisse-moi travailler.

— Oh, la ferme ! répliqua-t-elle. Je n'ai aucune envie de rester en ta compagnie plus longtemps que nécessaire, sois-en sûr. Tu connais la formule : « Le singe imite l'homme. » Toi, tu es la mouche sur le cul du singe, et tu l'as toujours été. Mais puisque nécessité fait loi, tu vas me rendre quelques services. Petit veinard.

— Il n'est pas question de...

— Tout d'abord, je veux un endroit où loger. J'ai besoin d'une douche et j'en ai marre d'affronter les clodos alors que je suis en position de faiblesse. Et puis ça me ferait du bien, une bonne nuit de sommeil. À toi aussi, visiblement.

Sa voix était à présente ferme, assurée, et Todd comprit un peu mieux comment Jenni avait pu se laisser embobiner. Il revit aussi l'image glaçante de sa cousine, couchée sur son lit d'hôpital, suite à un grave accident de voiture en 1998. Durant la période la plus critique, alors qu'elle dérivait sur une rivière de morphine, il lui était arrivé par instants de percer les drogues et la douleur pour lâcher des propos d'une telle normalité qu'ils en devenaient incroyables – un contraste qui vous hérissait les poils de la nuque. Aujourd'hui, le numéro de cette gamine produisait un effet identique, même si on se doutait qu'elle ne faisait qu'imiter un adulte de son entourage.

L'enfant sembla prendre le silence de Todd pour un acquiescement. Elle poursuivit :

— Quand je me réveillerai, radieuse comme un phénix sorti des flammes indolentes du Léthé, il y a une personne que j'ai très envie de revoir. Une connaissance commune. Et tu vas nous arranger ça.

— Je ne sais pas de qui tu parles, répondit Todd avant de presser le bouton fatidique. Nous ne faisons jamais appel aux boys bands ni aux stars de la télé. C'est un principe.

— Un « boys band » ? Qu'est-ce que c'est que ce truc ?

Todd entendit son assistante ouvrir sa porte et remonter le couloir d'un pas vif. Bianca gagnait vingt pour cent de plus que ses collègues du même grade. Elle les méritait.

Percevant les mêmes bruits, la fillette se renfrogna.

— Je te préviens, Toddy, c'est l'un de ces moments où tu peux prendre une bonne où une mauvaise décision. Fais pas le con...

Bianca surgit dans le bureau.

— Cette jeune fille va maintenant repartir, annonça Crane.

La petite poussa un soupir théâtral, mais il n'y prêta aucune attention.

— Si elle fait des histoires, appelez la police. Elle est venue sous un faux prétexte, pour rencontrer une célébrité.

Bianca se planta devant la chaise pour toiser l'enfant d'un œil torve.

— Allez, debout. Lève-toi, princesse.

— Ce que vous êtes pénibles... dit la gosse d'une voix traînante. (Elle se leva, ignorant la main que lui tendait Bianca, les yeux toujours rivés sur Crane.) Je ne veux pas faire un scandale. Tu ne vois pas que c'est toi qui me pousses à bout ?

Todd se replia derrière son bureau. Bianca contrôlait la situation. Elle avait empoigné le bras de la gamine et la ramenait vers le couloir.

Il regarda sa paperasse, saisi d'une brusque envie de s'absorber dans le travail. Il y avait quelque chose, dans la façon dont la gosse avait prononcé les dernières paroles, qui le mettait mal à l'aise. Très mal à l'aise.

— Au revoir, marmonna-t-il.

La fille lui lança un clin d'œil, suivi de ces trois derniers mots :

— Surveille tes arrières.

Le tête de Todd se redressa d'un bond, et il fixa longuement l'embrasure vide de la porte.

Cinq minutes plus tard, il la vit qui débouchait sur Post Alley, deux étages plus bas. Après quelques foulées elle s'arrêta, se retourna lentement tout en relevant la tête, et Todd eut beau reculer en catastrophe, elle réussit à le voir.

Lorsqu'il se rapprocha de la vitre, elle était toujours là, les yeux braqués sur lui. Son visage composa une sorte de sourire, et elle brandit un index pour décrire une figure avec toute l'amplitude de son bras. Une courte spirale, semblable à un 9.

Puis elle lui tourna le dos et disparut à grandes enjambées.

Todd surveilla la ruelle quelques instants, au cas où elle reviendrait. Il ne savait pas bien pourquoi cette idée l'inquiétait. Sa dernière phrase, sans doute. C'était tellement ridicule, dans la bouche d'une petite fille, que cela... que cela lui avait rappelé quelque chose. Quelqu'un, plus exactement.

Une pure coïncidence, sans doute, l'esprit qui trace une ligne arbitraire entre deux points du temps. Les années lui pesaient, voilà tout – il l'avait déjà compris. Ce dont Todd avait besoin, c'était d'une bonne cure de jouvence. Mais lorsqu'il voulut se remémorer le physique précis de Jenni, il en fut incapable, ce qui n'était pas très rassurant. Bah ! il y remédierait plus tard. En buvant un verre, par exemple.

À mesure que son esprit revenait vers le sentier et que la montagne de boulot recevait ses premiers coups de pioche, Todd se sentit peu à peu redevenir lui-même.

Chapitre 22

La maison Anderson se trouvait sur Federal, non loin de Broadway Avenue, sur la crête dominant le centre-ville et la baie d'Elliott. Broadway est un axe majeur, une longue et large artère parsemée de commerces, d'agences bancaires en brique rouge et de débitants de café. D'une manière générale, notre nation aime son café, mais dans le Nord-Ouest du pays cela frise la démence. Je suis même étonné que les distributeurs de billets n'en proposent pas. Federal Avenue s'étirait deux rues plus loin, sous une voûte d'arbres qui perdaient leurs feuilles cuivre et jaune. La vitesse était limitée à 30 kilomètres à l'heure, car dans ce quartier-ci les gens allaient jusqu'à marcher. De nombreux pavillons jouissaient de haies basses que l'on pensait à tailler, ou de barrières repeintes depuis moins d'une génération. Les surfaces étaient relativement modestes, et les voitures rangées le long du trottoir montraient qu'il n'était pas besoin d'être riche pour habiter là.

La maison Anderson, donc, se situait en retrait d'un carrefour. Les traces d'incendie ne sautaient pas aux yeux, même si les fenêtres du bas étaient recouvertes de contreplaqué. Je gravis d'un pas décidé les marches du petit porche, comme n'importe quelle personne autorisée à le faire. La porte était scellée avec de l'adhésif, mais je tenais dans ma paume un outil adapté, ainsi qu'un deuxième pour crocheter la serrure. En général, les flics possèdent quelques notions rudimentaires en matière d'effraction. Les miennes sont un peu plus développées que la moyenne.

Michael Marshall

Je pénétrai dans un espace sombre qui sentait encore la fumée. Je refermai la porte derrière moi et restai immobile, le temps que mes yeux s'adaptent à l'obscurité – obscurité toute relative, car le jour filtrait tout autour des planches de contre-plaqué. Ma main trouva l'interrupteur à côté de la porte. La lumière s'alluma, ce qui laissait à penser que le fugitif payait l'électricité par prélèvement automatique.

Je commençai par l'étage. En dehors de l'odeur et de quelques ombres noires sur les murs, le feu avait limité son incursion. Deux chambres, une salle de bains, et une dernière pièce qui servait de débarras et de bureau. Une trappe dans le plafond du couloir donnait sur un grenier poussiéreux qui n'avait pas reçu de visite récente. J'inspectai brièvement les chambres, me contentant surtout d'ouvrir les tiroirs et de jeter un œil dans les placards, avant de vérifier les cachettes potentielles de la salle de bains. Je ne trouvai rien de plus que l'ordinaire d'un couple d'âge moyen et de leur fils adolescent. Ni quoi que ce soit qui ait pu abriter un flingue – coffret, chiffon, boîte de cartouches vide.

Je redescendis et m'arrêtai deux marches avant le rez-de-chaussée pour considérer le séjour. L'air était vide, éteint. C'était visiblement ici que Joshua Anderson avait trouvé la mort, étant donné les projections de sang obliques sur le mur noirci et la tache carbonisée sur la moquette. Je quittai l'escalier pour arpenter la pièce, mais sans chercher à interpréter la disposition des lieux – j'ignorais dans quelle mesure ils avaient été dérangés après que les techniciens eurent consigné leurs observations. Je commençais néanmoins à deviner ce qui s'était passé entre ces murs, pour l'avoir vu maintes fois ailleurs.

Je me rendis dans la cuisine, puis repris le couloir jusqu'à une salle renfermant un second téléviseur relié à une console de jeu, ainsi que des étagères remplies de films et de livres. Ces derniers se divisaient en deux catégories : des thrillers en poche du genre King-Koontz-Rice, et une vaste collection d'ouvrages et de revues scientifiques. J'y promenai mes yeux un instant, non sans remarquer quelques noms d'auteurs inattendus – Cremo, Corliss, Hancock, trois archéologues dissidents –, mais rien ne suffit à me retenir dans la pièce.

Les Intrus

Entre le seuil et la cuisine se dressait une dernière porte, plus étroite que les autres. Elle s'ouvrait sur une volée de marches artisanales menant au sous-sol. Parvenu en bas, je tirai sur la cordelette d'un plafonnier qui révéla la partie la plus endommagée de la maison. Le sol était jonché jusqu'aux chevilles de papiers brûlés puis noyés. Le long d'un mur gisaient les restes d'un établi en bois. Des outils et accessoires électriques de toutes tailles se mêlaient au bazar du sol et, vers le fond, deux classeurs métalliques étaient renversés par terre. Ce tableau n'évoquait pas une simple mise à sac. On aurait dit qu'une bombe avait explosé.

Parfois, il faut être sur place. Se planter au milieu pour comprendre. Les gens font de drôles de choses dans leurs espaces intimes, se conduisent de façons que vous et moi jugerions impensables. Mais l'intrusion chaotique d'un tiers laisse une trace particulière, crée une fracture au plus profond des lieux. Elle les fissure, les corrompt.

Je sortis mon téléphone, pris une photo et m'en allai.

Comme je redescendais l'allée, je vis un homme posté sur l'un des perrons d'en face. J'infléchis ma route pour aller lui parler.

— Vous aviez le droit d'entrer dans cette maison ? demanda-t-il.

— Bien sûr. Vous habitez ici ?

Il hocha la tête. Une petite soixantaine d'années, des cheveux gris qui se raréfiaient sur le dessus ; le regard posé d'un homme qui observe, cogite, et apprécie la vie ainsi.

— C'est terrible, ce qui est arrivé...

— Comment ça ? demandai-je.

— Eh bien, vous savez, les meurtres.

— Vous croyez que Bill a fait le coup ?

Il ouvrit la bouche, hésita. Je savais ce qu'il souhaitait entendre.

— Pas moi, repris-je. Je pense que Gina et Josh ont eu affaire à quelqu'un d'autre.

— Je n'ai vu personne, assura-t-il. Et franchement, je ne sais rien de plus. Je... Ça faisait plus de dix ans qu'ils étaient là.

Je les voyais pratiquement tous les jours, lui ou elle ou leur garçon, parfois les trois ensemble. On se faisait un petit signe, on se disait bonjour. Un soir, moins d'une semaine avant le drame, ce devait être trois ou quatre jours plus tôt, je les ai vus sortir, Bill et sa femme. Ils se disputaient pour un motif quelconque. Sans éclats de voix, mais en pleine rue. Ça leur arrivait de temps à autre. Vous voyez ce que je veux dire ?

Je voyais, en effet.

— Merci, monsieur. C'est une indication précieuse.

Il opina de nouveau, croisa les bras et se retira lentement chez lui, sans détacher les yeux du pavillon meurtri.

Je poussai vers le sud jusqu'au pâté de maisons suivant, pour frapper à la porte d'une petite bâtisse des années 1900. Au bout d'un temps infiniment long, une lumière apparut derrière le carreau. Je fus un brin surpris – c'était le début de l'après-midi, et pour une ville comme Seattle le ciel était à peine couvert –, puis la porte s'ouvrit et j'avisai un intérieur obscur, presque aussi sombre que celui des Anderson.

Elle se tenait devant moi. Une octogénaire voûtée qui faisait la moitié de ma taille, le visage pareil à une pomme ayant passé l'été au soleil. Quand elle leva la tête, ses yeux me rappelèrent les carreaux de l'immeuble de ce matin : ils ne renvoyaient rien d'autre que le reflet des nuages.

— Madame McKenna ?

— Ouaip.

— J'aurais quelques questions à vous poser, si ça ne vous ennuie pas.

— Allez-y.

— Vous avez déclaré à la police que, le soir du feu chez les Anderson, vous aviez vu quelqu'un remonter la rue, s'arrêter devant l'incendie, puis s'enfuir en courant. C'est bien ça ?

— Non.

Je marquai un temps d'arrêt.

— Non, vous dites ?

— Ouaip.

— J'avais cru comprendre que...

— Je n'ai pas vu « quelqu'un », j'ai vu Bill Anderson. Vous comprenez mieux ?

— Absolument.
— Bien. Ensuite ?

Je balayai du regard la façade de la maison.

— Vous gardez toujours les rideaux fermés ? Nuit et jour ?
— Ça protège de la lumière.
— Oui, c'est certain. Mais alors, si vous me permettez cette question, comment avez-vous pu voir M. Anderson ce soir-là ?

La femme me fixa plus belle, et ses yeux n'étaient plus vitreux. On y décelait une présence, et même une certaine énergie.

— Vous êtes l'un d'eux ?
— Qui ça, eux ?

Elle me dévisagea encore, puis secoua la tête.

— Non, je vois bien que vous n'en êtes pas. Alors d'accord. Je monte la garde, figurez-vous. Surtout la nuit. Dès que j'entends quelqu'un passer dehors, je jette un œil. Il faut bien que quelqu'un le fasse. Alors pour cette partie de la rue, c'est moi.

— Vous montez la garde contre qui, madame ?
— Vous savez bien : ces gaillards que personne ne voit jamais. Donc, là, j'ai entendu des pas. Plutôt familiers, mais j'ai quand même vérifié. J'écarte un coin du rideau, juste un chouia, et je reconnais Bill. Tout va bien, je n'ai rien contre Bill. Alors il parcourt quelques mètres, et soudain v'là qu'il s'arrête. D'où je suis, je ne peux pas voir ce qu'il regarde comme ça, mais là il commence à reculer, puis il se retourne et il part en courant. C'était bien la première fois que je le voyais courir. Vingt minutes plus tard, on avait les sirènes et tout le tintouin.

Elle toussa, avec violence et sans sommation, sans même tenter de se couvrir la bouche, laissant les substances expulsées s'écraser sur le sol.

Elle secoua la tête d'un air las.

— Évitez le cancer, fiston. C'est une vraie vacherie. Bon, il vous fallait autre chose ? J'ai une émission à regarder, moi.

Je regagnai le carrefour et m'arrêtai sur le trottoir, pour regarder tomber les feuilles le temps d'une cigarette. Je n'aurais pas aimé avoir Mme McKenna comme unique témoin à décharge devant un tribunal, mais pour autant elle ne méritait pas la récusation d'office. En outre, et indépendamment de ce que j'avais pu ressentir dans la maison Anderson, la discussion avec le voisin m'incitait à revoir ma position. Les couples rompus aux rapports violents, les vrais gros cogneurs, ceux-là s'engueulent rarement en public. Au grand jour, ils ne sont que fausse complicité ou froide politesse – un regard noir à l'occasion, mais jamais davantage. Pour eux les choses sérieuses se règlent en privé, c'est un sport d'intérieur. Ajoutez à cela ce que m'avait raconté Fisher, et en fin de compte Bill Anderson n'avait peut-être pas tué sa famille. Question : mais alors qui ?

Et question subsidiaire : où se cachait Bill ?

L'attente fut assez brève au commissariat. Soit je tombais sur un jour calme, soit Blanchard était intrigué.

L'inspecteur m'emmena dans une pièce différente de celle que j'avais connue trois jours plus tôt, en pleine gueule de bois. Son bureau, peut-être. Il y avait assez de bazar pour ça.

— Je tenais à vous présenter mes excuses, commençai-je.

— C'est gentil de votre part.

— Vous aviez raison. À propos de ma femme. Elle avait effectivement oublié mon numéro, et elle m'attendait à la maison.

Il hocha la tête.

— Tout va bien, alors ?

— Comme sur des roulettes.

— Tant mieux. Vous n'étiez pas obligé de revenir, mais j'apprécie.

— En fait, j'aimerais aussi vous parler d'un truc.

— Je m'en doutais un peu. Je vous écoute.

— Que savez-vous sur les meurtres Anderson ? Dans le quartier de Broadway, il y a trois semaines...

Il parut surpris.

— Rien. Deux morts violentes, on soupçonne le mari. Je n'ai pas d'autres éléments.

— Bill Anderson n'est pas officiellement porté disparu ?

— Non. Il est considéré comme le suspect d'un double homicide. Ce qui relève d'un autre département, comme vous le savez.

– Et vous y croyez, vous ? Qu'il ait pu les tuer ?

– Je ne connais pas le dossier. Dans ce genre d'affaires, on finit en général par confondre le mari, ce que vous savez également. Mais pourquoi ? Vous avez une autre opinion ?

– Je reviens de là-bas, expliquai-je. J'ai interrogé deux personnes.

Blanchard se renfrogna.

– Des félicitations seraient-elles de mise ? Vous réintégrez la police de Seattle et passez inspecteur dans la même journée ? Bizarre qu'on ne m'ait rien dit...

– Je ne suis qu'un simple citoyen. Qui discute avec d'autres citoyens.

– Ben voyons. Et pourquoi vous intéressez-vous à cette histoire, *citoyen* ?

– C'est personnel.

– Et que pensez-vous avoir appris, en vous adonnant à ce nouveau passe-temps ?

– Je ne crois pas qu'Anderson ait tué se femme et son fils.

– Ah non ? fit-il en se mettant à dessiner des spirales sur son bloc.

– L'unique témoin visuel – une femme, en l'occurrence – affirme qu'elle a vu Anderson s'approcher de la maison *après* les faits. Certes, cette dame n'est pas un modèle de fraîcheur, mais on ne peut pas balayer ses déclarations d'un revers de main. J'ai rencontré une autre personne qui m'a décrit les Anderson comme un couple sain, ce qui est vraisemblablement l'avis général. Or, si l'on écarte la thèse de la vieille haine recuite, je ne vois aucune explication à ce geste. Et vous ?

– Dois-je vous apprendre qu'il y avait une police d'assurance de quatre-vingt mille dollars sur Gina Anderson ?

– Je n'en connaissais pas le montant. Mais ce mobile ne tient pas la route. Le gars n'avait même pas de flingue.

– Pas que l'on sache, mais...

– Il n'y a ni antécédents ni signes avant-coureurs.

– Allons, Jack, vous étiez dans le métier. Vous connaissez la musique. Ces gens-là sont comme des agents dormants. Ils se lèvent tous les matins pour aller bosser, ils organisent des barbecues et vont pêcher avec les voisins.

Comme M. Tout-le-monde. Puis un soir, il s'avère que ce n'était qu'une carapace. Le monstre intérieur crève la gangue et boum ! on bascule dans un autre monde, et il y a du sang sur les murs. Ce n'est pas négligeable, quatre-vingt mille dollars, surtout s'il avait autre chose dans sa vie.

— C'est justement le cas, répondis-je, mais pas dans le sens où vous l'entendez. Il y a certains faits que les enquêteurs ignorent...

Blanchard interrompit ses petits dessins.

— Quel genre ?

— Voilà deux mois, le nom d'Anderson est apparu dans le testament d'un vieux type mort à Chicago. Il a reçu un chèque de deux cent cinquante mille dollars.

J'avais enfin toute son attention.

— Comment le savez-vous ?

— Par un avocat chargé de la succession. Cette affaire lui donne du fil à retordre, et il est convaincu de l'innocence d'Anderson.

— À cause de cette somme ? Ça ne prouve rien du tout.

— Certes. Et mon gars n'est pas flic. Je sais ce que vous pensez : Anderson reçoit son pognon, il décide de changer de vie, et même s'il s'entendait bien avec sa femme et son fils, il ne veut plus les voir pendus à son cou, ni sur sa nouvelle serviette de plage.

— Je me demande vraiment pourquoi vous avez quitté la police, répondit Blanchard. J'ai l'impression vous n'étiez pas le plus nul des agents...

— Mais il y a un hic, poursuivis-je. Le chèque n'a jamais été encaissé. Or, Anderson l'a reçu un mois avant sa disparition. Même si vous projetez de partir au Mexique pour vous bâfrer de tacos et de bière au milieu d'une bande de poulettes, vous allez quand même vous ouvrir un compte pour déposer le magot. Vous y tenez, à cette nouvelle vie, il ne s'agit pas de l'égarer ou qu'on vous la pique – ou que votre épouse tombe dessus.

Blanchard fixait le mur derrière mon crâne, ou bien un point entre les deux. Il passa sa langue sur ses lèvres, puis fit un signe de tête.

– O.K. Possible. Il s'appelle comment, votre avocat ?
– Gary Fisher. Je ne connais pas le nom de son cabinet.
– Mais c'est un type fiable ?
– Une vieille connaissance.
– Un numéro où on peut le joindre ?
– J'ai laissé ça à l'hôtel.
Il me considéra.
– Comme il vous plaira, monsieur le citoyen concerné. Je vais toucher deux mots à mes collègues, leur transmettre l'info. Voir si ça intéresse quelqu'un.
– Merci, dis-je en me relevant.
– Nous sommes là pour ça. Maintenant, rentrez chez vous et tâchez de rester tranquille.
– Pardon ?
Il me fixa droit dans les yeux.
– Cette expression, sur votre visage. Vous aviez la même la première fois qu'on s'est vus.

J'avais tiré un trait sur l'idée, mais sans vraiment le penser. J'y résistai un temps, avant de craquer et d'appeler Fisher. Nous convînmes de nous retrouver plus tard dans le bar où j'avais rencontré Georj, en bas de Madison Street, après quoi j'allai me promener dans la direction opposée. L'après-midi se faisait plus gris, plus sombre, plus frais. Tout en marchant, je prenais conscience du relief de cette ville, de la façon dont elle penchait en direction d'Elliott Bay. Quand on suit les contours naturels d'un sol, que les immeubles ne sont plus qu'une suite d'obstacles sur son chemin, c'est comme si le travail de l'homme se vidait de sa substance. Je savais, depuis ma visite touristique avec Amy, que la cité avait subi d'importants travaux de terrassement au cours du siècle passé. Elle restait toutefois très vallonnée, et l'on voyait mal ce qui avait pu pousser les gens à venir s'y installer, sauf si l'on savait que cette crête était à l'origine un riche massif forestier. Elle filait en diagonale vers le sud, convergeait avec la 1re Avenue, épousait son coude de quarante degrés en bas de James Street puis continuait vers Yesler Way, où soudain les rues cessaient de suivre la côte pour s'étirer d'ouest en est. Je ne visais pas ce secteur-là plus qu'un autre, mais chaque fois que je me baladais dans Seattle je me retrouvais ici, comme si la ville m'y attirait d'elle-même.

Je m'arrêtai au carrefour de la 1re et de Yesler, face au totem qui marquait le coin de Pioneer Square. De l'autre côté se dressait la masse ocre du Yesler Building, flanquée sur sa droite d'un monstrueux parking bâti dans les années 1960 sur les décombres du classieux Occidental Hotel – une construction si laide que les habitants s'étaient mobilisés pour bannir du vieux centre tout projet analogue. Quelques sans-abri déambulaient sous le crachin, des hommes seuls aux épaules voûtées. Ici les immeubles détonnaient encore plus qu'ailleurs, tant ils semblaient sans prise sur la vie de ces miséreux. Si ces gens avaient une place dans cette ville, elle restait au niveau du sol, et l'apparition des trottoirs et du bitume n'avait pas changé grand-chose à leur condition.

Je traversai la rue pour m'abriter sous les feuilles sanguines d'un arbre du square, face à la fontaine d'eau potable surmontée d'une tête d'Indien. J'appris alors que celle-ci représentait Seattle soi-même, le chef de la tribu suquamish qui vivait ici avant l'arrivée de l'homme blanc. Cette fontaine, le nom de la ville et ce totem semblaient être les seuls monuments dédiés à cette ethnie défunte. Il arrive qu'on en fasse davantage pour un clébard. Je me demandai si Seattle et ses aïeux avaient jamais aperçu de grands navires au large des côtes, et si oui, quelle avait été leur réaction.

Ce jardin public m'apaisait. Je m'assis quelques instants sur un banc, avant de repartir vers la vieille ville. J'entrai chez Elliott Bay Book Company pour tuer le temps comme je le pouvais. Je scrutai la section « histoires vraies » du rayon policier, tout en me demandant si j'étais capable de pondre un livre qui viendrait côtoyer l'unique exemplaire des *Intrus* présent sur ces étagères. J'en doutais, et je n'étais même pas sûr de le souhaiter. Visiblement, le grand succès du moment était un ouvrage racoleur sur tout ce que Seattle avait connu de glauque au cours des dernières décennies. Incendies criminels, scandales. Suicides célèbres, meurtres. Et une longue série de disparitions inexpliquées, du courant des années 1970 jusqu'au début des années 1990. Des jeunes filles dont on ne retrouva que deux corps mutilés, marqués de sévices que même cet auteur se refusait à décrire, avec des visages tailladés jusqu'à l'os.

Je reposai le bouquin sur la pile. Je n'avais pas envie d'écrire ce genre de choses, et quand bien même je l'aurais voulu, ce type m'avait coupé l'herbe sous le pied. Pour finir, j'achetai un petit précis sur les origines de la ville, avant de reprendre mon périple dans les rues. L'une de celles-ci m'éjecta sur un écheveau de routes neuves, offrant un tel choix de directions qu'il était impossible de choisir.

Alors je rebroussai chemin et tentai de me rendre ailleurs – n'importe où, sauf dans le coin dont je n'avais cessé de me rapprocher. Mais rien n'y fit. Peu avant 17 heures, je remontais Post Alley, vers les bureaux de Kerry, Crane & Hardy.

Je dépassai la façade sans m'arrêter, vérifiai deux petites choses puis rebroussai chemin jusqu'au deli du coin, où je commandai un café avant de m'asseoir derrière la vitre. Je n'avais aucun moyen de savoir si Crane était dans son bureau, et je m'en réjouissais plutôt. J'allais rester ici un moment, à regarder les gens entrer et sortir, puis seulement sortir, puis les lumières s'éteindraient et quelqu'un verrouillerait la porte pour mettre un point final à cette journée de travail. Crane était une huile : il avait toutes les chances de se trouver à l'extérieur, à conter fleurette aux administrateurs d'une entreprise amie. Ensuite, il irait directement dîner avec un client, ou bien retrouver sa jolie petite famille de carte postale, et cela me convenait tout à fait. Tôt ou tard s'abattraient sur moi la fatigue, l'ennui et la soif, et alors je descendrais de mon tabouret pour repartir dans la nuit.

Je restai là près de trois quarts d'heure, plus sûr à chaque minute d'avoir compris la situation. Puis, soudain, je vis Todd Crane sortir de l'immeuble.

Il était seul, l'air préoccupé. J'avais déjà payé ma conso, et il me suffit de trois secondes pour atteindre le seuil. Sauf que Crane ne fit pas comme prévu. Si je m'étais aventuré au fond de la ruelle avant de m'installer ici, c'était pour localiser l'entrée du grand parking à étages ; Todd me semblait le genre de type à conduire un véhicule haut de gamme. Mais au lieu de prendre le chemin du parking, il venait droit vers moi.

Je me retranchai dans le rayon des produits importés. Ce fut une précaution inutile, car Crane longea la devanture en fixant le trottoir devant lui, les mains enfoncées dans ses poches.

Je quittai le deli pour le suivre.

Il marchait vite, vers l'endroit où la rue s'évasait sous la route aérienne. J'aurais aimé un coin plus tranquille pour lui demander si c'était lui que Gary avait photographié, si c'était lui qui avait passé le bras autour des épaules de ma femme. Mais tant pis, j'accélérai quand même l'allure.

C'est alors que mon téléphone sonna. Trop fort pour que je le laisse couiner. Je l'extirpai de ma poche, sans cesser de marcher, persuadé qu'il s'agissait d'Amy. Mais à la place d'AMY, l'écran indiquait ROSE.

Je ne connaissais personne de ce nom-là. Je portai le mobile à mon oreille.

– Mais qui êtes... ?
– Ne faites pas ça, cracha une voix de femme.

Puis, la ligne se coupa.

Je pressai deux fois la touche verte pour rappeler cette inconnue. La ligne sonna dans le vide, tandis que je scrutais la rue et les fenêtres alentour. Je ne repérai personne, et personne ne décrocha.

Lorsque j'atteignis en courant le fond de la ruelle, Todd Crane avait disparu.

Chapitre 23

J'entrai dans le bar avec une large avance sur l'heure dite. J'avais besoin de me poser pour réfléchir et prévenir Amy que je ne rentrais pas ce soir. Penser à elle me remplissait de colère et de soupçons, même si j'ignorais leur nature précise. L'immeuble de Belltown était l'obsession de Fisher, pas la mienne : en quoi le nom d'Amy sur l'acte de propriété avait-il une incidence sur notre histoire ? On ne se connaissait même pas à l'époque des faits. Une simple formalité administrative, la signature d'une boîte sur les papelards d'une boîte... Mais je détestais devoir me poser ces questions, et je m'en voulais de ne pas pouvoir oublier le gars sur les photos. Finalement, je renonçai à me calmer et me contentai de la joindre.

– Salut, répondit Amy.

Elle avait vite décroché, comme si l'appareil se trouvait déjà dans sa main. Était-ce le cas ? Et si oui, quelle conclusion fallait-il en tirer ?

– Quoi de neuf sous les lumières de la grande ville ? demanda-t-elle. Je pensais que tu serais déjà rentré.

Elle avait sa voix de toujours. Le téléphone, outil remarquable s'il en est, n'est pas conçu pour la vraie communication, pour tout ce que charrient les relations humaines. Les vrais échanges ne sont possibles que dans un même espace physique, car c'est au niveau chimique que se font les questions et les réponses. Nos lointains ancêtres vivaient ensemble, s'aimaient et s'organisaient des millions d'années avant l'apparition du langage. Celui-ci n'est encore qu'un simple fond sonore.

— J'ai discuté avec quelques personnes, expliquai-je, et ça a duré plus longtemps que prévu. Il se peut que j'aille boire une mousse avec deux journalistes de faits divers...

— Tu t'es bien débrouillé, dis donc. Tu penses passer la nuit à Seattle ?

— Peut-être. Le centre de contrôle est d'accord ?

— Bien sûr. Je vais prévenir le cuistot. Alors ça a l'air de bien se goupiller, ce projet de bouquin ?

— Possible.

J'avais honte de lui mentir. Je disposais d'une poignée de SMS, pour la plupart vides, de deux clichés qui ne montraient pas grand-chose... et c'était à peu près tout.

— Je suis contente pour toi. Au fait, chéri, excuse-moi d'avoir dénigré ton idée, hier soir. J'étais d'une humeur bizarre.

— Ouais, j'avais cru comprendre. (Je pris une grande inspiration, pour me rapprocher du précipice.) Tout va bien, mon cœur ?

— Oui, oui.

Je n'aurais su dire si cette réponse était trop rapide, trop lente ou parfaitement normale. Je crois que j'écoutais trop fort.

— C'est à cause du boulot, reprit Amy. Tu sais, les soucis habituels, qui font bla-bla dans la tête...

— Je pensais que fuir L. A. devait y remédier.

— Et je le pense toujours. Laisse-moi juste un peu de temps.

Elle ajouta quelque chose, mais ses paroles furent recouvertes par un bruit en arrière-plan.

— Je n'ai pas compris ce que tu viens de dire...

— Oui, pardon. C'est la télé. Il y a une soirée spéciale *Sex and the City* qui va bientôt commencer, et le micro-ondes va sonner d'un instant à l'autre.

— Alors tu es dans un petit un nid douillet ?

— Absolument. Tu rentres demain, quand même ?

— Je devrais être là pour le déjeuner.

— Super. Tu me manques, soldat.

En prononçant ces mots elle ressemblait tellement à Amy, à la femme que j'avais rencontrée, épousée, accompagnée dans des moments d'allégresse comme dans des phases plus difficiles, que j'étais incapable de croire qu'il pût y avoir le moindre hic.

Je mis néanmoins une petite seconde à répondre :
– Toi aussi, tu me manques.

Fisher présentait Anderson comme sa « zone d'ombre ». Je doutais que le bougre méritât ce statut, mais moi-même, de mon côté, étais-je bien sûr d'avoir levé un lièvre ? J'aurais dû interroger Amy sur l'immeuble de Belltown, que tout désignait comme l'endroit où l'avait déposée Georj le soir de sa disparition, mais comment aborder le sujet ? Cela revenait à poser une tout autre question, et je ne me sentais pas forcément prêt à ouvrir cette boîte-là. Même si elle se révélait vide, on ne parviendrait jamais à la refermer complètement. La parole est une voie à sens unique, on ne peut jamais retirer une question posée.

Mon téléphone bourdonna. J'avais un SMS. De la part d'Amy qui disait :

Amuz toi. Boi pa tro ! :-D biz

C'était un message charmant, et il me fit sourire, mais pas longtemps. Deux exemples – celui-ci et celui de ce matin – suffisaient à attirer mon attention sur le fait qu'une femme qui avait toujours employé le smiley :-) préférait désormais la forme :-D, et qu'elle s'était en outre convertie aux abréviations. Fallait-il y voir l'influence d'un tiers ? Ou n'était-ce qu'un de ces grains de poussière qui ne veulent rien dire du tout, sauf quand on les regroupe avec d'autres, comme si l'on *cherchait* à obtenir un tas suffisamment dense pour projeter une ombre ?

Je me frottai le visage, puis secouai la tête pour penser à autre chose. À ce qui m'occupait l'esprit depuis que j'avais perdu la trace de Crane.

Tâcher de découvrir qui était cette Rose, et ce qu'elle fichait dans mon téléphone.

En théorie, l'apparition de son nom à l'écran signifiait qu'il figurait dans mon répertoire. Vérification faite, j'avais bien une telle entrée. Un numéro et un nom. ROSE. Mais ce n'était pas moi qui les avais tapés. Je ne possédais cet appareil que depuis un mois, quand j'avais changé d'opérateur après avoir constaté que l'ancien couvrait mal la zone de Birch Crossing. Mon répertoire contenait moins de vingt noms, et hormis celui-ci je pouvais tous les situer. Mais je ne connaissais aucune Rose. Ni d'aujourd'hui ni d'hier.

Je sélectionnai son numéro et lançai l'appel, pour la quatrième fois depuis que cette personne m'avait empêché d'intercepter Crane. Comme précédemment, les sonneries se succédèrent sans déboucher sur aucune messagerie. J'aurais pu contacter un service d'annuaire inversé, mais quelque chose me disait que je n'apprendrais rien de plus.

J'en revenais donc à cette question : comment ce numéro était-il arrivé dans mon portable ? Je ne voyais qu'un seul moment où un telle opération aurait pu se produire. Après la bagarre avec les types que Georj niait connaître, j'avais échoué dans un bar près de Pioneer Square. Je me revoyais encore assis sur un tabouret, puis c'était un long trou noir jusqu'à mon réveil dans le parc. À l'évidence, j'avais fini ivre mort. Avais-je pris le numéro d'une personne rencontrée dans ce troquet ? J'étais prêt à y croire, n'eût été un petit détail : ce nom était écrit en grandes capitales. ROSE. Or, j'utilise toujours, après la majuscule, de *petites* capitales, de même que je n'abrège jamais les mots – tout comme Amy avant ce matin. Vous estimez sans doute qu'un homme bourré au point de ne pas se rappeler avoir noté le nom d'une femme serait tout à fait capable d'oublier ses préférences typographiques, mais c'est très mal me connaître. Quand je suis torché, je suis *encore plus* maniaque vis-à-vis de ces subtilités.

Pour me prouver à moi-même que je ne suis pas soûl, vous comprenez ?

Restait donc l'hypothèse d'une intervention extérieure. Ce qui me ramenait au beau milieu de ma question. Une question que je ne pouvais ni élucider ni soumettre à quiconque.

Sur le coup de 19 heures, Fisher poussa la porte du bar. En compagnie d'un autre. Les deux hommes se présentèrent devant ma table.

— Qui est-ce ?

— Peter Chen, répondit Gary. Un ami de Bill Anderson. Ils étaient ensemble le soir où... enfin tu sais.

Chen était de ces types maigres et sans épaules dont le corps sait qu'il a pour unique fonction de transporter le cerveau. Quand il serra la main que lui tendais, j'eus l'impression fugace de tenir celle d'un enfant.

Puis il se tourna vers Fisher d'un air réprobateur :

— Vous m'aviez dit qu'il n'était pas flic.

— *C'est pas vrai*, soupirai-je. Écoutez, Peter, vous voulez bien vous asseoir ?

Il obtempéra, timidement. Fixa d'un œil sceptique la coupelle de cacahuètes que le serveur avait apportée contre mon gré.

— Pourquoi est-ce si important, que je ne sois pas flic ? Vous ne donnez pas l'image d'un homme en délicatesse avec la justice...

— Bien sûr que non, répondit Chen. Mais ils se méprennent totalement sur Bill, et j'en ai marre de les entendre casser du sucre sur son dos.

— Nous savons que Bill n'a pas tué Gina et Josh.

— C'est vrai, ça ?

— Le peu que j'ai appris sur lui montre qu'il n'a pas ce profil-là. Et puis, j'ai vu l'état de son sous-sol. Il n'a pas pu faire ça lui-même.

— Tu es entré dans la maison ? questionna Fisher.

J'ignorai cette question pour me concentrer sur Chen :

— Alors il s'est passé quoi, d'après vous ?

— J'en sais rien, dit-il d'une voix un peu moins crispée. Comme je l'ai expliqué aux flics, Bill était à cran depuis quelques semaines... depuis deux mois, environ. La police en a déduit que c'était lié à sa vie privée, sauf que Bill n'en avait pas, de vie privée. En dehors de Gina et Josh, je veux dire. Il était très heureux comme ça.

— Alors qu'est-ce qui le tracassait tant ? Vous n'avez pas une petite idée ?

— Pas vraiment. Cela concernait peut-être son travail.
— À la fac ?

Chen haussa les épaules.

— Je ne sais pas. Mais je ne crois pas, il en aurait parlé. Quand on a des soucis au boulot, on en discute toujours.
— Les conciliabules devant la machine à café...
— Exactement.

Fisher intervint :

— Mais vous pensez qu'il y a un rapport avec ses activités ?
— C'est possible. Nous avons tous des projets personnels, des hobbies, si vous préférez, et on en parle sans arrêt. Mais depuis quelque temps... C'était comme si Bill faisait des mystères.
— Et j'imagine que vous n'avez aucune nouvelle de lui ? Aucun contact secret ?
— J'aimerais bien. Je ne me sépare plus de mon téléphone. Je lui ai envoyé des mails tous les jours pendant deux semaines. Et je continue à interroger ma messagerie, en espérant une réponse de sa part. Les deux premiers jours, j'ai même laissé la porte du fond ouverte chez moi. Gerry a fait pareil. Je pense que Bill est mort.
— Et à quelle adresse lui postiez-vous ces mails ? Une adresse liée à la fac ?
— Oui.
— Il ne risque pas de vous répondre par ce canal, vous savez. Ni même de vous téléphoner, car il sait que les flics l'épingleraient sur-le-champ. S'il est innocent, il éprouve à la fois une terreur absolue, la douleur d'avoir perdu les siens, et la culpabilité du survivant – autant d'émotions qu'il doit assumer tout seul. La plupart des gens finiraient à l'asile en deux jours. À l'heure actuelle, Bill est probablement l'un des individus les plus paranoïaques de l'État de Washington. Vous auriez une autre adresse électronique où le joindre, une boîte qu'il pourrait consulter anonymement sur la Toile ?
— Non. J'y ai pensé, mais je n'ai pas ça en rayon. Et puis lui-même aurait pu en créer une, pour me contacter...
— Sauf que dans son esprit, vous avez dû gober la version des flics, et vous allez le baratiner pour le pousser à se rendre.

Les Intrus

— Mais non. Il sait que je ne ferais jamais ça.

— Sauf votre respect, Peter, vous ne mesurez pas ce qu'est la paranoïa. Vous avez essayé les forums scientifiques, les groupes de discussion Usenet, ce genre d'endroits ? Des lieux virtuels où il serait susceptible de traîner...

Chen inclina la tête.

— Je n'avais pas pensé à ça.

— Vu sa situation, je l'imagine mal en train d'échanger des équations, objecta Fisher.

— Évidemment, répondis-je. Mais n'oubliez pas une chose : pour nous, ce qui est arrivé à Bill est un événement parmi d'autres. Pour lui, c'est toute sa vie qui s'écroule. S'il est toujours vivant, ça fait trois semaines qu'il se planque. Il aura besoin de parler à quelqu'un, de manière urgente, et il va donc chercher un moyen de le faire. Mais il évitera les rencontres en tête à tête, et tout ce qui dans son esprit pourrait ameuter ses ennemis. Il faut donc lui tendre la main.

— Mais on ne sait pas où il est...

— Il est en ville, affirmai-je. Ce n'est pas un Rambo. Je ne le vois pas se terrer dans les montagnes avec un couteau de chasse entre les dents. Il n'a plus de fric, parce qu'il sait que les distributeurs sont des mouchards. Mais c'est un homme brillant, et je suis sûr qu'il saura taper quelques pièces ici ou là pour se payer une demi-heure d'Internet. À mon avis, c'est par ce biais qu'on a le plus de chances de l'atteindre.

J'attrapai une serviette en papier, notai mon numéro de portable et le remis à Chen.

— Dès que vous serez chez vous, connectez-vous à la Toile. Allez sur les sites que vous aviez l'habitude de consulter avec Bill et Gerry, et laissez des messages. Ne vous adressez pas à Bill de manière ouverte, mais glissez une allusion propre à attirer son attention, tout en lui montrant que cela vient d'un ami. Et fournissez-lui ce numéro de téléphone. Subtilement, bien sûr. Cherchez un moyen de le camoufler, mais d'une façon que Bill décryptera spontanément. Vous sauriez faire ça ?

Il hocha la tête, comme je m'y attendais. Ce type avait bien le profil d'un amateur de puzzles.

— Parfait. Tâchez de lui faire comprendre que certaines

personnes croient à son innocence, et qu'il obtiendra l'une d'elles en composant ce numéro.

— D'accord. Mais pourquoi votre numéro à vous ? Pourquoi pas le mien ?

— Parce que, d'après notre hypothèse, c'est un autre qui a brisé le cou de Gloria et abattu Joshua d'une balle dans la tête. Par conséquent, toute personne que Bill contactera risque à son tour de croiser le chemin du tueur. (J'écrasai mon mégot et regardai Chen droit dans les yeux.) Vous tenez à être cette personne ?

— Euh, non, répondit-il.

Chapitre 24

Chen reparti, Fisher se tourna vers moi.
– Tu ne m'avais pas dit que tu comptais t'introduire dans la baraque. J'aurais bien aimé venir.
– C'est l'une des raisons pour lesquelles je ne t'ai pas averti. Il n'y avait rien pour toi, de toute manière.
– Mais, Jack...
– Il n'y a pas de Jack qui tienne. Tu m'as attiré dans ce guêpier en me balançant le nom de ma femme. C'est elle qui m'intéresse, et je ferai tout ce qu'il faut pour comprendre ce qui se passe. Toi-même, tu ne m'as jamais prévenu que tu allais ramener le copain d'Anderson.
– Quoi, c'était une mauvaise idée ?
– Non, sauf s'il est de mèche avec les meurtriers des Anderson.
– Sérieux ? Tu crois ça ?
– Non, je ne le crois pas. Mais tu ne t'es même pas posé la question. Suppose que Chen ait indiqué aux ennemis d'Anderson que le pater familias ne serait pas chez lui ce soir-là. Suppose même qu'il ait accepté d'y veiller personnellement. Si l'une de ces théories est vraie, on vient de se placer dans leur collimateur.
Fisher baissa les yeux.
– Seigneur. Je n'avais pas réfléchi à ça. Excuse-moi. Je n'ai pas l'habitude, tu comprends...
– Alors évite de l'oublier. Autre chose. Quand tu m'as

rappelé, l'autre jour, tu savais que je revenais tout juste de Seattle. Comment t'étais au courant ?

— Je t'ai aperçu par hasard, répondit-il en haussant les épaules. Je n'avais même pas l'intention de t'en parler.

— Où ça ?

— En bas de Post Alley, près de chez Kerry, Crane & Hardy.

— En d'autres termes, on s'est trouvés au même endroit au même moment ?

— J'ignore ce que tu fichais là-bas, répliqua-t-il. Moi, j'allais parler à Crane. Au sujet de l'immeuble de Belltown. J'ai dit à la réceptionniste que je souhaitais racheter ces locaux. Mais Crane était absent.

— En fait, il était là. Je sortais à peine de son bureau.

— Ah bon ? (Il fronça les sourcils.) Qu'est-ce que tu lui voulais ?

— J'avais reçu un coup de fil, la veille. D'un chauffeur de taxi. Il avait retrouvé le téléphone d'Amy sur sa banquette arrière.

J'hésitai à poursuivre. Parler d'Amy à Fisher me semblait déloyal. Mais c'était absurde, alors je poursuivis :

— Comme je n'arrivais à la joindre nulle part, je me suis pointé chez Crane pour savoir où Amy avait ses réunions ce jour-là, afin de lui rendre son téléphone au plus vite.

— Et alors ?

— Il ne savait même pas qu'elle était en ville. C'est du moins ce qu'il m'a dit.

— Et maintenant tu te demandes si ce n'est pas lui, le gars que j'ai pris en photo.

Je ne répondis rien. C'était inutile.

— Je suis désolé, Jack.

— Rien ne prouve qu'il y ait lieu de l'être.

— Ouais, j'espère. Mais le corollaire de ce que tu viens de m'apprendre, c'est qu'à une demi-heure d'intervalle deux personnes auront débarqué chez Crane en mentionnant le nom de ton épouse. C'est dans son collimateur à lui qu'on vient de se fourrer. Tu ne crois pas ?

— Aucune importance. J'ai discuté avec ce type. Je ne le vois pas commettre un meurtre.

Fisher resta muet. L'espace d'un instant, j'eus l'impression que mes mains ne m'appartenaient plus.

— Il va falloir que tu arrêtes de me regarder de cette façon, murmurai-je.

— Quelle façon ?

— Comme si on était au lycée et que je venais de sortir un truc niais.

— Tu te fais des films, Jack.

— Il vaudrait mieux pour toi.

— Tu crois qu'Anderson va t'appeler ?

— Aucune idée. Chen a peut-être raison, possible qu'Anderson soit mort. Que les tueurs l'aient rattrapé, qu'il se soit fait planter par un quidam, ou qu'il se soit jeté dans les eaux de la baie. Je lui donne jusqu'à demain midi, après quoi je lâche l'affaire.

— Et s'il appelle plus tard ?

— Je le renverrai sur toi. Je m'en fiche, moi, d'Anderson. Toi aussi, tu t'en fiches, même si je conçois que son changement d'humeur t'intrigue, dans la mesure où il semble coïncider avec la réception du gros chèque de Cranfield. J'accepte de te consacrer vingt-quatre heures de mon temps à titre de simple faveur, et parce que tu m'as montré une chose que j'ai peut-être besoin de savoir. Mais après ça, je rentre chez moi. Si j'ai un problème, c'est là-bas que je devrai le résoudre.

— Merci d'être venu, répondit-il. Sincèrement, j'apprécie.

— Très bien. Alors, paie-moi une bière.

Notre serveuse ayant visiblement été enlevée, Fisher gagna le comptoir pour se fournir à la source. En le voyant causer à la barmaid, avec son petit sourire ingénu, je pris conscience qu'il avait réussi à m'entraîner dans son jeu. Dès qu'il fut de retour, nous fîmes ce que feraient deux hommes dans un bar d'une ville étrange.

Picoler.

Un peu plus tard, nous rentrâmes à l'hôtel de Fisher. L'établissement se situait plus au moins dans le centre, mais c'était à peu près son seul atout. Disons, pour faire court, qu'Amy ne s'y serait jamais arrêtée.

Le garçon qui tenait le bar était un trou du cul, j'entends par là qu'il refusait de nous servir. Alors nous montâmes dans la chambre de Fisher. Elle était vaste, rectangulaire, et donnait sur un énième parking couvert. Je scrutai l'édifice de béton tandis que Fisher allumait deux lampes. Des gens allaient et venaient à un rythme très soutenu pour un simple garage. La plupart ne possédaient même pas de voiture. Si j'avais eu besoin d'effectuer une grosse saisie de drogue, j'aurais sans doute commencé par ici. Je ne tardai pas à repérer le dealer. Je ne l'avais jamais croisé, mais je connaissais son engeance. La sous-espèce. Maigre, blafard, les traits tirés, le pelage ras et noir, le genre de crevard que l'on voit émerger au petit matin, en toute nonchalance, d'une voiture qu'il vient de forcer. Dénué de sens moral, incapable de remords ou d'empathie, culturellement inepte. Une sorte de rat, disons, même si le rat est un animal éminemment plus noble, que l'homme rabaisse pour attribuer un symbole facile à certains membres de notre espèce, ceux qui sont prêts à s'immiscer dans la vie du premier venu pour peu qu'il y ait quelque chose à gratter.

Le minibar était à la fois bien pourvu et bien disposé à notre égard. Nous nous assîmes face à face, dans les deux fauteuils situés de part et d'autre de la pièce. Nous avions marché longtemps, et dans le froid. Il était plus de 23 heures et j'envisageais d'envoyer un SMS à Amy, mais pour lui raconter quoi ? Un truc court, et de préférence gentil. Je savais qu'il valait mieux s'abstenir, du moins en l'absence d'intention claire, et d'ailleurs j'y avais déjà renoncé. À deux reprises. Mais, s'estimant flouée, l'idée refusait de quitter mon crâne. Et si je tardais trop, Amy serait déjà couchée.

Je restai donc inerte, les bras ballants, la tête rejetée en arrière, plein d'irrésolution, épuisé mais condamné à ne pas trouver le sommeil.

– Comment ça se fait que tu n'aies pas de gosses ? demanda Fisher au bout d'un moment.

– Le boulot d'Amy est très prenant, répondis-je d'une voix morne.

Un nouveau silence. Puis il rouvrit la bouche :

– Je rêve d'elle.

– De qui ?
– Donna.

Je mis un instant à comprendre de qui il me parlait. Je redressai la nuque.

– Au lycée ? La fille qui s'est suicidée ?
– Ouais.
– C'est normal que ça remonte à la surface. Cet événement a bouleversé ton existence.
– C'est vrai. Mais tu ne comprends pas. Je ne pensais jamais à elle, avant. C'était une histoire affreuse, et j'ai mis du temps à m'en remettre...
– Tu n'y étais pour rien.
– Je sais, fit Gary avec un bref sourire. Tu me l'as dit à l'époque, et je t'en suis reconnaissant. Pour être honnête, si on n'avait pas eu cette petite discussion au stade, je ne sais même pas si je me souviendrais de toi. Mais bon, à la longue j'ai réussi à surmonter le geste de Donna, en prenant conscience que je n'étais pas responsable de ses décisions. J'étais un gosse, sûrement un peu con et imbu de moi-même, mais ça ne fait pas de moi un criminel, n'est-ce pas ? Je n'ai jamais rien fait pour allumer Donna, ni pour la pousser à se supprimer. J'ai été suivi par un psy durant mes deux premières années de fac, et petit à petit j'ai cessé de culpabiliser. J'ai construit ma vie, et elle était plutôt belle.

– Était ?

Fisher ignora ma question :

– Je ne pensais à Donna qu'une fois toutes les X années, et dans ces moments-là, cela ressemblait juste à une histoire qu'on m'aurait racontée, avec une morale que j'aurais déjà assimilée et qu'il serait donc inutile de me rappeler. Et puis, voilà environ un an, j'ai rêvé d'elle.

Il considéra ses mains. Malgré le peu de lumière, je crus voir qu'elles tremblaient.

– J'ai rêvé que je rentrais tôt du boulot et que la maison était vide. Rien d'inquiétant en soi. Les mômes étaient à la maternelle et ma femme avait dû sortir pour faire une course ou prendre le café chez la voisine. Alors, je m'installe à mon bureau, et je me mets au travail. Soudain, j'entends couler de l'eau, mais sans en situer l'origine. Puis je m'aperçois que cela vient d'en haut. C'est très étrange, car je suis seul dans la baraque. Alors je me rends au pied de l'escalier, et là je vois une ombre traverser le couloir de l'étage.

— Tu es monté ?

— Bien sûr. N'oublie pas que c'est un rêve, il n'aurait aucun sens si je ne prenais pas cet escalier. Alors je grimpe les marches, et à toutes jambes, parce que l'ombre... Elle était très basse sur le mur, et j'ai deux gosses en bas âge. Je suis inquiet, j'ai les chocottes. Je me rue à l'étage, donc, persuadé que l'un de mes enfants est en danger. Là-haut, le bruit de l'eau est sensiblement plus fort. Je cours au fond du couloir ; la salle de bains est fermée. Je m'acharne sur la poignée, mais pas moyen d'ouvrir. Je sais pourtant qu'il n'y a plus de verrou, on l'a démonté quand les gamins sont devenus assez grands pour s'enfermer. Je commence à donner des coups de pied, puis j'entends autre chose à l'intérieur – pas vraiment des mots, mais des sons qui évoquent la peur, et je sais qu'il s'agit d'un de mes gosses. Alors ni une ni deux, je recule d'un pas et j'envoie mon épaule dans la porte, qui soudain n'offre plus aucune résistance, et je déboule dans la salle de bains en manquant de me casser la gueule.

« Il n'y a personne. Pas de flotte dans la baignoire. Rien n'a bougé dans la pièce. La collection de shampoings de ma femme, les bouquins au-dessus de la cuvette, la baleine en plastique vert remplie de jouets de bain... tout est à sa place. Puis j'entends un petit *clic*.

« En regagnant le couloir, je vois que l'une des portes est entrouverte, de quelques centimètres à peine. Je tends la main vers la poignée, mais soudain je n'ai plus envie de l'ouvrir. C'est la chambre de ma fille ; par l'entrebâillement, je vois une bande de moquette et un bout de mur. Une ombre s'y projette, mais trop grande pour être celle d'un enfant, et je perçois un bruissement dans le lit à barreaux, comme si quelqu'un venait de s'y installer, et pour une raison qui m'échappe je sais que cette personne est nue et qu'elle m'attend – mais c'est quand je commence à ouvrir la porte que je devine qu'il s'agit de

Donna. (Gary s'interrompit brusquement.) Et il est déjà trop tard.

— Trop tard pour quoi ?

Gary secoua la tête, soit que ce fût évident, soit qu'il ne pût l'exprimer.

— Depuis cette nuit-là, elle n'arrête pas de me hanter. Je refais ce rêve tous les quinze jours, minimum. Chaque fois la porte s'ouvre un peu plus grand, juste avant que je me réveille. Et je sais que le jour où je verrai le visage de Donna, là je ne me réveillerai pas. Que j'entrerai dans la chambre, qu'elle m'attendra en souriant, que la porte se refermera et que je ne ressortirai jamais.

Que pouvais-je répondre à ça ?

— On vieillit, hasardai-je. Le présent est confus et déroutant, alors tu te réfugies dans une période où tout semblait plus simple, même si ce n'était pas le cas.

Il émit un rire sec.

— Le geste de Donna n'avait rien de simple, Jack.

— Je sais, mais...

— Il y a autre chose. Ce rêve revenait sans cesse, et du coup j'étais claqué, je n'arrivais plus à me concentrer au bureau...

— Tu en as parlé à quelqu'un ?

— Pas vraiment. Ma femme ne connaît pas cet épisode de ma vie. C'était déjà de l'histoire ancienne lorsqu'on s'est rencontrés. Et puis... tu sais, quand il y a un truc qui t'obsède et que tu te confies à une personne qui ne comprend pas – qui ne conçoit pas que cela puisse te miner à ce point –, eh bien tu t'en veux d'avoir déballé ton secret. Alors...

Il se tut de plus belle. Une voiture de police fila dans la rue, sirène hurlante. J'imaginai le dealer et ses clients s'égailler comme des souris, pour revenir au bout de quelques minutes.

— Mais bon, conclut Gary. Tu te souviens bien de Donna ?

— Un peu. Je la connaissais vaguement. Elle n'était pas vilaine, et puis... elle est morte, quoi.

Il hocha la tête.

— Tout le temps de ma thérapie, à la fac, j'étais à peine capable de me rappeler son visage. Mais depuis que ces rêves ont commencé, je la revois comme si je l'avais devant moi.

— C'est parce que...

— Ferme-la un peu, Jack. Laisse-moi parler. Un samedi soir, j'étais au parc avec Bethany, ma fille. Elle vient d'avoir deux ans. Je la poussais sur un tricycle avec un long manche à l'arrière. J'étais crevé à cause du boulot et de mes insomnies, le ciel était couvert et il allait pleuvoir d'un instant à l'autre, et pour tout te dire j'en avais ma claque. Alors, je lui ai annoncé qu'il était l'heure de rentrer. À ces mots elle s'est retournée vers moi, et c'est là que je l'ai vue.

— Vu quoi ?

— Comment te décrire ça ? Elle était furax, parce qu'elle voulait continuer la promenade, mais il y avait autre chose dans ses yeux. Ils m'envoyaient autre chose.

— Je ne saisis pas bien.

Il haussa les épaules.

— Les jours suivants... Certes, les mômes changent de semaine en semaine, et même de jour en jour. Tu le sais comme moi, et Bethany est en plein dans cet âge-là. Seulement...

— Seulement quoi, Gary ?

— Quelques semaines plus tard, on prenait le petit déj tous les quatre, le bazar habituel, quand je vois ma femme se pencher sur le visage de Bethany. « Comment elle s'est fait ça ? » demande-t-elle. Comme je ne vois pas de quoi elle parle, elle me montre l'œil de Bethany, et j'avise une petite marque sur le côté, comme une petite cicatrice en forme de lune. Je réponds à ma femme que je n'en sais rien, que cela ne s'est pas produit sous ma surveillance. « Mais ni sous la mienne », rétorque Megan, et le ton commence à monter. Pendant tout ce temps, Bethany me dévisage, et je retrouve ce... cette expression dans ses yeux, et soudain je sais que j'ai déjà vu cette marque quelque part ! J'étais tellement sous le choc que je n'ai pas pu rester à table. Il a fallu que je me lève sur-le-champ. J'ai quitté la maison sous le regard noir de ma femme, et c'est sur la route du bureau que j'ai enfin compris. Je repensais à ces rêves qui me poursuivaient depuis des mois, et je me disais qu'ils avaient sans doute une finalité. Qu'ils essayaient de me signifier quelque chose. Puis boum ! la révélation. Une révélation si violente que j'ai dû m'arrêter sur le bas-côté. Je savais où j'avais vu cette cicatrice auparavant. Sur un autre visage, dans mes rêves. Sur le visage de Donna.

Je n'en croyais pas mes oreilles.

— Dis-moi que tu plaisantes...

— Bien sûr que je plaisante. Mais quand tu étais flic tu as dû en connaître, de ces moments où tout à coup tu te dis : « Ouais, voilà ce qui s'est passé », ou « Ouais, c'est lui qui a fait le coup », alors qu'une partie de toi-même l'avait déjà deviné depuis des jours, sinon des semaines. Subitement, tout s'emboîte, et tu sais que tu as raison.

— Oui, je connais ce sentiment. Parfois cela signifie juste qu'on est à côté de la plaque, qu'on est le seul à voir du sens là où il n'y en a pas.

Mais Fisher n'écoutait plus.

— L'espace d'une seconde, murmura-t-il, je me suis même demandé si elle n'était pas revenue. Donna. Pour enfin partager ma vie.

Je restai là, à le fixer sans un mot.

— Je sais que ça paraît absurde. Débile, même. Mais pourquoi ces rêves, Jack ?

— Eh bien parce que... Vous aviez couché ensemble, Donna et toi ?

— Je savais à peine qu'elle existait ! C'est d'ailleurs pour ça que je me sentais si mal, de me dire qu'une fille avait éprouvé des sentiments aussi intenses pour moi, alors que j'avais à peine remarqué sa présence sur la planète Terre.

— Voilà ce que je pense, Gary. Donna est morte et enterrée, sauf dans ta tête. Tu persistes à te croire responsable de ce drame, mais la vérité, c'est qu'on n'a jamais aucune prise sur les autres. Chaque individu avance masqué, en définitive. Il y a la personne que tu connais et celle que tu ne connais pas : celle qui était là avant votre rencontre, qui fait des choses quand tu n'es pas là et qui continue d'en faire une fois que tu es reparti. La personne que tu connais devient presque une extension de ton propre esprit, un prolongement de toi-même. En d'autres termes, la vraie personnalité d'un être, c'est celle qu'on ne connaît pas.

— Oui, répondit Gary. Oui, je suis assez d'accord.

Michael Marshall

Je hochai la tête, pinçai mes lèvres tel un jeune sage de dix-huit ans, et pendant de longues minutes ce fut comme si les murs s'étaient dissous et que nous étions assis au bord d'une piste d'athlé déserte – comme si nos amis nous avaient abandonnés pour passer à autre chose, et que Gary et moi allions rester ici jusqu'à la fin des temps.

Après cela nous avons dû parler encore un peu, et j'ai fini par sombrer. Quand le téléphone sonna, ma tête se releva d'un bond. Fisher dormait dans son fauteuil. Sur la table de chevet, les chiffres rouges du réveil indiquaient 3 h 18.
Le bruit venait de mon portable. Je l'extirpai de ma poche.
– Ouais ? marmonnai-je.
– Vous êtes Jack Whalen ?
– Qui est à l'appareil ?
Une petite pause.
– Je m'appelle Bill Anderson.

Chapitre 25

Shepherd finit par rappeler Rose. Il était plus libre que la plupart des êtres, mais il ne fallait pas en abuser. Alors qu'il espérait s'en tirer d'un simple coup de fil, elle insista pour le voir. Il refusa néanmoins de la retrouver dans la vieille ville, près de Pioneer Square. L'air y était trop dense, l'endroit paraissait bondé, même quand il n'y avait pas un chat.

Il arriva tôt. À Victor Steinbrueck Park, au nord du marché aux poissons, au bout de ce qui formait jadis un promontoire sur la baie. Des sans-abri dormaient ou végétaient sur les pelouses ; d'autres poivrots et camés avaient investi deux tables de pique-nique. Shepherd savait toutefois qu'ils n'étaient pas les seuls présents. Cette sensation était moins vive ici qu'au Square, mais quel que soit le lieu, elle se renforçait toujours la nuit. Ces temps-ci, il l'éprouvait partout. Il s'assit à une table de la zone pavée bordant le parc, d'où l'on voyait l'Alaskan Way et le viaduc routier, juste avant les eaux d'Elliott Bay. Par temps clair, le panorama courait de la bouche du Puget Sound jusqu'au mont Rainier au sud. Mais pour l'heure la vue était noire, nuageuse et morte.

C'était la première fois qu'il s'asseyait depuis son arrivée dans cette ville. Il avait passé la journée à marcher, d'abord dans une rue pavillonnaire de Queen Anne District, puis vers un hôtel chic du centre. Il avait quadrillé le secteur central et le quartier international, sans oublier Broadway.

Mais il ne l'avait pas trouvée.

Rose apparut avec une heure de retard. Une femme de taille moyenne, seule dans un parc, la nuit... Mais les marginaux se contentèrent de la regarder. Les exclus savent mieux que les inclus reconnaître les gens à éviter. L'évolution existe aussi chez les laissés-pour-compte : la sélection naturelle opérant à travers la violence et la drogue, ils sentent des choses qui échappent aux autres.

Rose prit place de l'autre côté de la table, sans sourire ni salutations.

— J'ai dû mal comprendre, lança-t-elle d'emblée. Pour moi, le principe, c'était que tu répondes à mes messages sans délai. Pas que tu m'évites pendant trois semaines.

— J'étais très occupé, expliqua-t-il. À faire ce que tu m'avais demandé.

— Et donc... ?

Shepherd avisa de nouvelles têtes derrière quelques tables du parc, des hommes et des femmes isolés, en tenue passe-partout. Un rouquin aux cheveux courts se tenait planté à trente mètres. Tous regardaient ailleurs, et Shepherd n'en reconnut aucun. Mais il savait qui ils étaient. Des personnes comme lui, dont la vie tenait dans une valise. Il s'étonnait malgré tout que Rose ait requis cette protection.

À supposer qu'ils soient là pour ça.

Shepherd croisa les bras, pour laisser sa main droite glisser dans son manteau, au niveau de son arme.

— La dernière tâche est accomplie, annonça-t-il. C'était d'ailleurs une perte de temps. Qui écoute Oz Turner, franchement ? Mais bon, tous ceux à qui Anderson a parlé de ce machin ont été éliminés. J'ai détruit toutes les notes. Mission accomplie.

— Tu te fous de moi ?

Il haussa les épaules.

— Le bonhomme a disparu. Il est sans doute mort. Alors...

— L'un de tes collègues l'a aperçu, rétorqua Rose. Hier. Il est toujours en ville.

— Si l'un de tes obligés sait où il se trouve, pourquoi il ne s'en occupe pas lui-même ?

— Parce que c'est à toi de le faire. Tu es payé pour ça.

— Je ne suis pas responsable de cette situation, déclara

Shepherd avec calme. J'ai toujours dit que ça ne servait à rien de s'acharner sur Anderson.

— Tiens donc. Tu es pourtant réputé aimer les solutions radicales. C'était le cas quand on s'est connus.

— Ça l'est toujours. Mais par moments, entre le noir et le blanc, il m'arrive de choisir le blanc. Ils n'auraient jamais dû laisser l'un des Neuf traiter le problème dans son coin.

— Les autres n'étaient pas au courant, répondit Rose. Après ce qu'avait fait Joe Cranfield, un coup de balai s'imposait. On m'a chargé de coordonner les efforts, et personne ne te demande ton avis, Shepherd.

— Ne me prends pas de haut. T'étais encore en couches-culottes quand j'ai commencé ce boulot.

— Toutes mes félicitations. Et après ?

— Au bout d'un moment, on commence à réfléchir.

— Ce qui ne t'empêche de faire ce qu'on te demande, n'est-ce pas ? C'est ça, le marché.

Le marché, en effet... Un vent froid souffla de la baie. Shepherd regarda les voitures filer sur le viaduc, des ânes courant après les carottes de leurs propres phares. Dans sa jeunesse, l'un des grands rêves technologiques de l'époque était celui d'autos se conduisant toutes seules, sur des trajectoires prédéfinies. Combien de gens savaient qu'on en était déjà là, et qu'il n'y avait même pas besoin de voiture ?

— Je m'inquiète pour toi, dit Rose. Tout va bien ?

— Aucun problème.

— Vraiment ? Tu n'a pas l'air au mieux.

Il ramena son regard vers les yeux gris et perçants de la femme.

— Je vais bien, Rose.

— J'imagine, oui. Ce serait tellement bête de me le cacher...

— Allez, donne-moi ce que tu as.

Elle lui remit une feuille de papier.

— Pas de dégâts collatéraux, cette fois. En d'autres termes, évite de merder.

Relevant les yeux, il fut satisfait de voir Rose reculer un peu. Il nota aussi que les hommes et les femmes alentour avaient quitté leurs tables, prêts à venir la défendre. Il se demanda jusqu'où l'étoile de Rose avait grimpé.

— Sois tranquille, répondit-il.

Les autres se dispersèrent, laissant seuls Shepherd et Rose. Ils gravirent ensemble la côte du parc, dépassant les totems filiformes plantés jadis par des individus pleins de civisme qui ignoraient – ou ne voulaient pas savoir – que les Indiens n'avaient jamais sculpté de telles œuvres avant l'arrivée de l'homme blanc et de ses outils métalliques, et qui avaient jugé convenable de planter dans toute la ville – y compris à Pioneer Square – des totems dérobés dans des villages distants de centaines de kilomètres.

À l'approche de Western Avenue, qui marquait la limite du parc, Shepherd s'arrêta. C'était le moment d'en venir au fait.

— Il y a un autre problème, lâcha-t-il tout à trac. Un problème potentiel. Une fillette a disparu dans l'Oregon.

— Et alors ?

— Je pense qu'elle est des vôtres.

— Qu'est-ce qui te fait croire ça ?

— Je l'ai pistée, et on a eu un petit échange. Elle est extrêmement perturbée. Ça pourrait devenir dangereux si elle parlait à quelqu'un. Elle a réussi à m'échapper.

— Bravo.

— C'était un lieu public.

Rose leva un sourcil.

— Une vulgaire gosse fait une fugue, et toi tu cries au loup ?

— Je suis dans le métier depuis longtemps, Rose. Ça se passe comme ça, parfois. Des souvenirs remontent et les événements se déclenchent trop tôt. Une enfant grandit dans une famille saine, elle mène une vie normale, aucun antécédent – puis un beau matin elle se taille. Ça arrive aussi aux adultes. Ils disparaissent de la surface de la terre. On en conclut qu'ils ont été tués, accidentellement ou non, ou qu'ils ont traversé deux États après avoir fumé du crack. Pourtant, ce n'est pas toujours le cas. Il leur arrive de réapparaître ailleurs. Mais vivants. Et ils se sentent transformés.

Rose cogita quelques instants.

Les Intrus

— Et donc... ?
— Je pense qu'elle est à Seattle. Ou qu'elle y sera sous peu.
Rose poussa un juron. S'il y avait une chose à éviter, c'était du grabuge dans cette ville. Surtout en ce moment.
— Quand tu dis « trop tôt »... Elle a quel âge ?
— Neuf ans.
— *Neuf ans ?* (Elle le dévisagea.) Tu ne serais pas en train de me cacher des choses, Shepherd ?
— Moi ? se récria-t-il en soutenant son regard, ce qui n'était pas facile. Je ne fais que mon devoir, Rose.
— Alors tue-la, commanda-t-elle avant de tourner les talons.
La regardant s'éloigner, Shepherd esquissa un sourire.

Chapitre 26

— Il ne viendra pas.
— Eh bien il ne viendra pas, répondis-je.
Fisher secoua la tête puis ramena son regard vers la vitre. Ma montre indiquait un peu plus de 8 heures. Nous étions chez Byron, sur Pike Place, dans un bouge auquel on accédait par le marché couvert, au milieu de grand costauds qui beuglaient devant des caisses de poissons. Cette salle sombre, poussiéreuse et basse de plafond n'avait toujours pas réussi à choisir sa dominante : petits déjeuners gras ou cocktails bien corsés – certains clients semblaient d'ailleurs confrontés au même dilemme. Au centre de l'espace, les fourneaux burinés et crasseux étaient cernés de tabourets sur lesquels des hommes burinés et crasseux engloutissaient l'une ou l'autre spécialité, parfois les deux en même temps. D'aucuns portaient la blouse tachée de ceux qui avaient déjà passé des heures à soulever des fruits de mer et de la glace, quand d'autres étaient en costume, parés pour le bureau – ceux qui faisaient semblant d'avoir échoué ici par hasard puis d'avoir trouvé dans leur main une bière tout aussi fortuite. Un mur vitré donnait sur la baie. La plupart des tables étaient occupées par des familles de touristes repliées sur elles-mêmes, les patriarches compulsant leurs guides d'un air trahi et bileux.
Je buvais des litres de café noir, cependant que Fisher testait le petit déjeuner. De son propre aveu, il n'avait plus l'habitude de boire, et ses mouvements laborieux de ce matin prouvaient qu'il manquait d'entraînement – non pas que je fusse moi-

même frais comme un gardon. Quand la serveuse vint me proposer un rab de café, je répondis oui, avant d'abandonner Fisher à sa nourriture figée pour aller fumer dehors.

Le coup de fil d'Anderson avait été des plus brefs. Il refusait de dire où il était. Refusait de nous rejoindre à l'hôtel de Fisher. Refusait qu'on l'approche. Il nous avait donné rendez-vous au Byron, sans doute parce que c'était un lieu plein de passage. J'avais dit banco car je connaissais l'endroit, pour y avoir soigné ma migraine le matin de mon réveil à Occidental Park – juste avant d'aller au commissariat signaler la disparition d'Amy.

Écrasant ma cigarette sur les pavés, je fixai d'un œil trouble la foule environnante. Touristes, marchands, adultes, enfants. Qui vendaient, achetaient, furetaient. En parlant, en criant, en se taisant. Tous occupés à des activités normales et pourtant étranges à contempler. Peut-être était-ce dû à ma gueule de bois.

Pour tuer quelques minutes supplémentaires, je traversai l'allée jusqu'au distributeur d'argent. Le temps qu'il crache les billets, je me frottai les yeux. J'avais besoin de me remettre les idées en place. Je me sentais vidé, brisé, et bien trop fatigué.

Vingt minutes et une demi-cafetière plus tard, je repérai quelque chose.

– O.K., dis-je à Fisher. Je crois qu'on y est.

Il releva les yeux. La porte était maintenue ouverte, ce qui permettait de voir et d'entendre les badauds. Il y avait parfois quelques trous dans le défilé des silhouettes, et par l'un d'eux j'apercevais un homme posté à une trentaine de mètres de distance, non loin de l'endroit où j'avais fumé ma tige. Il disparut quelques instants puis reparut un peu plus près. De taille moyenne, mince. Ses pommettes étaient grises et quelque peu distendues, mais dans l'ensemble il ne détonnait guère dans cette foule, n'eût été son regard. Soit il s'apprêtait à renverser le gouvernement américain, soit il se tenait au bord d'un précipice que lui seul pouvait voir.

– C'est lui, déclara Fisher. Enfin, je crois. Il a maigri par rapport à la photo.

Je croisai le regard du type et lui fis un bref signe de tête. Puis je me carrai sur la banquette et invitai Fisher à m'imiter, pour montrer à Anderson que nous n'étions que deux, que nos mains étaient vides et posées en évidence sur la table, et que nous avions une chaise de libre. Puis je considérai mon café.

Deux minutes plus tard, il s'assit devant nous.

De près, ses yeux brillaient d'une peur terrible. Je poussai ma tasse vers lui. Il la saisit, but une gorgée.

– Ça va ?

Son visage tressaillit. Fallait-il y voir un sourire ? Dans sa position, Dieu sait comment j'aurais réagi. C'était une question idiote. Mais il faut parfois les poser.

– Je suis Jack, et voici Gary. Je tiens à préciser d'emblée que ni Gary ni moi ne vous croyons coupable des faits qui vous sont reprochés. Je me suis rendu chez vous, Bill, et j'y ai vu l'œuvre d'un intrus.

– Je ne peux pas y penser pour l'instant.

Il parlait d'une voix rauque, comme s'il avait la grippe.

– Bien sûr, répondis-je.

Ne pas penser au meurtre de sa femme et de son fils me semblait un choix avisé. Des psychologues m'auraient sans doute opposé un avis contraire, mais eux avaient encore un toit et une famille.

– Vous dormez où ? demandai-je.

– À gauche, à droite. Je bouge sans arrêt.

– Et vous avez de l'argent ?

– J'avais un peu moins de cinquante dollars sur moi. J'ai acheté une brosse à dents, du savon. De quoi me changer. Et de la bouffe.

J'avançai ma main sur la table, en laissant entrevoir mes billets pliés en huit. Le visage de Bill faillit se décomposer.

– Non, fit-il en secouant la tête.

– Ce n'est qu'un prêt. Je tiens à les récupérer.

Après deux secondes d'hésitation, sa paume prit la place de la mienne avant de revenir vers sa poche, éliminant toute trace de fric de la table.

– Vous voulez manger un morceau ?

Il secoua la tête de plus belle.

– Café, plutôt.

Je fis signe à le serveuse, et plus rien ne fut dit jusqu'à

l'arrivée de la commande. Anderson avait besoin de prendre son temps.

Puis Fisher ouvrit le bal :

– Que s'est-il passé, Bill ?

– Comment voulez-vous que je le sache ?

– Pourquoi vous êtes-vous enfui ?

– Parce que j'avais peur.

– Vous n'aviez pas envie d'entrer dans la maison pour savoir s'ils allaient bien ?

– J'aurais détalé de toute façon. Je savais que les voisins feraient le maximum. Que les flics étaient en route. Et que ça n'avait rien d'un accident, pas vrai ?

Anderson pleurait. Mais son visage et sa posture demeuraient inchangés, à se demander s'il avait conscience de mouiller ses joues. Il reposa sa tasse d'une main tremblante.

– J'aurais quand même dû entrer, conclut-il.

À vrai dire, oui, il aurait dû – en se retenant toutefois de toucher sa femme et son fils, pour ne pas se compromettre avec ses propres empreintes. Mais il n'avait pas besoin d'entendre ça.

– C'est un sentiment normal, Bill, mais on ne peut pas revenir sur le passé. Ils étaient morts avant que vous n'ayez atteint la rue. Vous n'auriez rien pu faire, à part vous jeter dans la gueule du loup – soit de la police, soit du tueur. J'espère que vous en êtes conscient. C'est important de garder ça en tête.

Anderson ne répondit rien. Derrière le comptoir, le gril cracha une flamme lors d'un retournement de steaks hachés. Deux gosses au fond de la salle se chamaillaient pour je ne sais quel motif, avec une telle animosité qu'ils risquaient presque de s'en souvenir le lendemain.

– Bill, reprit Fisher, je sais que c'est dur, mais...

– Ah bon, vous savez ? (Il se détourna, un mouvement brusque et peut-être définitif.) Vous n'avez pas la moindre idée de... ?

Mais sa tête retomba. Il n'allait pas finir sa phrase.

Fisher grimaça. Je laissai monter un silence, afin qu'Anderson puisse ruminer son idée jusqu'à ce qu'elle s'évapore.

Après quoi, je lâchai :
— Mon père a été assassiné.
Cela faisait drôle d'énoncer cette vérité qui stagnait au fond de mon crâne comme une coloration quasi-permanente, et depuis si longtemps qu'elle me semblait de notoriété publique. Drôle, et un peu calculé. Mais si quelqu'un avait le droit de s'en servir, c'était bien moi.
Fisher m'observa.
— Je n'étais pas au courant...
— Normal. C'est arrivé deux ans après le lycée. Quand j'étais en fac.
— Et qui l'a tué ?
— On ne l'a jamais su, répondis-je tout en voyant qu'Anderson me regardait à nouveau. J'étais sur mon campus et ma mère passait la nuit chez sa sœur. Des gens se sont introduits dans la maison. Mon père est descendu et ils sont tombés nez à nez. Mon vieux n'était pas le genre à se laisser faire en pareille circonstance. Alors ils l'ont tué – délibérément, accidentellement, on n'en sait rien –, puis ils ont volé ce qu'il y avait à voler. Un vieux téléviseur, un magnétoscope, une poignée de bijoux, et environ quatre-vingts dollars en liquide.

« Je ne mets pas un signe égal entre mon deuil et le vôtre, Bill. C'est juste pour dire que je ne peux pas faire revenir mon père, et que vous ne pouvez pas faire revenir votre famille. Des gens ont envahi un espace qui n'était pas le leur et ils nous ont enlevé nos proches. Ils n'avaient aucun droit pour agir ainsi. Mais maintenant, la seule question, c'est de savoir ce qu'on fait.
— Et que voulez-vous que je fasse ? Les flics pensent que c'est moi le meurtrier.
— Dans ce cas, donnez-nous des éléments à même d'infléchir leur point de vue. Expliquez-nous par exemple cette histoire de chèque de deux cent cinquante millions.
Il ouvrit des yeux ronds.
— Mais d'où vous tenez ça ?
D'un signe de tête je passai le témoin à Fisher. J'avais envie d'une clope. Parler à Anderson m'accablait de tristesse, et j'étais pressé d'en finir.

— Je travaille sur la succession de Joseph Cranfield, expliqua Fisher. Je suis avocat. Vous faites partie d'un nombre très restreint de légataires individuels, et je n'ai pu m'empêcher de remarquer que ce chèque n'avait jamais été débité. Pourquoi ?

— Je ne connais ce type ni d'Ève ni d'Adam, expliqua Anderson. Jamais entendu son nom. Puis un matin je reçois ce chèque absurde. Accompagné d'une lettre.

— Je sais, dit Fisher. C'est moi qui l'ai écrite.

— Ah oui ? Eh bien vous savez où vous pouvez vous la mettre ?

— Pardon ?

— Ça rime à quoi, d'envoyer tout ce fric en posant de telles conditions ?

— Comment ça ? Quelles conditions ?

— Vous le savez bien, puisque vous les avez rédigées !

— La lettre que j'ai écrite disait simplement : « Voici l'argent, amusez-vous bien. » Puis je mentionnais l'origine des fonds, et c'est tout. Le testament ne stipulait aucune espèce de condition...

Anderson le dévisageait. Il refusait de le croire, et j'eus moi-même un doute, mais le visage de Fisher était bien trop perplexe.

— Que disait la lettre que vous avez reçue ? demandai-je.

Les joues de Fisher avaient repris quelques couleurs, deux touches blêmes sur un fond gris.

— Il était écrit que ce Cranfield me léguait cette somme à condition que je renonce à mes recherches. Si j'y mettais un terme, ce fric était à moi. Mais si je l'encaissais tout en poursuivant mon travail, il y aurait des conséquences. Et entre les lignes, on me conseillait vivement d'accepter ce don.

— De quel travail parle-t-on ? De votre boulot de prof ?

— Non, répondit Anderson d'un air cachottier. Un projet confidentiel.

— Confidentiel ? répéta Fisher. Vis-à-vis de qui ?

— De tout le monde.

Je revis en esprit son atelier après le drame.

— Alors comment Cranfield était-il au courant ? demandai-je.

— Aucune idée. J'étais en contact avec deux personnes sur

Internet. Quelques discussions à mots couverts. L'info n'a pu lui parvenir que par ce biais.

— Et vous avez décidé de ne pas prendre l'argent ?

— Exact.

— L'avez-vous dit à quelqu'un ?

— Non. Je n'ai jamais déposé le chèque, c'est tout.

— Vous l'avez toujours sur vous ?

— Je l'avais laissé à la maison.

Fisher regardait dans le vague. Je devinais pourquoi. Il avait cru gérer la succession Cranfield, du moins sa phase finale. Sauf que d'autres avaient remplacé la lettre adressée à Anderson, puis surveillé le compte émetteur du chèque : c'était pour eux le seul moyen d'apprendre qu'Anderson refusait d'être acheté – une décision qui lui valut une funeste visite trois semaines plus tard.

— Comment ont-ils fait ? lançai-je à Fisher. Pour changer la lettre d'accompagnement ?

— Elle faisait partie d'un lot de documents qui a transité par le cabinet de Burnell & Lytton. Ça doit venir de chez eux.

Je me tournai vers Anderson :

— Vous avez tout perdu dans l'incendie ? Concernant ce projet, j'entends.

— J'étais sorti sans mes copies de secours. Tout ce qu'il en reste est dans ma tête.

— E de quoi s'agissait-il ? s'enquit Gary. Vous planchiez sur quoi ?

— Je ne peux pas le dire.

— Mais si, s'impatienta Fisher. Je veux en savoir plus.

Peut-être était-ce dû à la lumière du matin, mais notre ami l'avocat avait une drôle de mine. Des pattes-d'oie creusées, une bouche pincée...

— En savoir plus ? relevai-je. Parce que tu en avais déjà entendu parler ?

Fisher détourna les yeux, et je sus qu'il m'avait menti.

— Ce que Gary veut dire, expliquai-je à Anderson, c'est que ça nous aiderait de comprendre ce qui a pu motiver ces crimes. Si on veut amener les flics à reconsidérer l'affaire, on a besoin d'arguments.

— Et qu'est-ce qui me prouve que vous n'êtes pas l'un d'eux ? Ou que *lui* n'en est pas ?

— Rien, répondis-je. Aucun de nous ne possède de badge « cent pour cent gentil ». Pour ça, vous devrez attendre d'être monté au ciel.

— Je veux bien vous le dire à vous, dit-il en me regardant.

Le sous-entendu était clair. Je me tournai gaiement vers Fisher.

— Dis, Gary, tu ne voudrais pas rapporter un peu de café pour Bill ? Et pour moi aussi, tant que t'y es ?

— Comme il vous plaira, répondit-il sans se démonter.

Il se leva avec raideur et s'éloigna vers le comptoir. Anderson scruta la salle pour la centième fois, en dardant ses yeux dans tous les coins.

— Un petit conseil, Bill. Arrêtez d'observer les lieux sans arrêt. Pour être invisible, il faut donner l'image d'un type qui va du point A vers le point B en ayant le droit de franchir toutes les étapes intermédiaires. Si un flic vous repère en train de surveiller votre ombre, il va vous contrôler, par simple acquit de conscience.

— Et qu'est-ce que vous en savez ?

— J'ai fait partie de la maison.

— *Vous êtes flic ?*

— Il faut écouter tous les mots, Bill. *J'ai été* flic. Mais je ne le suis plus. Je ne suis pas nécessairement de leur côté, tout comme je sais que ce sont pas tous des connards. Vous seriez premier suspect dans n'importe quelle ville des États-Unis, croyez-moi. Les flics apprennent à traiter les affaires selon des schémas-types fondés sur l'expérience. Ça leur fait gagner du temps, et ça peut leur sauver la vie. Cette méthode ne joue pas en votre faveur, mais cela ne signifie pas que la police soit l'axe du mal. Le mieux que vous puissiez espérer, dans l'immédiat, c'est de créer les conditions qui vous permettent d'aller les voir plutôt que de rester planqué.

Anderson secoua la tête.

— Mais comment voulez-vous que... ?

— Dites-moi de quoi il retourne. J'ai bien compris que c'était confidentiel. Que même Peter Chen était tenu à l'écart. Ce ne sont pas mes oignons, et au fond ça m'intéresse assez peu. Mais vous n'avez pas trente-six mille solutions, et ce secret a déjà fait des morts.

— Vous n'allez jamais croire ce que je vais vous raconter.

— Certains y croient, à l'évidence. Alors essayez toujours.

Il hésita longuement. Je jetai un œil vers le comptoir pour faire signe à Fisher que les choses s'engageaient bien, mais mon camarade avait disparu. Il devait être aux toilettes, ou sorti respirer un coup. Je le trouvais fort irritable, ce matin, surtout pour quelqu'un qui venait a priori d'atteindre son but.

Lorsque Anderson se jeta à l'eau, je compris que ce n'était pas juste pour obtenir mon aide, mais aussi parce que le silence lui pesait depuis trop longtemps. S'il est faux de dire que nous avons tous un crime à confesser, la plupart d'entre nous éprouvons un jour le besoin de confier une partie de notre histoire, de tomber le masque ne serait-ce qu'un instant.

— Mon domaine, c'est la dynamique des ondes, commença-t-il. Notamment les ondes sonores. À la fac, je m'en tiens à leur étude physique, mais depuis deux ans je m'intéresse à d'autres aspects de la question... aux divers types d'effets que le son produit sur l'homme.

— Du genre ?

Je me demandais déjà en quoi cet exposé allait pouvoir m'intéresser. Anderson sembla le lire sur mon visage :

— On sous-estime le son, déclara-t-il. On fait grand cas de ce que l'on voit, mais on est loin de mesurer toute l'importance du son. On le considère comme faisant partie des meubles. Tout le monde sait qu'on a passé du hard rock sous les fenêtres de Noriega pour le sortir de sa tanière. Certains savent aussi que le FBI a utilisé de la musique lors de l'assaut contre la secte de Waco. Mais bombarder les gens de morceaux désagréables n'est qu'une application parmi tant d'autres. Dans un restau où la musique hurle, on perd le plaisir de manger. On peine à se concentrer sur la nourriture, et parfois on perd jusqu'au goût lui-même. Une partie du cerveau se déconnecte. Ou bien vous entendez un air d'autrefois, et cela vous reporte des années en arrière. Les vieux sentiments remontent, et vous retrouvez les

Les Intrus

odeurs, les saveurs, toutes les données sensorielles de l'époque associée à ces notes. Vous avez sans doute connu ça...

– Sans doute. Oui, ça m'est arrivé.

– Ou alors vous êtes seul, la nuit, dans un endroit peu familier, et soudain vous entendez un bruit. Peu importe que votre œil n'ait rien perçu d'anormal – la vue n'a plus le dessus. Pas besoin de voir quelque chose pour mourir de trouille. La cervelle et le corps comprennent que le son compte bien davantage...

– O.K., interrompis-je.

Je devais le laisser parler, certes, mais je me sentais de plus en plus tendu. Je ne voyais plus Fisher, et cela commençait à faire longuet pour une simple virée aux chiottes.

– Je vous crois sur parole, Bill. C'est vous le scientifique. Mais où voulez-vous en venir ? Sur quoi bossez-vous précisément ?

– Les infrasons, répondit-il. Des sons de très basse fréquence. La plupart des chercheurs s'intéressent au 18 hertz, mais moi je planche sur du 19. Cela produit... des phénomènes particuliers. Les yeux se brouillent, deviennent humides. Vous avez de curieuses sensations dans les oreilles, vous faites de l'hyperventilation, vos muscles se contractent. Le physicien Vladimir Gavreau a même soutenu que les infrasons étaient pour beaucoup dans l'anxiété des populations urbaines. Grosso modo, vous avez l'impression d'avoir peur. Et si vous reproduisez la fréquence de résonance de l'œil humain, qui avoisine ces 19 hertz, vous aurez également l'impression de *voir* de drôles de formes. Jusqu'ici, ce phénomène nous semblait purement physiologique, un simple effet dû aux particularités de l'œil. Mais en fait, non. C'est plus compliqué que ça. Les infrasons produisent sur nous des effets bizarres. Très bizarres. Ils nous permettent d'entrevoir des images invisibles en temps normal.

Je me surpris à balayer la salle du regard, exactement comme j'avais conseillé à Anderson de ne pas le faire. Je ne vis pourtant rien qui pût justifier ce que j'éprouvais – une sensation que je n'aurais même pas su décrire. J'observai la foule par la porte

ouverte. Rien que des gens, marchant dans un sens ou dans l'autre.
— Mais quels effets, Bill ? De quoi parlez-vous exactement ? Qu'avez-vous réalisé ?

Je ramenai mon attention vers lui. Il contemplait ses mains. Quand il rouvrit la bouche, sa voix était plus basse.
— J'ai fabriqué une machine à fantômes.

C'est alors qu'une homme de grande taille fendit la cohue d'un pas vif. Il portait un manteau sombre et ne regardait ni à gauche ni à droite, mais droit vers Anderson.
— Baissez-vous, ordonnai-je.

Anderson cligna des yeux sans comprendre. Je le poussai sur le côté tout en essayant de me relever, mais la table bloqua mes cuisses. Fisher reparut, contournant le comptoir avec deux cafés à la main, à l'instant même où le grand type pénétrait dans la salle et sortait la main de son manteau.

Me libérant de la table, je me jetai sur Anderson pour qu'il se couche enfin :
— *Vous allez vous baisser...*

Mais c'était trop tard. L'homme tira trois fois, trois coups précis assourdis par un silencieux.

Il disparut dans la foule avant même que je constate qu'aucune des balles ne m'avait touché. L'arme avait claqué sans bruit, mais le sang d'Anderson sur la vitre souleva un vent de panique. Quand je me penchai sur son corps pour examiner ses blessures, les cris de la salle et le liquide rouge dans sa gorge m'empêchèrent de saisir ses paroles. Puis sa mâchoire se referma et je sus que c'était fini.

Chapitre 27

– Il est mort.

Je levai les yeux vers Blanchard, debout devant moi. Cela faisait deux heures qu'on avait abattu Anderson, et j'étais assis sur un siège en plastique, dans le couloir d'un hôpital dont j'ignorais le nom. Une poignée de flics grouillait au bout du hall. Deux d'entre eux m'avaient interrogé un peu plus tôt.

– Et ça nous mène où ? demandai-je.

– Aucune idée. Et il n'y a pas de « nous » qui tienne, est-ce bien clair ? Je suis ici parce que l'un des inspecteurs chargés de l'affaire est un ancien coéquipier. Vous-même êtes ici parce qu'on est sympas, et parce que les témoins ont vu votre réaction quand le tueur s'est pointé. Où est votre copain ? Fisher ?

– Il prend l'air dehors.

Blanchard se laissa choir sur le siège voisin.

– Qu'est-ce qui s'est passé, bon sang ? Sérieusement ?

– Je vous ai tout dit. On a contacté Anderson par l'intermédiaire d'un de ses collègues. Et il est venu nous parler.

– Mais pourquoi ? C'est ce point-là qui m'échappe. Pourquoi vous ?

– Peut-être à cause de notre message d'approche, comme quoi lui affirmions ne pas douter de son innocence. On s'est donné rendez-vous dans ce restau, qu'Anderson avait d'ailleurs choisi lui-même. Quant à savoir comment le tueur l'a débusqué, je n'ai aucune réponse à ça.

– Et qu'avez-vous obtenu d'Anderson ?

— Il commençait à peine à se confier quand l'autre a surgi. Il a bien reçu le chèque dont je vous avais parlé, mais il n'en a rien fait car ce don était assorti de conditions inacceptables.

— Lesquelles ?

— Il devait renoncer à un certain projet personnel.

— Quoi donc ?

— On allait y venir quand le ciel nous est tombé sur la tête.

Blanchard me dévisagea. Je haussai les épaules.

— Pensez ce que vous voulez. Je ne faisais que donner un coup de main à Gary. Maintenant qu'Anderson a été buté, c'est terminé. C'est à vous de payer les pots cassés.

— Les pots cassés ?

— Après ce qui vient d'arriver, Anderson n'est plus très crédible comme suspect d'un double homicide, vous ne croyez pas ?

— Rien ne prouve que les deux événements soient liés.

— Non, bien sûr. Je parie qu'ils se disent tous ça, au département. Plutôt que d'admettre qu'ils ont passé un mois à traquer un innocent et qu'ils n'ont pas réussi à le trouver avant qu'un gus sorti de nulle part ne vienne le dessouder.

— Anderson a déconné. Il aurait dû se rendre. Ou prendre contact, tout au moins.

— C'est ce que vous auriez fait à sa place ?

— Oui.

Au fond, je continuais de m'interroger sur l'attitude d'Anderson. Si j'avais refréné Fisher lors de la discussion au Byron, c'était uniquement pour ne pas aggraver le sentiment de culpabilité d'Anderson, ce qui l'aurait empêché de parler. Mais entre sa fuite, ses réponses évasives concernant son travail, et les témoignages de Chen et consorts selon lesquels Bill était à cran depuis plusieurs semaines, tout portait à croire qu'Anderson se sentait en danger avant même cette nuit tragique. La lettre jointe au chèque était lourde de menaces : suffisait-elle à expliquer qu'il se soit enfui à toutes jambes ? Ou la réponse résidait-elle dans la nature même de ses travaux ? À partir de quand avait-il vraiment pris peur ?

— Ouais, dis-je à Blanchard. Moi aussi.

Je me levai. Je n'avais plus rien à faire là.

— J'apprécie la façon dont vous avez traité cette affaire.
— Je vous en prie, répondit l'inspecteur. Mais ne me le faites pas regretter.
— Qu'entendez-vous par là ?
Il baissa les yeux sur ses mains jointes.
— J'en sais un peu plus sur les circonstances de votre départ du L.A.P.D. Et nous ne voulons pas de ça ici.
— Vous n'avez eu qu'une version déformée de l'histoire.
— Des morts d'un côté, vous de l'autre...
— Et alors ? Je suis en prison, aujourd'hui ?
— Non. Mais mon avertissement tient toujours.
— C'est noté.
Je commençai à m'éloigner.
— Jack ! lança-t-il quand j'eus parcouru trois mètres. Vous êtes très impliqué dans l'univers de Fisher ?
Je stoppai, pivotai.
— Absolument pas. Pourquoi ?
— N'y changez rien. Il se trouve que j'ai parlé à un collègue de son cabinet. Vous savez pourquoi il est ici ?
— Il est chargé de régler les derniers détails de la succession.
— Faux. Il a été mis en congé d'office. Pour « raisons personnelles ». Son collègue est resté très discret sur le sujet, mais j'ai cru comprendre que le cabinet souhaitait prendre ses distances avec lui. Si j'étais vous, j'en ferais autant. M'est avis qu'il se passe de drôles de choses dans sa tête et qu'il ne vous en dit pas le quart.
Je repartis, pour de bon cette fois-ci, en accélérant le pas.
Aucune trace de Fisher sur le parking de l'hôpital. Peut-être s'était-il esquivé en voyant arriver les premiers journalistes – un meurtre commis au grand jour s'ébruite toujours très vite. Je l'appelai sur son portable, mais il ne décrocha pas.
Et quand je regagnai son hôtel, le réceptionniste m'apprit qu'il avait rendu sa chambre une demi-heure plus tôt.

Je récupérai ma voiture et pris la direction de l'autoroute. Débouchant sur Pioneer Square, je me garai sur un coup de tête et gagnai le jardin public. Mes mains tremblaient, pour une raison ou pour une autre. À cause d'Anderson. À cause des événements auxquels Blanchard avait fait allusion, concernant mes années à Los Angeles. Je m'attardai sur un banc une vingtaine de minutes, jusqu'à recouvrer mon calme.

Puis je quittai la ville, vers les montagnes de l'est. Le matin était clair et ensoleillé, avec à peine quelques touffes nuageuses pour la décoration. Le trafic était fluide et j'avalais le bitume avec une étonnante facilité, comme si le monde voulait m'exfiltrer d'un coin où j'avais concouru à la mort d'un homme.

À l'approche des Cascades, le temps se rafraîchit et les tons s'atténuèrent, dominés par la rouille des cornouillers, dont les branches ressemblaient par trop à des filets de sang séché. Le ciel se glaçait. Les nuages descendaient pour toucher le sol, se perchaient dans les arbres tels les fantômes de feux de camp passés, écho moite et muet du peuple qui vivait ici jadis, en harmonie avec les bois, l'eau et la terre.

Le Byron allait-il conserver ce type de stigmate, le spectre d'un homme avachi derrière une table dans la lumière rasante du matin ? Ou percevrait-on parfois une silhouette derrière la porte ou les fenêtres de la maison de Broadway – l'empreinte d'un homme cherchant à rentrer chez lui ?

Après sa mort, l'ombre de mon père avait hanté notre pavillon de Barstow. Ma mère avait tenu cinq mois avant de le revendre et de se rapprocher de sa sœur, dont elle n'avait pourtant jamais été folle. Durant cette période je passai trois ou quatre week-ends à la maison, et chaque fois j'eus l'impression qu'elle avait été démontée en mon absence puis reconstruite à l'identique. J'avais sans cesse l'impression de devoir assimiler ce qui s'était passé, en partie à cause de la façon dont j'avais appris la nouvelle.

À l'université, j'avais un prof notoirement progressiste dont l'une des qualités était de recevoir ses étudiants préférés le vendredi soir chez lui – et, au fil de discussions forcément cérébrales, de les laisser accéder au contenu alcoolisé de son frigo. C'est le lendemain d'un de ces TD en roue libre que deux flics avaient frappé à ma porte de cité-U. J'avais le casque, le trouillomètre à zéro – un petit sachet de marijuana traînait au fond de mon tiroir – et leur seule présence me déstabilisait.

On avait retrouvé mon père sur le sol de la cuisine, en pantalon de pyjama. Cette nuit-là, alerté par un bruit, il était descendu jeter un œil – comme on l'attend d'un homme. On l'avait copieusement poignardé avec un couteau de chasse cranté, mais il était mort de plusieurs coups de marteau dans le crâne. Le marteau en question avait été abandonné près du corps. C'était le sien. Il l'avait acheté avec moi, lors d'une promenade un samedi matin, et je l'avais vu s'en servir pour réparer des chaises, retaper la clôture ou accrocher des cadres. Comme je l'avais expliqué à Anderson, les intrus n'avaient pas dérobé grand-chose. L'argent du ménage servait prioritairement à nous assurer une bonne alimentation, à me vêtir correctement et à acheter les livres scolaires dont j'avais besoin. L'essentiel ne peut nous être repris – sauf les pères, manifestement : happés par des inconnus soucieux de financer la biture du soir, l'achat de nouveaux pneus, ou des paris sur un bourrin qui avait perdu d'avance.

À l'évidence, les assassins de Bill Anderson poursuivaient des objectifs moins terre à terre. D'ici quelques jours ce meurtre disparaîtrait des journaux télévisés, mais certainement pas de ma vie. J'avais menti à Blanchard sur ce point. Jusqu'à 8 h 51 ce matin, l'existence d'Anderson ne concernait en rien la mienne, mais maintenant, si. Un lien intime se noue lorsque vous trempez vos doigts dans le sang d'un autre, que vous voyez ses yeux mesurer le peu qu'ils percevront encore du monde. L'âme d'Anderson venait d'être clouée à la mienne, ce qui signifiait que la succession Cranfield et l'immeuble de Belltown me défiaient personnellement, indépendamment même de leur rapport avec ma femme.

Le temps de bifurquer sur la 97 pour m'enfoncer dans les bois en direction de Birch Crossing, je compris que je ne pourrais pas me laver les mains de cette affaire – que ce ne n'était souhaitable ni pour moi ni pour les autres. Le dieu des calamités avait toujours mon adresse, et il la connaîtrait toujours. Même si je ne faisais rien, il viendrait me chercher de toute façon.

Le moment était peut-être venu de l'affronter.

Chapitre 28

Sa seconde nuit dehors avait paru encore plus longue. En quittant les bureaux de l'homme idiot – un épisode déjà brumeux –, Madison avait erré un certain temps. Elle avait acheté à manger dans une supérette, s'était rempli le ventre dans un square, avait lâché quelques sanglots, puis s'était remise en marche, pour sillonner la ville indéfiniment, bien après la fermeture des boutiques, en se cantonnant aux ruelles sombres. Elle se planta quelques instants devant un immeuble muré de planches, et alla même jusqu'à presser l'une de touches de l'interphone. Puis elle sortit les deux clés trouvées au fond de l'enveloppe de billets, mais aucune ne correspondait à la serrure, ce qui la contraria. On lui avait piqué quelque chose, elle en était persuadée. Et cette chose se trouvait ici.

Elle repartit vers le centre d'un pas rageur, longea le Barnes & Noble, dépassa la bibliothèque avec ses étranges formes de verre et de métal, et se laissa entraîner par le versant droit de la colline, à l'oblique de la baie. Elle déambula si longtemps qu'elle eut bientôt l'impression de dormir, et de n'être une petite fille *qu'en rêve*, une petite fille en quête d'une chose cruciale. Le seul problème, c'est qu'on ne lui avait pas précisé la nature de cette chose. Elle arriva dans un secteur où elle eut envie de rester. Il y avait un parc, en face d'un vieux bâtiment qui n'avait rien de spécial hormis le nom « Yesler » sur la façade – un nom qui apparaissait dans le vieux calepin. Pas de gazon dans ce square, seulement des arbres, un espace couvert pour s'asseoir,

Les Intrus

et un totem. Ainsi qu'un petite statue de chef indien qui crachait de l'eau potable.

Elle dut se déplacer souvent, parce qu'il y avait des gens tout autour, des vagabonds qui surgissaient au coin des rues et venaient se planter là quelques instants, sans rien faire, avant de passer leur chemin. Parfois ils en profitaient pour boire à la fontaine. Madison aurait aimé s'éterniser, elle, mais c'était impossible. Quand on est une petite fille, on ne peut pratiquement rien faire. Quelle plaie d'être une petite fille ! Elle ne s'était jamais rendu compte à quel point c'était déprimant.

Bientôt, la fatigue la contraignit à trouver un refuge. Elle grimpa par-dessus un petit mur, trouva une porte dont la moitié inférieure était percée et enfila un corridor qui débouchait dans un grand garage en forme de navire. Le dernier niveau hébergeait une seule voiture, abandonnée pour la nuit. Comme elle, songea Madison.

La portière arrière n'était pas verrouillée.

La fillette grimpa sur la banquette et s'installa confortablement.

Une heure plus tard, elle se réveilla en sursaut. Elle se demanda d'abord où elle était. Puis elle se rappela autre chose. Et de manière très nette.

Elle sortit de sa poche le Post-it et le stylo pour inscrire les quatre chiffres qui flottaient dans son esprit – à toute vitesse, persuadée qu'on allait une fois de plus les lui ôter de la tête. Mais non, cette fois-ci elle réussit à tout noter. Elle recompta les chiffres et sentit son cœur s'emballer. Le numéro semblait complet. Elle l'avait enfin reconstitué !

Elle quitta aussitôt la voiture, traversa la parking et reprit le corridor. De retour dans la rue, elle tourna sur elle-même pour chercher une cabine. N'en apercevant pas, elle s'élança sur le trottoir, consciente que cela risquait d'attirer l'attention, mais tout aussi consciente que les minutes étaient comptées.

Elle cavala et cavala jusqu'à trouver un appareil en état de marche. Elle empoigna le combiné et planta son doigt sur les bonnes touches, puis lâcha un cri de victoire une fois entré le dernier chiffre.

Sautant d'un pied sur l'autre, elle entendit la ligne sonner, puis quelqu'un décrocher, puis une voix d'adulte, et alors elle se mit à parler aussi vite que possible.

Mais un voile noir tomba devant ses yeux, et ses propres paroles lui devinrent inaudibles. Elle lutta, de la même façon qu'elle avait lutté dans le bureau la veille. Elle avait désormais l'impression de lutter en permanence, à chaque instant, contre ce nuage sombre qui s'épaississait autour d'elle, un nuage alimenté par des pensées et des souvenirs incohérents qui l'incitaient à mal se conduire. Elle hurla dans sa tête et poussa de plus en plus fort, pour les tenir à distance.

Puis soudain elle s'éloigna d'un téléphone démoli, laissant voleter au vent les confettis du Post-it. Elle avait mal aux mains, et lorsqu'elle s'aperçut que ses jointures étaient barbouillées de sang, elle fut surprise de constater qu'il s'agissait pour une fois du sien.

Madison fut une nouvelle fois réveillée, par l'ouverture d'une portière.

— Nom de Dieu, lâcha quelqu'un.

Elle se redressa d'un bond. Elle était dans la voiture, et il faisait déjà jour. Elle avait l'impression d'en avoir bien écrasé. Elle se sentait aussi un peu mieux. Un peu moins... perdue.

Un homme se tenait devant le véhicule, les yeux écarquillés. Teint pâle, cheveux châtains. Il ne fixait pas le visage de Madison, mais un point situé plus bas. En baissant les yeux elle s'aperçut qu'elle avait les mains couvertes de sang coagulé. Il y en avait même sur son manteau.

— C'est rien, dit-elle tandis que renaissait la douleur dans ses doigts. Je vais bien. J'ai juste cassé un téléphone.

— Mais qu'est-ce que tu fabriques ici ?

— J'avais besoin d'un endroit où dormir. Vous aviez laissé la portière ouverte. Ne vous inquiétez pas, je n'ai rien volé.

— Mais... Écoute...

L'homme était désemparé. Il portait un costume et une cravate, et il avait le même regard que le père de Maddy lorsqu'il était très occupé et n'arrivait pas à voir plus loin que le bout de son nez. En même temps, il semblait soucieux de bien agir.

— C'est bon, dit-elle d'une voix apaisante. Je vais bien. Sincèrement.

— Il faut que... Je vais t'emmener au commissariat le plus proche. Allez, viens.

— Ce ne sera pas nécessaire, répondit-elle en sortant de la voiture.

Elle lui décocha un grand sourire.

— Si, je crois que c'est nécessaire. Je ne peux pas juste...

Elle secoua la tête.

— Quelle heure est-il, mon ami ?

— Quoi ? Il est presque midi, mais...

— Parfait. Merci pour tout. Je promets de dire le plus grand bien de vos installations.

Elle lui tendit sa main droite. Perplexe, l'homme lui offrit une paume molle, qu'elle serra énergiquement avant de prendre congé. Comme elle s'engouffrait dans l'escalier, elle jeta un œil par-dessus son épaule. Le type restait figé, les yeux rivés sur sa main. Madison savait qu'il lui ficherait la paix. Elle avait compris combien il était simple de manipuler les adultes : il suffisait de savoir que la plupart avaient peur de vous. Certes, les mamans et les papas étaient plutôt à l'aise avec leurs enfants, mais ils regardaient toujours les gosses des autres avec méfiance, comme des êtres sauvages et incontrôlables. Ce qu'ils étaient parfois, du reste. Les petites filles possédaient un pouvoir et une lumière bien à elles – une aura qui échappait à la plupart des adultes, mais ceux qui la décelaient voulaient aussitôt s'y frotter. Ils se mettaient à rechercher la compagnie des fillettes, afin de mieux les connaître, puis de les connaître mieux encore. Voilà ce qu'espérait le conducteur de la voiture jaune à Portland, même s'il s'y était pris comme un amateur. Il ignorait que l'on pouvait non seulement trouver l'étincelle, mais aussi l'entretenir. Si ç'avait été à refaire, elle lui aurait parlé convenablement, en lui enseignant ce qu'elle savait.

Émergeant dans la rue, Madison retourna dans le square au totem. Des tas de choses s'éclaircissaient dans son esprit, même certains passages du carnet jusque-là incompréhensibles.

Michael Marshall

Les sept âges de l'homme ?

Bien sûr que non. Comme toujours, il y en a neuf.

À 9 ans, nous sommes enracinés, en sécurité là-haut ou ici-bas. À 18, nous pouvons commencer à tirer les ficelles. À 27, nous nous maîtrisons assez pour faire preuve de constance. À 36, l'âge adulte, la vraie dominance commence. À 45, faute d'intégration, le point critique. À 54, l'âge du pouvoir. À 63, la sagesse. À 72, nous recommençons à chercher. À 81, l'heure de s'en aller : nous ne mourons pas comme les autres, et donc c'est à nous-mêmes d'organiser notre départ. Maintenant, additionne les chiffres qui composent chacun de ces âges, 3 + 6, 7 + 2..., et tu obtiendras toujours 9. C'était camouflé dans le décor, caché au grand jour. Le triangle fait 180º (1 + 8 + 0 = 9) ; le cercle et le carré 360º (3 + 6 + 0 = 9) – toutes les figures géométriques de base ont une racine numérique de 9. Même 666 – dois-je te préciser, à ce stade, qu'il faut additionner ces trois chiffres, puis additionner à nouveau les deux obtenus ?

Cela n'a rien d'un hasard. Nos mathématiques ont été conçues pour honorer le pouvoir du 9. Et donc le pouvoir des Neuf. Mais avec le temps les Neuf sont devenus faibles, ils ont versé dans la spiritualité, en sont même venus à gober leurs propres mensonges étriqués. Se sont mis à croire que notre pouvoir devait être contenu, que nous devions entrer dans la vie sous la forme de nouveau-nés – nous cacher au grand jour, comme des arbres au milieu d'une forêt.

Mais les forêts ont toutes été rasées.

Je refuse de tomber avec elles. Aristote n'a-t-il pas dit : « Les faibles veulent la justice et l'égalité ; les forts ne se soucient ni de l'une ni de l'autre » ? Qu'advient-il de ceux qui ne partagent pas les croyances des Neuf ? De ceux qui osent les contredire ? Ah ! au-dessus de ces âmes, les vrais libres se transformeraient en dieux, pour nous juger de là-haut.

Saint Thomas d'Aquin dit que l'on connaît une âme à ses actes.

Puisses-tu me connaître par les miens.

Et Lichtenberg dit que nous pensons êtres libres de nos

actes, de la même façon qu'en rêvant nous trouvons tel endroit familier, quand bien même nous le voyons pour la toute première fois.

Je suis ce que tu rêves.
Je surveille tes arrières, toujours.
Je suis ce qui guide ta main.

En pénétrant dans le square, Madison surprit son reflet dans une devanture et fut frappée par sa petite taille. Elle se mira un long moment, en se remémorant le jour où sa mère lui avait acheté ce manteau chez Nordstrom, près de Courthouse Square à Portland. Elle se rappelait l'instant où elles l'avaient repéré en vitrine, en sachant l'une et l'autre qu'elles ressentaient le même coup de foudre, que cet article était vraiment très cher mais qu'elles souhaitaient quand même l'accueillir dans leur vie. Madison n'avait rien dit, consciente qu'il fallait laisser l'initiative à sa mère : un cadeau spontané et hors de prix la conforterait dans le sentiment d'être une maman géniale, alors qu'accéder à une demande – aussi polie et douce fût-elle – paraîtrait moins glorieux. Madison ignorait d'où elle tenait ça, mais le fait est qu'elle le savait.

Elles avaient poursuivi leur séance de lèche-vitrines, pour regarder les autres boutiques – ou du moins faire semblant –, mais Maddy avait déjà compris qu'il suffisait de rester calme et gentille pour que sa maman la ramène chez Nordstrom dans l'heure.

Et ça n'avait pas loupé.

Ce jour-là, Madison avait obtenu ce qu'elle voulait – et ce n'était pas la première fois. Elle s'apercevait aujourd'hui qu'une part d'elle-même avait toujours su dominer les autres, les soumettre insidieusement à sa volonté. Déjà, à cette époque, elle avait reçu l'appui de quelqu'un.

Il était en elle depuis toujours.

Le square ne manquait pas de charme, mais l'ambiance avait changé. La foule était plus nombreuse que cette nuit, et pourtant l'on aurait juré le contraire. Peut-être parce qu'il s'agissait d'une autre population. Les sans-abri avaient laissé place à des touristes. À des gens qui photographiaient les choses plutôt que les voir, qui s'estimaient propriétaires des lieux dès lors qu'ils y mettaient les pieds, alors que c'était l'inverse.

Un homme se détachait du lot, cependant. Madison était là depuis une demi-heure, à siroter un americano acheté au Starbucks d'à-côté, lorsqu'elle vit un 4×4 se ranger le long du trottoir. Le conducteur descendit, traversa au beau milieu de la rue et entra dans le square. Il s'assit sur un banc, apparemment sans but, et resta là un petit moment. Il était assez grand, large d'épaules, et soudain Madison eut envie de courir vers lui, de lui dire son nom et d'implorer son secours. Elle sentait qu'il était d'une autre étoffe que le type en costume de ce matin : quand cet homme-là savait quoi faire, il fonçait bille en tête.

Mais, au lieu d'aller à sa rencontre, Madison quitta le parc à la hâte et ne se retourna que lorsqu'elle fut certaine qu'il ne la voyait plus. Car, si elle-même voulait de l'aide, l'homme du nuage s'y opposait. Elle se rappelait avoir téléphoné cette nuit – à cause de l'état de ses mains, notamment –, mais elle ignorait à qui et à quel propos. À présent elle souhaitait passer un autre coup de fil, à la personne qu'elle avait jusqu'ici pris soin d'éviter. Elle se sentait plus forte, maintenant. Elle saurait lui tenir tête.

Lorsqu'elle eut trouvé une cabine – quelques rues plus loin, dans le hall d'un hôtel chic avec une marquise aux rayures rouge et or –, elle sortit du calepin la carte blanche où figurait le numéro de téléphone.

Il répondit aussitôt.

– C'est moi, dit Madison. J'ai besoin de quelques infos.

– Où es-tu ?

– Tu entends ce que je te dis, Shepherd ?

– Écoute, répondit-il d'une voix mielleuse, j'ai l'intention de t'aider. Mais je dois d'abord savoir où tu es. Tu as neuf ans, tu n'es pas... en sécurité.

– C'est bon ? Tu as fini ?

– Non, Madison. Je ne ferai rien tant que tu ne m'auras pas donné une adresse où te retrouver. Ensuite on discutera. Je te fournirai tous les renseignements qu'il te faut. Mais pour l'instant, tu ne me facilites pas le boulot.

— Tu l'as fait, ton boulot, rétorqua-t-elle. Et tu as même été payé, alors que tu as enfreint la consigne. Ce qui signifie que je n'ai aucune raison de me fier à toi.

— En quoi ai-je enfreint la consigne ? Je me suis manifesté...

— *Trop tôt.* Tu étais censé attendre mes dix-huit ans, comme d'habitude. Mais tu as décidé d'encaisser ta commission maintenant, sans même te demander si j'étais prête ou non. Seulement voilà, je *suis* prête. J'ai toujours été prête à prendre le contrôle. J'imagine que tu t'en souviens. Il vaudrait mieux pour toi.

— Écoute, s'obstina l'homme, tu as eu un accident, c'est tout. Tu t'es cassé la figure sur la plage. En me voyant, tu as cru que je te voulais du mal, alors tu t'es mise à courir et tu t'es cogné la tête. Voilà d'où viennent tous ces trous noirs. Voilà pourquoi tu as ces drôles de...

— Oh, la ferme, Shepherd ! Je vais te soumettre une question, puis je vais raccrocher. Je te rappelle dans un quart d'heure, d'un autre endroit, et si tu ne me fournis pas la réponse que j'attends – et une réponse crédible, s'il te plaît –, je promets de te pourrir la vie. En commettant certaines choses, en en divulguant d'autres... Tu me suis ?

— Tu dois me faire confiance, Madison.

Shepherd prenait un ton doucereux. Il jouait les faibles, les étonnés, afin que Madison baisse sa garde. Mais elle n'était pas dupe. Cet homme n'avait aucune douceur en lui.

— J'ai fait tout ce que tu m'avais demandé...

— Non, rétorqua-t-elle. C'est faux. Mais tu vas y remédier, crois-moi. Toi et tous les autres.

Elle lui dit ce qu'elle voulait puis raccrocha sans même attendre sa réaction. Elle consulta l'heure et se dirigea vers les ascenseurs. C'était un grand hôtel : elle pourrait flâner quinze minutes dans les couloirs sans être importunée. Ça la changerait un peu des trottoirs.

En entrant dans la cabine, elle croisa une jeune femme en tailleur, jolie silhouette, regard brillant et cheveux lustrés. Décelant quelques effluves de café et de bonbon à la menthe, Madison imagina la nana assise dans sa chambre, à se réciter des mantras d'encouragement, à revêtir son visage professionnel en vue d'une morne réunion, tout en essayant de se convaincre qu'elle était maintenant une grande fille.

— Jolis nichons, lança Maddy.

Les portes se refermèrent sur le visage ébahi de la femme.

Tandis que s'élevait l'ascenseur, une voiture fonçait vers la ville. Au volant, Simon O'Donnell. À son côté, son épouse Alison, munie de deux cartes routières et de son téléphone portable. Elle venait de s'entretenir avec un policier du Bureau des disparitions de Seattle, un dénommé Blanchard qui les avait pris au sérieux. Du moins se disait-il prêt à les rencontrer...

— C'est cette sortie ? demanda Simon.

— La prochaine, répondit-elle. Enfin, je crois. Je devrais m'en souvenir, mais...

— Je sais. Ça fait une paye.

Un peu plus de dix ans, pour être précis – un chiffre facile à retrouver puisqu'ils avaient quitté cette métropole peu après avoir appris qu'Alison était enceinte, et peu après avoir décidé de donner à leur enfant le nom de la rue où ils s'étaient rencontrés. Simon se mit à jongler entre les files, avec sa prudence habituelle. Cette attitude avait souvent exaspéré Alison, mais là c'était parfait.

Après ces vingt-quatre heures d'attente désespérée, le temps ne s'écoulerait plus jamais de la même façon. La police avait eu vent d'une fillette essayant de monter dans un avion à Portland, mais elle avait été refoulée par la sécurité, et comme l'on ne savait rien de plus il fallait prendre son mal en patience. Ce que les parents avaient fait. Mais ils avaient aussi parlé. Cette absence au cœur de leur vie était si béante qu'il semblait idiot de ne pas ouvrir tous les placards et de ne pas tout jeter sur le tapis, pour rendre ce vide universel. Ainsi, Alison confessa-t-elle son amitié pour un homme que son mari ne connaissait pas, tout en jurant – et sans mentir – que ses sentiments n'étaient jamais allés plus loin. Tandis qu'elle prononçait ces mots, une bulle avait éclaté dans sa tête, une bulle qui se révélait vide.

Étaient devenues bénignes, également, nombre de choses qu'elle reprochait à Simon, et à leur relation. Non que ces griefs fussent infondés, ni qu'ils se fussent envolés par magie. Mais

Les Intrus

si tout paraît fichu et détraqué, c'est peut-être la preuve du contraire, tout ne peut pas aller de travers en même temps. Simon avait cependant eu le tact (une fois n'est pas coutume) de ne pas dire cela à voix haute. Ce n'était pas nécessaire. Alison était parvenue à cette conclusion d'elle-même, pendant leurs longues heures de discussion, ou bien dans le court sommeil qui s'en était suivi. À défaut de rien résoudre, cette prise de conscience modifiait l'angle des choses, la façon dont elles réfléchissaient la lumière, et pour l'instant cela suffisait.

Pour sa part, Simon avoua s'être parfois conduit comme si les sautes d'humeur d'Alison était délibérées, ce qui n'était pas loyal. Et aussi – mais seulement à lui-même – que cette malheureuse coucherie avec une collègue, survenue trois ans plus tôt sous l'emprise de l'alcool, avait bel et bien compté, et que pour prix de ce secret il pouvait faire preuve d'un peu d'indulgence vis-à-vis de sa femme, en commençant par admettre que cette faute personnelle l'avait davantage miné que tout ce qu'avait jamais pu dire ou faire Alison. On peut surmonter les torts des autres. Mais les coups de poignard que l'on s'inflige à soi-même ne s'effacent pas comme ça. Un accès de haine envers l'autre peut avoir des vertus rafraîchissantes. Pas la haine de soi, qui n'est jamais éphémère.

Tous deux savaient, même sans le reconnaître, que ces paroles et ces pensées avaient valeur d'offrandes – d'offrandes à l'obscure puissance qui détenait leur fille. Mais ils avaient beau prolonger la discussion, cette absence s'étirait un peu plus à chaque minute. Quand elle devint trop vaste pour être recouverte de mots, elle les rejeta dans le silence, face à des vitres noires.

Ils avaient fini par s'allonger sur le lit, leurs corps plus proches qu'ils ne l'avaient été depuis des mois. À 3 h 02, Alison avait été réveillée par son portable. Elle s'était traînée au bout du lit, était tombée par terre et avait fait valdinguer l'appareil. Elle l'avait ramassé en catastrophe, juste à temps pour entendre une rafale de mots – à peine deux phrases, mais débitées par une voix qui lui perça le crâne telle une dague. Puis la ligne fut coupée.

Les yeux écarquillés, Alison se retourna pour voir son mari se redresser sur un coude.
– C'était qui ? marmonna Simon. La police ?
– Non, répondit-elle en tâchant de maîtriser ses nerfs. C'était Madison. Je crois qu'elle vient de nous dire où elle est.

Chapitre 29

Butant sur une porte fermée, je mis quelques secondes à songer qu'Amy avait dû sortir. Je tournai la clé dans la serrure et pénétrai dans le silence suprême que produit l'absence d'un conjoint.

Je me dirigeai vers le séjour, pas mécontent de ce sursis qui allait me permettre de peaufiner mon entrée en matière – au sujet des photos de Gary, et de l'acte de propriété de l'immeuble de Belltown. La salle était en ordre. Amy avait visiblement achevé – ou suspendu – son marathon de travail, puis décidé de s'aérer la tête en marchant jusqu'au village. Tiens, et si je l'appelais, pour qu'on déjeune ensemble ? Pour qu'à son contact j'oublie un peu la tragédie de ce matin, et que je décide tranquillement de la suite à donner au reste... Quand nous parlions en tête à tête, Amy et moi, le monde autour de nous cessait vite d'exister. J'espérais que c'était toujours vrai.

Mais au bout de quelques marches, je me figeai devant son bureau. La porte était entrebâillée, et ce que je voyais ne pouvait stupéfier que moi. Il fallait connaître Amy, vivre avec elle, savoir toute l'importance qu'elle attachait à ses espaces de travail. Son bureau était à la fois son lieu de vie et son identité. Or, l'image qu'il offrait là était anormale.

À commencer par son écran d'ordinateur, bardé de fenêtres ouvertes. Amy refermait systématiquement ses applications, à la manière de ces petits vieux qui ne laissent brûler qu'une seule ampoule à la fois, éteignant et allumant les lampes à mesure qu'ils changent de pièce. Le plateau de son bureau était jonché de papelards, de blocs, de boîtes à archives ouvertes. L'individu qui avait fouillé cet antre n'avait rien saccagé – ce bureau demeurait mieux rangé que beaucoup d'autres – mais on avait procédé avec méthode. L'ordinateur portable n'était plus là. Idem pour l'agenda électronique.

Je dégainai mon téléphone pour contacter Amy, avant de penser à deux choses. Primo, elle m'aurait appelé si elle avait appris cette effraction – en d'autres termes, l'incident était tout récent. Secundo, la porte d'entrée était verrouillée à mon arrivée.

Gardant mon pouce sur la touche d'appel du téléphone, je descendis au salon pour tendre l'oreille, la bouche ouverte. Toujours le même silence. J'arpentai l'étage à pas de loup, avant de remonter. Mon bureau était tel que je l'avais laissé, mon ordinateur isolé au centre de la table.

J'inspectai le reste de la maison, pour m'assurer en cinq minutes qu'il n'y avait personne.

Par personne, j'entendais Gary Fisher. Car je ne voyais pas qui d'autre aurait pu s'introduire ici. Non seulement il savait où j'habitais, mais le nom d'Amy apparaissait dans l'histoire qu'il avait échafaudée autour du testament Cranfield. S'il s'était sauvé de l'hôpital pour venir directement ici, il avait pu me précéder.

Mais de peu. Et puis il lui aurait fallu les clés. Mon trousseau était dans ma poche, et à aucun moment Gary n'avait eu l'occasion d'en faire un double. À moins que, lors de sa visite l'autre jour, il n'eût subtilisé le jeu caché dans le bol de la cuisine...

Les clés n'avaient pas bougé. De l'autre côté du comptoir se dressait la porte du garage, mais il me suffit de tourner le bouton pour voir qu'elle était verrouillée. Restait une dernière possibilité. Je redescendis au séjour, empoignai la porte coulissante et tirai d'un coup sec, en m'attendant à ce qu'elle glisse toute seule. Mais elle résista.

J'ôtai le loquet, ouvris la fenêtre et m'avançai sur la terrasse tout en actionnant mon téléphone. Les sonneries se succédèrent. Quand Amy décrocha enfin, elle parut parler de la lune.

– Oui ? fit-elle.

— C'est moi. Écoute...
— Qui ça ?
— Que dit l'écran de ton appareil, chérie ?
Un petit silence.
— J'ai répondu sans regarder. Désolée, j'étais ailleurs.
Encore, pensai-je très fort.
— Tu es où, là ?
— À la maison, Jack. Et toi ?

Je me retournai, un instant prêt à croire qu'Amy était bien à l'intérieur, en train de bosser, de faire du café – ou du thé. Qu'elle s'était juste déplacée de telle façon que nous n'avions pu nous croiser.
— *À la maison ?*
— Tu penses rentrer vers quelle heure ?
— Tu n'es pas à la maison, Amy ! C'est de là que je t'appelle. Et tu n'y es pas.
Une pause.
— Pas cette maison-là.
— Tu ne parles pas de Birch Crossing ?
— Non, je suis à Los Angeles.
— À *Los Angeles* ?
— Oui. Tu sais, la ville où je suis née, où j'ai grandi...
— Mais de quoi tu me parles ? Qu'est-ce que tu fous à L. A. ?
— J'ai laissé un message sur ta boîte vocale, dit-elle d'une voix pleine d'assurance, comme si elle venait de comprendre pourquoi j'étais si obtus. À peu près une demi-heure après ton coup de fil d'hier soir. J'ai décollé dans la nuit.
— Mais pour quoi faire ?
— KC&H a convoqué une assemblée. Dieu et ses anges vont voler jusqu'à nous, en classe affaires.
Je détachai le téléphone de mon oreille, le temps de vérifier l'écran. Une petite icône m'invitait à consulter mon répondeur.
— Je n'ai pas entendu mon téléphone. Mais dis-moi, Amy... (Ne sachant comment poursuivre, je m'enlisai dans les banalités.) Vous ne pouviez pas vous contenter d'une téléconférence ?
— À qui le dis-tu, chéri ! Je me suis battue jusqu'au bout,

mais visiblement non, ce n'était pas possible. On a des choses à se dire en face.

— Et tu vas rester combien de temps ?

— La sauterie a lieu demain matin, ridiculement tôt. J'ai passé la matinée au siège, et là je me rends chez Natalie pour l'après-midi, histoire de remplir mon rôle de grande sœur. Elle doit être en manque de brimades...

— Très bien.

J'étais distrait par un minuscule point beige au fond des buissons, environ six mètres sous mes pieds.

— Tu es toujours là ?

— Oui, répondis-je tout en me penchant par-dessus la balustrade. Tout allait bien ici, juste avant ton départ ?

— Oui, pourquoi ? Il y a un problème ?

— Non, non. Il fait juste... un peu froid.

— Eh bien, vérifie la chaudière, homme des cavernes. C'est là que vit le grand esprit du feu. Je veux que tu bosses dans de bonnes conditions, d'accord ?

Elle promit de me tenir au courant et raccrocha.

J'avais à peine entendu ses dernières phrases. Je traversai la terrasse et descendis la volée de marches menant au sentier. Celui-ci ne desservait pas la zone immédiatement en contrebas de la terrasse mais partait sur un flanc moins raide. Je dus le quitter et m'enfoncer dans les buissons pour atteindre ce que j'avais vu.

Il me fallut deux minutes pour trouver le premier. Quelques secondes plus tard, j'en avais repéré trois autres.

Je regagnai le sentier puis considérai le contenu de ma paume. Quatre mégots. On les avait frottés contre une surface dure avant de les balancer dans le vide. La couleur et l'état des filtres montraient qu'ils étaient tout récents. Ils devaient dater de la veille au soir, ou même de ce matin, car la brume nocturne les aurait ramollis et délavés.

Je remontai sur la terrasse pour me placer à la verticale de leur point de chute. L'appui de la balustrade présentait une tache décolorée. C'était justement pour éviter cela que j'écrasai toujours mes clopes *en dessous* de la planche. En outre, je remportais toujours mes mégots à l'intérieur, pour les jeter à la poubelle.

Quelqu'un d'autre était venu fumer ici.

Ce qui constituait une énigme à double titre. D'abord, cet individu eût été visible par toute personne se trouvant dans la maison.

Ensuite, je savais que Gary Fisher ne fumait pas.

Une autre question me taraudait. Puisque j'étais allé à Seattle avec la voiture, comment Amy s'était-elle rendue à l'aéroport ? Birch Crossing ne possédait pas de service de taxis. Le seul moyen qui me venait à l'esprit était celui dont j'avais usé quelques jours plus tôt : les Zimmerman. Ce qui me rappela autre chose.

Les Zimmerman avaient les clés de chez nous.

C'étaient du reste les seuls à qui nous les ayons confiées. Je ne les imaginais pas s'introduire ici de leur propre chef, mais en même temps je n'oubliais pas combien ils étaient serviables. Si un inconnu leur avait servi une histoire convaincante, ils auraient sans doute accepté de l'aider. Ben, tout au moins. Mais même Ben aurait suivi le visiteur à l'intérieur, pour surveiller ce qu'il faisait.

Après cinq minutes à chercher en vain leur numéro de téléphone, je décidai de me rendre chez eux à pied. Leur allée apporta une réponse négative à ma première question : les deux véhicules Zimmerman étaient restés au bercail.

Je sonnai à la porte, qui s'ouvrit aussitôt. Bobbi tenait un verre de vin. Son large sourire vacilla, avant de se recomposer sous une forme différente.

– Jack ! fit-elle. Comment allez-vous ?

La maison Zimmerman était bâtie de plain-pied. Par-dessus l'épaule de Bobbi, j'aperçus du monde dans le grand salon qui donnait sur la rivière. Entre quinze et vingt personnes, en train de papoter debout. Je ne voyais pas Ben dans le lot.

Je franchis le seuil en tâchant d'ignorer les regards braqués sur moi.

– Je voulais juste vérifier un truc, dis-je à mi-voix. Est-ce que, pour une raison ou pour une autre, quelqu'un vous aurait demandé les clés de chez nous ? Ou demandé que vous le fassiez entrer ?

Bobbi me dévisagea.

— Bien sûr que non. Et je n'aurais jamais accepté.

— Parfait. C'est bien ce que je me disais. Mais comme j'avais l'impression que quelqu'un était peut-être venu rôder autour de la propriété... Ben est là ?

Bobbi secoua la tête, avant de m'expliquer que Ben était retourné au chevet de leur ami qui allait de plus en plus mal. Mais tandis qu'elle me parlait, mon attention s'évadait vers le salon où je discernais plusieurs têtes connues. Sam, le gros épicier barbu ; une femme maigre aux cheveux gris, dont j'ignorais le nom mais qui devait être la propriétaire de la librairie ; le monsieur fringant qui tenait la Cascades Gallery, plus quelques autres que j'avais vus ici où là. J'aurais sans doute dû éprouver de la gêne pour Bobbi, qui me voyait surgir dans une fête à laquelle je n'étais pas invité, mais il n'en était rien. Les gens qui m'épiaient du coin de l'œil n'avaient pas l'air d'attendre de nouveaux convives, et je me sentais plutôt dans la peau d'un écolier qui se serait trompé de salle et se retrouverait face à des visages froids et interrogateurs.

— Je dois avoir trop d'imagination, terminai-je en souriant. Pardon de vous avoir dérangés. Vous fêtez quoi, si ce n'est pas indiscret ?

Bobbi me prit le coude pour me reconduire doucement vers la porte.

— C'est juste un petit groupe de lecture, dit-elle. Vous transmettrez mes amitiés à Amy ?

L'instant d'après, j'étais dehors, devant une porte fermée. Alors, je tournai les talons. Comment je redescendais l'allée des Zimmerman, je croisai une énième connaissance.

Le shérif me salua d'un signe de tête.

Il ne m'avait jamais fait l'effet d'un grand lecteur.

Je restai sur la terrasse, à enchaîner cigarettes et tasses de café. Je cherchai ensuite quelque chose à avaler, puis tentai de m'occuper de toutes les façons imaginables, avant de céder à l'idée que je ruminais depuis le départ.

Les Intrus

Je commençai par appeler Natalie à Santa Monica. Elle m'apprit qu'Amy venait de repartir, ce qui signifiait qu'elle n'était pas restée plus d'une heure chez sa sœur. Là-dessus, je composai un deuxième numéro, celui du standard de Kerry, Crane & Hardy à Los Angeles.

Mon cœur tambourinait. Je fus accueilli par une voix pleine d'entrain.

– Salut, lançai-je. C'est le service du courrier de Seattle. Je dois expédier un paquet à... Mme Whalen. Je crois que ça concerne la réunion de demain. Vous savez où elle loge, ou bien je l'envoie directement chez vous ?

– Oui, envoyez-le-nous. De quelle réunion s'agit-il, au juste ?

– Aucune idée, répondis-je. Il est écrit : « Pour réunion jeudi matin ». Un truc important, visiblement.

Quelques instants de silence, puis la fille rouvrit la bouche :

– À vrai dire, je ne vois rien sur mon planning. Demain s'annonce plutôt calme. Vous n'avez pas d'autres précisions ?

– Je me renseigne et je vous rappelle.

Je m'assis dans le fauteuil face à la forêt, en m'efforçant de garder la tête froide. J'avais une explication à l'absence de l'ordi et du PDA d'Amy – tout comme à l'état de son bureau, si elle avait dû gagner L. A. au pied levé. Cela dissipait donc l'hypothèse d'une intrusion. Restait ce que j'avais découvert dehors – ainsi qu'un sentiment tenace.

Je posai les coudes sur mes genoux, joignis les mains devant mon visage. Plutôt que d'envisager les données les unes après les autres, pour les ordonner dans une trame rationnelle qui m'échappait toujours, je les laissai évoluer à leur guise, dans l'espoir qu'elles me révèlent d'elles-mêmes leur logique.

Mais rien à faire, je séchais. Je parvins juste à jeter un nouvel élément sur ma pile d'interrogations. Lorsque j'étais sorti sur la terrasse après mon footing, le jour où Amy était rentrée de Seattle, j'avais repéré des cendres sur le plancher. Je les avais spontanément associées à mes propres cigarettes. Mais était-ce toujours plausible, compte tenu de mes dernières découvertes ? Ou bien y avait-il, dès cette période, un fantôme tapi dans l'ombre ?

Dans l'ombre, mais tout proche...

Je passai dans la chambre pour enfourner une tenue de rechange dans un sac. Puis je montai à la cuisine et déverrouillai la porte du garage.

Des tas de cartons s'élevaient en colonnes poussiéreuses, certains à nous, d'autres aux proprios. Je conservais là quelques affaires personnelles, comme mes albums de famille, derniers vestiges de mon enfance. Au cas où je voudrais les rouvrir un jour.

Je gagnai le fond du garage, après les caisses et les vieux meubles, pour écarter un gros établi du mur. Derrière se trouvait un placard encastré, que j'ouvris avec deux clés de mon trousseau.

À l'intérieur, enveloppé dans un chiffon, reposait mon pistolet.

Il stagnait là depuis notre emménagement, comme un souvenir repoussé à l'arrière de mon cerveau. C'était un objet qui m'avait accompagné au quotidien pendant des années. Un objet que j'avais emporté quelque part, une certaine nuit. Un objet dont j'aurais dû me débarrasser.

Je le retirai de sa cachette.

Troisième partie

« La nuit, quand les rues de vos villes et de vos villages seront silencieuses et que vous les croirez désertes, elles grouilleront des hôtes qui peuplaient jadis et aiment toujours cette terre magnifique. L'homme blanc ne sera jamais seul. Puisse-t-il se montrer juste et loyal avec mon peuple, car les morts ne sont jamais tout à fait impuissants. »

Chef Seattle,
extrait du *Discours de 1854*,
d'après la traduction originale de Henry Smith.

Chapitre 30

De l'aéroport LAX, je pris le taxi jusqu'à Santa Monica. Je fis stopper le chauffeur cinquante mètres avant la maison pour terminer à pied. Un garçonnet jouait sur le pelouse, absorbé dans ses histoires.

— Salut, dis-je.

Il leva les yeux, m'observa sans un mot.

— Oncle Jack, précisai-je.

Il acquiesça, la tête sur le côté, comme pour valider une remarque qui ne lui faisait ni chaud ni froid.

Je remontai le chemin et frappai à la porte. On m'ouvrit sur-le-champ, comme je m'y attendais. La mère n'allait pas laisser son marmot dehors sans surveillance.

— Ça alors ! s'exclama-t-elle en se tenant les hanches d'un mouvement théâtral. On ne voit pas l'ombre d'un Whalen pendant des mois, puis boum ! ils débarquent au complet. C'est un phénomène astrologique, non ? Ou biorythmique, peut-être ? On attend le passage d'une comète ?

Je me raidis un peu. La sœur d'Amy était lourdingue, même dans ses meilleurs jours.

— Comment ça va, Natalie ?

— Je ne suis toujours pas star de cinéma et j'ai cinq affreux kilos en trop, mais à part ça je m'en sors plutôt bien. Je ne t'ai pas dit au téléphone que tu avais loupé Amy ? Il y a juste quelques heures de ça ?

— On doit se retrouver plus tard. Puisque j'étais dans le secteur, je suis venu faire un petit coucou.

Elle me considéra d'un air sceptique.

— Je vais alerter la presse, dis-moi. Je t'offre un café, le temps de ce *coucou* ?

Je la suivis à l'intérieur. Une grande cafetière chauffait sur le comptoir, comme à chacune de mes visites. Cette addiction était l'un des rares points communs entre les deux sœurs.

Natalie me tendit une grande tasse, avant de la remplir.

— Et donc ? Amy ne m'a pas dit que tu honorais la région de ta présence.

— Elle ne le sait pas. C'est une surprise.

— Je vois. Un peu tordus, ces deux-là. À ce propos, je rêve, ou ma frangine est un peu bizarre en ce moment ?

— Comment ça ? demandai-je d'un air innocent.

— Elle débarque aujourd'hui à l'improviste, puis elle me demande si j'ai du thé. Bien sûr que j'ai du thé ! Je suis la pire des ménagères mais je fais un minimum d'efforts, et puis c'est ce que Don boit le matin. Mais Amy ? Du thé ? On ne me l'avait jamais faite, celle-là.

— Oui, ça lui arrive ces temps-ci. Peut-être qu'elle réalise une campagne pour une marque de thé...

— Bon, admettons. Je dirai à Mulder et Scully de laisser tomber ce point-là. Élément numéro deux, alors : tu connais la date d'aujourd'hui ?

— Bien sûr, répondis-je tout en secouant mes neurones. On est le...

— Laisse tomber. Au bout de deux secondes tu me donneras le mois, peut-être même le jour. Mais ça, c'est le temps masculin. Je te parle de temps féminin, moi. Et dans le calendrier propre à mon sexe, on est à « anniversaire d'Annabel plus six ».

— Annabel, répétai-je. *Ton* Annabel ?

— Elle a eu douze ans la semaine dernière.

— Et... ?

— Carte et cadeau Whalen brillent par leur absence.

— Merde, lâchai-je. Je suis désolé. Je...

Elle me montra sa paume.

— Tu ne pourrais pas te rappeler l'anniversaire de ma fille

même si ta vie en dépendait. Pas plus que le mien ou que celui de Don – même le tien, je parie que t'es obligé de te l'inscrire dans le ceux de la main. Comment se fait-il, alors, que l'on reçoive toujours une carte ?

— Parce que Amy y pense...

Natalie frappa dans ses mains.

— Et pas seulement les dates de naissance, poursuivit-elle. Celle de notre mariage, celle du décès de papa et maman, et de leur anniversaire de mariage à eux... Amy vit au rythme de la chronologie familiale. Année après année, elle coche toutes les cases.

— Et elle ne t'a rien dit tout à l'heure quand... ?

— Non, figure-toi. Elle débarque sans prévenir, boit son thé, monte à l'étage, redescend, bisous, au revoir. Égale à elle-même, c'est-à-dire essentiellement charmante, et un brin horripilante aussi, sauf qu'elle oublie de s'excuser d'avoir zappé l'anniversaire de sa nièce, alors qu'elle a eu toute une semaine pour s'en rendre compte.

— Elle est montée, tu dis ?

— Dans son ancienne chambre. C'est maintenant celle d'Annabel.

— Et elle n'a pas dit pourquoi ?

Natalie haussa les épaules.

— Amy va avoir quoi, trente-six ans ? Elle est peut-être dans un trip retour aux sources. Se rappeler le passé une bonne fois avant qu'Alzheimer ne la rattrape.

— Ça t'embête si je vais jeter un œil ?

— Je l'ai déjà fait, et apparemment elle n'a touché à rien. Je ne vois pas ce qu'elle prendrait, d'ailleurs.

— Je peux quand même ?

Natalie pencha la tête sur le côté. On comprenait aussitôt d'où le fiston tenait cette mimique.

— Quel est le problème, Jack ?

— Non, c'est par simple curiosité.

— Eh bien, faites-vous plaisir, inspecteur. Annabel est à son cours de musique. Deuxième à droite.

J'abandonnai ma belle-sœur pour monter à l'étage. Devant la porte entrebâillée de la chambre, le rêve de Fisher me jaillit à l'esprit, et avec une telle force que je marquai un temps d'arrêt. Puis je me ressaisis et poussai le battant.

À l'époque d'Amy la pièce avait un visage différent, bien entendu. Des posters d'autres groupes ; des produits dérivés d'autres films, lesquels avaient sans doute connu trois remakes depuis. Mais le reste est immuable.

Étrange sensation que de découvrir les lieux d'enfance de sa compagne. La connaître aujourd'hui ne signifie pas l'avoir connue avant, et cet fille pré-vous sera toujours une inconnue, même si vous devez mourir main dans la main. On essaie de l'imaginer beaucoup plus petite, beaucoup plus jeune, parmi ces formes et ces angles qui auront encadré sa découverte du monde. On perçoit des échos. On se demande malgré soi si elle ne préfère pas aujourd'hui les espaces de taille ou de hauteur similaires, ou si la chambre que l'on partage avec son incarnation adulte ne l'incommode pas du fait que la fenêtre ne se trouve plus dans le même axe. On l'imagine assise au bout de ce lit, les pieds joints, le yeux projetés vers l'avenir avec ce regard avide et indéchiffrable propre aux enfants.

Je repérai vite un élément auquel Natalie aurait difficilement prêté attention. Malgré le léger désordre de la pièce – fringues ou objets éparpillés, petits meubles ou sièges déplacés –, le tapis était parfaitement lisse et d'équerre avec le lit. Or je doutais qu'Annabel l'eût laissé dans cet état-là.

J'écartai la chaise et repliai le tapis. Il ne révéla rien de plus qu'un parquet repeint en blanc dans la dernière décennie. Je retournai l'autre bout, avant de m'agenouiller pour palper la partie sous le lit.

Quoique serrée, une petite lame de bois pouvait se déboîter. Elle révéla une cavité poussiéreuse, une cachette idéale pour les trésors d'une gamine. Elle ne renfermait rien, mais avant la venue d'Amy j'aurais parié le contraire.

Je retrouvai Natalie devant la fenêtre de la cuisine, les deux mains autour de sa tasse, ses yeux rivés sur son fils.

– Alors ? fit-elle.

Je haussai les épaules.

– Comme tu dis : simple retour aux sources. (Je vis qu'elle

observait l'enfant d'une drôle de manière.) Tout va bien, Natalie ?

— Oui, oui. C'est juste que... Il semble que Matthew se soit dégotté un copain imaginaire. Rien de dramatique. Mais on se demande parfois où ils vont chercher tout ça.

— Tu lui en as parlé ?

— Bien sûr. Il dit que c'est un ami, rien de plus. Ils jouent ensemble parfois, et on l'entend parler tout seul de temps en temps. Mais bon, ce n'est pas comme si on devait mettre une cinquième assiette à table. Et puis, ça vaut toujours mieux que les cauchemars. Je me souviens que ceux d'Amy étaient terribles...

— Vraiment ?

— Oh oui, mon Dieu. C'est l'une des toutes premières choses dont je me souvienne – je ne sais même pas quel âge j'avais, à peine trois ou quatre ans. Des bruits atroces, la nuit. Comme des cris, mais plus profonds. Elle hurlait, puis le volume refluait, puis ça repartait de plus belle. Hyper flippant. Alors j'entendais papa se traîner dans le couloir. Il réussissait à la rendormir, mais au bout d'une heure elle recommençait. Ce cirque a bien duré deux ans.

— Amy ne m'en a jamais parlé.

— Elle ne doit même pas s'en souvenir. Le sommeil des gosses est toujours un champ de bataille. Surtout avec les bébés. J'ai une amie dont le gamin s'enfonçait les doigts dans les yeux pour éviter de s'endormir – je te jure ! Matthew aussi était un dur à cuire. Pour qu'il daigne faire la sieste, il fallait le promener d'ici jusqu'à San Diego. Et il se réveillait quatre, cinq fois dans la nuit. Un vrai interrupteur. Tu es là, couché dans une maison silencieuse, ton bébé dort et tu es en paix avec le monde, quand tout à coup, *ouin !* il hurle comme si sa chambre était infestée de loups.

— C'est compréhensible. Tu te réveilles dans le noir, et il n'y a plus de parent à sentir, à voir ou à toucher.

— Ça, ça explique les mauvais réveils. Mais pourquoi lutter contre le fait même de s'endormir ?

— Parce que c'était différent quand on vivait dans les cavernes. On dormait blottis les uns contre les autres, au lieu d'exiler junior dans une chambre avec des fresques effrayantes au mur et des objets inquiétants suspendus au plafond. Aujourd'hui, bébé se dit : « Vous êtes malades ou quoi ? Ça va pas, de me laisser tout seul ici ? » Et donc il fait *la* chose qui reste rarement sans effet sur son entourage, brailler à pleins poumons.

— Tu m'épates, Jack. Je ne savais pas que tu étais à ce point en phase avec ton enfant intérieur.

— Toujours. C'est avec l'adulte intérieur que j'ai du mal.

Elle sourit.

— Ouais, tu as peut-être raison. Je ne sais pas. Les gosses sont vraiment incroyables. Ils attrapent la télécommande de la télé, la plaquent contre leur oreille et se mettent à parler à des correspondants qui n'existent pas. Tu leur donnes un saxophone en jouet et ils se le fourrent directement dans la bouche — et en soufflant, alors qu'ils sucent tout le reste. Ils portent un gobelet vide à leur bouche en faisant « Mmm ! », et toi, tu te demandes : « Mais où est-ce qu'il a appris ça ? Je fais "Mmm", moi ? » Puis un beau jour, ça leur passe. Et c'est là qu'ils vous brisent le cœur. Ils attrapent une manie adorable, un tic sorti de nulle part, puis hop ! envolé. Et soudain ils vous manquent, alors qu'ils sont toujours là. Mais c'est un peu le principe de l'amour, non ?

Sur ces mots elle se tut, les joues écarlates. C'était bien la première fois que je voyais Natalie embarrassée. Je n'aurais même pas cru que ce soit possible.

— Qu'est-ce qu'il y a ?

— Je suis désolée, dit-elle. Je suis vraiment trop conne, parfois.

Je secouai la tête.

— Pas du tout, voyons.

— Mais...

— Je t'assure. Aucun souci.

— Mais avec Amy ? Comment...

— Tout va bien, je te dis.

— Bon, si tu le dis. Elle a toujours été forte.

L'espace de quelques secondes, elle parut déborder d'admiration pour son aînée, et je regrettai de ne pas avoir de frère ou de sœur pour qu'il éprouve la même chose à mon endroit.

Elle reprit :

— Mais il n'empêche que... je la trouve quand même changée, depuis. Pas toi ?

— Possible, dis-je en haussant les épaules.

— Et même un peu avant, non ?

Surpris, je relevai les yeux et fus saisi par l'intensité de son regard, soudain si proche de celui d'Amy.

— Les gens évoluent, répondis-je en soupirant. Ils vieillissent. Ils grandissent. Même toi, ça pourrait t'arriver un jour.

Elle me tira la langue.

— Blague à part, il y a quand même une chose que je n'ai jamais comprise, reprit-elle tout en se penchant au-dessus de l'évier pour regarder dehors.

Matthew jouait toujours sur la pelouse, à plus de deux mètres de la route, comme si un champ magnétique l'empêchait de s'éloigner davantage. Amy n'était pas la seule Dyer à cheval sur la discipline.

— Quoi donc ? demandai-je.

— Comment elle a atterri dans la publicité.

— Va savoir. Je suis bien devenu flic, moi.

— Oui, mais toi je ne t'ai pas connu avant, alors ça ne pouvait pas m'étonner. En plus, ce métier était fait pour toi. Après ce qui était arrivé à tes parents, et puis... Bref, ça te correspondait. Plus que le métier d'écrivain, en tout cas.

— Aïe.

— Pardon, je retire. Mais pour en revenir à Amy... Je te jure, quand elle était ado, c'était une ringarde absolue !

Je fronçai les sourcils.

— Sérieusement ?

— Quoi, tu ne le savais pas ? L'intello boutonneuse par excellence, qui passait son temps à fabriquer des machins avec des carcasses de bidules, qui lisait des bouquins dont rien que les titres te plongeaient dans le coma.

— Ça ne ressemble pas à la femme que je connais...

— Pendant des années, c'était la reine des exposés de sciences, la petite futée promise à un avenir plein d'équations et de microprocesseurs, puis voilà qu'un jour elle nous sort : « Je veux travailler dans la pub », de la même façon qu'elle nous aurait dit : « Je veux devenir actrice. » Elle venait d'avoir dix-huit ans, et elle nous balance ça au dîner. Je m'en souviens bien parce que nos vieux avaient toujours encouragé sa passion pour la technologie. Ils la conduisaient à toutes sortes de clubs et ils étaient très fiers d'elle, bien plus qu'ils ne l'ont jamais été de moi. Puis vlan ! tout ça devient de l'histoire ancienne. Je revois encore la tête de papa, à l'autre bout de la table, et ses épaules qui s'affaissaient petit à petit. (Natalie sourit, sans quitter son fils des yeux.) J'avais quatorze ans, et c'est la première fois que j'ai compris qu'être parent n'était pas forcément *toujours* une promenade de santé.

– Elle ne t'a jamais donné d'explication ? À ce revirement inattendu ?

– Elle n'en avait pas besoin. C'était l'enfant prodige.

– Natalie...

Elle sourit.

– Je plaisante. Mais non, elle ne m'a rien expliqué. Je lui ai quand même posé la question, une fois, et elle m'a dit qu'elle avait rencontré un mec.

Mon cœur fit un bond dans ma poitrine.

– Un mec du lycée ?

– Non. Un type plus âgé, qui était déjà dans le métier, sans doute, même si ce ne sont là que mes propres suppositions. J'ai cru comprendre qu'il lui plaisait, que ça n'avait pas marché entre eux, mais qu'elle avait décidé de s'accrocher. Tu la connais comme moi : quand elle a une idée en tête... Peu importe si ça met du temps, peu importe s'il faut attendre. Amy a toujours su se projeter dans le long terme.

Je me tournai vers la vitre, même si le spectacle de la rue m'indifférait. Je préférais cacher mon visage pour poser la question suivante :

– J'imagine qu'elle n'a pas mentionné le nom de ce type...

– Eh bien, si, figure-toi, et le plus drôle c'est que je me le rappelle encore, à cause d'une coïncidence toute bête. Deux ou trois mois plus tôt, notre vieux toutou était mort. Je l'avais toujours connu, et il me manquait énormément. C'est sans doute pour ça que j'ai fait le rapprochement.

– Quoi, ce mec avait le même nom que ton chien ?

– Non. Le chien s'appelait Whooper. Prénommer un humain Whooper serait un châtiment cruel, même à Los Angeles. Non, je fais allusion à sa race. C'était un *German shepherd* – un berger allemand.

Je m'attendais tellement au nom de « Crane » que je dus me faire préciser les choses :

– Le type s'appelait Shepherd ?

– Exact. (Son regard se voila un instant.) C'est fou qu'un chien puisse vous manquer à ce point, même au bout de vingt ans...

Dix minutes plus tard, le mari de Natalie apparut en compagnie d'une jeune apprentie clarinettiste. Mes rapports avec Don s'étaient toujours résumés à ce qu'il me fasse raconter des histoires de flic. Nous n'avions jamais trouvé d'autre mode opératoire. Sa fillette me dit bonjour avec une politesse pleine de gravité, comme pour s'entraîner à la communication avec les futurs croulants. Ne sachant comment aborder le sujet de son anniversaire, je choisis de me taire.

Peu après, Natalie me raccompagna sur le perron.

– Ça m'a fait plaisir de te voir, lança-t-elle tout à trac.

– Oui, moi aussi.

– Tu es sûr que tout baigne, entre vous deux ?

– Autant que je sache.

– Bon. Très bien, alors. Au fait, vous allez où ce soir ? Amy était très élégante...

– C'est un secret.

– Je vois. Entretenir la magie, la flamme... Vous êtes un modèle pour nous tous. Revenez vite nous voir, d'accord ? Sinon c'est nous qui débarquons chez vous, et je sais que vous n'aimeriez pas. Ah oui, au fait ! C'est ça le deuxième scoop de la journée ! (Elle gloussa.) Je croyais que vous étiez partis dans l'État de Washington, pas en Floride...

– Comment ça ?

Natalie me montra le dos de sa main, les doigts légèrement écartés. Je secouai la tête en signe d'incompréhension.

— Du vernis à ongles rose vif, Jack ? Sur Amy ? C'est quoi, ce nouveau délire ?

Je repartis sans but, dans l'air doux d'un quartier pavillonnaire en fin de journée. Les gens se garaient ou montaient en voiture, rentraient chez eux ou s'en allaient. D'autres se tenaient à la fenêtre de la cuisine, ou à celle de la chambre, ou bien ils arrosaient le jardin. J'avais envie d'emprunter ces allées, de m'incruster dans ces cuisines, de m'installer dans l'un de ces salons, carré dans un gros fauteuil, et de demander : « Alors, quoi de neuf ? Racontez-moi votre vie. Racontez-moi tout. » L'existence des autres me paraît toujours plus intéressante, plus cohérente, en un mot plus *réelle* que la mienne. La télévision, les livres, la culture people, ou juste regarder tourner le monde. Tout cela traduit le désir d'une simplicité, d'une évidence que nous n'éprouvons jamais, d'une authenticité introuvable dans notre quotidien poisseux et morcelé. Nous aimerions tous devenir quelqu'un d'autre pour quelque temps. Même s'il nous semble parfois que c'est déjà le cas, quand un obstacle s'oppose à la vie qui nous était promise.

Mon téléphone sonna. Numéro inconnu.

— Allô ?

— C'est qui, là ? fit une voix bourrue et saccadée.

— Jack Whalen. Et vous ?

— C'est L. T. Pour l'immeuble, vous disiez.

— Quel immeuble ?

— Putain, z'aviez promis du fric !

Je compris à qui j'avais affaire.

— Vous êtes l'un des types du café de Belltown, c'est ça ?

— Ouais. Ça vous intéresse, oui ou merde ?

— Non, je regrette. Je ne m'occupe plus de cette histoire.

Mon interlocuteur prit la mouche :

— Espèce d'enculé de ta mère ! T'avais promis du pognon ! Je t'ai rappelé, moi, fils de pute.

— Très bien, monsieur. Dites-moi ce que vous savez.

— Mais oui ! Et comment je sais que tu vas me payer ?

— Ah, vous marquez un point. Mais je ne suis pas à Seattle en ce moment. Alors, soit vous me dites ce que vous savez et je vous paie plus tard, soit je raccroche et je bloque votre numéro.

Il n'hésita pas longtemps.

— C'est une fille, mec.

— Quoi ?

— Une gosse. Elle vient dans la rue, hier soir, tard, elle se plante devant la porte. Comme si qu'elle essayait une clé. Mais ça marche pas, alors elle se casse.

Je m'esclaffai :

— Une petite fille a regardé l'immeuble avant de s'en aller ? Et vous voudriez du fric pour ça ?

— Eh ! Tu disais...

— O.K. Merci bien. Vous trouverez le chèque au courrier.

Je lui raccrochai au nez, en projetant de bloquer son numéro sitôt que je serais assis. Autrefois, cela m'arrivait à peu près une fois par semaine. De confier mon numéro à des individus qui savaient certaines choses mais préféraient parler plus tard, quand ils seraient seuls – puis de les ajouter à ma liste d'indésirables lorsqu'ils pensaient avoir trouvé un pote pour faire sauter leurs amendes et sortir leur tata de prison. Je ne regrettais pas ces gens-là. Noirs ou blancs, jeunes ou vieux, des hommes aigris et violents mariés à des mégères frustrées et beuglardes, leurs rêves hermétiquement bouchés par la drogue, la pauvreté et le mauvais sort – mais aussi par la paresse, bien souvent, et par un naturel colérique, et par une capacité de concentration limitée, et par la soif amère d'une vie facile qui, du fait même de cette soif, ne se réaliserait jamais.

Poursuivant mon chemin, je finis par atteindre Main Street et ses devantures familières : Rick's Tavern, Coffee Bean, iBod, Schatzi, Say Sushi et Surf Liquor, des lieux qui avaient fait partie de mon quotidien pendant des années. C'est d'ailleurs dans un bar tout proche que j'avais rencontré Amy. Je tuais la soirée en compagnie d'un collègue, lorsque deux gars éméchés étaient partis à l'assaut d'une tablée de nanas. Dans les bars ouverts aux flics, l'accord implicite est le suivant : toute personne n'ayant pas noté la présence régulière de policiers en repos ni compris que les mauvaises manières étaient par conséquent proscrites (pour les non-flics, en tout cas) aurait droit à un rappel à l'ordre personnalisé. Je m'étais donc dirigé vers les toilettes pour faire halte de l'autre côté de cette table et dire aux deux types, au moyen d'un index impérieux, qu'ils étaient priés d'aller jouer ailleurs. L'un voulut réagir, mais son copain comprit le message et ils partirent sans faire d'histoires. À mon retour des gogues, une bière fraîche m'attendait au comptoir. Fin du premier acte.

Quelques mois plus tard, à une poignée de kilomètres de là, j'intervins sur les lieux d'une collision bénigne entre deux voitures. L'une était conduite par un septuagénaire qui avait forcé sur la bouteille et qui reconnut ses torts avant même de s'écrouler sur le trottoir. L'autre appartenait à l'une des filles que j'avais défendues dans le bar. Une femme sobre, calme et mignonne. Elle ne m'avait même pas remarqué le premier soir, mais le temps que l'on règle cet accrochage et que l'on déblaie la chaussée, c'était chose faite. J'avais contenu les badauds avec poigne et efficacité, et c'est sans doute cela qui l'avait séduite. Comme j'allais l'apprendre, la poigne et l'efficacité étaient aux yeux d'Amy Ellen Dyer des vertus cardinales.

Deux semaines plus tard, j'étais de retour dans ce bar, et elle aussi. Je la saluai en passant, avec poigne et efficacité. Si beaucoup considèrent les rencontres comme l'un des avantages du métier du flic, mon expérience était nulle en la matière, et je n'attendais rien de celle-ci. La jeune femme disparut pendant que je fumais un joint avec le cuistot derrière le bâtiment, mais à mon retour dans la salle, le barman me remit de sa part un numéro de téléphone.

« Appelle-moi, disait le billet. Au plus vite. »

Nous nous sommes retrouvés quelques jours plus tard, pour l'un de ces rencards qui débutent dans un endroit puis se prolongent dans un autre, puis dans un autre encore, sans que l'on sache comment ni pourquoi on a bougé ; quand les mots se déversent en un flot continu et que cette liberté de ne pas avoir à se cacher ni à se protéger fait tout le sel de la soirée. Cette errance devint vite une sorte de jeu, dont le but consistait à suggérer des endroits toujours plus improbables, jusqu'à ce que l'on se retrouve assis sur un banc dans un quartier très touristique, mais sans que cela nous chagrine car au fond nous-mêmes ne savions plus trop où nous habitions ce soir-là. Chacun avait l'impression de voir son existence et sa personne se redessiner sous ses yeux, et cela n'avait rien d'une illusion.

Quand on rencontre l'être aimé, on change pour de bon. Voilà pourquoi l'autre ne connaîtra ni ne comprendra jamais l'ancien soi, et pourquoi on ne peut jamais redevenir celui ou celle d'avant. Et pourquoi, lorsque cette personne commence à s'éloigner, on ressent un déchirement au fond du cœur, bien avant que la tête ne saisisse quoi que ce soit.

Difficile de revenir ici sans repenser à cette soirée, ainsi qu'à d'autres, plus ou moins heureuses et plus ou moins récentes. Je poussai au-delà d'Ashland Avenue pour gagner la promenade d'Ocean Front, puis je dépassai l'hôtel Shutter, passai sous la longue rampe reliant la jetée à Ocean Avenue et débouchai sur le chemin bétonné de la plage. Là s'étire une rangée d'habitations, au bord du sable, qui comptent parmi les plus anciennes de cette ville. Elles m'ont toujours paru bizarres, pour ne pas dire grotesques, ces bâtisses clôturées aux faux airs de manoirs anglais, tapies dans l'ombre de la falaise tels des lilliputiens sur un torse endormi.

Les lampadaires et les néons illuminaient la jetée. Je sortis mon téléphone et sélectionnai le numéro d'Amy.

– Salut, dit-elle. Désolée de t'avoir laissé sans nouvelles, mais je me suis attardée chez Nat, et je repars à peine de chez elle. Tu sais ce que c'est...

Je ne répondis rien.

– Alors, quoi de neuf à la propriété ? reprit-elle. Tu as remonté le chauffage ?

– Je ne suis pas à Birch Crossing.

– Ah bon ?

– Je suis à Santa Monica. J'ai pris l'avion cet après-midi.

Il y eut un silence.

– Et pour quoi faire ?

– Devine.

– Aucune idée, chéri. Ça m'a juste l'air un peu démentiel.

— On s'est à peine croisés, ces derniers jours. Je me suis dit que ce serait sympa de se retrouver ici. De revoir nos coins préférés.

— C'est adorable, chéri, mais j'ai juste *une tonne* de boulot devant moi. Je dois me préparer pour la réunion de demain.

— Je m'en fiche un peu, tu sais. Je suis ton mari, et je suis en ville. Viens me rejoindre, ne serait-ce que pour un café.

Une nouvelle pause, d'environ cinq secondes.

— Où ça ?

— Tu le sais.

Elle éclata de rire.

— Eh bien non, figure-toi. Je ne suis pas télépathe.

— Alors choisis un endroit et mets-toi en route.

— Sérieusement ? Tu ne veux pas me dire où ?

— Tu choisis, et tu y vas.

— C'est un jeu débile, Jack.

— Non, Amy. Pas du tout.

Chapitre 31

Sur la jetée, des groupes de touristes flânaient sous les éclairages électriques, gagnant ou quittant les boutiques de souvenirs, étudiant d'un air suspicieux la carte des restaurants. Je m'adossai à la rambarde et patientai, la boule dans mon ventre un peu plus grosse à chaque instant. Au bout de vingt-cinq minutes je vis une femme descendre la rampe des falaises. Elle s'engagea sur la jetée pour se mouvoir dans la foule d'un pas décidé. Elle avait environ trente-cinq ans mais elle en paraissait moins, et elle était tirée à quatre épingles. Elle ne regarda ni à gauche, ni à droite, mais marcha droit vers son objectif. Elle tenait quelque chose dans sa main droite, un objet si incongru qu'il était digne d'un photomontage, et je compris que j'avais mal interprété certains faits.

J'attendis qu'elle soit passée pour me redresser et la suivre.

Le temps que je parvienne au bout de la jetée, elle s'était accoudée au garde-fou pour contempler la côte de Venice, son corps nimbé par le halo jaune d'un réverbère. Il y avait d'autres promeneurs, mais pas beaucoup : la zone commerçante était derrière nous, et nous nous trouvions près du point le plus éloigné des terres. La plupart des gens venaient jusqu'ici, hochaient la tête devant les flots, puis rebroussaient chemin pour aller dépenser leur argent.

Amy se retourna.

— Tu m'as trouvée, dit-elle. Tu es doué.

Elle semblait différente. Plus grande, et en même temps plus compacte. Comme si elle avait rectifié sa silhouette, qu'elle s'était transformée en Amy 1.1 sans me consulter sur le processus de développement.

— Pas vraiment, répondis-je. C'était le seul endroit évident.

— Exactement. Alors, pourquoi faire tant de mystères ?

— Je voulais juste voir si tu t'en souvenais.

Elle leva les yeux au ciel.

— Je t'en prie, Jack. On est venus ici lors de notre premier rencard. C'est ici que tu m'as demandée en mariage. On a... enfin, tu sais bien. Je ne vois pas comment je risquais d'oublier.

— Parfait, répondis-je.

Je me sentais triste, fatigué, et je ne savais plus très bien quel était le but de cet examen. Je rejoignis Amy contre la rambarde.

— Alors ? fit-elle. C'est un plaisir de te voir, évidemment, mais j'ai encore de la route à faire, des promesses à tenir, et du boulot à terminer avant de me coucher.

Je secouai la tête.

— Qu'est-ce que ça veut dire ? s'étonna-t-elle.

— Non, tu n'as pas de boulot à terminer.

— Mais de quoi tu parles ?

— J'ai contacté ton bureau avant de partir.

Elle s'écarta de la rambarde.

— Écoute, chéri, il faut que tu arrêtes d'embêter mes collègues. Ça ne fait vraiment pas...

— Il n'y a aucune réunion de prévue demain.

Elle inclina la tête, à la Dyer. Je la voyais soupeser ses options. Elle finit par opiner.

— D'accord, c'est vrai.

Nous y étions. *Oui, je t'ai menti.* J'eus l'impression qu'une brise froide me soufflait dans la nuque, alors que la nuit était tiède et qu'il n'y avait pas de vent.

— Qu'est-ce que tu fiches ici, alors ?

— Je voulais voir Natalie.

— Ce n'est pas ce qu'elle m'a dit. Elle m'a parlé d'une visite éclair, dont elle n'est même pas sûre d'avoir compris le but.

Il y avait un précipice devant moi, dont je ne distinguais pas le bord, mais vers lequel j'avançais coûte que coûte.

Les Intrus

— Tu es allé l'interroger ? Ça alors... Dommage que tu n'aies pas été aussi combatif dans la police, Jack.

— Je ne voulais pas devenir inspecteur. Tu le sais très bien.

— Mais maintenant, si ? Maintenant que c'est trop tard ?

— Disons que cette histoire me touche davantage.

— Et pourquoi ça ?

— Parce que c'est toi. Parce qu'il y a un truc qui m'échappe. Et parce que tu ne réponds pas à ma question.

— Il ne se passe rien de spécial, mon chéri.

Je sortis mes cigarettes. En piochai une avant de lui présenter le paquet – une grande première dans l'histoire de notre couple. Elle me considéra.

— Je t'ai vue marcher avec une clope à la main. J'ai retrouvé tes cendres sur la terrasse, le soir de ton retour de Seattle, même si je ne l'ai pas compris sur le moment. Et dimanche dernier, je t'ai vue fumer au même endroit, alors que je faisais mon footing. J'ai cru que c'était ton haleine, mais non, c'était de la fumée.

— Ne sois pas ridicule, Jack. Je ne...

Son mensonge manquait d'élan, je n'eus pas même à lever la voix pour l'interrompre.

— J'ai également retrouvé une collection de mégots dans les buissons. Je ne pigeais pas comment quelqu'un avait pu s'installer là sans qu'on le remarque de l'intérieur. Mais en fait c'était toi, n'est-ce pas ?

Elle détourna les yeux. Avoir raison ne me procurait aucun plaisir.

— Qu'est-ce qui a bien pu te donner envie de te remettre à cloper après... combien, dix, douze ans ?

Elle s'abstint de répondre. Elle regardait ailleurs, les lèvres pincées. On aurait dit une adolescente en train d'endurer un sermon, pour violation d'un couvre-feu qu'elle estimait inique.

— S'agirait-il des mêmes raisons qui t'ont convertie aux abréviations dans les SMS ?

— Qu'est-ce que tu me chantes, encore ?

— Tu es une femme brillante, Amy. Tu es capable de comprendre la question.

— Je comprends les mots, mais pas ce que tu en fais ! Tu commences à m'inquiéter, chéri...

— C'est toi qui perds la boule. La chose ou la personne qui te hante est en train de te ravager la tête.

— Je vais très bien, rétorqua-t-elle. C'est toi qui as pété un câble.

Il y avait un tel dédain sur son visage que j'eus envie de me tailler – ou même, pendant une fraction de seconde, de la pousser par-dessus la rambarde. Pour punir cette usurpatrice d'avoir ravi l'identité de celle que j'aimais. Je m'en tins toutefois à trois mots :

— L'anniversaire d'Annabel.

Amy fronça les sourcils.

— Eh bien quoi ?

— C'est quand ?

La remarque fit tilt. Elle se frotta le front.

— Merde...

— Dans l'absolu, ce n'est pas dramatique, mais...

— Bien sûr que si. Putain... Mais pourquoi Natalie ne m'a rien dit ?

— Pour ne pas t'embarrasser, sans doute.

— Parce que tu imagines Natalie avoir ce genre de scrupules ?

— En fait, non. Mais avant de quitter la ville, tu devrais peut-être dégoter un cadeau pour ta nièce, tu ne crois pas ?

— Si, bien sûr. On lui a offert quoi, l'année dernière ?

— Aucune idée. Écoute, appelle Natalie ce soir, présente-lui des excuses, et profites-en pour lui soutirer une ou deux suggestions.

— Pas bête.

Le silence s'installa quelques instants. Nous nous étions déportés sur un chemin de traverse et je ne savais pas comment revenir en arrière. Alors, je soulevai la voiture pour la replacer sur la bonne route :

— Si tu comptes éluder toutes mes questions, Amy...

— Il n'y a rien à discuter.

— Alors comment ça se fait que tu écoutes du Bix Beiderbecke ?

Mes propres paroles me semblaient aberrantes.

Les Intrus

— Tu cherches vraiment la petite bête, hein ? Je suis tombée sur deux morceaux à la radio, je les trouvais plutôt sympa et je n'ai pas pris la peine de changer de station. Mais d'abord, comment tu sais qu'il s'agit de... ?

— Ton téléphone en est rempli.

— Tu as fouillé dans mon téléphone ? Dis-moi que je rêve... Quand ça ?

— L'autre jour, à Seattle. Tu étais introuvable, Amy.

— Le contenu de mon téléphone ne regarde que moi !

— Ah bon ? Et depuis quand on se cache des choses ?

— Je t'en prie, Jack. Tout le monde a ses secrets. C'est ce qui permet de savoir qu'on est différent des autres.

— Je n'en ai pas, moi.

— Ben voyons. C'est pour ça que tu racontes aux gens que tu as quitté la police par simple lassitude ? Pourquoi tu ne leur dis pas qu'un soir tu as pété...

— Vis-à-vis de *toi*, précisai-je. Et tu voudrais que je leur dise quoi, d'ailleurs ? Que j'ai failli me retrouver sur...

— Non, bien sûr que non, mais....

Elle expira lourdement. L'air commençait à fraîchir. Nos regards se croisèrent et l'espace d'un instant il n'y avait plus que nous deux. Comme si la bulle avait éclaté, rendant toute querelle absurde.

— Tu veux un café ?

Elle hocha la tête.

— À moins que tu ne préfères un thé ?

Elle concéda un sourire.

— Un café, ce sera très bien.

Nous achetâmes nos boissons trente mètres plus haut, en remontant vers la plage. Nous continuâmes dans cette direction quelque temps, puis, sans même nous consulter, nous repartîmes vers la mer. Nous ne pouvions venir ici sans être aspirés par la jetée, sans que nos quatre pieds ne nous y ramènent d'eux-mêmes.

Je m'entendis prononcer une phrase sortie de nulle part, aussi maladroite qu'inattendue dans ma bouche :

— Tu crois qu'il reste encore une part de lui ici ?

— Qui ça, lui ?

Elle savait très bien de qui je parlais.

— Tu te rappelles le vent ? Comment il a rabattu... Comment il en a rabattu une partie sur nous et sur la jetée ?

Son regard s'esquiva.

— Il n'en reste rien. Jack. Ni ici, ni nulle part. Cela remonte à deux ans. C'est digéré.

— Non, justement. Nous n'avons jamais digéré.

— Moi, si. Ça ne sert à rien d'y revenir.

Je vis son menton trembler, deux légers frémissements. Cela faisait longtemps qu'elle n'avait pas pleuré devant moi. Trop longtemps, même, étant donné ce que nous avions traversé.

— On n'en parle jamais, Amy.

— Parce qu'il n'y a rien à en dire.

— Mais si, c'est obligé.

Elle secoua la tête et son visage se ferma.

— J'étais enceinte. Le fœtus est mort à cinq mois et j'ai porté un petit cadavre. Puis il est sorti, on l'a incinéré et on a dispersé les cendres dans la mer. Mon ventre est fichu et je n'aurai jamais d'enfant. Il n'y a rien à ajouter, Jack. Ce qui est arrivé est arrivé, et j'ai tourné la page.

— Alors, pourquoi tu as changé le fond d'écran de ton bigo ?

— À ton avis ? Parce que je suis enceinte, sur cette photo ! J'ai décidé d'aller de l'avant, Jack, et tu devrais en faire autant. Arrêter d'y penser. Ne pas te laisser bouffer par cet accident ou par des choses vieilles de quinze ans. Les gens meurent, parfois. Les enfants, les papas... Tu ne peux pas rester bloqué sur le passé. Ton stupide dieu des calamités n'existe que dans ta tête, Jack. Il n'y a personne à arrêter. Il n'y a pas de coupable. On ne peut rien y changer.

— De là à faire comme s'il ne s'était rien passé...

— Ce n'est pas le cas ! J'évite juste de m'y complaire. J'en ai marre de ces conneries. Je ne veux plus être cette fille-là.

— Eh bien, bravo, c'est réussi.

— T'es vraiment con de me dire ça.

— C'est toi qui fais la conne.

Alors, le ton monta comme entre deux gamins hargneux. Deux adultes gueulant à l'extrémité d'une digue, sous l'œil

Les Intrus

ébahi des passants qui soit déviaient leur trajectoire, soit ralentissaient pour grappiller quelques bribes, sans se douter qu'ils voyaient là un univers se fendre en deux.

Qu'une telle scène puisse survenir entre nous, et dans ce lieu précis, m'emplit d'une telle tristesse que les mots se bloquèrent dans ma gorge.

– Écoute, finis-je par lâcher, regarde-moi dans les yeux et dis-moi simplement que ça ne concerne pas un autre homme.

J'étais furieux de devoir poser cette question. Et affligé, et vulnérable. C'était un peu comme de demander : « Pourquoi tu ne m'aimes plus, maman ? » Je me faisais l'effet d'un gosse de quatorze ans. Et la non-réponse d'Amy n'arrangea rien :

– Tu es ridicule, Jack.

– C'est Todd Crane ?

– Je rêve...

– Ravale ce sourire, Amy. Je te pose une question d'adulte. As-tu une aventure avec Crane ?

– Je... Bon, il y a très longtemps, plusieurs années avant que je ne te rencontre, je suis sortie avec Crane. Mais brièvement. Et il n'y a jamais eu de suite. Ce type n'a rien dans le crâne, Jack.

– Alors, c'est qui ? Le dénommé Shepherd ?

Elle me dévisagea. Je n'avais pas mis dans le mille – pas directement, du moins – mais à l'évidence elle était déstabilisée.

– Que... Comment le connais-tu ?

– Oui ou non, Amy ?

Ses yeux se dérobèrent, un rien brouillés.

– Bien sûr que non.

– Et cette relation avec Crane, elle ne daterait pas de l'époque où ta boîte a acheté l'immeuble de Belltown ?

Amy semblait de plus en plus troublée. Je compris que Fisher disait vrai sur un point, cet immeuble avait son importance.

– Je t'assure, Jack, tu ne devrais pas te mêler de tout ça. Cela ne te concerne ni de près ni de loin, et tu ne pourrais pas comprendre. Crois-moi.

Mais maintenant que j'étais lancé, je ne pouvais plus m'arrêter. Restait un dernier nom dans mon chapeau, celui qui figurait sur l'acte de propriété aux côtés de ceux d'Amy et de Crane.

— Et si je te dis Marcus Fox ?

Elle se décomposa. Devint livide. Je hochai le tête, en réfutant intérieurement tout ce qu'elle pourrait ajouter. La réfutant *elle*, en d'autres termes. À la réflexion, ce que nous avions vécu ces dernières années, nous ne l'avions pas surmonté ensemble. Le temps s'était au contraire immiscé entre nous, à la façon d'un mur de glace, d'abord transparent, puis chaque jour un peu plus dur et plus opaque.

— Je te laisse une dernière chance, déclarai-je. Dis-moi ce qui se passe.

D'une main tremblante, elle attrapa ses cigarettes dans son sac. Elle alluma la dernière et jeta le paquet vide à la mer – elle qui, à l'époque de notre rencontre, faisait du bénévolat pour nettoyer les plages.

— Je suis insensible aux menaces, répliqua-t-elle.

Son regard était droit, calme et froid. Les doigts qui tenaient sa cigarette étaient prolongés de deux taches roses. Je m'aperçus que je ne connaissais pas cette femme. Quelqu'un avait réussi à s'introduire dans ma vie ; il s'était frayé un chemin jusqu'à moi pour détruire ce que j'avais de plus précieux. J'avais cru me protéger du dehors, en gardant une maison vide. Mais je l'avais cru à tort. Amy était restée à l'intérieur tout du long, et c'était elle que l'individu venait chercher.

Et maintenant, il me l'enlevait.

Je sentis une chose très mauvaise et très sombre se lever dans mon esprit, une agitation que je craignais de ne pouvoir maîtriser.

— Tu n'es plus toi, fis-je d'une voix pâteuse.

— Eh si, Jack. Désolée, mais c'est bien moi.

— J'espère que non, tu sais. Parce que je ne connais pas cette personne. Et elle ne me donne pas envie de l'aimer.

Sur quoi, je pris congé.

Je remontai la jetée à grandes enjambées, jusqu'au dernier tournant au-delà duquel Amy n'était plus visible. Mes yeux clignaient, mes poings oscillaient le long de mes cuisses, mes bras et mes épaules semblaient obéir à un autre.

Les Intrus

Parvenu tout au bout, je me résolus à stopper pour respirer profondément. La jetée donnait l'impression de rouler sous mes pieds, mais ce n'était qu'une illusion. Le monde entier se dérobait, et soudain je compris ce que j'avais ressenti sur la terrasse de Birch Crossing, quand l'espace d'un instant je n'avais plus su où j'étais.

L'impression d'avoir passé de longues années dans un rêve et d'être sur le point de me réveiller.

À mon retour, elle n'était plus là.

Je repartis aussitôt vers les terres, toute colère envolée. Il me fallut zigzaguer entre les grappes de badauds satisfaits, un peu à la manière d'un fantôme. Puis je me mis à courir.

Parvenu au début de la jetée, je levai les yeux vers la rampe et vis une silhouette qui ressemblait à Amy – à une soixantaine de mètres, tout près d'Ocean Avenue. Je criai son nom.

Qu'elle m'eût entendu ou non, elle ne se retourna pas. Elle se dirigea vers une voiture arrêtée au carrefour, ouvrit la portière arrière et monta à bord. Le véhicule s'ébranla dans l'instant. Je n'avais aucun moyen de la rattraper.

J'empoignai mon téléphone. Tombai sur sa messagerie. Elle ne voulait pas me répondre.

– Amy, haletai-je. Appelle-moi. S'il te plaît.

Puis je composai un deuxième numéro pour commander une petite recherche à quelqu'un. Dans l'attente du résultat, je grimpai jusqu'à l'avenue et me laissai choir sur un banc du parc. Mon portable sonna au bout de cinq minutes.

– Que savez-vous sur ce gars ? s'enquit Blanchard.

– Juste son nom. Pourquoi ?

– Fox était un homme d'affaires. Une grosse pointure de Seattle, visiblement.

– *Était*, vous dites ?

– Il a disparu voilà neuf ou dix ans.

– Criblé de dettes ?

– Non. Mais il semble que la Crim s'intéressait à lui. Un témoin pensait l'avoir vu dans le secteur où avait disparu une petite fille, dans le district de Queen Anne, à quatre ou cinq rues de chez Fox. Plusieurs fillettes avaient disparu à cette époque – pour ne pas dire un certain nombre. Quand les inspecteurs se sont pointés dans sa propriété, ils ont trouvé un sous-sol immaculé.

– Trop propre, vous voulez dire ?

– Possible. En attendant, le bougre s'était volatilisé. J'ai causé à l'un des hommes chargés de la perquisition, et il a comparé les lieux à la *Marie-Céleste* : une bouteille de vin débouchée sur la table, un cigare coupé et prêt à être fumé, la totale. Le dossier reste ouvert, mais il est plein de poussière, et nous n'avons jamais rien trouvé de plus sur ce type. Alors dites-moi un peu, Jack, en quoi vous intéresse-t-il ?

– Je n'en sais rien.

– Je ne suis pas sûr de vous croire, fit Blanchard d'un ton las. Ce collègue à qui j'ai parlé me dit qu'une autre personne est venue s'intéresser à Fox il y a quelques semaines. Il se disait avocat. Dois-je vous préciser son nom ?

– Inutile.

Après cela, je passai un dernier coup de fil.

– Tu m'as mené en bateau, grognai-je avant que Fisher n'ait pu dire un mot. Je pars pour Seattle, et on va se retrouver quelque part. Ne m'oblige pas à venir te débusquer, ou tu le regretteras jusqu'à la fin de tes jours.

Je raccrochai, puis traversai la rue pour héler un taxi. Je demanderais au chauffeur de me conduire à l'aéroport, ou à l'hôtel, ou dans un bar – bref, dans un lieu où je puisse passer la nuit avant de m'envoler vers le Nord.

Chapitre 32

Rachel se tenait au carrefour, bouche bée. Elle scruta le fond de la rue, recommença de l'autre côté. Pivota sur elle-même avec affectation, comme si cela pouvait aider. Mais il n'en ressortit rien. *Saloperie de merde.*
Elle était vraiment partie.
Merveilleux.
Merci, Lori. Une fin idéale pour une soirée idyllique.
Certes, il était convenu que celle qui rencontrait un mec cinq étoiles avait le droit de se tirer avec lui sans prévenir sa copine. Cet arrangement était toutefois biaisé, car Lori insistait toujours pour qu'on prenne sa voiture, si bien que ce n'était jamais elle qui se retrouvait en plan devant le bar le plus hype de Seattle, condamnée à une longue marche qui paraîtrait de plus en plus interminable à mesure que se dissiperait son dernier verre de vin. Une marche dans une jupe qui n'était pas taillée pour ça. Et sans manteau digne de ce nom.
– Merde, grogna-t-elle d'une voix traînante.
Mais rien ne sert de pleurer sur le lait renversé. Ni sur les *copines* renversées. Ha ! Était-ce drôle, ou juste malin ? Était-ce seulement malin ?
Vu que ce dialogue se déroulait dans sa tête, qu'est-ce qu'on en avait à foutre ?
Rachel considéra le Wanna Be d'un air irrésolu. Elle pouvait toujours retourner à l'intérieur et demander si quelqu'un connaissait un sortilège pour faire apparaître un taxi, mais

l'attente risquait d'être longue. Et puis elle n'avait pas trop envie d'expliquer les raisons de son retour au portier, un grand Black plein de suffisance qui ignorait que dans un mois il distribuerait des invitations à des poivrots pour maintenir le bruit de fond à des niveaux rentables.

— Merde, grogna-t-elle de nouveau.

Elle noua sa veste autour de son cou. Pria le ciel que le nouveau copain de Lori ait de sérieux troubles psychologiques et une bite de la taille d'une noix de cajou, puis lâcha un dernier « merde » à mi-voix, et se mit en route.

— Vingt-sept, murmura-t-elle.

Elle tenait le compte précis. L'approximation n'était pas de mise. Elle voulait insérer le nombre *exact* entre « J'ai dû me taper » et « putains de blocs » dans le mail que recevrait Lori demain à la première heure.

Elle profita de ce nouveau jalon pour s'accorder une minute de repos. Plus que deux pâtés avant le bon carrefour, puis un dernier quart d'heure de marche et elle retrouverait sa tanière, son petit pavillon de rien du tout dans un quartier qui ne payait pas de mine : son chez soi, là où elle avait ses affaires, où elle dormait, où elle mangeait devant la télé. Sa maison, pour ainsi dire. Elle savait qu'elle avait de la chance, et que sans l'aide de son père elle aurait partagé un squat imbibé de came avec trois autres paumés de vingt ans.

Elle trouva la force de repartir, mais à un rythme moins soutenu. Les rues étaient désertes, sauf pour de rares voitures qui filaient comme des flèches. Des pavillons coquets s'alignaient derrière des jardins tondus, toutes vitres éteintes. Personne ne veillait tard, par ici. Les gens avaient eu ce qu'ils voulaient ; ils n'avaient pas à feindre de le chercher dans des bars de nuit pleins de lumière et de clameurs et pourtant aussi chaleureux qu'un placard vide. Qui a besoin de ces conneries quand on possède un garage à deux places ? Ici, tout le monde roupillait dans un grand lit moelleux. Tout le monde, excepté...

L'auteur de ces bruits.

Rachel s'arrêta, pivota. Elle avait entendu des pas. Elle s'en voulait de flipper pour quelque chose d'aussi banal, mais il était tard, il faisait noir, et c'était plus fort qu'elle.

Elle ne vit personne derrière elle. Le piéton devait se trouver à une certaine distance car ses pas étaient discrets, légers. Rachel ouvrit son sac à main et sortit son téléphone.

— C'est sûr, marmonna-t-elle dans le micro. Mais les pingouins sont toujours comme ça, tu sais. La plupart ne savent même pas conduire. Sauf ceux avec les grosses crêtes. La CIA en élève pour les compétitions de cross-country.

Elle se tut un instant – simuler une conversation téléphonique dans l'espoir de dissuader un agresseur lui semblait grotesque, mais une amie de Lori jurait que cela lui avait plus d'une fois sauvé les miches –, puis elle tendit à nouveau l'oreille.

Le silence était revenu. Le promeneur solitaire avait changé de cap. Tant mieux. Rachel garda néanmoins son téléphone contre son oreille, le temps de tourner au carrefour qui la situait désormais à six blocs de chez elle. Puis sa main droite redescendit lentement.

Une personne était postée vingt mètres plus haut.

Pas très grande, les traits voilés par le contre-jour d'un réverbère.

Rachel ralentit, plissa les paupières.

La silhouette se révéla celle d'une fillette, plantée pile au milieu du trottoir.

— Je suis perdue, dit l'enfant.
— Tu habites où ? s'enquit Rachel.
— Ailleurs.
— Je vois. Mais, euh... comment se fait-il que tu sois dehors à cette heure-ci ?

La fillette ignora la question. Rachel ne s'en formalisa pas : elle se savait nulle avec les gosses, sauf peut-être avec sa très jeune sœur. Elle ne croisait jamais d'enfants au bureau, ni à la salle de gym. Ni dans les bars, ou alors très peu. Les seuls lardons qu'elle fréquentait étaient ceux de sa grande sœur, qui d'ailleurs ne les laissait jamais seuls en sa présence, comme si elle craignait qu'elle ne leur soutire du fric ou leur apprenne à fumer.

Elle tira sur sa jupe et se pencha en avant, pour paraître gentille.

— Ta maman sait où tu es ?
— Non.
— Tu habites où, chérie ?
— Je veux juste être au chaud. Je ne veux pas rentrer chez moi.

Aïe, pensa Rachel. C'était tout de suite plus délicat. Une petite fille qui ne retrouve pas son chemin ? Il suffit de jouer les bonnes voisines. Mais une fugueuse... Des problèmes familiaux, l'oncle Bob qui fait des choses bizarres, tout ça...

— Et pourquoi ? reprit-elle. Il est tard. Il fait froid. Tu serais bien mieux chez toi, tu ne crois pas ?

La fillette la laissa parler, avant de demander :
— Tu habites où, toi ?
Rachel leva les sourcils.
— Je te demande pardon ?
— Tu habites où ?
— Pas très loin, mais...
— Emmène-moi chez toi.
— Écoute, fit Rachel, je vais t'aider à retrouver ta maison. Tes parents doivent être morts d'inquiétude. Mais si tu veux...

La gosse se jeta sur elle.

Rachel ne s'y attendait pas. Elle eut beau tendre le bras pour se rattraper, elle tomba sur le dos et se cogna la tête. La séquence dura à peine une seconde. Une blancheur envahit son crâne, comme si la lumière transperçait le ciel nocturne.

Puis elle vit au-dessus d'elle le visage ombragé de la fille.

— Emmène-moi chez toi.

Rachel recula à quatre pattes, une douleur osseuse dans le poignet.

— Non, mais t'es pas bien ?

Le visage de la gosse redevint net. Sa bouche formait un trait fin.

— Emmène-moi chez toi.
— Je ne t'emmènerai nulle part, espèce de petite tarée !

La fillette hésita un instant, puis flanqua son pied dans le ventre de la jeune femme et déguerpit. Rachel la vit escalader une clôture et disparaître dans un jardin.

Sitôt remise sur ses jambes, Rachel repartit en hâte. Au bout de deux rues, elle sentait trembler tout son corps, le contrecoup de son agression. Elle pensa appeler les flics pour leur dire de rappliquer avec un grand filet, mais elle préférait d'abord regagner ses pénates.

À deux rues de chez elle, les choses reprirent un tour étrange. Croyant déceler les mêmes bruits que précédemment, elle stoppa net.

Silence.

Elle tourna lentement sur elle-même, s'attendant à repérer une ombre frêle sous un lampadaire. Mais elle ne vit rien ni personne.

Elle avait la trouille, voilà tout.

Rachel accéléra encore l'allure. Elle avait l'impression que ses oreilles pointaient à vingt centimètres de ses tempes, et ses épaules avaient dégusté dans la chute. Mais elle concentra toute son énergie dans ses talons, *clic-clic-clic-clic*, en s'efforçant de regarder droit devant elle. Pour continuer d'avancer.

Puis ses yeux bondirent sur la gauche.

Deux pavillons presque identiques, de plain-pied, séparés par une petite barrière. Paisibles et immobiles sous un léger clair de lune. Mais n'avait-elle pas vu quelqu'un enjamber cette barrière, tout au fond des jardins ? Son cerveau n'en était pas sûr, mais son cœur battait avec conviction. Et colère.

Elle réfléchit. Elle avait tourné la tête très vite, et cinq ou six mètres séparaient la barrière du mur suivant. Une petite fille pouvait-elle parcourir une telle distance en si peu de temps ? Non, ce n'était sûrement qu'un chat ratissant son territoire. Il saute la barrière, attire l'attention de Rachel et se fond dans la nuit, à sa manière toute féline.

Seulement... Si par malheur il s'agissait bel et bien de la môme, cela signifiait qu'elle avait doublé Rachel. Qu'elle risquait de l'attendre quelques maisons plus loin, cachée derrière une palissade.

Non. Ce n'était qu'un simple chat.

Mais dans le cas contraire, que faire ? Courir comme une malade et se farcir Dieu sait combien de blocs jusqu'au bar pour demander de l'aide au grand Black ? Ou alors appeler les flics ? « Bien sûr, madame, et combien de verres avez-vous bus cette nuit ? Vraiment, tant que ça ? »

Et puis enfin, ce n'était qu'une gosse. Elle l'avait eue par surprise, mais Rachel ne se laisserait pas avoir deux fois. Le prochain coup, c'était elle qui enverrait le petit monstre au tapis.

Elle parcourut les ultimes longueurs en trottant, surveillant les barrières à mesure qu'elles défilaient. Par rapport au précédent, son quartier à elle était un cran en dessous, en termes de superficie et de standing, et son propre jardin n'était ni large ni profond. Par bonheur, elle n'y vit personne.

Ses clés déjà sorties, elle sprinta jusqu'à la porte, l'ouvrit, entra et referma.

Puis elle éclata de rire. Seigneur, quelle nuit de *merde*.

Elle se versa un grand verre de vin et siffla la moitié en une gorgée. Même si elle n'avait pas compté le nombre total de blocs, elle disposait d'assez d'arguments pour couper la chique à Lori – et peut-être même, pour une fois, lui arracher des excuses. Elle gagna le salon et resta debout, un peu désœuvrée. L'émotion et l'adrénaline refluaient tout doucement. Que voulait-elle faire à présent ? Savourer le silence ? Allumer la télé ? Lori ne faisait sûrement ni l'un ni l'autre à cette heure-ci...

Rachel avala une nouvelle lampée. Celle-ci raviva les restes d'alcool dans son organisme, et elle se sentit un peu pompette. Pompette et maussade. Et effarée. Dans quel monde vivait-on pour que des petites chiardes se mettent à agresser les femmes célibataires en pleine nuit ?

Et dans quel monde pourri vivait-elle, elle, pour que ce terme de célibataire lui colle toujours à la peau ? Pourquoi devait-elle toujours rentrer seule ? Pourquoi n'y avait-il aucun mec dans ce salon ? Ce n'était pas normal. Merde alors.

Elle levait son ballon de rouge avec défi, décidée à lui jeter un sort avant de s'en servir un deuxième – personne ne le verrait, après tout –, quand elle entendit quelque chose.

Un bruit de verre cassé.

Les Intrus

Dans sa virevolte, le merlot de qualité moyenne gicla sur la moquette.

Cela venait d'en haut.

Elle posa délicatement son verre sur la table et s'engouffra dans le couloir, le cœur battant la chamade. Elle agrippa la rampe d'escalier, leva les yeux vers le palier. Songea de nouveau à prévenir les flics, mais ils n'arriveraient jamais à temps. Elle envisagea un instant de détaler dans la rue, avant de se dire : *Pas question. Je suis chez moi, sans déconner.*

Elle gravit lentement les marches, en gardant les pieds écartés pour éviter qu'elles ne craquent. Parvenue à l'étage, elle s'immobilisa. Silence. Elle traversa le couloir en deux foulées puis ouvrit la porte de sa chambre.

Le carreau inférieur de la fenêtre était brisé, un trou dentelé et scintillant. Les éclats de verre gisaient devant la plinthe. Rachel promena son regard dans la pièce. Sa penderie ne pouvait accueillir ne fût-ce qu'un corsage supplémentaire, alors ne parlons pas d'un être humain. Quant au sommier du lit, il était posé à même le sol : lui non plus ne pouvait cacher personne.

Puis elle remarqua un objet incongru. Une petite pierre, au pied de la commode.

Quelqu'un avait dû la lancer du jardin. Quelqu'un ? Le nombre de candidats semblait très limité...

Rachel s'approcha de la fenêtre. S'adossa au mur, puis avança la tête tout doucement, prête à reculer dans l'instant.

Le jardin était vide, mais Rachel décréta que la plaisanterie avait assez duré. Tout bien considéré, elle allait prévenir les flics. Elle quitta la chambre en trombe et dévala l'escalier.

La fillette l'attendait au bout du hall, éclairée de dos par l'ampoule de la cuisine.

Rachel comprit la manœuvre : la gosse l'avait attirée là-haut avec la pierre, avant de casser le carreau de la porte de derrière pour y passer la main et défaire le verrou. Mais comment pouvait-on concevoir un tel plan à cet âge ? C'était quoi, cette gamine ?

– Sors de chez moi, ordonna Rachel.

Mais sa voix était trop sourde, trop faible.

La fillette tenait quelque chose dans sa main. Un couteau à viande professionnel de vingt-cinq centimètres, datant de l'époque où Rachel avait voulu s'initier à la cuisine française. Elle avait acheté toute une pile de bouquins, ainsi qu'un robot ménager, pour finalement baisser les bras après avoir foiré son premier confit de canard. En d'autres termes, ce couteau avait à peine servi depuis qu'il avait quitté le magasin. Il était parfaitement aiguisé, et démesuré par rapport à sa nouvelle détentrice. Une morveuse de cet âge aurait dû sembler ridicule avec une telle arme à la main. Malheureusement, ce n'était pas le cas.

Rachel tourna les talons et se rua vers la porte d'entrée. Elle tira sur la poignée, sans résultat. Elle avait fermé à clé en rentrant.

La fillette la rejoignit dans le séjour.

— Tu vas m'aider, annonça-t-elle.

— Écoute, chérie, chevrota Rachel en calant ses mains sur ses hanches, c'est plus possible, maintenant. Je sais pas quel est ton problème, mais moi j'appelle les flics. Et je plaisante pas.

L'enfant pointa le couteau sous sa propre gorge.

— Non, tu ne vas pas les appeler.

— Tu te trompes. Sors de chez moi.

— Ne me pousse pas à bout, insista la fillette en piquant la lame dans son cou.

— Mais qu'est-ce que tu... ?

— Tu tiens à ce que la police découvre un tel spectacle ?

— Écoute...

Les yeux de la fillette se mouillèrent brusquement. Elle releva sa main de quelques millimètres et une goutte sombre apparut sur la pointe du couteau. Puis elle resserra ses doigts sur le manche, prête à s'égorger d'un coup sec. Rachel comprit qu'elle ne renoncerait pas.

— S'il te plaît, implora l'enfant d'une voix douce, terrorisée, méconnaissable. Aide-moi. Ce n'est pas moi qui fais ça...

— Mon Dieu ! glapit Rachel tout en montrant ses paumes. D'accord, tu as gagné. Mais je t'en prie, arrête...

La fillette s'avança d'un pas, sous la lumière du plafonnier, et l'espace d'un instant elle parut moins folle – comme si ce couteau avait atterri entre ses mains par accident, lors d'une séance de cuisine avec sa maman, et qu'on allait le reposer tout de suite, avec d'infinies précautions.

– Promis ?

– Oui, c'est promis.

L'enfant baissa lentement son arme et montra un sourire timide. C'était un joli sourire, et Rachel se détendit un chouia. Une gosse qui avait ça en elle ne pouvait être entièrement mauvaise. Espérons, du moins.

– O.K., reprit-elle sur le même ton calme et amical. Alors tout va bien. Et si tu me disais ton nom ?

Le visage de la petite se ferma.

– En quoi ça t'intéresse ?

– Pour que je sache comment m'adresser à toi, chérie. Moi, c'est Rachel. Tu vois, ça risque rien.

La fillette tenait le couteau d'une main lâche, comme si elle n'y pensait plus.

– Je m'appelle Madison, dit-elle. Principalement.

– Super, sourit Rachel. C'est un très joli prénom. Madison et Rachel, les deux copines...

La gamine resta impassible. Puis elle cligna des yeux.

– Je connaissais déjà ton nom, avoua-t-elle.

Elle sourit de nouveau, mais quelque chose avait changé. Son visage, son corps, ses vêtements : tout sonnait faux chez elle. Seul son regard était sincère. Rachel sentit son ventre se nouer.

– Le temps ne fait pas de cadeaux, dit Madison en détaillant la jeune femme de la tête aux pieds. Tu étais pourtant si parfaite, et tellement dans mon genre. J'avais même éprouvé un début de béguin, tu imagines un peu ? Mais bon, tout ça c'est le passé, et il faut vivre dans le présent. Alors comprends bien une chose, ma pas-si-petite Rachel. Tu es trop vieille, et je ne suis pas ta copine, et même si je l'étais, ça ne m'empêcherait pas de te tailler en pièces. Alors je ne saurais trop te conseiller de faire ce que je te demande.

Rachel hocha la tête. Elle ne voyait pas d'autre solution.

– Bien, dit la fillette. On va d'abord passer un petit coup de fil. Ça devrait t'intéresser. Ce sera instructif, en tout cas.

Sa poigne s'était raffermie sur le couteau. Distraite par ce constat, Rachel ne vit pas, ou trop tard, l'autre main jaillir vers sa tête.

– Excellent, se réjouit Madison lorsque Rachel tomba inerte sur le sol. Maintenant, voyons un peu combien le grand Todd Crane aime sa fifille.

Chapitre 33

C'est un endroit familier. La scène s'est maintes fois rejouée dans ma tête, mais jamais aussi intense qu'au moment des faits.

Je suis à Los Angeles. J'occupe un fauteuil étroit, dans le noir, parmi des décombres à l'odeur prononcée. J'attends deux types dont j'ai établi l'identité suite à la seule véritable enquête que j'aurai jamais entreprise. Des types qui ont foulé un espace interdit pour y commettre un vol, puis au moins deux viols et un meurtre. Si l'homme est avant tout un animal social, certains refusent de comprendre qu'on ne peut s'introduire chez autrui sans permission. Ceux-là sont peut-être des *homo sapiens*, mais ce ne sont pas des êtres humains. Telle est ma conviction.

J'ai conscience de perpétrer le même crime qu'eux – et que ceux qui ont tué mon père, il y a de longues années, à des centaines de kilomètres d'ici. Je n'ai rien à faire dans cette maison. Même si j'avais un mandat, je ne devrais pas être ici. Ma place est chez nous, auprès d'Amy qui touche le fond et qui a besoin de moi. Mais je me trouve ici. Je suis impuissant face au chagrin d'Amy, comme face au mien, et j'ai déjà tout essayé. Voilà pourquoi je campe dans les ruines d'une maison adossée à un canyon, entre des fenêtres closes, dans une atmosphère confinée. Que suis-je venu faire au juste ? Arrêter deux individus dont j'ai percé l'identité, ou bien deux inconnus du passé dont je ne saurai jamais les noms et que je ne pourrai jamais coincer ?

Mais je ne me pose pas cette question. Je ne pense plus à rien. Penser signifie revoir l'échographiste fixer son écran quelques secondes de trop, avant d'appeler un supérieur. Puis revoir ma femme arpenter la maison, à attendre en vain que la chose libère son ventre. La séquence culmine deux jours à peine avant cette nuit, au bout de la jetée de Santa Monica, dans une fine poussière que le vent rabat sur mon visage, comme pour bien me faire comprendre que cet événement ne s'effacera jamais, au grand jamais. La matière qui fut expulsée puis incinérée n'était pas lui, ce n'était pas notre enfant. Notre fils n'a jamais atteint le monde extérieur. Il est resté coincé dedans, il erre dans ces couloirs intérieurs, n'apportant au monde que sa présence spectrale dans nos têtes. Ceux qui partagent leur vie avec un défunt savent qu'il n'est rien de plus assourdissant que le souvenir de toutes les choses qui ne seront jamais dites, et de tous les moments qui n'existeront jamais.

Amputé aux deux bouts de la lignée familiale, je n'ai plus d'autre endroit où aller. Je viens donc ici, et j'attends. Il faut un responsable. Quelqu'un doit payer pour quelque chose. J'entends enfin s'ouvrir la porte d'entrée. Puis des voix sonores, des pas lourds, et j'ai l'impression qu'ils sont plus que deux. Leur timbre est rustre, hostile, rongé d'une frustration aussi toxique que la mienne.

D'ici trois minutes, j'aurai abattu quatre hommes.

Je ne veux pas revivre ça. Quand je parviens enfin à m'extirper de mon rêve, je fiche une peur bleue à mon voisin de siège, et tout en poussant un cri je m'aperçois que ce n'étaient point des bruits de pas que j'entendais, mais seulement le déploiement du train d'atterrissage.

Lorsque nous touchâmes Seattle, peu avant midi, le première chose que je fis fut de rallumer mon téléphone. Il vibra au bout de trente secondes. Le message n'était pas d'Amy, comme je l'espérais, mais de Gary Fisher. Il m'indiquait une adresse.

Son hôtel était dans la partie ouest du centre-ville, près de la gorge de l'Interstate 5. Il semblait de la même catégorie que le précédent, ce qui, après ma discussion avec Blanchard, semblait assez logique. Fisher voyageait sur ses propres deniers, et non plus pour le compte d'un client fortuné. Je garai la voiture sous

Les Intrus

l'hôtel, pris quelque chose dans le coffre, puis montai à l'accueil.

Gary avait dit qu'il viendrait m'accueillir dans le hall. Je préférai demander son numéro de chambre à la réception et monter comme un grand. Je frappai à la porte. Me répondit une voix étouffée.

— C'est pour le minibar, annonçai-je en détournant la tête.

— Je n'ai besoin de rien.

— Je dois vérifier le stock, monsieur.

Dès que la porte s'ouvrit, je la projetai d'un coup de pied dans le visage de Gary. Puis j'entrai dans la pièce et refermai derrière moi.

— Jack ! Mais qu'est-ce que... ?

Je le poussai violemment. Il tomba sur le dos. Je calai mon genou sous son sternum, sortis mon flingue et pressai le canon sur son front.

— Ta gueule, Gary.

Il ouvrit quand même la bouche.

— Je suis sérieux, Gary, dis-je en appuyant le flingue un peu plus fort. J'en ai ras le cul de me faire baiser par toi et par tous les autres. Tu piges ?

Il se contenta de cligner les yeux.

— As-tu fait tuer Anderson, Gary ?

— Quoi ? protesta-t-il.

— Nous n'étions que trois à connaître le lieu du rendez-vous. Toi, moi et lui. Je n'en ai parlé à personne d'autre, et je pense que lui non plus. Reste une dernière possibilité : toi.

Il parut affolé. Voulut se redresser, avant de se raviser devant mon regard noir.

— Il faut me croire, Jack.

— Non, Gary. Je n'ai pas à croire un type qui s'enfuit d'un hôpital alors qu'un gars vient de crever sous nos yeux. Puis qui rend sa piaule et met les voiles.

— J'étais obligé, Jack. Il... J'ai été suivi. Quelqu'un avait visité ma chambre.

— Putain, Gary. Retourne chez ton psy, sans déconner.

— Je n'ai aucun problème de...

— Ah non ? Et pourquoi tu m'as dit que tu bossais toujours pour ton cabinet, alors que tu es en congé d'office ?

— Comment tu sais ça ?

— Et c'est quoi, au juste, ces « raisons personnelles » ? À quoi tu joues, Gary ? Mais au fond, tu veux que je te dise ? J'en ai rien à foutre de tes problèmes. J'en ai de plus gros à régler.

— Détrompe-toi, Jack. Rien n'est plus gros que ça.

Je considérai cet homme étendu sur une moquette d'hôtel, et me demandai comme j'avais pu en arriver là. Comment nous avions pu passer d'un stade de lycée à ça.

— Peu importe, rétorquai-je. Je m'en tape, d'Anderson, de Cranfield et de toutes ces conneries. Je veux que tu me craches tout ce qui peut concerner Amy, puis que tu dégages de ma vie.

— D'accord, Jack, je t'ai caché des trucs. Mais il le fallait. Je t'en prie, laisse-moi t'expliquer.

J'aurais dû repartir. C'était trop agréable de tenir ce flingue. Mais je n'avais pas d'autre endroit où aller, sinon chez Todd Crane, ce qui n'était pas une bonne idée. Je cherchais des solutions faciles. Je cherchais quelqu'un à punir.

— S'il te plaît, insista-t-il. Accorde-moi cinq minutes.

— Cinq minutes de baratin ?

— Regarde dans ma sacoche.

Je repérai l'objet en question, ouvert en deux sur la chaise.

— Pour quoi faire ?

— Regarde, je te dis. Je reste ici, par terre.

Je le lâchai pour fouiller la sacoche. Des copies de contrats, des ouvrages juridiques. Une bible cornée, lardée de Post-it.

— Regarder quoi, Gary ?

— Dans la poche latérale.

J'exhumai une petite brique de plastique dur. Un mini DV.

— On voit Amy, là-dessus ?

— Non, Jack. Ce n'est rien de ce genre.

— Alors je m'en cogne.

— Écoute, Jack ! Il y en a pour cinq minutes, pas plus. Après je te dirai tout ce que je sais.

— Et elles peuvent m'intéresser, ces choses que tu sais ?

— Oui.

Les Intrus

Je jetai la cassette sur son torse.

Assis dans le fauteuil, arme au poing, je regardai Fisher se relever. Il sortit un Caméscope de la sacoche, ainsi qu'un câble noir. Il brancha une extrémité derrière le téléviseur, puis ficha l'autre dans le Caméscope et inséra la cassette.

— Il faut que je retrouve l'endroit, prévint-il.
— Très bien. Le temps sera décompté des cinq minutes.

Il se tint voûté devant le poste, à bidouiller le caméscope.

— O.K., dit-il enfin. On y est.

Il s'écarta de l'écran, qui était noir, et alla fermer les rideaux.

— Pourquoi tu fais ça ? demandai-je.
— Parce que le film est très sombre.

Il s'assit au bout du canapé. La pénombre de la pièce permettait de discerner une faible lueur dans la télé. Fisher actionna une minuscule télécommande.

Le poste s'illumina d'un coup. On y voyait un parc, par un après-midi frisquet. De l'herbe, des arbres feuillus, deux joggers en arrière-plan, et des bruits de pas sur le gravier.

La caméra pivota et zooma sur une enfant, une toute petite fille qui titubait le long d'un sentier, agitant un bâton avec détermination.

— Beth ? lançait alors la voix de Gary. Bethany ?

La fillette se retourna, avec une seconde de décalage, le temps de se rappeler que ces syllabes émises par son père la concernaient personnellement. Elle sourit à la caméra et babilla en remuant sa main libre.

— Regarde, lui dit Gary. C'est quoi, ça ?

La caméra vira à gauche pour montrer le gros chien qui s'approchait de la fillette.

— *Af-af !* répondit-elle, radieuse. *Af-af !*
— Oui, mon cœur. C'est un chien. *Ouaf-ouaf.*

La petite s'approcha gaiement de l'animal, en tendant une paume bien ouverte, comme on le lui avait appris. Le toutou amenait dans son sillage un couple âgé.

— Elle n'a rien à craindre, assura la vieille dame. Il est très doux.

Bethany leva les yeux vers la femme, puis vers son mari. Elle le montra du doigt.

— *Api*, affirma-t-elle. *Api*.

Gary gloussa tandis que la caméra descendait à hauteur de sa fille.

— Papy ? dit Gary. Non, ma chérie. (Puis, au couple de vieux.) Elle croit que tous ceux qui... Enfin, vous voyez.

L'homme sourit à l'enfant.

— Tous ceux qui ont les cheveux gris... Je sais bien. Et puis c'est vrai, d'abord, que je suis un papy. Cinq fois, même. (Il se pencha sur Bethany qui flattait le dos du chien.) Comment tu t'appelles, trésor ?

Pas de réponse. Gary reprit la parole :

— Bethany ? Comment tu t'appelles ?

— Betny ? fit la gamine.

Elle tapota le chien une dernière fois, un peu trop fort, avant de s'élancer sur le sentier.

L'image se figea puis bascula dans le noir.

— C'est mignon tout plein, Gary. Mais j'en ai rien à...

— Attends, Jack. Il fallait d'abord que tu voies ça, mais le vrai truc commence maintenant.

L'image changea une nouvelle fois, passant du noir parfait à une sorte de violet granuleux, signe d'un éclairage très faible.

Quand mes pupilles se furent accommodées, je compris que le halo venait d'une veilleuse située hors champ et que les points clairs au milieu du cadre étaient les éléments d'un mobile, des formes animales tournoyant au ralenti. Nous étions dans une chambre d'enfant.

— Mais qu'est-ce que... ?

— Regarde bien, Jack.

Celui qui filmait devait se trouver dans le couloir. On entendait sa respiration, malgré ses efforts pour la contenir. Puis il avança lentement la caméra et la décala sur le côté. Il y eut une sorte de bruissement, suivi d'un *clic*. L'image s'assombrit encore.

L'objectif balaya la pièce dans un mouvement peu stable. La faible lumière qui filtrait des rideaux révéla une fresque murale aux motifs de jungle, puis une chaise haute, une table à langer,

Les Intrus

des étagères couvertes de jouets. La caméra décrivit un tour complet, montrant au passage la porte fermée, pour revenir en plongée sur le lit.

Celui-ci était muni de barreaux, son occupant étant trop jeune pour courir le monde par ses propres moyens. On devinait la forme du bambin endormi. On percevait aussi sa respiration, lente et régulière.

Il ne se passa plus rien pendant deux minutes. La caméra filmait en temps réel, comme l'attestaient les souffles mêlés des deux personnes, ainsi que les flottements de l'objectif face au manque de lumière.

J'avais mieux à faire que de regarder ces conneries. J'allais me redresser lorsque j'entendis quelque chose dans les haut-parleurs du poste.

– C'était quoi ? demandai-je.

Gary me fit signe de la boucler.

La caméra contourna le lit et s'abaissa d'une bonne cinquantaine de centimètres. On voyait, entre deux barreaux, la joue d'une petite fille.

J'approchai mon nez de l'écran sombre.

Un nouveau temps mort, puis le son se répéta. Une sorte de long soupir, mais trop éloigné pour provenir de la bouche du cadreur – que je supposais être Gary. Au bout d'une minute s'éleva un murmure :

– Je ne sais pas.

Je clignai des yeux. Je n'étais pourtant pas fou. Suivirent quinze ou vingt secondes de silence, puis :

– Il n'y a personne qui m'entende ?

Ces mots étaient poussifs, fluctuants. La fillette restait immobile, les yeux fermés.

Et elle avait deux ans.

– Va-t'en, fit-elle alors, cette fois d'un timbre normal, avec les syllabes brutes d'une enfant.

– Non, répondit aussitôt l'autre voix, toujours par la bouche de Bethany. Je n'irai nulle part.

La petite se tourna sur le côté, face à la caméra, d'un mouvement brusque et mécontent.

Le réalisateur retint sa respiration, craignant sans doute que l'enfant n'ouvre les yeux et ne réveille toute la maison.

Mais ses paupières restaient fermées. Je crus déceler d'imperceptibles pleurs, tandis que s'accéléraient les mouvements du thorax.

— J'attendrai, dit la voix.

L'enfant se remit aussitôt sur le dos. Suivit un long soupir, puis le silence se rétablit. Quelques instants après, l'écran vira au noir.

Je regardai Fisher.

— Repasse-le un coup.

Il rembobina la bande. À aucun moment nous n'avions une vue nette de la bouche de l'enfant. La chambre était trop sombre, et le visage de Bethany était partiellement caché par les barreaux du lit. Mais je peinais à croire que la voix eût été ajoutée après coup : sa texture était trop proche de celle des respirations. Plus troublante encore, la façon dont la petite fille s'était retournée à la fin. Il y avait quelque chose d'adulte dans ce mouvement impulsif et rageur. Les enfants bougeaient-ils vraiment comme ça ?

Je n'en savais rien. J'appuyai sur « pause » pour figer l'image de Bethany dans son lit.

— Quel est le rapport avec Amy ?

Gary m'observa.

— Tu plaisantes, j'espère. C'est même toi qui m'as suggéré leur nom, avec ton bouquin...

— Le nom de quoi ?

— Tu viens d'en entendre un, Jack ! Tu viens d'entendre sa voix sortir de la bouche de ma fille.

À moi de le dévisager.

— Tu crois que ta fille est *possédée* ?

— Pas seulement Bethany. Tu ne comprends pas, Jack ? (Il se rapprocha, le regard enflammé.) Ce sont les intrus, Jack. Les gens à l'intérieur.

Chapitre 34

Un sentiment revient souvent dans le quotidien d'un policier : l'idée que votre interlocuteur vous raconte des craques. Au détour d'une énormité ou d'un petit détail. Quand le monde qu'il décrit, avec plein de conviction et de bonne volonté apparente, se révèle soudain fantaisiste.

Je ne pensais pas que Gary mentait. Mais tous les signes étaient là. On aimerait que la névrose soit héroïque, qu'elle confère quelque majesté chamanique au paysage accidenté qui emprisonne l'esprit. Mais il n'en est rien. Elle n'a pas de bons côtés. Elle est juste à pleurer.

Gary remarqua mon regard.

— Arrête, Jack. Tu l'as vu comme moi, sur cet écran.
— J'ai vu dormir une enfant. J'ai entendu des mots.
— Dont certains qu'elle est *incapable* de prononcer.
— Une partie de son cerveau a pris de l'avance, Gary, c'est tout. Il s'entraîne à ses heures perdues. Il n'y a rien de plus banal que de parler dans ses rêves. Amy a connu ce genre d'épisodes. Quand elle était môme, et encore récemment.

Il eut un sourire plein de morgue.

— Vraiment ?
— Qu'est-ce que t'essaies de me dire ?
— Explique-moi Mozart, Jack.
— Pardon ?
— Le bonhomme composait à l'âge de quatre ans, tout le monde le sait, et au lieu de trouver ça flippant, on est tous là à

dire « Putain, trop fort, quelle intelligence hors norme ! » Mais comment est-ce *possible*, à moins de naître avec une longueur d'avance sur les autres ?

— Tu me parles de réincarnation, Gary ?

— Non. Je ne te parle pas d'un individu qui revient sous un autre corps, mais de deux individus qui cohabitent dans le même cerveau.

— Tu penses donc que Bethany a un locataire dans sa tête ?

— Je ne le pense pas, je le *sais*. Je sais même qui c'est.

— Pitié, Gary... Tu m'as dit toi-même que tu ne croyais pas à ces foutaises sur Donna. J'avais mis ça sur le compte de l'alcool, moi.

— Alors tu ne m'as pas bien observé ce soir-là, rétorqua-t-il. Je n'avais pas terminé la moitié de mes bières. Encore une fois, je ne bois plus beaucoup. Je ne suis pas assez bête pour ça.

— Ben voyons. Et en quoi ça concerne ma femme, toutes ces salades ?

— Joe Cranfield aussi avait un intrus en lui, Jack. En fait, c'était *lui*, l'intrus, la personnalité installée dans le corps de celui que j'ai connu. Voilà pourquoi Cranfield est né avec une longueur d'avance sur les autres. C'était un prodige de la finance, un Mozart dans son domaine. C'est son cas qui m'a mis la puce à l'oreille, et ma théorie permet de comprendre qu'il ait liquidé son patrimoine sans même en avertir sa femme – qui n'était pas une intruse, et donc ignorait la combine. Cela doit faire partie du jeu. Du système de ces gens.

— Mais quels gens, Gary ? Ta fille de deux ans et un vieux businessman de l'Illinois qui vient de casser sa pipe ? Et tous deux auraient fomenté je ne sais quelle conspiration ? C'est ça que tu es en train de me dire ?

— Enfin, Jack... Bien sûr que non. Ils sont bien plus nombreux, et disséminés dans le monde entier. Je te parle d'un groupe qui a trouvé un moyen de revenir, et qui répète régulièrement l'opération – qui a découvert cette méthode voilà des centaines, des milliers ou même des dizaines de milliers d'années. Tu l'as dis toi-même, au lycée, rappelle-toi ton commentaire sur Donna, comme quoi elle était venue au monde en sachant certaines choses.

— Mais c'était une image, Gary ! J'avais dix-huit ans, bordel de Dieu. Je voulais juste faire le malin.

— N'empêche que tu avais raison. C'est ça, la clé : certaines personnes naissent avec des savoirs qu'elles ne sont pas censées détenir – ou, plus exactement, c'est la deuxième âme qui les détient, celle qui sommeille en eux. Ces individus se sont aperçus qu'ils pouvaient s'incruster dans la tête des autres, pour s'offrir un nouveau tour de manège. Ils ont mis au point des techniques pour se souvenir de leur ancien moi. Puis, de là, ils ont perfectionné la combine, en cherchant des méthodes pour se réaliser pleinement la fois suivante, plutôt que de rester à l'état de pensées parasites au fond de la cervelle d'un autre. Voilà pourquoi certains êtres naissent mauvais, Jack. C'est parce que...

— Crois-en mon expérience, Gary, personne ne naît mauvais.

— Vraiment ? Je doute que tous les flics soient de cet avis, Jack. Ou toutes les assistantes sociales, ou tous les avocats pénalistes. Ou tous ces parents qui ont un gosse intenable, un marmot qui s'échine à faire toutes les conneries possibles et à les rendre marteaux. Certains intrus sont des gens bien. Joe Cranfield, par exemple. Mais d'autres sont des ordures. Qui reviennent parce qu'ils n'avaient pas suffisamment foutu la merde la fois d'avant. Ils attendent que le bébé ait surmonté les risques de mortalité infantile, et alors ils se nichent en lui. C'est pour cette raison que les caprices commencent vers l'âge de deux ou trois ans : quand deux âmes commencent à se disputer le pouvoir. Pour cette raison, aussi, que certains gosses font des cauchemars pendant cinq ou six ans : ils essaient de repousser l'agresseur, ils sont perdus, terrifiés, car ils ne comprennent pas ce qui se passe dans leur tête, la nuit, lorsqu'ils sont faibles et vulnérables. Tu ne t'es jamais demandé pourquoi les prodiges mouraient soit jeunes, soit fous ? Tout va bien si tu sais ce qui se passe, si l'intrus prend le dessus et mène sa barque comme il l'entend. Mais si tu ne comprends pas ce qui t'arrive, ces voix discordantes deviennent insupportables, et c'est comme ça que les gens se mettent à boire, ou à se droguer, ou qu'ils pètent les plombs.

Je ne savais pas quoi lui répondre.

— Je ne vois toujours pas le lien avec ma femme, Gary.

— Le cabinet qui gère la succession de Joe se situe dans l'immeuble qui appartient pour partie à ton épouse, Jack. Burnell & Lytton sont liés à l'organisation qui assure la pérennité du système. Je pense que les intrus sont obligés de remettre à chaque fois les compteurs fiscaux à zéro, sans quoi on verrait des gens assis sur des montagnes de liquide, sans avoir jamais hérité de personne, et le système serait vite éventé. Donc, mon hypothèse, c'est qu'au soir de chaque vie tu dois te débarrasser de tout. Pour repartir de rien la fois suivante. Ce qui...

— Attends, tu ne peux pas te fonder sur l'*absence* d'une chose pour prouver...

— Merci, je sais, je suis avocat. Mais regarde les choses en face, il existe un lien entre Amy et Cranfield. Ce qui nous ramène forcément aux 10 pour cent prélevés sur l'ensemble de la succession Cranfield. Il y a un dernier détail que je ne t'ai pas dit l'autre jour, parce que tu n'étais pas encore prêt à croire à cette histoire...

— Je n'y crois pas plus aujourd'hui, Gary.

— Souviens-toi, l'organisation caritative dont Burnell & Lytton sont administrateurs, elle s'appelle Psychomachy Trust. Tu ne trouveras pas le mot « psychomachie » dans un dictionnaire courant. J'ai d'abord cru que c'était un terme inventé, mais on l'employait il y a deux siècles. Cela désigne le conflit entre le corps et l'âme, ou entre un être et *la chose qui est en lui*. Ce trust est une couverture, Jack. Quand un intrus meurt, il paie une dîme – soit près de vingt-six millions de dollars dans le cas de Cranfield. Cet argent sert à perpétuer le système, à payer le personnel ou... Enfin bon, je ne sais pas exactement comme ça fonctionne, mais...

— O.K., fis-je en me levant de mon fauteuil. Je m'en vais, Gary. Et sérieusement, tu devrais rentrer chez toi. Consacre-toi à ta famille et va consulter avant que ça n'empire.

— Je ne t'en veux pas de me prendre pour un... Je sais que ça paraît dingue, mais j'ai des preuves, Jack, des tas. J'ai mené mon enquête. Et tu as déjà croisé ce type de personnes. Les éternels insatisfaits, ceux qui veulent être quelqu'un d'autre, ou avoir autre chose, les gens qui ne peuvent s'empêcher de commettre des actes répréhensibles, ceux qui semblent dès le départ guidés par une force supérieure.

Je rangeai mon arme dans mon blouson. Je voyais bien que mon flingue ne me serait d'aucun utilité, et je me sentais encore plus mal dans cette chambre avec Gary que l'autre jour au restaurant face à Bill Anderson. J'avais hâte de partir.

Et pourtant, j'hésitais. Sans doute pensais-je à une femme qui avait fait des cauchemars étant enfant, puis qui l'année dernière s'était mise à parler dans son sommeil. Qui devenait méconnaissable à tous points de vue, à se demander si elle avait toujours la même odeur. La question de Natalie m'avait obligé à constater, de manière rétrospective, qu'Amy avait bel et bien changé en l'espace de deux ans – et que le processus s'était amorcé avant même la perte de notre fils. Tout cela pouvait-il être causé par la main invisible d'un autre ? D'un homme capable de vous convertir au thé comme à la couleur rose, qui aurait encouragé l'émergence d'une nouvelle Amy ? Était-elle juste arrivée à un tournant de sa vie – un virage serré vers l'âge moyen, qu'il fallait négocier en jetant ses vieux bagages par les fenêtres ?

Ou bien y avait-il plus que ça ?

Je secouai la tête. Non, il n'y avait rien d'autre. Mon orgueil essayait simplement de se raccrocher à des explications moins vexantes, qui ne parleraient ni de désamour ni d'irréversibilité. Tout semblait préférable à l'évidence.

Même le plus farfelu.

– Alors pourquoi ont-ils tué Anderson ? demandai-je d'une voix lasse. Que vient-il faire là-dedans ?

– À toi de me le dire. C'est à toi qu'il a parlé.

– Il n'a pas eu le temps de me confier grand-chose.

– Mais encore ? Qu'est-ce qu'un type comme Anderson avait bien pu manigancer pour qu'on liquide sa famille avant de l'abattre dans un lieu public ? Tu crois que le tueur bossait tout seul ? Bien sûr que non. Alors, qu'est-ce qui peut mériter un tel châtiment ? Qu'a-t-il pu faire d'aussi *énorme* ? Je t'écoute, Jack.

– J'en sais rien. Je m'en fiche. Je...

Mon téléphone sonna. Je le sortis d'un geste vif.

– Allô ?

– Fils de pute, entendis-je.

Je lâchai un juron. J'avais oublié combien on pouvait s'acharner pour un billet facile.

– L. T., marmonnai-je. J'avais l'intention de bloquer ton numéro. Je vais m'en occuper tout de suite.

– T'as une dette, mec. Dernière chance.

– Sinon quoi ? Je te dois que dalle, O.K. Je t'ai déjà dit que ça m'intéressait pas.

– T'es sûr ? Ils sont là en ce moment.

– Qui ça ?

– L'immeuble, là. Trois personnes viennent d'entrer.

Je révisai ma position :

– Dans l'immeuble, tu dis ? Et ils ressemblent à quoi ?

– Tout à coup ça t'intéresse, on dirait ?

– Dis-moi juste à quoi ils ressemblent.

– Y ressemblent à n'importe quels blancs-becs. Un mec genre homme d'affaires, en costard. Les deux autres, je sais pas.

– Ne bouge pas de là. Et appelle-moi s'ils s'en vont.

Je repliai mon portable. Fisher était assis sur le lit, devant l'image arrêtée de sa fille. Il paraissait plus vieux, plus petit, et seul. J'avisai deux traces humides le long de ses joues.

– Qu'est-ce qu'il y a ? demandai-je. Gary ?

– Elle me manque, souffla-t-il. Ils me manquent tous.

– Eh bien, rentre chez toi. Et tire un trait sur cette histoire.

– C'est trop tard. (Il me regarda.) Tu ne me crois pas, hein ?

– Non, admis-je. Désolé. Mais des gens viennent de pénétrer dans l'immeuble de Belltown. On va voir qui c'est ?

Il se frotta le visage, comme pour remonter vers ici et maintenant. Quand il me fixa de nouveau, son regard était net. Il se leva et attrapa son blouson.

– Et pourquoi ils nous laisseraient entrer ? demanda-t-il.

Je sortis un chargeur et l'enfonçai dans mon arme, qui jusque-là était restée vide.

– Je n'entends pas leur laisser le choix.

Chapitre 35

L'appel survint au cœur de la nuit. Todd lutta pour rester endormi. Lutta de toutes ses forces. Il avait mis des heures à fermer l'œil, et quand il eut enfin trouvé le sommeil, il voulut y rester. La sonnerie était faible, elle émanait d'en bas. Livvie avait banni le téléphone de la chambre dix ans plus tôt, suite à une série d'étranges coups de fil nocturnes – un maboule qui voulait parler à leur cadette, alors âgée de onze ans.

L'appareil se tut lorsque le répondeur s'enclencha. Mais à peine trente secondes plus tard, il vagit de plus belle.

Todd ouvrit les yeux. C'était bizarre. En général, les gens qui se trompent de numéro s'en aperçoivent sitôt qu'ils entendent l'annonce de la machine. Et ils ne rappellent pas. Quant aux autres, eh bien ils laissent un message.

Il se retourna. Le réveil indiquait 3 h 21. Seigneur.

Aucun appel ne pouvait être ignoré à une heure pareille.

Il empoigna sa robe de chambre et fila au rez-de-chaussée. Le temps qu'il atteigne l'entrée, le bruit avait cessé.

Le répondeur démarra, pour s'arrêter presque aussitôt. Puis les sonneries reprirent. Il souleva le combiné.

– Dites donc...

– Tais-toi, fit une voix.

Une voix de fillette, qui lui hérissa les poils de la nuque.

– Qui est-ce ?

– Écoute.

Il y eut un bref silence.

— Papa ?

Le timbre avait changé. Plus âgé. Effrayé.

Crane crispa ses doigts sur l'appareil.

— C'est moi, papa.

— Rachel ? Que se passe-t-il ?

Sa fille aspira l'air. Comme pour réprimer un sanglot. Todd se pétrifia, sentit le sommeil tourner en colère et en peur.

— Je suis désolée, dit-elle.

— O.K., reprit la première voix. (Il la reconnut enfin : l'enfant qui avait débarqué la veille dans son bureau.) Maintenant tu vas m'écouter, Toddy. Je me suis trouvé un point de chute. Devine où ?

— Repasse-moi ma fille.

— C'est justement ce que j'allais faire. Rachel va t'expliquer la situation. Ouvre bien les oreilles.

Une seconde de pause, puis sa fille articula :

— Je suis ligotée à la table. Elle se tient derrière moi. Elle a un couteau.

La fillette reprit le combiné :

— Un peu trop hemingwayen, diraient certains, mais bon, j'espère que le tableau est assez clair. J'ai besoin de toute ton attention, Todd.

— Je t'en supplie, ne lui fais pas de mal.

— On verra, répondit la gosse comme si elle considérait la question. On ne sait jamais. Mais ça va dépendre de toi. Je t'ai expliqué que je voulais rencontrer quelqu'un, et tu as été exécrable. Il faudrait que tu envisages la situation sous un autre angle, maintenant. Que tu trouves une solution plus viable, comme dirait l'un de mes proches. J'ai besoin que tu m'arranges ce rendez-vous.

— Mais de qui... ?

— Rose.

— Mais...

— Non, il n'y a pas de « mais » qui tienne, Todd. Ne commence pas à réfléchir en termes de « mais » ou je zigouille ta fille. Organise-moi ça, et rapidement. Sinon c'est simple, je tue Rachel. Si tu appelles les flics ou que tu parles à quiconque, je serai tout de suite au courant. Et à ce moment-là, je me contenterai de la travailler. Pour qu'ensuite tu l'aies en permanence sous les yeux, pour que tu te sentes coupable, quand tu devras virer tous les miroirs de la maison et réaménager les lieux pour un fauteuil roulant.

Todd rouvrit la bouche, mais elle était sèche.

– Au boulot, ordonna la voix avant de raccrocher.

Todd prit la route dans les minutes qui suivirent. Il n'avait pas songé à réveiller son épouse. Elle n'aurait été d'aucune aide, et aucun argument n'aurait pu l'empêcher d'alerter la police.

Il fonça dans la ville endormie, au radar, en grillant les feux rouges sans même s'en rendre compte. Il passa devant la maison de sa fille, en prenant soin de ne pas ralentir. Il ne vit aucune lumière. Il tourna au premier carrefour et se rangea le long du trottoir, en se demandant quoi faire.

La gosse lui promettait le pire s'il prévenait les flics. Mais comment l'apprendrait-elle ? C'était sans doute du bluff. Ses menaces, en revanche, semblaient éminemment sérieuses. Il lui avait suffi d'entendre sa fille pour le comprendre. Elle avait dû prononcer vingt ou trente mots, pas davantage, mais leur ton était éloquent. Rachel était une jeune femme indépendante, forte ; des trois sœurs, c'était celle qui tenait le plus de leur père. Sa vie privée restait assez chaotique, mais il en fallait beaucoup pour l'intimider. Or là, au téléphone, on aurait cru entendre une enfant de quatre ans. Une enfant terrorisée. Son assaillante l'avait convaincue, et il n'en fallait pas plus pour convaincre Todd. S'il rameutait les flics – à supposer qu'il avalent cette histoire de jeune femme prise en otage par une fillette – et qu'ils décident de frapper à la porte plutôt que de l'enfoncer d'office, alors là...

Todd ne pouvait pas prendre un tel risque. La police ne serait pas même entrée que la gosse aurait eu le temps de tuer Rachel et de s'enfuir par le jardin.

Et s'il se présentait là-bas lui-même ? Ce n'était pas comme s'il prévenait quelqu'un... Sauf qu'il ignorait si la fille agissait seule ou avec des complices.

Alors il resta sur son siège, dans le ronron du moteur, crucifié d'indécision. N'était-ce pas cela que l'on attendait d'un père ? D'être capable d'effectuer ce genre d'intervention. De protéger ses petits. De foncer tête baissée, pour empêcher un drame.

Mais il savait d'où venait l'attaque, de l'ombre singulière qui avait rôdé dans son dos durant la moitié de sa vie, de ces gens à qui il avait rendu de menus services au fil du temps, en échange de certains coups de pouce professionnels.

Et c'est pourquoi il doutait de sa capacité de réaction. Il n'était plus sûr de rien dès qu'il s'agissait de Rose.

— Tu dois m'écouter, disait-il douze heures plus tard. Il faut à tout prix que je te voie. Aujourd'hui même.

— Explique-moi au téléphone, répondit-elle. Je suis débordée.

Todd enfouit sa tête dans ses mains. Ses paumes étaient poisseuses, il avait la nausée. Il était un peu plus de 15 heures, et il venait seulement de réussir à la joindre. Il fallait la jouer fine, car il n'aurait pas de deuxième chance. Il n'avait pas le droit à l'erreur.

Il releva la tête. Contempla la baie, les montagnes, tâcha de renouer avec ses sensations habituelles derrière ce bureau, de recouvrer son assurance coutumière.

— Je ne peux pas, fit-il d'une voix aussi raisonnable que professionnelle, la voix d'un bon patron, d'un type qui contrôle la situation.

— Pourquoi ?

— Je crois que je suis sur écoute.

Un silence.

— Qu'est-ce qui te fait croire ça ?

— Des bruits bizarres.

— Vous êtes sûr d'aller bien, monsieur Crane ? Vous n'auriez pas un petit coup dans le nez ? Un déjeuner trop arrosé ? Ou une jeune demoiselle ? Auriez-vous repris de la cocaïne, après tous nos efforts pour vous aider à décrocher ?

— Non, rétorqua-t-il, à bout de patience. Je dois te parler en personne.

— Ce n'est pas possible, monsieur...

— Arrête ça, tu veux ! C'est moi, bon sang ! Todd ! Tu sais

Les Intrus

bien que tu n'as rien à craindre. J'ai juste besoin de te voir. Je...

Il se ressaisit in extremis.

— Tu ?

Todd hésita. Il n'était pas censé le dire. Mais s'il n'en lâchait pas un minimum, Rose n'allait jamais obtempérer.

— Quelqu'un est venu au bureau hier, avança-t-il prudemment.

— Comment ça, quelqu'un ?

— Une petite fille. Mais il y avait quelque chose d'étrange chez elle.

Rose marqua un temps d'arrêt.

— Je te rappelle dans une demi-heure, fit-elle avant de raccrocher.

Crane resta prostré, l'appareil tremblant dans sa main.

Condamné à attendre, il fixa le vieux transistor posé au sol. Tenta de ne pas y voir le symbole de toutes ces choses qui auraient mérité plus d'attention de sa part. Mais une fois que le cerveau pense avoir décelé un signe ou un présage, il n'en démord plus. En arrivant chez KC&H ce matin, Todd avait contacté le boulot de Rachel. Elle s'était fait porter pâle. Puis, en milieu de matinée, Livvie avait appelé pour se plaindre qu'elle n'arrivait pas à joindre Rachel sur son portable. Elle souhaitait l'inviter à déjeuner dans la semaine, mais ses messages restaient sans réponse. Todd expliqua qu'il venait de recevoir un mail, voilà dix minutes, comme quoi leur fille avait égaré son téléphone dans une boîte de nuit et attendait d'en recevoir un neuf. Puis il s'excusa de ne pas avoir transmis l'info plus tôt.

Il faisait tout ce qu'il fallait. Il réagissait bien. Il avait les bons réflexes.

Rose rappela vingt minutes plus tard.

— Je peux me libérer, déclara-t-elle sans préambule. Vers 19 heures. Je t'indiquerai le lieu ultérieurement.

— Mais j'ai besoin...

Il s'interrompit. Il ne pouvait pas lui demander où, ni lui suggérer un endroit. Pas maintenant.

— Besoin de quoi, Todd ?
— De te voir, c'est tout.
— Et je t'ai dit d'accord. J'espère juste que ça en vaut la peine.

Todd happa son manteau et se précipita dans le couloir. Bianca leva la main pour le retenir, mais elle pouvait attendre. Tout pouvait attendre.

Il s'engagea dans Post Alley avec son téléphone en main, mais ce n'est qu'à mi-hauteur de la rue qu'il appela chez sa fille, les épaules voûtées contre le monde entier.

Occupé à se justifier auprès de celle qui décrocha – sur le fait qu'il n'avait pas encore pu imposer le lieu de rendez-vous prescrit –, Crane ne remarqua pas le rouquin trapu qui sortait du deli du coin. Ce dernier écouta soigneusement la conversation de Todd, avant d'en référer à qui de droit.

À dix minutes de là, un homme était assis sur un lit, dans une chambre d'hôtel où il avait passé la majeure partie de l'après-midi. Ce n'était pas un bon lit, ni une bonne chambre. Bref, ce n'était pas un bon hôtel. Mais Shepherd s'en fichait. Il avait eu son lot d'établissements chics, et à moins d'avoir besoin d'une séance de spa en urgence, ou d'aimer les petits déjeuners à trente dollars, la différence n'est pas flagrante une fois les lumières éteintes. Vous n'êtes jamais qu'un homme dans une chambre, dans un immeuble, dans une ville, une homme entouré d'inconnus, qui espère trouver le sommeil.

Son téléphone sonna. Il regarda le numéro et s'abstint de décrocher. C'était encore Alison O'Donnell. Elle et son mari l'avaient abreuvé de messages dans la journée. Ils étaient fébriles depuis qu'ils étaient tombés sur un policier de Seattle, un type qui avait assez de jugeote pour comprendre que si le soi-disant agent du FBI exigeait qu'Alison l'appelle de son portable, c'était par refus de répondre à d'autres numéros. Offrons un cigare à l'inspecteur Machin. Manifestement, le Bureau des disparitions de la police de Seattle recrutait dans des tranches de QI plus élevées que le département du shérif de Cannon Beach. Mais Shepherd n'avait aucune envie d'entendre Mme O'Donnell. Les choses étaient en voie de résorption – non seulement le dérapage qu'il avait provoqué, mais tout le reste aussi. Le dénouement approchait d'heure en heure.

Derrière lui, sur le matelas, reposait sa valise. Elle lui avait déjà duré quatre ans. Elle était identique à la précédente, et à celle d'encore avant. Combien en avait-il usé depuis le début ? Il n'aurait su le dire.

La valise était remplie d'argent. C'est pour cet argent qu'il avait accepté et respecté les termes du marché, en prêtant main-forte à une personne mise au ban des siens. La première chose que la fillette s'était rappelée, c'était l'emplacement du fric. Comme prévu, le logo avec les 9 avait réveillé ce souvenir, et Shepherd avait aussitôt regagné Portland pour reprendre l'argent des mains de sa dépositaire, une vieille Chinoise. Il avait rompu les clauses initiales du contrat, car il n'en pouvait plus d'attendre. Il voulait son blé *maintenant*. Ç'aurait dû être sa part du gâteau, son premier cadeau d'anniversaire, son apport initial pour la fois suivante, et ce qu'il venait de faire était formellement interdit. Mais il n'était pas des leurs et ne le serait jamais, pas même lorsqu'il récolterait les fruits de l'autre contrat, le plus ancien, celui qu'il avait signé à l'âge de vingt ans.

Bosse pour nous, disait ce deal, fais notre sale boulot, et nous veillerons à ce que toi aussi, à ton retour, tu retrouves une place. Shepherd n'avait pas juste assisté à des décès : comme tous ses homologues, il avait déclenché des renaissances. Il faisait irruption dans la vie des gens, peu après leur dix-huitième anniversaire, pour actionner le déclic choisi d'avance avec le Trust. Une phrase, un morceau de musique, une image ou un symbole, voire une saveur particulière : des rafraîchisseurs de mémoire, soigneusement sélectionnés pour ne pas surgir par accident, c'est-à-dire avant que la personne soit prête. Avant qu'un agent comme Shepherd vienne la guider pas à pas, jusqu'à ce qu'elle s'aperçoive que ses pieds actuels n'étaient pas les premiers à l'avoir véhiculée sur cette terre.

Pour autant, Shepherd comptait à son actif bien plus de décès que de renaissances. Il était devenu un spécialiste. Il tuait ceux qui découvraient quelque chose, fût-ce trois fois rien. Ceux qui entrevoyaient un début de semblant de bricole. Et même, de temps en temps, un membre du cercle, pour peu qu'il soit devenu une menace pour le système, ou qu'il ait subi des dommages durant le trajet du retour – auxquels cas il ne fallait *pas* l'aider à revenir.

Meurtres et hôtels, à la longue ces deux termes n'en formaient plus qu'un seul. Shepherd sentait le poids de son bilan. Si elle avait fonctionné, la machine d'Anderson lui aurait même permis de voir ses victimes. Le nombre de ceux qu'il avait écartés commençait à s'étoffer, telle une meute de chats invisibles – mais de plus en plus gros, et surtout de plus en plus froids. Ils venaient se frotter contre ses jambes, contre son dos et sa nuque. Ils attendaient leur heure. À quelle distance se trouvaient-ils ? Jamais assez loin.

Shepherd avait besoin d'en finir. D'avouer sa position à Rose, de remettre les choses à plat. Il avait besoin de certitudes, plus que jamais. L'âge le rattrapait, et avec lui les doutes. Et s'il n'y avait pas de marché, en définitive ? Qu'on les avait tous bernés, lui et ses semblables ? Cette interrogation lui était peut-être apparue lors d'un rêve, ou d'une insomnie, durant l'une de ces longues nuits où il méditait sur son parcours. À moins qu'elle ne lui fût soufflée à l'oreille par l'un de ces fantômes qui l'entouraient, non pas comme une mise en garde, mais plutôt comme un sarcasme. Toujours est-il qu'une nuit le constat s'était imposé : Shepherd n'avait jamais vu revenir un type comme lui, ni même entendu parler d'un tel cas. En revanche, il en connaissait plus d'un qui étaient morts pour de bon, après de longues années de service. L'homme qui avait recruté Shepherd, par exemple, celui qui avait sorti le jeune échalas de son trou du Wisconsin, avec des promesses assez mirifiques pour le convaincre de tout plaquer, y compris sa fiancée. Cet homme était mort depuis vingt-cinq ans et il n'avait jamais donné signe de vie, alors qu'il avait juré de contacter Shepherd après son retour.

Et pourtant si, cet homme était sans doute là, quelque part. Le marché était valable. Il le fallait. Ces doutes n'étaient sûrement qu'une variante de ceux qui guettent chaque homme sur la fin du voyage.

L'odeur des chiottes lui parvenait jusqu'au lit. Son estomac était entré en rébellion quasi permanente, mais il essayait malgré tout de s'alimenter. C'était une habitude dont le corps peinait à se passer. Comme un chien battu, blessé, rejeté, qui rentrerait chaque soir chez ses maîtres haineux en espérant enfin recevoir un peu d'amour. Shepherd se souvenait des derniers jours de sa mère, lorsqu'il avait treize ans. Durant les quelques mois de sa lente agonie, elle avait consigné des bribes de souvenirs dans un carnet, comme pour rassembler des feuilles mortes sur sa poitrine et empêcher que le vent ne vienne les disperser. Mais dans les ultimes semaines, elle avait reposé le crayon. Elle était restée assise sur son porche, puant le cancer par tous ses pores, à attendre la fin avec une impatience grandissante. Prête à rentrer seule, à s'en aller, sitôt que son chien de corps daignerait se coucher et mourir, qu'il daignerait la libérer de ses besoins, de ses vices et de ses exigences.

À l'époque, Shepherd avait reproché à sa mère de baisser les bras. Mais aujourd'hui, il comprenait.

Au bout d'un moment, il reçut un nouvel appel. Il consulta l'écran, décrocha.

– On a trouvé celle que tu cherches, annonça Rose. On est en train de fixer les modalités d'une rencontre.

– Parfait, dit-il. J'y serai.

– Quand je t'appellerai, il faudra que tu rappliques dare-dare. Cette histoire doit être réglée au plus vite, et j'ai un mauvais pressentiment quant à l'identité de cette personne.

– Tu penses à qui ? demanda-t-il sur un ton faussement détaché, pour voir si elle avait trouvé.

– Un personne que nous connaissions tous, marmonna Rose avant de raccrocher.

Shepherd se leva. Elle savait. Mais peu importait. Cela ne faisait que confirmer la nécessité – et l'urgence – de tuer Madison O'Donnell.

Il sortit son flingue de la valise.

Chapitre 36

— Je ne vois pas comment tu comptes t'y prendre, dit Gary.

Nous avions passé cinq minutes à étudier l'arrière de l'immeuble de Belltown. À partir du deuxième étage, toutes les vitres étaient condamnées – précaution purement théorique, car l'escalier de secours s'arrêtait à trois mètres du sol, et je n'aurais pas risqué le poids d'un chat sur la portion restante. Fermée par deux gros verrous, la porte du rez-de-chaussée ne s'ouvrait que de l'intérieur. Il aurait fallu du temps et un marteau de forgeron pour la forcer, ce qui aurait fait un boucan d'enfer dans ce parking où nous étions présentement installés, à scruter les lieux à travers le pare-brise. Les clients allaient et venaient, et un type zélé faisait le guet depuis sa loge. Il nous avait déjà lancé un long regard soupçonneux. Personne n'allait vendre de drogue pendant son service. Ni démolir des portes.

Nous quittâmes la voiture et contournâmes le bâtiment pour considérer la façade depuis le trottoir opposé. On approchait des 17 heures. La circulation était peu chargée, et aucun automobiliste n'allait faire attention à nous. Le problème, c'étaient les passants, car les destinations pédestres ne manquaient pas dans le coin – quelques vieux bars miteux, d'autres plus neufs et optimistes, sans oublier une poignée de restaus. La plupart des gens se mêleraient de leurs oignons. Mais pas tous.

— Va sonner à l'interphone, dis-je à Gary.

Il traversa la rue. J'examinai les vitres du dernier étage tandis qu'il pressait les touches une à une. Le ciel gris et sombre avait

beau réduire les reflets, je ne perçus aucun mouvement derrière les carreaux. Gary se retourna vers moi. Je portai ma main droite à mon oreille, tout en pointant la tête vers le haut. Alors il sortit son téléphone et pianota sur le clavier. Puis haussa les épaules. Chou blanc.
Il me rejoignit.
– Et maintenant ?

Je m'arrêtai dans un bazar, puis nous retrouvâmes L. T. devant le café de l'angle, là où Gary était assis lorsqu'il avait photographié Amy. L. T. tenait le trottoir avec un copain, une grande asperge d'allure si louche qu'on aurait pu l'arrêter pour le seul fait d'être en vie, et avec de sérieuses chances de convaincre un jury. Il nous décocha un sale regard, mélange de convoitise et d'hostilité, mais même devant la glace il devait montrer ces yeux-là.
– On avait rencard à l'intérieur, rappelai-je à L. T.
– Y nous ont jetés, expliqua-t-il.
Je lui offris une cigarette, en pressant contre le paquet un billet de cinquante plié. Il prit l'argent et deux cigarettes, avant d'adresser un clin d'œil à son pote.
– Alors ?
– Personne est sorti, dit-il. Y sont toujours là.
– Vous en revoulez cinquante de plus ? Chacun ?
– Putain ! répondit L. T., ce que je pris pour un oui.
– Vous avez du matos sur vous ? (Ils secouèrent la tête.) Sérieusement, les gars. (Ils finirent par acquiescer.) Vaut mieux que vous ayez les poches vides. Planquez-moi ça. Tout de suite.
Ils se touchèrent la main avec une légèreté de magiciens, après quoi le géant trottina jusqu'à l'intersection pour cacher la came.
– O.K., dis-je à son retour. Voilà ce qu'on va faire. (Je montrai les deux carrefours qui encadraient l'immeuble.) Je veux que vous vous postiez chacun à un coin.
– Et on fait quoi ?
– Vous restez plantés au milieu du trottoir. Vous faites les gros yeux à tous ceux qui s'approchent, mais vous ne bougez

pas et vous ne dites rien. À personne. Compris ? On a besoin de cinq minutes peinards.

— C'est pour quoi, ces conneries ? demanda L. T.

— C'est pas tes affaires. (Je leur remis l'argent.) Et quand vous ne nous verrez plus, vous pourrez filer.

L. T. prit les billets puis désigna Fisher d'un mouvement de tête :

— Y dit jamais rien, lui ?

— Il est difficile. Il ne parle qu'aux flics des stups. Et il a vu où vous aviez planqué la dope. Pigé ?

L. T. fit disparaître le blé.

— Tu veux rien savoir sur la fille ?

— Quelle fille ?

— La petite fille dont je t'ai parlé, mec.

— Pas vraiment. Pourquoi ?

— Je l'ai revue, hier soir. Elle est revenue plus tard, elle s'est arrêtée direct sur la porte. Elle s'excitait sur un bouton. Mais personne répondait. Et après je l'ai revue devant un bar qui vient d'ouvrir, à deux blocs d'ici dans le centre. Carrément après l'heure d'aller au dodo, tu vois ?

— Super, dis-je. Maintenant, allez vous mettre en position.

J'attendis avec Gary que les deux gus aient traversé la rue. L. T. prit le coin le plus proche de nous. Son copain roula des épaules jusqu'à l'intersection suivante. Au bout de deux minutes, la plupart des passants préféraient changer de trottoir plutôt que de croiser l'un de ces lascars.

— Allons-y.

Gary m'emboîta le pas en direction de l'immeuble.

— Sors ton téléphone et fais semblant de passer un coup de fil, en regardant vers les étages de temps en temps.

Je sortis mon trousseau de clés. J'évitai de me précipiter, voulant croire que la conjonction d'un trottoir vide et d'un collègue ayant l'air de réclamer par téléphone l'ouverture de la porte m'assurait quelques minutes d'invisibilité.

— Merde, lâcha Fisher après deux minutes. Une bagnole de flics.

— Où ça ?

— Au carrefour.

Les Intrus

— Ne la quitte pas des yeux.

Je continuai de remuer mon outil, pour sentir l'intérieur du barillet, l'équilibre des tensions, la façon dont les différents pièces voulaient ou ne voulaient pas bouger. Mais ça ne venait pas. Je choisis un outil plus souple.

— Il s'est tiré, dit Fisher en regardant de l'autre côté de la rue.

— Qui ça ?

— Ton copain L. T. Il s'est volatilisé, je ne l'ai même pas vu partir.

— Et les flics font quoi ?

— Ils se sont arrêtés. Au niveau de l'autre gars.

— Ça va aller.

— Il court vers nous.

— Et merde...

Je pivotai pour voir le pote de L. T. remonter le trottoir avec un flic à ses trousses. Le deuxième patrouilleur était resté dans la voiture pour manier la radio.

Je compris la situation :

— Ce crétin a gardé la came de L. T. On ne peut décidément se fier à personne...

— Il vient droit sur nous, Jack.

— Je sais. Tourne le dos à la rue.

Je revins face à la porte, fermai les yeux. J'entendais cavaler les deux hommes, et le flic ordonner au fuyard de s'arrêter, mais j'essayais de me concentrer sur la lame entre mes doigts.

— Jack...

— Tais-toi, Gary. J'y suis presque.

Le tumulte se rapprochait.

— Lui ! beugla une voix essoufflée. Lui, là ! C'est lui le keum !

L'acolyte de L. T. avait cessé de courir. Il me désignait du doigt, à six mètres de distance. Son poursuivant ralentissait aussi, la main sur son arme, l'air dubitatif. Son partenaire était en train de le rejoindre, tandis qu'au loin s'élevaient des sirènes.

— Lui, répéta le grand con en tendant l'index.

L'agent se rapprochait prudemment.

– Y m'a payé pour que j'reste là ! Je vends du shit à personne, moi.

Le deuxième flic avait atteint le trottoir. Il vint à notre rencontre, tandis que son collègue empoignait le bras du suspect.

– Excusez-moi, monsieur, me lança-t-il. Vous ne savez pas de quoi parle ce gars, à tout hasard ?

– Non, désolé, répondis-je avec la déférence spontanée d'un honnête citoyen.

Tout en soutenant son regard, je sentis un clic dans ma main. Les pistons avaient enfin cédé. Je poussai la porte, comme s'il s'agissait d'un rituel quotidien.

– Il y a un problème ? ajoutai-je.

Le flic me fixa encore une seconde, puis se détourna pour aider son collègue à maîtriser la grande perche qui hurlait et se débattait comme un forcené.

Je pénétrai dans l'immeuble, talonné par Gary.

Chapitre 37

La porte se referma sur le noir absolu. Je n'avais pas voulu chercher l'interrupteur devant les flics.
— Seigneur, expira Fisher. On a failli...
— Rien du tout. Et parle moins fort.
Je sortis la lampe de poche que j'avais achetée au bazar. Je la braquai sur la porte, puis promenai le faisceau sur le mur, à hauteur d'épaules. Je trouvai un bloc de commutateurs, les actionnai les uns après les autres, sans résultat. Puis je dirigeai la torche sur le sol, au pied de la porte. Il n'y avait rien.
— Pas de courant, dit Gary.
— Ni de courrier ou de prospectus. Quelqu'un passe régulièrement.
Nous nous trouvions dans un large couloir haut de plafond, avec des papiers peints lépreux et un sol irrégulier. Le carrelage sobre était fendu. Je m'avançai avec précaution. Les lieux sentaient le moisi, le renfermé, le vieux. À trois mètres sur la droite, une porte bâillait légèrement. Elle donnait sur une cuisine tout en longueur, celle de l'ancien café qui occupait jadis le devant du bâtiment. Dans la lumière de ma lampe, on aurait dit que les proprios étaient partis du jour au lendemain, en laissant tout en plan : tasses brisées, machines rouillées, odeurs de rats, et en arrière-fond l'odeur de Seattle, mélange de brouillard et de café macéré. Cet immeuble était mort. On s'y sentait comme dans la cale d'une épave, par cent mètres de fond.
Je continuai dans le couloir. Les deux portes suivantes

s'ouvraient sur un vaste espace sombre garni de présentoirs et de vitrines, des vestiges de l'ancien magasin qui évoquaient une armée de vaisseaux fantômes.

En ressortant, j'avisai une porte dans le mur du fond. Je la poussai. Elle ne bougea pas d'un iota. Il devait s'agir de l'issue visible depuis le parking. Derrière la cage d'escalier se dressait un dernier battant. Je l'ouvris, braquai ma lampe. Un espace froid, noir comme dans un four, avec d'étroites marches en bois menant vers un sous-sol.

Je revins sur mes pas et montai au premier, en m'appuyant à la rampe pour éviter de crever une planche pourrie. Fisher me suivit. Parvenu sur le palier, je lui fis signe de ne plus bouger.

Je tendis l'oreille. Aucun bruit de conversation, zéro craquement de plancher.

Toutes les portes de cet étage étaient fermées à clé. Idem pour le suivant. On avait pris soin de tout boucler, sans doute pour éviter qu'un incendie ne se propage de pièce en pièce. Je choisis de crocheter la serrure côté rue.

Quand le pêne céda, nous découvrîmes une salle vide qui s'étirait sur toute la largeur de l'immeuble. Des traits de lumière encadraient les planches des fenêtres. Le mouvement circulaire de ma lampe révéla quelques meubles, des rallonges électriques courant le long des plinthes ou dans l'angle des cloisons, ainsi que des toiles de fond moisies, dressées en rouleaux dans un coin. Nous étions sans doute dans l'ancien studio de photographie. Je tentai d'imaginer une Amy bien plus jeune, perchée sur l'un de ces sièges, un café dans les mains, venue assister à une séance de photos. Mais je n'y arrivais pas.

Fisher était resté dans l'embrasure, son visage telle une lune dans la pénombre. Je pointai le plafond.

– Réessaie.

Il composa le numéro. Une sonnerie retentit au niveau supérieur, de celles qui semblent tambourinées sur une minuscule cloche. Un bruit poussiéreux, chargé d'écho. Personne ne décrocha, et il n'y avait pas de répondeur.

Mon ventre et mes épaules commençaient à se détendre. Cela faisait plus d'un an que je n'avais pas éprouvé cette sensation d'affût.

Les Intrus

— Ça va ? murmura Fisher.

Ses yeux s'attardaient moins sur mon visage que sur ma main droite.

Loin de se dissiper, ma tension s'était seulement répartie dans l'ensemble de mon corps. Et sans m'en rendre compte, j'avais dégainé mon flingue.

— Pas de problème, répondis-je.

Je croisai Fisher pour regagner le couloir et incliner la tête vers la volée de marches suivante, que j'éclairai en diagonale. Je fis signe à Gary de rester où il était.

Je montai à pas feutrés, puis fis halte à mi-parcours pour écouter. Je n'entendais rien de plus que les bruits sourds du dehors, à part un vague égouttement d'eau. J'appelai Fisher, poussai jusqu'au palier et attendis qu'il me rejoigne.

Cet étage-ci s'organisait comme les précédents, un large couloir entouré de portes. J'éteignis la lampe de poche. L'espace sur notre gauche se mua en trou noir. Mais sous la porte côté rue filtrait une lueur. Fisher la vit comme moi.

Je m'approchai sur la pointe des pieds et rallumai la torche. De près, l'on notait que cette porte-ci était plus épaisse et plus récente que les précédentes. Un cadenas de la taille de mon poing pendait ouvert sous la poignée.

J'éteignis la lampe et la rangeai dans ma poche. Quand mon pouce ôta la sécurité de mon arme, je décidai de le laisser faire. Je saisis la poignée de la porte et la poussai d'un chouia, pour laisser au mécanisme une chance de tourner sans frotter.

Elle était lourde, mais le pêne recula à fond.

Sans lâcher la poignée, je me décalai sur la droite et hochai la tête pour que Fisher se poste dans mon dos. Je tirai le battant vers nous. Les gonds pivotèrent sans un bruit.

J'entrebâillai la porte d'à peine cinq centimètres.

La pièce était faiblement éclairée par une lampe à abat-jour vert, posée sur ce qui ressemblait à un bureau. Je discernai en arrière-plan tout un mur de livres reliés. Maintenant que la porte était entrouverte, je distinguais comme un léger crépitement.

Je pensai d'abord à des rats trottinant sur le plancher, avant d'identifier la nature exacte du bruit. Un son que je produisais moi-même à mes heures, quoique très peu ces derniers temps.

On ne gonfle pas ses poumons avant d'entrer dans une pièce. On entre, c'est tout.

Je surgis donc dans cette salle qui, hormis le bureau et les bouquins, était tristement vide. Les cloisons avaient sauté pour former un immense L. Le plancher était nu. Pas de sièges. Des fenêtres condamnées. Une seule et unique source de lumière.

Un homme était assis derrière le bureau, son visage blanchi par le halo d'un ordinateur portable. Il releva lentement les yeux. Je restai en arrêt.

— *Ben ?*

Fisher se pétrifia. Ben Zimmerman le regarda, puis il revint à moi.

— Seigneur, soupira-t-il. Tu avais raison.

— Qui ça ? demandai-je. Qui avait raison ? À propos de quoi ?

— Je te l'avais dit, lança une autre voix.

Je tournai la tête. Bobbi Zimmerman se tenait sur le côté.

— La première fois qu'elle vous a vu, fit Ben en s'adressant cette fois à moi. Ce jour-là, Bobbi m'a certifié que vous feriez des histoires. Je devrais l'écouter plus souvent.

— En effet, approuva son épouse.

Ben se remit à taper sur son clavier. Je m'aperçus que je le tenais en joue. Je baissai mon arme, qui ne semblait guère l'émouvoir. Cet homme n'était pas celui que je croisais à Birch Crossing. Il avait troqué le vieux pull et le treillis contre un costume sombre, une chemise et une cravate, et sa posture même était méconnaissable. Disparu, l'air rond et coulant. Il n'avait plus rien d'un prof d'histoire, et soudain je compris où j'avais vu son sosie.

— Jack ? fit Gary. Comment tu connais ce type ?

— C'est mon voisin.

Les joues de Fisher avait pris des couleurs, et les rides de ses yeux semblaient s'être creusées d'un coup.

— Il s'appelle Ben Zimmerman, complétai-je.

— Mais non ! répondit Gary à la manière d'un gosse. C'est Ben *Lytton*. L'un des avocats de Cranfield. C'est lui qui est venu nous voir à Chicago.

Je sortis les clichés que Fisher m'avait remis à peine deux jours plus tôt, à cinq minutes d'ici.

— Alors comment se fait-il que tu ne l'aies pas reconnu sur les photos d'Amy ? m'étonnai-je.

Fisher examina les documents, puis le visage de Ben. Il semblait médusé.

— J'étais à l'autre bout de la rue. Je ne voyais pas sa tête...

Ben ignorait notre échange.

— C'est quoi, alors ? Votre vrai nom ?

— Zimmerman, me répondit-il tout en fixant son écran.

— Alors d'où sort ce Lytton ? fit Gary.

Les doigts de Ben continuaient de pianoter.

— C'est par tradition, nous expliqua Bobbi. Lytton est mort depuis un bon bout de temps. Tout comme Burnell, du reste. C'est un vieux cabinet, vous savez.

Fisher la toisa :

— Et vous, alors, qui êtes-vous ?

Ben daigna enfin me regarder.

— M. Fisher ne nous a jamais paru gênant, étant donné sa... situation. Mais vous, Jack, je sens que vous allez nous mettre des bâtons dans les roues, et par conséquent certaines mesures s'imposent.

— Serait-ce une menace ? Je vous conseille de faire attention.

— Oui, je suis au courant de vos exploits.

Fisher m'interrogea du regard.

— De quoi il parle ?

— Jack a démontré une certaine disposition à la violence, glissa Bobbi. Vous n'étiez pas au courant ?

Je sentis le feu me monter aux joues. Ces gens savaient des choses qui ne les concernaient en rien. D'où tenaient-ils ces secrets ? De la bouche d'Amy ?

Fisher gardait les yeux rivés sur moi.

— De quoi ils parlent, Jack ?

— Il y a eu un incident, répondis-je tout en songeant qu'Amy se trouvait chez les Zimmerman le matin où je m'étais réveillé à Seattle et que j'avais appelé chez eux. Une nuit, poursuivis-je, j'ai repéré des signes d'activité suspecte dans une baraque. La porte de derrière avait été forcée. Alors, je suis entré.

– Et ?
– Ça a mal tourné.
Là-dessus le téléphone sonna – ce même timbre mécanique que nous avions perçu d'en bas. Sauf qu'il émanait de l'ordinateur de Zimmerman. Ben appuya sur une touche.
– J'arrive pour la collecte, annonça une femme dans les haut-parleurs du portable.
Je crus reconnaître celle qui m'avait appelé pour m'empêcher d'intercepter Todd Crane deux jours plus tôt.
Ben se leva et rassembla ses papiers, tandis que Bobbi s'emparait de dossiers cartonnés. Ils avaient l'air pressés.
– Qu'est-ce qui se passe ? demandai-je.
– Shepherd est là ? fit Ben en relevant la tête avec un bref sourire.
Je vis qu'il s'adressait à quelqu'un d'autre.
– Il est en route, répondit une voix dans mon dos.
Je me retournai. Deux hommes étaient postés sur le seuil, un blond et un roux. Ils étaient armés, cette fois-ci. Je me rendis compte que Georj avait vu juste : ces types qui nous avaient agressés dans une ruelle n'étaient pas venus pour lui.
Mais en cet instant ce détail m'importait peu, car entre les deux hommes se tenait une troisième personne. Une femme.
La mienne.
Je sentis mon cerveau se glacer, mon corps s'atomiser. J'étais incapable du moindre geste.
– *Amy ?*
Elle n'eut pas un regard pour moi. C'était comme si ma gorge n'avait produit aucun son. Les Zimmerman la rejoignirent.
– On sort par derrière, indiqua-t-elle.
Le roux pointa son flingue sur mon ventre.
– Votre arme, s'il vous plaît, lança le blond.
– Dans tes rêves, grommelai-je.
Amy me regarda enfin.
– Faites ce qu'il dit, monsieur Whalen.
– Mais Amy... Qu'est-ce que... ?
Elle tendit le bras, me reprit le pistolet des mains et le confia au rouquin. Puis elle tourna les talons.
Les deux sbires se reculèrent et fermèrent la porte.
Nous n'avions toujours pas bougé, lorsque la serrure cliqueta.

Chapitre 38

Quand le téléphone sonna, Todd le tira si vite de sa poche qu'il lui glissa des mains et ricocha sur le trottoir. Il le poursuivit à croupetons, sous les ricanements des badauds qui refusaient de s'écarter. Mais son esprit était fermé à leurs railleries. Cela faisait trois heures qu'il errait dans les rues. Retourner au bureau signifiait affronter Bianca et les autres, et il ne pouvait pas davantage rentrer chez lui. Pour ne pas rester inactif, il avait donc marché, en essayant de se perdre dans la masse des gens normaux, et de repousser l'idée que les rues étaient plus bondées qu'elles n'y paraissaient, que cela empirait avec la tombée du jour, et que cette impression était plus vive que jamais.

– Oui ? répondit-il dans l'appareil.

C'était Rose. Elle lui communiqua l'adresse. Elle avait d'elle-même choisi le bon endroit. Un endroit que Todd connaissait bien, pour y avoir autrefois passé de longues heures à superviser des séances photo, assis dans un fauteuil avec son nom inscrit au pochoir, à se demander quelle assistante il inviterait à dîner dans un lieu chic et discret. Depuis cette époque, il avait plus d'une fois émis l'idée de vendre l'immeuble, mais cela lui avait toujours été refusé. Même si ces locaux restaient vacants et que des arbres poussaient sur le toit, il fallait les garder. Il venait peut-être de comprendre pourquoi.

Sitôt que Rose eut terminé, il appela chez sa fille, en manquant de broyer le portable tant il le serrait fort. On finit par décrocher.

– Todd, fit la voix de la fillette.
– C'est bon, dit-il. Tu peux y aller tout de suite.
– Excellent.
– Vous avez rendez-vous à...
– Belltown ?
– Comment savais-tu qu'elle choisirait le même lieu que toi ?
– Parce que je suis une petite fille maligne. Ils ont changé les verrous. Ils ont gardé un truc qui m'appartient.
– Laisse-moi parler à ma fille.
– T'inquiète, elle va bien. Comment pourrais-je me rendre là-bas, sinon ? Je suppose ce que tu reconnaîtras sa voiture ?
– Bien sûr, mais...
– Alors, ouvre l'œil !

Todd poussa un cri, une plainte désespérée. Il bifurqua dans une ruelle étroite, pour échapper aux quidams. Il savait désormais que la police ne pourrait pas l'aider, que cette histoire concernait seulement cet immeuble, ces gens, et les choses qu'il n'avait jamais cherché à éclaircir.

Il se mit à courir.

Parvenu sur place, il eut une vision d'horreur, des voitures de police stationnées dans la rue. On embarquait un grand Noir hurlant, à moins de dix mètres de l'immeuble.

La tête de Todd menaçait d'exploser, et ses poumons étaient en flammes. Il consulta sa montre, il avait fait le trajet en un quart d'heure. Les flics seraient-ils barrés d'ici les vingt prochaines minutes ? Car dans le cas contraire... Todd se sentit au bord de l'infarctus.

Il fit halte, tâcha de respirer à fond. Puis traversa la rue et se posta sous l'auvent d'une galerie fermée pour la nuit. Il regarda le Noir se débattre, en adjurant le dieu des publicitaires d'âge moyen de reporter ses projets de crise cardiaque sur ce connard de junky. Et *vite*.

Seulement ce dieu n'écoutait pas, ou bien il opérait de manière douce, par l'intermédiaire d'un agent du second véhicule qui se résolut à aider son collègue en poussant brusquement le prévenu sur la banquette arrière. Puis, les deux flics s'attardèrent quelque temps à bavasser en pointant le doigt dans diverses directions. Todd les observa, indifférent à tout le reste, persuadé qu'il leur faudrait une heure pour lever le camp et qu'il ne reverrait jamais sa fille vivante.

Mais soudain, comme par miracle, ils remontèrent en voiture et disparurent. C'était fini. Cinq minutes avant l'heure dite.

Son téléphone sonna. Il hésita un peu en voyant le nom s'afficher, mais il savait qu'elle ne le lâcherait pas comme ça.

– Salut, dit-il. Écoute, chérie, je suis super occupé...

– Dis-moi que je *rêve*, hennit Livvie, avec sa façon bien à elle d'attaquer d'entrée de jeu. Tu devrais déjà être ici !

Todd se demanda de quoi elle parlait. Puis la mémoire lui revint. De nouveaux clients. Des Japonais. Attendus à la maison dans... environ une heure.

– Mince, je...

– Non, Todd. Non. Cette phrase ne peut avoir de chute acceptable. Alors n'essaie même pas de la finir, et ramène-toi dare-dare.

– Oui, je vais rentrer. Mais je... écoute...

L'espace d'un instant, il revit la Livvie de vingt-cinq ans plus tôt, lorsque l'existence était tellement plus belle et plus simple. Il aurait voulu annuler tout ce qui s'était passé depuis, effacer toutes les ardoises, faire tout le nécessaire pour que Livvie cesse de lui en vouloir sans arrêt, pour retrouver l'étudiante exubérante qu'il n'avait jamais oubliée, celle qui avait su un temps éclipser toutes les autres. Par-dessus tout, il voulait lui dire ce qui se passait, pour obtenir son aide, pour qu'elle arrange les choses. Voilà, en définitive, ce qu'attendent les hommes des femmes, même s'ils ne parviennent jamais à le formuler.

Puis il l'aperçut. La New Beetle vert pomme qu'il avait offerte à sa fille pour son vingt et unième anniversaire. Elle remontait rapidement la rue.

– Je dois te laisser.

Il referma le portable sur les protestations de sa femme et s'élança sur la chaussée.

La voiture s'arrêta peu après l'immeuble. Todd accourut, le cœur battant. Derrière le volant, Rachel fixait l'horizon avec des yeux vides. La vitre côté passager était déjà baissée.

— Regarde ma main, dit la gamine.

Todd avait déjà vu qu'elle maintenait son bras contre le ventre de Rachel, et qu'un objet caché dans sa manche pointait entre ses doigts. Il avait aussi remarqué la tache de sang séché sous le nez de sa fille, ainsi que le gros bleu sur sa pommette.

— Tu vas bien, ma chérie ?

— Je vais bien, prononça Rachel d'une voix éteinte.

— Va ouvrir, ordonna l'enfant à Todd. Entre et laisse la porte entrouverte.

— Non. Tu...

— Fais ce qu'elle dit, papa. S'il te plaît.

Il gagna l'immeuble d'un pas raide. Isola sur son trousseau une clé qui n'avait pas servi depuis six ou sept ans. Ouvrit la porte et pénétra à l'intérieur. Puis il se retourna pour surveiller l'intérieur de la voiture, en se demandant s'il pourrait se ruer là-bas à temps, si nécessaire.

La fille parlait à Rachel. Celle-ci hocha la tête, lentement. Il revit sur son visage le petit être qu'il avait porté dans ses bras, le fantôme du poupon d'autrefois. Et Todd de se demander ce qu'il restait de lui-même, sinon une chose morte, incapable de voir ou de forcer l'étroite prison dans laquelle il s'était enfermé.

La fillette quitta l'auto et se dirigea vers l'immeuble. Par-dessus son épaule, Todd vit Rachel piquer du nez, son front heurter le volant. Il se décomposa.

Mais ensuite elle releva la tête et se tourna vers lui. Leurs regards se croisèrent.

La gosse surgit dans l'immeuble et claqua la porte.

La soudaine obscurité tira sur les yeux de Todd. Il recula malgré lui, comme s'il était en présence non pas d'une gamine, mais d'une personne plus grande, plus vieille, et mille fois plus dangereuse. Ce qui était le cas, bien entendu. Il le savait à présent. C'était insensé, mais il n'y avait pas d'autre explication possible. Il comprit qu'il aurait dû écouter cette voix intérieure qui avait tiqué sur la dernière réplique de la fillette, lorsque Bianca l'avait délogée du bureau. Une expression qu'un certain homme employait en son temps, un homme que Todd avait assez peu côtoyé, mais dont il avait, instinctivement, toujours pensé le plus grand mal.

Il entendit un déclic. Le rayon d'une lampe-torche illumina par en dessous le visage de la fillette, plantée entre Todd et la porte.

Elle inclina la tête.

– J'aimerais m'assurer que nous sommes sur la même longueur d'onde.

Elle laissa la longue lame glisser doucement de la manche de son joli manteau.

– Tu m'entends ? insista-t-elle.

Crane avait la nausée.

– Oui, Marcus, je te reçois cinq sur cinq.

Elle sourit.

– Tu as donc fini par comprendre.

Chapitre 39

Avec cinq secondes de retard, je bondis comme un fauve, me jetai sur la porte en appelant Amy.

– Tu ne peux pas ouvrir ? demanda Fisher. Crocheter la serrure ?

Lui-même avait fondu sur la bibliothèque pour examiner les livres.

– Ils ont mis le cadenas, répondis-je.

Fisher feuilleta un volume, avant de le jeter par terre.

– Il n'y a que des ouvrages de droit !

– C'est un cabinet d'avocats, Gary.

– Mais Lytton opère d'ici. Ou Zimmerman, quel que soit son nom.

J'envoyai mon pied dans la lourde, ce qui ne servait à rien.

– Eh bien, soit ils ont eu le bon sens de ne rien laisser traîner, soit il n'y a tout simplement rien à trouver.

– Qu'est-ce qu'il te faut de plus, sans déconner ?

En vérité, je n'étais plus sûr de rien.

– Deux gardes armés plus ta femme, ajouta Gary. Ça fait beaucoup pour un simple avocat, non ?

Pour un avocat, comme pour un ancien prof d'histoire. Et puis je n'arrivais pas à concevoir ce qu'Amy venait faire là-dedans. Ma seule chance de le savoir, c'était de la rattraper. Je filai à l'autre bout de la pièce, dans la partie qui donnait sur l'arrière du bâtiment. Mais les portes étaient aussi épaisses et verrouillées que la précédente.

— Pourquoi une telle protection ? persista Fisher. Pourquoi ce blindage ? Qu'est-ce qu'ils cachent, à la fin ?

— J'en ai rien à foutre, Gary. Il faut que je retrouve Amy. Le reste, c'est ton problème.

La fenêtre du fond était bouchée par un panneau de contre-plaqué. J'accrochai mes doigts à la tranche inférieure et tirai. Elle n'allait pas bouger aussi facilement. Alors je me reculai pour y envoyer mon talon. Après quelques coups similaires, elle commença à se fendre.

Fisher continuait de piocher des livres au hasard, de tourner les pages et de les lâcher par terre. Avec une frustration grandissante.

La planche craqua enfin, dans son tiers inférieur. Après un dernier coup de talon, je la saisis à deux mains et tirai fermement. Le bas se brisa, laissant affluer l'air froid ainsi que les bruits de la circulation. J'agrippai la portion supérieure, qui céda petit à petit, révélant un demi-mètre carré de vide.

Je passai la tête dans l'ouverture. Il faisait déjà nuit noire. Le parking s'étirait trois étages en dessous : une poignée de voitures garées pour la nuit, une chaîne en travers de l'entrée. Pas de lumière dans la loge du gardien. En revanche, sous mon nez courait l'escalier de secours. Je lui avais trouvé une sale gueule, mais plus maintenant.

— On se tire, annonçai-je.

Fisher me rejoignit.

— Tu te fiches de moi ?

— On peut atteindre le niveau d'en dessous.

— Ou directement le sol, et en un clin d'œil !

Je ressortis la tête et criai à pleins poumons. Deux personnes remontaient la rue au-delà du parking. Mais elles ne levèrent même pas les yeux. Nous étions trop haut, le parking était trop profond, et nous ne pouvions rivaliser avec le bourdonnement des moteurs.

Je me penchai par-dessus le rebord. Attrapai la rampe inclinée, poussai sur la structure. Elle branla lourdement. Me retenant au cadre de la fenêtre avec la main gauche, je posai le pied droit sur le palier métallique, puis déplaçai peu à peu mon poids vers la plateforme. Elle gémit d'une manière peu rassurante. J'y posai mon deuxième pied.

– Je suis pas sûr que ça tienne longtemps, dis-je à Fisher. Prépare-toi.

Je descendis l'escalier tout en observant les fixations au mur. Toutes étaient rouillées, et il en manquait deux. Au palier suivant, je dérangeai un gros oiseau. Il s'envola et je sentis bouger l'ensemble de la cage. La fenêtre devant moi était condamnée de l'intérieur.

Mais comme celle d'en dessous l'était aussi, et que les fixations semblaient encore plus dégradées, je n'allai pas plus loin. Ici, les carreaux étaient largement brisés ; seuls quelques morceaux de verre restaient fichés dans le cadre. Je martelai le croisillon avec mon coude, deux fois de suite.

La croix se fractura. J'arrachai les bouts de boiserie jusqu'à obtenir un trou suffisamment grand, puis je remontai de deux marches et balançai mon pied contre le panneau intérieur. Le premier impact m'indiqua que le bois était humide et ne résisterait pas longtemps – un grincement me signala que l'escalier non plus.

– Tiens-toi prêt ! gueulai-je.

Ma botte fendit le contreplaqué. Je redescendis d'une marche et répétai l'opération. La structure métallique geignit de plus belle, et pendant une fraction de seconde je ne pesai plus rien.

La tête de Fisher pointa par la fenêtre d'au-dessus. Il était livide. Je prenais pleinement conscience de la hauteur qui me séparait du sol.

– Jack...

– Attends que je sois rentré ! L'escalier ne supportera pas nos deux poids.

Je m'acharnai sur le panneau crevé avec mon poing, en me tenant au cadre pour minimiser la pression sur l'escalier. La planche commençait à reculer, puis un coin entier se plia, assez large pour que j'y passe la tête et un bras. Je dégommai les gros morceaux de verre qui étaient restés fixés au cadre et hissai mon torse à l'intérieur de la pièce.

Je ne voyais rien et la torche était coincée au fond de ma poche. Alors je continuai de pousser contre le bois, m'avançant chaque fois un peu plus, jusqu'à basculer de l'autre côté en me cognant bruyamment contre un radiateur.

Je me relevai sans attendre et repassai la tête dehors, tout en arrachant quelques derniers morceaux de planche.

— Vas-y ! À toi !

Les pieds de Fisher émergèrent de la fenêtre. L'escalier grinça de nouveau, un peu plus longuement, comme une vieille porte. Il y eut aussi un bruit sec, et je vis une pièce de métal chuter tout près de ma tête.

— Merde, fit Gary. L'une des attaches vient de...

Il dévala les trois dernières marches en une seule foulée. Je lui agrippai la main et le tirai vers moi, mais il avait suffisamment poussé sur ses jambes pour me renverser comme une quille.

— Si on n'arrive pas à sortir de cette pièce, t'es un homme mort, jura Fisher tout en essuyant le sang de ses mains.

La torche révéla une salle encombrée de meubles renversés, de cartons et d'ombres. Nous la traversâmes en vitesse, en shootant dans divers objets à terre.

Avisant la porte, nous tentâmes de l'enfoncer à grands coups d'épaule, en nous y mettant à deux, avec une rage proche de la panique. Je finis par écarter Fisher pour m'y prendre de la bonne façon, en me baissant pour concentrer les chocs à hauteur de la serrure. Quand le bloc métallique se mit à jouer, je poursuivis avec le pied.

Fisher m'accompagna, jusqu'à ce que la porte cède et que nous trébuchions sur le seuil. Nous courûmes au premier étage, traversâmes le palier.

J'allais aborder la volée suivante quand Fisher me retint par le bras.

— C'est quoi, ça ? souffla-t-il.

Je tendis l'oreille. Le bruit venait d'en bas.

Me penchant par-dessus la rambarde, je distinguai une respiration, lourde et plaintive.

Mais nous n'avions pas d'autre issue. Alors je descendis le dos collé au mur, Fisher en retrait de deux pas. Parvenu à l'entresol, je braquai ma lampe vers le rez-de-chaussée.

Michael Marshall

Un homme gisait sur le carrelage, dans une grande flaque sombre signifiant qu'il allait mourir. À notre approche, il redressa lentement la tête.

C'était Todd Crane.

Chapitre 40

On ne voyait rien, mais l'air suffocant était familier, tout comme cette odeur de brique et de terre. Madison était déjà venue ici, en rêve ou en cauchemar. En même temps que l'homme la poussait dans ces ténèbres, on aurait dit qu'il essayait de la retenir en arrière. L'obscurité ne dérangeait pas Marcus, il savait qu'elle ne recélait aucun danger. Madison ne voulait plus de lui dans sa tête, mais elle n'avait guère le choix. À ce stade, c'était elle qui se sentait bannie. Marcus était déchaîné, elle n'arrivait plus à le réfréner. Madison n'avait jamais su qu'il comptait poignarder le père de Rachel – elle l'avait fait sans s'y attendre, et sans pouvoir intervenir. Il était furieux que la femme lui ait posé un lapin, et qu'elle cherche à lui tendre un piège –, même si, de l'avis de Madison, il exagérait sa surprise. Il y avait une part de jeu dans sa colère, de ce jeu sans fin qu'il imposait à toutes les personnes disponibles.

Ses mains et son manteau étaient barbouillés de sang, et elle se souvenait à présent d'avoir poussé la gentille dame dans les toilettes de Scatter Creek, de lui avoir fait un croche-pied de façon qu'elle se fracasse le crâne sur le rebord de la cuvette. Les larmes couraient sur ses joues, mais elle n'en avait pas conscience. Elle se sentait aspirée dans le nuage, comme si on tirait sur ses membres avec des cordes.

Manifestement, la partie supérieure de l'immeuble n'intéressait pas Marcus. Il l'avait entraînée d'emblée au sous-sol, grâce à la seconde clé trouvée dans l'enveloppe de Portland. Il marmonnait pour lui-même, des choses qu'elle détestait s'entendre prononcer. Des paroles horribles, monstrueuses, qu'il goûtait dans cette nouvelle bouche. Parfois, rarement, il se servait du briquet volé à Rachel pour reprendre ses marques avant de repartir dans le noir.

Au bout de deux minutes l'écho se modifia, et Madison comprit qu'ils se trouvaient dans un espace plus vaste. Marcus lui imposait un rythme soutenu, dût-elle se cogner, tomber ou se couper.

Sentant craquer un objet sous son pied, il s'arrêta et fendit d'un sourire le visage de Madison. Il y avait une chose bien plus importante dans cette pièce, une chose qu'il brûlait de revoir, la seule qui pouvait lui inspirer un semblant d'amour.

Il se fraya un chemin parmi des monticules de sièges et de cartons. Lorsqu'il ralluma le briquet, Madison découvrit une pièce au plafond bas, pareille à un bunker. Au fond, une porte était ouverte sur le noir, et juste avant, sur le côté, un fauteuil soutenait une forme affaissée.

Quand Marcus repéra cette forme, il bloqua son souffle et maintint le briquet au-dessus de la tête de Madison, jusqu'à ce que le métal brûlant la fasse hurler. Alors il laissa mourir la flamme et repartit de l'avant, comme s'il rentrait chez lui.

— Vous devez la prévenir, dit Crane d'un mince filet de voix.
— Prévenir qui ? À propos de quoi ?

Accroupi devant lui, j'essayais d'établir la source et la cause de l'hémorragie. Mais je ne voyais que du sang, et savais juste que c'était grave.

— Marcus est revenu.
— *Quoi ?*
— Marcus Fox, dit Fisher en se méprenant sur le sens de ma question. Le troisième nom figurant sur les papiers de cet immeuble. Celui qui a disparu de la circulation depuis dix ans.
— Normal, fit Crane. Il était mort. Il faut la prévenir. Rose.

Ma main se figea.
— Rose ? Que savez-vous sur elle ? C'est qui, d'abord ?

Son regard était flou.
— Vous connaissez Rose, voyons. Tout le monde connaît...

Son visage se tordit et ses mots refluèrent dans une brusque inspiration.

— Où est-il passé, ce Marcus ?

Il tourna son visage atone vers la gauche.

— Dans l'une de ces salles ?

Il secoua la tête. Je dirigeai la torche vers le fond du couloir.

— Au sous-sol, devina Fisher.

Je cogitai rapidement. Amy et Zimmerman avaient eu tout le temps de disparaître. Je n'avais aucune chance de les rattraper.

— Va dans la rue chercher de l'aide, Gary. Dépêche-toi. Appelle une ambulance.

— Et toi, tu vas faire quoi ?

— Trouver celui qui a fait ça.

— Je viens avec toi.

— Non, Gary. Ce type risque d'y rester. Il a besoin d'une ambulance, et de toute urgence.

Fisher me bouscula pour enfiler le couloir.

— Je m'en fiche, Jack. Je veux savoir ce qui se passe là-dessous.

— Putain, Gary !

Comme je m'apprêtais à sortir moi-même dans la rue, Todd m'agrippa le mollet.

— Ne le laissez pas descendre tout seul, dit-il. Ou il va mourir.

— Mais vous avez besoin d'un toubib, Todd.

— Rattrapez-le, insista-t-il. Je vous en prie.

Ses yeux avaient recouvré leur force, pour l'instant tout au moins.

— Sinon il va mourir...

J'hésitai une seconde.

— Pressez vos mains sur la plaie, Todd. Je reviens tout de suite.

Je courus au bout du couloir. Fisher descendait déjà les marches.

— T'es un connard, lançai-je tout en rallumant la torche pour le guider dans le noir.

Il se contenta d'accélérer. Après un entresol, l'escalier continuait dans l'autre sens. Il débouchait sur un sous-sol aussi étendu que les étages, ce qui semblait absurde. Je savais que de telles caves existaient dans le vieux centre, mais ici ?

Nous découvrîmes d'abord un grand espace vide. Sur la gauche, une porte desservait un local envahi de tuyaux et d'humidité. Sur la droite de la salle, une autre porte bâillait : huit centimètres d'épaisseur, renforcée comme celles du troisième étage. Je braquai le faisceau dans l'ouverture. Un couloir étroit s'enfonçait dans une nuit d'encre.

Fisher m'y précéda. Les murs étaient faits de vieilles briques et le mortier pourrissait par endroits. Je repérai un panneau d'interrupteurs, mais aucun ne déclencha quoi que ce soit.

– Ralentis, Gary...

Il ne m'écoutait pas. Je le rejoignis au milieu d'un croisement. Trois directions possibles, dont la torche n'éclairait chaque fois que les tout premiers mètres. Ça sentait la pierre et la vieille poussière.

– Je ne comprends pas, avouai-je. On doit être sous la rue...

Un bruit nous parvint de l'un des couloirs. Une sorte de plainte, conclue d'une note stridente.

Nous nous retournâmes. Le son se répéta puis se fondit dans un rire entrecoupé, ou bien une suffocation, avant de cesser subitement. Cela venait du corridor de gauche.

– Par là, indiquai-je.

Il poussa Madison jusqu'à la porte. La forme assise était enfermée dans un sac en plastique. Quand Marcus força la fillette à ouvrir ce sac, une odeur inimaginable parut envahir tout l'univers. Les yeux de Madison larmoyèrent, son cœur se souleva comme lors d'un mal de mer, mais, au lieu de se reculer, Marcus écarta davantage les pans du sac. Puis il y plongea les mains de Madison, pour toucher sa dernière vraie demeure. L'odeur suggérait une chose tiède, mais elle était glacée. Une sorte de mucus filandreux, gras, rempli de morceaux et entremêlé d'os. Marcus inclina le corps de la fillette, amena son visage à l'orée du trou et lui ouvrit la bouche, comme s'il voulait goûter la...

Pas question.

Les Intrus

Madison bondit en arrière, criant de toutes ses forces, agitant ses mains comme une épileptique avant de les frotter fébrilement sur son pauvre manteau, son beau manteau désormais souillé de terre, de sang et de cette substance immonde. Elle repartit à toutes jambes, en renversant les objets sur son chemin, puis enfila un couloir et traversa une salle, sans se soucier de sa destination puisqu'elle savait que ces galeries étaient toutes identiques.

Peu importait où l'on allait. Le mal était à l'intérieur.

Gary se jeta dans le couloir de gauche. À l'odeur de poussière s'ajouta une autre, plus terreuse.

Nous aboutîmes dans un nouvel espace d'environ cinq mètres carrés, bas de plafond, jonché de meubles retournés, de caisses en bois et de débris. Un pan entier était couvert de livres, de vieux volumes reliés de cuir, la plupart épais comme de gros carnets. La salle avait des murs lourds et secs, mais l'odeur était bien plus forte ici, et de plus en plus fétide.

Comme nous traversions la pièce, je marchai sur quelque chose. Une matière à la fois souple et craquante, qui laissa retomber mon pied sur une surface inégale.

Je baissai la torche. Un rectangle de plastique anthracite, long d'un petit mètre cinquante, large de plus ou moins soixante centimètres, selon les endroits.

— C'est quoi ? demanda Fisher d'une voix blanche.

Je connaissais la réponse. J'en avais déjà vu. Il s'agissait d'une housse mortuaire. La glissière centrale et la jointure supérieure étaient recouvertes de Scotch brun qui rebiquait aux extrémités, signe de vétusté. Je baissai la main.

— N'ouvre pas, dit Fisher.

Je décollai l'adhésif, trouvai la languette et la tirai de quinze centimètres. La puanteur qui s'échappa n'avait pas d'équivalent sur terre. Fisher se détourna en sursaut. Je pointai la lampe sur la fente. Un visage, ou ce qu'il en restait. Cette morte était là depuis un bout de temps, confinée dans un sac épais, quasi étanche. De longs cheveux roux. Pas très grande, ni très vieille. Son visage présentait de profondes entailles, dont l'ensemble évoquait vaguement le chiffe neuf.

Je remontai la fermeture et rabattis l'adhésif sur la languette. Le relent persista, car cette odeur n'en est pas une : le cerveau continue de sonner l'alarme même quand la source est étouffée. Il sait que cette odeur mène à des lieux où l'on ne peut rester en vie.

Je me redressai, tout en songeant que j'avais perçu de tels effluves dès notre arrivée dans la pièce.

– Jack, fit Gary. Regarde.

Je relevai la lampe. Un deuxième sac, de la même taille, à demi caché sous une table. En déplaçant le faisceau, j'en avisai un troisième, puis un quatrième. On aurait dit qu'ils surgissaient à l'instant même dans la pièce, se multipliant pour remplir l'espace autour de nous.

Puis j'en découvris un dernier. Non plus couché par terre, mais assis dans un fauteuil pourri, rencogné près d'une autre porte. Je crus y voir un visage, mais ce devaient être les plis du sac sur les restes de la dépouille. Ce sac était beaucoup plus grand que les précédents. Et entrouvert.

Fisher m'arracha la lampe des mains et la braqua sur le côté, dans l'embrasure d'une troisième porte. Elle donnait sur un corridor au fond duquel je vis passer quelque chose.

Une silhouette furtive, comme si une ombre s'était détachée du sol.

Fisher se remit aussitôt en mouvement, repoussant la pile de chaises qui obstruait le passage. Par-dessus son épaule, tout au bout du faisceau, je revis la silhouette.

On aurait dit une petite fille.

Elle disparut aussitôt, et nous entendîmes ses pas s'éloigner dans le vide. Fisher la prit en chasse, en poussant des cris incohérents. Il appelait le nom de sa fille. Puis celui de Donna. Puis ce ne furent que des sons inarticulés. Il ne savait plus où il était, ni en présence de qui.

Je restai sur ses talons, la vue bouchée par son dos. Ici les murs étaient humides et tachés, et le plafond gouttait. Le sol descendait en pente douce. Ce couloir, comme l'ensemble de ce souterrain, avait dû être aménagé lors du terrassement de la zone, avant même la construction de l'immeuble – un chemin qui suivait le relief d'origine. Mais dans quel but ?

Fisher cria de plus belle. Sa voix résonnait un peu moins, car la galerie s'élargissait. L'écho de nos talons changeait lui aussi, et nous perçûmes un autre bruit devant nous, un bruit de peur, d'effroi. Alors que nous pensions arriver dans un cul-de-sac, nous vîmes que le couloir tournait brusquement sur la droite. Après quoi les murs disparurent.

– Attends, Gary...

Ma propre voix sonnait différemment. Fisher ralentit en prenant conscience d'un changement. Il n'y avait pas que l'acoustique. L'air était soudain plus froid. Les sons émis par l'autre personne devinrent plus nets, des sanglots râpeux et heurtés.

Nous continuâmes d'avancer, avec précaution. Cinq mètres, six, sept... Fisher balayait l'espace avec la lampe, mais le faisceau ne butait sur rien.

Il y eut un cri, dans lequel se cachaient des mots. Gary braqua la torche.

Une personne apparut. Une petite fille, saisie tel un animal devant les phares d'une voiture. Ses cheveux étaient tout ébouriffés, comme si elle avait tenté de se les arracher. Elle portait un manteau couvert de sang ainsi que d'une matière sombre, visqueuse. Sous ses joues sales et mouillées, les tendons de son cou semblaient prêts à rompre.

– Allez-vous-en ! hurla-t-elle.

Voyant Fisher s'approcher, elle se frappa le visage et le crâne avec les poings.

– Vous n'avez rien à faire là !

Fisher lui montra ses paumes.

– Chuuut, dit-il. Tout va bien. Ça...

Elle redressa vivement la tête. Considéra Fisher comme s'il venait de se matérialiser. Elle cligna des yeux et son timbre se fit plus grave :

– Vous êtes qui, vous ?

– Tout va bien, répéta Fisher en s'avançant d'un pas. Nous sommes...

Il y eut un bruit sourd, puis plusieurs rangées de lampes s'allumèrent, d'abord au fond de la pièce, puis au-dessus de nos têtes.

Je m'aperçus que nous étions dans un grand espace d'environ quinze mètres sur douze. J'avais du mal à l'évaluer, car le plafond bas était soutenu par d'épaisses colonnes en briques. Au centre trônait une table ronde en bois, entourée de neuf chaises, lourdes, en chêne massif. Devant chacune reposait une carafe poussiéreuse. On aurait dit une scène de l'époque victorienne, ou une reconstitution médiévale, ou le ventre d'un bunker extraterrestre.

De part et d'autre de la pièce se succédaient des sièges en bois, montés en gradins et munis de planches d'appui, comme dans une église. L'éclairage provenait de petites ampoules fixées au-dessus des sièges, qui donnaient à la salle l'aspect d'une chapelle d'antan, par un morne après-midi d'hiver.

Fisher restait bouche bée. La fillette regardait derrière lui, vers l'endroit d'où nous avions surgi.

Me retournant, je découvris un grand type en manteau noir. Je sus tout de suite où je l'avais vu. Au Byron. C'était l'assassin de Bill Anderson. Il s'avança au milieu de la pièce, sans se soucier du mobilier, ni de Gary ou de moi. Il était venu dans un seul but.

— Salut, Marcus, dit-il en fichant un chargeur dans la crosse de son pistolet. Au moins, ce coup-ci, tu sauras que c'est moi, pas vrai ?

L'enfant pivota et courut vers l'issue du fond.

— C'est l'heure de mourir ! lui lança l'homme. Une fois de plus !

Gary s'élança derrière la fillette.

Je pivotai vers le type.

— Mais qui êtes-vous ?

Il leva son arme et me tira dessus tout en gagnant le fond de la pièce.

Chapitre 41

Madison replongea dans le noir des corridors. Elle avait l'impression d'être un renard, un renard déployant sa ruse en territoire connu, mais à vrai dire elle ne savait plus très bien qui elle était. Elle se sentait à peine heurter les murs, avait à peine conscience de trébucher et de tomber. En même temps que son corps détalait, son esprit courait à l'intérieur, dans un cerveau qui ne lui appartenait plus, qui n'avait plus rien d'un refuge ni d'un lieu sûr.

Pendant quelques minutes elle entendit cavaler derrière elle et vit danser un faisceau de lumière, mais elle réussit à semer ses poursuivants en se faufilant dans un dédale que Marcus connaissait bien, contrairement à Shepherd et à l'autre. Shepherd, l'homme qui était apparu sur la plage pour lui creuser un trou dans la tête, un trou suffisamment large pour faire resurgir Marcus. À l'évidence Shepherd était venu la tuer, et ses paroles laissaient penser que ce ne serait pas la première fois.

Comme quoi elle avait eu raison de se méfier de lui...

Butant contre un obstacle, elle chuta de tout son long.

En se relevant, elle s'aperçut qu'elle était déjà passée par là. Elle reconnaissait l'odeur.

Ce qui signifiait que la porte, celle qui permettait de regagner l'immeuble, se trouvait de l'autre côté de cette pièce.

Ces longues journées de marche l'avaient épuisée. La vie même l'épuisait. Elle continuait d'avancer parce qu'elle était terrifiée, mais l'homme en elle ne l'était pas du tout. Rien n'effrayait Marcus – ni l'obscurité ni les jeunes filles mortes. Il n'avait jamais vraiment connu la peur. Dans aucune de ses existences. Il en avait trop vu pour cela. Après tout, il avait fréquenté ces lieux avant même qu'ils ne soient aménagés, quand l'on n'y trouvait que des arbres, de la roche et de l'eau. Cet endroit était à lui. Tout lui appartenait, tout devait se plier à ses désirs. Du moins le pensait-il.

Non, pas tout, décida Madison.

Comme elle se frayait un chemin dans le chaos de la salle, elle se résolut à ôter son manteau. Elle n'en voulait plus. Parce qu'il était souillé de sang. Parce que ce n'était pas elle qui avait incité sa mère à l'acheter. Elle voulait sa maman, et son papa, mais pas ce manteau, non merci. Si elle devait un jour revoir ses parents, ce serait en tant que Madison et personne d'autre. Mais sitôt qu'elle eut jeté le manteau par terre, ses jambes se bloquèrent.

Logique. Marcus tenait à son calepin, qui était resté dans l'une des poches. Il refusait de s'en séparer, car il en avait besoin. Madison fut ravie de le contrarier, et là-dessus lui vint une idée encore meilleure.

Elle ressortit le briquet de Rachel et s'agenouilla pour l'approcher du manteau, au niveau de ce stupide carnet rempli de phrases idiotes, de chiffres et d'histoires qu'elle ne voulait ni retenir ni comprendre. Elle fut moins habile que Marcus pour tourner la molette, car l'homme était un ancien fumeur, mais elle persévéra. Quand il tenta d'éloigner son bras, elle résista de toutes ses forces, jusqu'à ce qu'elle obtienne une flamme et que le manteau s'embrase. Après quoi elle le jeta sur un tas de livres secs et moisis.

Les flammes s'étendirent rapidement. Madison se mit à rire et à crier. Elle sentit son esprit se rompre, puis elle bascula dans le nuage.

L'impression d'être dégommé par une masse, à laquelle serait fixée une punaise, sa pointe tournée vers vous.

La balle me toucha l'épaule gauche et me projeta en vrille contre le premier siège en bois. L'espace d'un instant la nuit tomba devant mes yeux, et le choc du banc contre ma nuque l'emporta sur la douleur de la plaie.

Je roulai violemment par terre, et en m'appuyant sur ma main gauche je sentis une douleur aiguë fuser dans mon bras, comme une traînée de verre pilé. Je parvins à me relever en agrippant de l'autre main la planche d'appui du siège.

Le sang dégoulinait de mon blouson et la blessure brûlait jusque dans mes doigts. Mon mal de crâne me semblait déjà dérisoire, et je savais que mon épaule allait vite me mettre au supplice.

Je m'élançai dans le couloir à la suite des autres. Un virage en angle droit m'emmena dans les ténèbres, où je suivis l'écho des cris de Gary.

Après un nouveau tournant, le bruit de mes pas se modifia et je devinai que j'étais dans une salle comparable à celle que je venais de quitter. Je sortis mon téléphone et le dépliai pour projeter sa lueur devant moi.

Pas de siège dans cette pièce-ci, qui ressemblait davantage à un débarras, ou à une antichambre. Je la traversai en courant.

Passée la porte du fond, un bref corridor débouchait sur deux directions opposées. Je devais être tout près du réseau de galeries qui conduisaient vers la grande salle.

Un bruit strident résonna au fond d'un couloir, moitié rire moitié cri. La fillette. Suivit un éclat de voix plus grave, mais ce n'était pas le timbre de Gary. Il devait s'agir de l'homme qui m'avait tiré dessus. J'avais hâte de le revoir.

Éclairant tour à tour les deux issues avec mon portable, je vis sur le mur une tache sombre évoquant du sang. Je partis donc de côté-là. Le sol remontait légèrement, et tout en courant je discernai une odeur âcre et sèche par-dessus celle des corps putrescents.

Je percevais également de nouveaux sons, et j'en déduisis que je gagnais du terrain sur Gary ou sur l'autre homme – même si ces bruits ne ressemblaient ni à des voix ni à des claquements de semelles.

Et puis l'air se réchauffait.

J'identifiai soudain l'odeur. De la fumée. Il y avait le feu quelque part, et ce que j'entendais était un crépitement de bois.

Je cessai de courir pour ne pas me jeter dans un cul-de-sac en flammes. Seulement, je n'étais pas sûr de savoir rebrousser chemin, et je ne voulais pas me retrouver coincé au cœur du labyrinthe. Mais quoi que je décide, chaque seconde d'hésitation jouait contre moi. Alors, je repartis de l'avant.

Bientôt, le halo de mon téléphone se réfléchit vers moi, rebondissant sur des rouleaux de fumée. Comme il n'éclairait plus rien, je rangeai l'appareil dans ma poche. Je retirai mon blouson, ce qui m'arracha un cri en ravivant ma blessure, et je le pressai contre ma bouche. Cela m'aida à respirer, à défaut de soulager mes yeux. Je continuai d'avancer en aveugle, le dos collé au mur, même si mon corps voulait s'enfuir en sens inverse. Puis la chaleur et le bruit montèrent d'un cran, et j'aboutis dans une pièce connue, celle remplie de housses mortuaires. J'y étais arrivé par l'autre entrée, là où était posté le cadavre assis. Son emballage chatoyait devant les flammes qui grondaient au centre de la salle.

Je me décalai vers le mur de droite, transformé en brasier de livres, puis j'enjambai des meubles et repoussai des caisses pour m'isoler du feu.

Piétinant un sac, je sentis mon talon briser quelque chose. Puis, dans l'embrasure de la sortie, j'avisai une silhouette.

Je gueulai le nom de Gary. Mais qu'il m'eût entendu ou non, il poursuivit sa course.

Madison se voyait courir au bord de l'eau, lors d'une promenade familiale à Cannon Beach, en fin d'après-midi. Ses parents bavardaient gaiement, il faisait beau et elle trottait devant eux, aux confins du monde. Elle foulerait le sable jusqu'au bout du circuit puis reviendrait vers eux en ouvrant les bras, et son père se baisserait pour l'attraper et la serrer contre lui, comme à son habitude. Et tous deux feindraient d'ignorer que ce n'était plus tellement de son âge.

Mais dans le même temps, elle courait au bord d'une autre mer, dans une époque différente. Elle longeait Elliott Bay, ici à Seattle, dix ans plus tôt et en pleine nuit, pourchassée par quelqu'un qui voulait sa mort. On avait découvert les corps enterrés dans sa cave de Queen Anne, ainsi que ceux cachés dans l'immeuble de Belltown, et l'on avait décrété qu'une telle conduite n'était plus tolérable. Ils s'étaient pointés juste avant les flics, et Marcus avait réussi à se sauver, mais il savait que ses ennemis ne plaisantaient pas et qu'il ne les tiendrait pas longtemps en échec. Il avait toujours soupçonné Rose d'être à l'origine de cette décision : la petite protégée de Cranfield prenait son essor. Il savait aujourd'hui que les Neuf avaient confié cette mission d'élimination à Shepherd, un mois à peine après que celui-ci eut passé un marché avec Marcus dans un bar d'hôtel de la ville. Marcus avait conçu ce plan lorsqu'il avait pressenti, fort de l'expérience de plusieurs vies, que son existence du moment touchait à sa fin.

On l'avait traqué, et il avait détalé, pour se jeter dans un piège où l'attendait Shepherd.

En un sens, Marcus comprenait cette attitude. Shepherd était un choix évident, et qui pouvait lui reprocher de jouer un double jeu ? Mais les autres... savaient-ils que Marcus était encore vivant lorsqu'ils l'avaient enfermé dans le sac, pour le laisser hurler à la mort dans les ténèbres de cette cave ?

Oui, il en était persuadé.

Et ce n'étaient pas des manières. Nul n'est censé partir de cette façon. Même quand on l'a déjà connue, même à de nombreuses reprises, la mort n'est jamais une perspective réjouissante.

À mesure que l'enfant se débattait, Marcus voyait de nouveau se profiler les ombres de la fin. Des ombres qu'il n'avait pas prévu d'affronter si tôt.

Si les pensées de Madison n'étaient que mouvement, en réalité son corps ne progressait guère. Elle errait à quatre pattes dans un corridor, se traînant dans la poussière et la cendre sans rien voir. Ses poumons remplis de fumée lui faisaient l'effet d'avoir absorbé de pleines pelletées de terre. Elle s'était brûlé la main et le bras en incendiant la pièce aux livres, pour n'avoir pas prévu que le feu prendrait si vite, et la douleur était intense. Elle ne savait plus où aller. Elle en avait assez. De tout.

Madison ne pouvait plus s'en sortir. Elle en était consciente. Aussi cherchait-elle le chemin d'un autre endroit, au plus profond d'elle-même, en repoussant l'homme qui souhaitait revenir mais qu'elle sentait lâcher prise. Il s'apercevait que Madison préférait encore mourir que de mener cette vie-là, qu'elle n'était pas prête à lui servir de foyer.

Puis elle heurta quelque chose. Relevant la tête, elle sentit que l'atmosphère était un peu plus douce. Elle croyait même percevoir un filet d'air frais.

Dans un éclair de lucidité, elle comprit qu'elle avait quitté le couloir pour un espace plus ouvert – et qu'elle s'était cognée contre le pied d'un escalier en bois.

Elle se hissa sur la première marche, puis sur les suivantes. Passée la dernière elle pourrait s'enfuir, mais pour de bon cette fois-ci. Là-haut, une porte donnait sur la rue, et après cette porte commençait le monde extérieur. Elle la franchirait, puis continuerait de courir.

Elle se jetterait au milieu de la circulation, sans regarder. Une solution triste mais viable, qui inculquerait une bonne leçon à Marcus. Choisis bien la fillette dont tu veux dérober le corps. Car toutes ne se laisseront pas faire.

Le flanc droit n'était plus qu'un mur de feu. J'avançais pied à pied dans l'axe de la salle, forçant ma route à travers les débris. Mes cheveux et mon blouson commençaient à sentir le roussi. Tout un pan de la bibliothèque se détacha du mur et tomba au ralenti en m'arrosant de papiers flambants, de tisons ardents et d'étincelles. Je baissai la tête et poursuivis l'effort, enfonçant les obstacles jusqu'à la sortie de la pièce, après quoi je tapotai les flammes qui avaient pris sur mes vêtements.

Le couloir était saturé de fumée, et j'entendais au loin quelqu'un cracher ses tripes. Je me ruai dans le brouillard dense et gris, le visage tout entier enfoui dans mon blouson. Des spasmes secouaient mon épaule, que je sentais trempée sous mes vêtements, et mon bras s'engourdissait. Je le cognai avec l'autre poing pour maintenir la circulation sanguine et lancer une décharge de douleur vers mon cerveau.

Comme je gagnais la pièce précédant l'escalier, je trébuchai sur un corps recroquevillé à même le sol.

C'était Gary, qui toussait à s'en crever les bronches. Je l'attrapai par le col et le tirai vers l'escalier, tout en lui hurlant au visage. Il finit par se mouvoir de son propre chef, et nous nous effondrâmes sur les premières marches. Je voyais à peine son dos à travers mes yeux ruisselants. Au tournant de l'escalier, mon pied ripa et je tombai à genoux. Fisher passa son bras sous le mien et me remit debout.

Nous gravîmes les derniers degrés côte à côte.

Le hall aussi était enfumé. Gary le traversa d'une traite jusqu'à la porte d'entrée, qui était grande ouverte. J'enjambai le corps de Todd Crane, avant de me dire que je ne pouvais pas le laisser là. Alors j'agrippai son poignet, et tandis que je le traînais vers la porte il émit un râle. Je m'aperçus qu'il n'était pas mort. Je sentis un muscle se déchirer dans mon dos, mais je serrai les dents le temps d'amener Crane jusqu'au seuil, après quoi je m'écroulai dans l'air froid du dehors.

Ce fut comme une renaissance.

Des voitures, les sons de la nuit, une myriade de points lumineux. Les gens s'éloignaient de l'immeuble en criant, l'index pointé vers la façade. Des tourbillons de fumée envahissaient la rue. J'entendais une sirène s'élever au loin.

Je me remis sur mes jambes pour chanceler sur quelques mètres, laissant Crane couché sur le pas de la porte. Gary gueulait dans la cohue, mais je ne le voyais pas. Les gens semblaient mieux au fait de la situation que moi ; ils circulaient avec empressement et détermination, et la suite fut si rapide que je ne la saisis qu'après coup.

L'homme au pistolet s'avançait vers la fillette, coincée au milieu du trottoir. Le vide se creusait autour d'elle à mesure que les passants s'égaillaient.

Mais Gary, lui, ne courait pas.

Il tenait la petite par le bras. Il s'efforçait de l'attirer derrière un gros 4×4, pour la sortir de la ligne de feu du tueur. Il essayait de la sauver.

Mais la fillette lui résistait. Elle se débattait de toutes ses forces, en poussant des cris affolés. Gary aussi donnait de la voix :

– Bethany ! aboyait-il. Attends !

L'homme pointa son arme sur l'enfant.

Voyant cela, Gary secoua une dernière fois le bras de la gosse avant de s'interposer entre elle et le type. Le premier coup de feu se perdit dans les airs.

Les cris alentour redoublèrent. Les sirènes étaient proches.

Puis la gamine faussa compagnie à Gary. J'ignore où elle allait comme ça. Elle était prise au piège, et elle ne cavala même pas. On aurait dit qu'elle voulait faciliter la tâche de son poursuivant. Gary devait savoir qu'il ne la rattraperait jamais à temps, qu'il ne pourrait pas la mettre à l'abri. Mais il se jeta quand même sur elle, et la renversa en faisant rempart de son corps.

Le tueur tira quatre coups d'affilée.

Les quatre balles atteignirent Gary et le précipitèrent vers le sol. Mais il garda la fillette dans ses bras et s'écroula sur elle. À sept mètres de distance, j'entendis le front de l'enfant heurter le pavé.

Je m'étais alors élancé vers le tueur, et je percutai sa poitrine à l'instant où son flingue claquait une nouvelle fois, puis une autre encore. Nous nous écrasâmes contre une portière.

Mais l'homme se rétablit tandis que je tombais dans le caniveau. Relevant la tête, je vis des voitures de police débouler dans la rue.

Le type était toujours debout. Il regarda la gamine, avisa le sang sur le trottoir. Hésita une seconde avant de pivoter et de s'enfuir dans la foule.

Je rampai à quatre pattes jusqu'à Gary.

La fillette était inerte, les paupière closes.

La chemise de Gary était rouge, entièrement, et la mare de sang s'agrandissait sous son corps.

Puis mon bras blessé me trahit et je m'écroulai à côté de lui, mon visage à cinquante centimètres du sien. Il avait perdu presque tout l'arrière de la tête. Ses yeux étaient ouverts, atones et secs.

Chapitre 42

— On ne l'a pas eu, dit quelqu'un.

J'étais assis dans un fauteuil, dans une chambre d'hôpital, après une série d'entretiens avec divers représentants des autorités de Seattle. Je leur avais répété ma version expurgée des événements survenus dans l'immeuble de Belltown, mais je doutais que l'exercice fût terminé. J'avais des brûlures aux bras et au visage, ainsi qu'un trou dans les cheveux. Mon épaule recousue se plaignait amèrement, malgré une montagne d'analgésiques. J'avais l'impression qu'un camion m'avait écrasé le bas du dos et que ma migraine allait s'installer pour toujours. Je ne me sentais réceptif à aucune sorte de nouvelle.

Blanchard se tenait sur le seuil.

— J'espère que vous êtes moins mal que vous n'en avez l'air, ajouta-t-il.

Il entra dans la chambre, s'accota au lit, croisa les bras et me fixa. J'attendis qu'il parle.

— La situation pourrait être pire, lâcha-t-il enfin. Elle l'était il y a encore une demi-heure. Vous avez de la chance.

— À quel point de vue ?

— On a reçu le rapport du labo. Les balles qui ont tué M. Fisher et celle qu'on a extraite de votre épaule correspondent à celles retrouvées dans le corps de Bill Anderson.

— Je vous ai dit que c'était le même gars.

— Certes. Mais vous savez quoi ? Les rapports balistiques ont un peu plus de poids que les paroles d'un ex-flic, a fortiori d'un ex-flic présent sur toutes les scènes de fusillade que la ville ait connues en une semaine.

— Et on n'a aucune trace de ce type ? Il s'est évaporé en pleine rue ?

— Comme lorsqu'il a tué Anderson, et la famille d'Anderson. De toute évidence, il s'agit d'un professionnel. Mais un professionnel de quoi, je n'en ai aucune idée. Tout ce que nous savons, c'est qu'il s'appelle Richard Shepherd.

Je dus à peine cligner des yeux, mais Blanchard m'observait attentivement.

— Ce nom vous évoque quelque chose ?

Je fis non de la tête.

— Comment l'avez-vous appris ? demandai-je.

— Je vous dirai ça dans un instant. Mais j'aimerais d'abord m'assurer d'une chose. Vous ne savez vraiment pas comment le feu s'est déclaré dans la cave ? Dans ces prétendus « débarras » ?

— Non, répondis-je, et cette fois c'était vrai. Les dégâts sont importants ?

— Importants, oui. Les pompiers viennent seulement d'y accéder. Tout ce qui n'était pas en pierre a été ravagé. À supposer qu'il y eût là quelque chose d'intéressant...

Je fis une grimace indiquant que je ne savais rien de plus.

Blanchard eut un sourire pincé, pour lui-même.

— Allez, fit-il. Je vous raccompagne.

— Je suis libre de partir ?

— Pour l'instant, répondit-il en se redressant. C'est ce que j'essaie de vous expliquer : vous êtes verni.

Je suivis l'inspecteur dans le couloir. La marche était plus douloureuse que la position assise. Les infirmières évitèrent soigneusement de nous regarder, et les deux flics armés qui avaient gardé ma chambre n'étaient plus là.

— Rien ne prouve que ce Shepherd ait tué la femme et le fils d'Anderson, me confia Blanchard. Mais vu qu'il a tué Bill ainsi que Gary Fisher – qui était le seul à faire du foin autour de cette affaire –, tout le monde est d'accord pour lui imputer les deux premiers crimes. Vous ne savez vraiment pas quel pouvait être son mobile ?

Je secouai la tête. C'était à peine un mensonge.

– Et pour l'autre type ? m'enquis-je. Todd Crane ?

– Il est soigné dans une clinique privée, à l'autre bout de la ville. Il a perdu beaucoup de sang et reçu de nombreux points de suture, mais il va s'en sortir. Il pourra refaire de la rando.

– Pardon ?

– C'est ce qu'il marmonnait à sa femme quand il est sorti du bloc. Il veut crapahuter dans les montagnes Olympiques. Il aurait donc été poignardé par Shepherd ?

– Il le sait mieux que moi.

– Actif, le bonhomme...

Quoique propre et lumineux, cet environnement m'oppressait. Je me réjouissais d'être en vie, plus ou moins, mais à part ça je ne savais que penser. J'avais passé la nuit les yeux ouverts, à voir et revoir Gary Fisher se faire descendre. À me dire que l'homme au long manteau, Shepherd, lui avait troué la peau avant que je ne puisse intervenir – ce qui était vrai, à défaut d'être réconfortant. On se dit toujours qu'on aurait pu prévenir les drames passés, bien plus d'ailleurs que ceux à venir. J'ignore à quoi c'est dû.

Blanchard s'arrêta près du bureau des infirmières. Dans la chambre d'en face se reposait une petite fille. Un homme et une femme se tenaient la main par-dessus son lit. Je reconnus la fillette, celle que j'avais vue sous le corps de Gary Fisher, recouverte de son sang.

– Elle va bien, me glissa Blanchard. Une belle commotion cérébrale, des brûlures et quelques égratignures. Visiblement, elle ne se rappelle plus grand-chose de la semaine dernière ; sa mémoire en a évacué des tronçons entiers, comme s'ils n'avaient jamais existé. Possible qu'elle ait refoulé les faits les plus douloureux, comme des sévices ou je ne sais quoi, mais le psy pense que c'est irréversible.

– Que faisait-elle dans ce bâtiment ?

– Cela nous ramène à la question précédente. Madison O'Donnell a été enlevée près d'une maison de vacances, sur les côtes de l'Oregon, voilà cinq jours. La suite demeure très floue, tout comme les circonstances de son arrivée à Seattle, mais on sait qu'il y avait un homme dans le coup. La petite affirme qu'il s'agissait du tireur d'hier soir, celui qui, d'après vous, essayait de l'éliminer. Ses parents nous ont fourni une description détaillée du gars, qui leur avait même laissé une carte de visite. C'est cela qui nous a permis de connaître son nom. Son nom d'emprunt, du moins.

Je le dévisageai.

— Il kidnappe une gosse et laisse sa carte ? À quoi ça rime ?

— Je ne sais pas, admit Blanchard. Mais nous ne saurons jamais le fin mot de l'histoire tant que nous ne l'aurons pas appréhendé. Et là-dessus, je suis assez pessimiste.

Je les observai tous les trois. La fillette avait le visage couvert d'ecchymoses, mais elle souriait. Son père et sa mère semblaient heureux, eux aussi. Très heureux.

C'est chouette d'avoir une famille, pensai-je. *C'est à la fois tout bête et miraculeux.*

— Autre chose, reprit Blanchard. J'ignore dans quelle mesure vous êtes au courant de la situation, alors je préfère tout vous dire. L'épouse et l'enfant de Fisher sont passés très tôt ce matin. Mme Fisher a identifié le corps, puis ils ont aussitôt repris l'avion.

— L'enfant, vous dites ? Il en avait deux.

Blanchard hocha lentement la tête.

— D'accord, alors vous n'êtes pas au courant. Sa fille est morte. Il y a trois mois.

J'ouvris de grands yeux.

— Bethany est morte ?

— Oui, c'était bien son prénom.

— Mais comment ? Que s'est-il passé ?

Son visage restait impassible.

— Elle s'est noyée. Dans son bain. Sous la surveillance de M. Fisher... enfin bref, de son père. D'après lui, elle a glissé et s'est cogné la tête alors qu'il était allé prendre un pyjama dans sa chambre. Il a essayé de la ranimer. En vain, bien qu'elle n'ait pu rester sous l'eau très longtemps.

— Vous n'oseriez pas sous-entendre...

— Personne ne sous-entend quoi que ce soit. Mais pour le

contexte, il y avait eu des remous au sein du cabinet de M. Fisher, à la suite d'une plainte déposée contre lui pour graves négligences dans une affaire de succession. Cet incident a semé la pagaille dans sa vie professionnelle et familiale. Il est devenu insomniaque. Puis il y a eu ce drame avec sa fille, et quelques semaines plus tard il n'est pas rentré du bureau. Sa femme ne savait même pas qu'il était à Seattle. Il avait disparu depuis plus d'un mois.

Il fallait que je sorte. Je n'en pouvais plus de cet hosto, et j'en avais assez entendu.

— Je reviens, dis-je à Blanchard avant de pénétrer dans la chambre de la fillette.

Les trois O'Donnell se tournèrent vers moi d'un même élan. Les parents se renfrognèrent, l'air dubitatif et méfiant. Je n'avais sans doute pas la dégaine d'un type qui gagne à être connu.

— Je me souviens de vous, déclara néanmoins la gamine. Enfin, je crois.

— Exact, répondis-je. J'étais là. Dans l'immeuble. On m'a dit que tu ne te rappelais plus grand-chose.

Elle secoua la tête, un peu vaseuse.

— Pas vraiment, non.

— Est-ce que tu te souviens d'un homme ? Pas de moi, ni de... ni de l'homme au pistolet. Mais d'un autre.

— C'est important ? s'impatienta le père.

Il voulait protéger sa fille, et je n'allais pas le lui reprocher. Sa femme était prête à faire bloc avec lui. Mais je refusais de me taire.

— Oui, répondis-je au papa. Tu te souviens de lui, Madison ?

Elle réfléchit quelques instants, avant de hocher la tête.

— Oui, dit-elle. Il y avait un homme qui essayait de me tirer sur le côté.

— Eh bien, il s'appelait Gary Fisher, et il t'a sauvé la vie.

Blanchard prit l'ascenseur avec moi et me raccompagna dehors. Il considéra la rue, tandis que j'allumais une clope.

— Je suppose que vous ne prévoyez pas de quitter le pays dans les jours qui viennent ? Ni l'État de Washington ?

— Non.
— J'avoue que cela nous arrangerait. À ce stade de l'enquête, la chance n'équivaut pas à un blanc-seing.
— Si vous le dites.
Il opina du bonnet, puis parut hésiter.
— Ne culpabilisez pas, Jack. À mes yeux, chacun s'est fourré dans le pétrin tout seul. Surtout Fisher.
— O.K.
Je n'avais pas envie de discuter.
— Bien. Ah oui, j'allais oublier...
Il me remit un bout de papier.
— C'est quoi ?
— Quelqu'un a déposé ceci à votre intention en salle des infirmières. Promettez-moi que vous n'allez pas prendre le volant aujourd'hui...
— Je ne vais pas prendre le volant aujourd'hui.
— Sage décision. À la prochaine, Jack.
J'attendis qu'il ait regagné les locaux pour déplier la feuille. Il me fallut un petit moment pour reconnaître l'écriture. Elle n'était plus tout à fait comme avant.
Le billet disait : *Retrouve-moi quelque part.*

Chapitre 43

Je pris d'abord un taxi jusqu'à Belltown, pour récupérer ma voiture. La rue de l'immeuble était bouclée ; la police et les pompiers vaquaient à leurs occupations. Les badauds s'arrêtaient quelques instants, sans savoir ce qu'ils regardaient – une image parmi d'autres dans le décor de leur quotidien. De l'extérieur, le bâtiment semblait peu endommagé, mais si le feu avait attaqué les fondations, je ne donnais pas cher de sa peau. Il s'effacerait pour laisser place à un énième parking, puis à des appartements, qui à leur tour périraient pour donner autre chose dans un monde futur. Les choses s'élèvent et retombent, à mesure que passent les années.

Je grimpai derrière le volant et mis le cap sur Pioneer Square.

J'achetai un café chez Starbucks et l'emportai en terrasse. Les tables métalliques étaient désertes. Je choisis celle qui offrait la meilleure vue sur le parc, avant de m'asseoir en douceur. Mais, douceur ou pas, la manœuvre fut douloureuse.

Je m'accordai une heure avant de mettre les voiles.

Mon regard se perdit rapidement sur les arbres. La lumière qui filtrait vers le sol à travers les branchages conférait à ce square un charme insaisissable. Pour un lieu qui engendra une ville entière, c'est une surface bien restreinte. Ces quelques arbres, le banc couvert, une fontaine d'eau potable et ce fameux totem, le tout niché dans l'ombre d'immeubles mastoc, semblables à des barricades.

Et pourtant, il ne paraît nullement petit.

J'étais bien, assis là, et après quelque temps je me relevai pour acheter un autre café. De retour à ma table j'observai les passants : touristes ou riverains marchant vers un but précis, vagabonds faisant une halte avant de repartir.

J'avais bu la moitié de mon deuxième gobelet lorsque j'entendis une chaise frotter le sol sous la table. Tournant la tête, je vis que l'on m'avait rejoint.

— T'es doué, dit-elle.

Je ne savais que répondre. Elle ôta le couvercle de son thé pour qu'il refroidisse plus vite. Puis alluma une cigarette et se cala contre son dossier. En soutenant mon regard.

— Est-ce que ça va ? Physiquement ?

— Je survivrai, répondis-je.

— Eh bien, tant mieux.

— Ravi de te l'entendre dire.

— Ce n'est pas sans raison qu'on t'a enfermé dans le bureau du haut. C'était pour ta propre sécurité.

— Dommage que tu ne me l'aies pas expliqué sur le moment. Gary Fisher serait peut-être en vie à l'heure qu'il est.

Elle haussa les épaules. Elle avait changé, même depuis notre soirée sur la jetée de Santa Monica, et même depuis hier soir – aussi brève que fût cette dernière rencontre. Elle s'était coiffée différemment, ou alors c'était son tailleur, ou bien quelque chose dans la coupe ou dans le tissu, un petit côté rétro. Ou peut-être était-ce un détail moins tangible : son langage corporel, la lumière dans ses yeux – ou plutôt son absence. Juste ce qu'il fallait, en tout cas, pour détrôner l'être d'avant, et proclamer que le nouveau n'occupait plus la même place vis-à-vis de moi. Je savais que cette femme n'était pas davantage mon épouse que ne l'était la fillette dont j'avais visité l'ancienne chambre.

Je commençai d'ailleurs par là :

— Tu as pris quoi, l'autre jour, chez Natalie ?

— Rien d'important. Un souvenir.

— Un souvenir de quoi ?

— D'enfance. J'avais l'habitude de planquer mes petits trésors sous le plancher.

Les Intrus

— Et pourquoi maintenant ?

Elle hésita, comme si elle se demandait à quel point elle souhaitait s'épancher. Ou jusqu'à quel point j'étais digne de sa confiance.

— Quand j'avais huit ans, dit-elle finalement, peu avant mes neuf ans, on est allées dans une brocante à Venice avec ma mère et Natalie. On a fait le tour des étals, pour regarder les bricoles habituelles, puis j'ai repéré un stand et j'ai tout de suite su que je devais m'y rendre. La femme qui le tenait vendait de vieilles babioles pleines de poussière.

Elle plongea la main dans son sac et posa un petit objet sur la table. Un flacon de verre carré, avec un bouchon en bakélite. Il avait jadis renfermé une substance de couleur vive, un rose aujourd'hui passé de mode, dont il ne restait que des croûtes noircies. Sur une étiquette délavée, en caractères rappelant les enseignes des vieux cinémas, figurait le mot JAZZBERRY.

— Du vernis à ongle ?

— Il datait des années 1920. Mais je l'ignorais. Je savais juste qu'il me le fallait absolument. Ma mère a cru que je perdais la boule. De ce jour, j'ai pris l'habitude de sortir cet objet de sa cachette pour l'admirer de temps à autre. Je ne comprenais même pas pourquoi. Jusqu'à mes dix-huit ans.

— Que s'est-il passé, alors ?

— La donne a changé.

— Tu as commencé à croire que tu étais déjà venue avant.

— Alors, tu penses savoir des choses, hein ?

— Non, je ne sais pas quoi penser.

— Ton ami Gary a bâti un beau château en Espagne, visiblement. Qu'il aurait habité tout seul. Au fond, ce n'est peut-être pas plus mal qu'il ait fini comme ça. Sans vouloir t'offenser...

— Mais il avait compris des trucs, oui ou non ?

— Je ne sais pas ce qu'il t'a raconté. Mais bon, certaines personnes ont de l'intuition. Et parfois, elles devinent juste. Les institutions psychiatriques du monde entier grouillent de gens parfaitement sains d'esprit, mais qui n'ont pas eu l'intelligence de la boucler.

— C'est quoi, le Psychomachy Trust ?

— D'après toi ? À ton tour de deviner.

— Cela concerne les intrus.

Elle leva un sourcil.

— Les quoi ?

— C'est ainsi que Gary appelait ces gens qui sont persuadés de revenir indéfiniment.

— Il a pompé ce nom sur ton livre, je parie. Mais si de tels individus existent, je suis sûre qu'il préféreraient le terme de « revisiteurs ».

— Et cet endroit bizarre, sous l'immeuble de Belltown... C'était destiné à quoi ?

Elle consulta sa montre.

— À des réunions. Elles sont très rares, et la prochaine est imminente. Voilà pourquoi j'ai passé tellement de temps ici ces derniers jours.

— Sauf que tout a brûlé, maintenant.

— Oh, de toute façon nous n'aurions pas utilisé cette salle. Il y a cent ans, tous les conseils se tenaient là. Mais aujourd'hui le monde est moins rigide. Il faut vivre avec son époque.

— Et vous n'aviez pas peur que quelqu'un ne la découvre ?

— Des chaises, une table ? gloussa-t-elle. Tu parles d'une découverte ! Seuls les amateurs se cachent.

— Et les cadavres ?

— Ça, c'est différent.

— Qui était vraiment Marcus Fox ?

— Un personnage qui a eu son importance, dit-elle avec une petite moue dégoûtée. Il a toujours été... difficile. Ses problèmes ont empiré lors de sa dernière retraite.

— Sa retraite ? Où ça ?

— Là où on va. Dans l'intervalle. Ce n'est pas loin. Marcus est devenu très cruel. Il a fait du mal à autrui. À de très jeunes personnes.

— J'ai vu ça. Mais pourquoi conserver les corps ?

— Ils étaient aussi bien là que dans le sol d'une forêt ou au fond de la baie. Jusqu'à ce que toi et ton ami commenciez à fouiner.

— Et Fox ?

— Il menaçait notre sécurité. Alors, on s'est occupés de lui.

— Il a été liquidé, en d'autres termes. Par l'homme qui a tué Gary.

— C'est toi qui le dis.

— Mais pourquoi Todd Crane a-t-il affirmé que Marcus était dans l'immeuble hier ?

— Tu as vraiment de bonnes oreilles. Et un petit esprit vif. Cela pourrait devenir un problème. Mais bon, nous savons où tu habites.

Je la dévisageai.

— J'habite au même endroit que toi.

— Non, monsieur Whalen, je n'ai jamais vécu là-bas. (Elle écrasa son mégot et me fixa avec une parfaite indifférence.) Je pensais que tu avais compris, pourtant. Tu ne t'adresses pas à Amy, là. Tu parles à Rose.

Tombais-je vraiment des nues ? Déjà, la nuit dernière, je m'étais dit qu'Amy aurait eu tout le loisir, au cours des semaines et des mois passés, de glisser ce ROSE dans mon téléphone, un ajout voué à n'apparaître que lorsqu'elle m'appellerait depuis le numéro correspondant. M'appeler pourquoi ? Pour me mettre en garde. Ou m'empêcher d'entraver un plan que je ne pouvais pas comprendre. C'était sans doute pour la même raison que les deux brutes nous avaient agressés, Georj et moi, dans la ruelle. Deux nervis à la solde des intrus, quoi que ce mot pût désigner.

— Qui est Rose, exactement ?

— C'est juste un état d'esprit.

— Non, je refuse de croire ça. Toi-même, tu n'en crois rien. Pourquoi Shepherd voulait-il tuer la petite ? Parce que l'on pensait que Fox s'était glissé en elle ?

— En effet. Mais il semble que M. Fox ait quitté l'immeuble.

— Ça arrive souvent ?

— C'est très exceptionnel. L'enfant était forte. Et bien trop jeune. Nous aimerions surtout savoir comment Marcus a fait pour revenir. Il se peut que l'un de nos obligés soit impliqué. Parfois, les revisiteurs désertent le navire. Et tous les trente-six du mois, ils se font expulser. Quelqu'un gardera un œil sur la fillette, et nous verrons bien.

Devant l'expression de mes yeux, elle secoua la tête.

— Arrête ça, Jack. Je te l'ai dit sur la jetée : tu me vois telle que je suis. Telle que j'ai toujours été, sous la surface.

Une limousine venait de s'arrêter cinquante mètres plus loin sur Yesler. Un homme en descendit, un vieil Afro-Américain à la mise distinguée. Il se dirigea vers le square tandis que la voiture repartait. Il s'assit sur un banc, seul, et je trouvai la scène assez curieuse.

Amy me tira de ma rêverie en rallumant une cigarette. Ce sont toujours les petits détails qui choquent le plus. Même s'il était clair que cette femme demeurait une énigme pour moi, je ne voulais pas qu'elle s'en aille. Car sitôt qu'elle me laisserait, je me retrouverais seul au monde. Alors, je repris la ronde des questions :

— En quoi consistait la machine à fantômes d'Anderson ?

Elle soupira.

— Ça non plus, tu n'es pas censé être au courant.

— Pas de bol, je le suis. Qu'est-ce qu'il a bien pu fabriquer pour mériter de mourir ? Et de voir crever sa famille ?

— Il a fait une découverte qui permet à l'œil de percevoir certaines choses.

— Tu vieux bien arrêter de tourner autour du pot ? Quelles choses, Amy ?

— La réponse se cache dans le titre, monsieur Whalen.

— Tu veux dire que cette machine permettait de voir des *fantômes* ?

— Des âmes. En attente de retour. Elles évoluent parmi nous, elles vivent dans un... Crois-moi, c'était une machine dangereuse, qui ne pouvait rien apporter de bon. À personne. Il y a certaines réalités qu'il vaut mieux ne pas connaître.

— Et donc, Cranfield a payé Bill pour qu'il abandonne son projet...

— Joseph était un brave homme. Il était riche et puissant, et il avait l'habitude de gérer les problèmes à sa façon. Mais même les gens les plus expérimentés manquent parfois de clairvoyance. Il a commis une erreur. La question aurait dû être soumise aux Neuf.

— Qui sont ces Neuf ?

— Les gens qui veillent. Qui décident de la stratégie à adopter. Les premiers entre les égaux. Rien que de très classique.

Je m'aperçus qu'un deuxième homme avait pris place sur le banc du square, à l'autre extrémité du siège. Il ne conversait pas avec son voisin, mais se contentait de regarder le monde comme il allait. J'avisai ensuite une quasi-sexagénaire, postée seule près du totem.

— Malheureusement, cet argent a convaincu Anderson qu'il tenait une invention capitale. Et il n'a pas pu s'empêcher d'y faire allusion sur des forums Internet.

— Alors c'était ça, son crime ? Des allusions ?

— Viendra un temps où la Toile sera notre meilleure alliée. Tôt ou tard, tout y aura été dit, prouvé, démontré, même le plus saugrenu, et dès lors on ne saura plus démêler le vrai du faux. Mais nous n'en sommes pas encore là.

— Et donc tes amis ont fait buter Anderson.

— Rien n'aurait dû arriver à sa famille.

— Moi aussi, maintenant, je sais des choses. Dois-je en déduire...

— Tu crois savoir, nuance. Et tu te doutes bien de ce que les gens penseront. Tu as pris Gary au sérieux quand il t'a fait part de ses élucubrations ?

— Alors, vous me réservez quel sort ?

— Il faut en discuter, mais sans toi. (Elle hésita un instant.) J'avoue que j'ai du mal à suivre les procédures habituelles. Amy est toujours présente. Mais ça passera.

— Je ne parierais pas là-dessus, répondis-je d'une voix fragile. C'est une dure à cuire.

— Quoi qu'il en soit, nous savons ce qui s'est passé la nuit où tu as soi-disant surpris des cambrioleurs à Los Angeles. Nous savons que tes collègues des Affaires internes ont choisi d'entériner ta version de l'histoire, eu égard à tes excellents états de service et au fait que tes quatre victimes ne manqueraient à personne, pas même à leur mère. Mais je sais aussi, parce que je le tiens d'Amy, que la vérité est bien différente. Ce soir-là, tu étais sorti pour débusquer deux de ces types. Tu avais pris ton arme, mais ni ta radio ni ton badge. Ces meurtres étaient prémédités. Amy pourrait en témoigner.

— Elle ne ferait jamais ça.
— Peut-être pas. Mais moi, si.
— Dans ce cas, je déballerai tout.
— Et tu ne gagneras qu'une cellule un peu mieux capitonnée. Ton passif ne joue pas en ta faveur, Jack. Ni ta personnalité, d'une façon générale.

À son timbre glacé, je me rendis compte que j'avais parlé à Rose au moins une fois par le passé. Le soir de notre rencontre dans la baie de Santa Monica. Et sans doute aussi avant cela. Depuis même notre rencontre, par périodes, quand j'avais trouvé mon épouse un peu différente, un peu ailleurs, ou pas vraiment dans son assiette. Comme nous le sommes tous par moments.

Quand Rose avait-elle commencé à prendre le dessus ? Lorsque nous avions perdu notre enfant ? Cet événement avait-il poussé Amy à se retrancher en elle-même, abandonnant ainsi le devant de la scène à une autre ? Ou bien était-ce un phénomène écrit dès le départ, une prise de pouvoir régie par un calendrier fixé d'avance ?

— Alors c'est qui, ce gars en photo dans ton téléphone ?

Elle eut un sourire. Un sourire chaleureux, intime, le genre de ceux qui achèvent un mari.

— Il s'appelle Peter, puisque ça t'intéresse.
— Je te demande pas son putain de blaze. Je te demande qui c'est.
— Ah, pardon. C'est un informaticien, Jack. Il vit à San Francisco. Vingt-quatre ans, guitariste dans un groupe. Il est très doué. Cela répond mieux à ta question ?

Je n'en savais fichtre rien.

— Tu le vois depuis combien de temps ?
— On ne s'est rencontrés qu'une seule fois. Avant-hier soir, à L. A.
— C'est pour ça que tu es descendue là-bas ?
— Oui.
— Attends, je ne pige pas. Tu avais des photos de lui avant même de le connaître ?
— L'une de nos aides a retrouvé sa trace. Elle a pris ces clichés, puis elle me les a envoyés. Elle s'est chargée de la

conversation préliminaire, ce qui est l'une des attributions des *shepherds*, nos bergers. Après quoi on a échangé des messages, lui et moi.

— Je ne comprends toujours pas. Qu'entends-tu par « retrouvé sa trace » ?

Cela faisait un bail que je ne l'avais vue aussi radieuse. Dans quelle mesure était-ce ma faute, et dans quelle mesure était-ce le fruit de mécanismes que nous ne maîtrisions ni l'un ni l'autre ?

— Il y a bien longtemps, répondit-elle, vivait une jeune femme éperdument amoureuse. D'un musicien de jazz. Un homme doté d'un talent fou, qui faisait chanter les notes comme personne et qui... Je ne peux pas te décrire ça, il fallait y être. Quoi qu'il en soit, cet homme n'arrivait pas à surmonter sa nature profonde. Il se battait contre lui-même. Il buvait trop, et il est mort très jeune. Mais je l'ai retrouvé, et cette fois ce sera différent.

— Alors il est ici ? À Seattle ?

— Non. Il a besoin de temps pour s'adapter. Mais le premier rendez-vous fut très encourageant. Je pense qu'il viendra bientôt. Je l'espère, en tout cas.

— Et tu l'aimes ?

— Depuis toujours.

L'espace d'un instant je la détestai de tout mon cœur, mais même là je ne pus me résoudre à la laisser partir. Cela faisait sept ans que je partageais ma vie avec, tout au moins, son sosie. Quand je me relèverais de cette chaise, mon premier pas foulerait un continent inconnu.

Ses coups d'œil vers le square étaient de plus en plus rapprochés. On apercevait à présent cinq ou six personnes, qui ne communiquaient pas mais partageaient le même espace.

Je scrutai son visage, en me rappelant toutes ses expressions, et tous les endroits où je l'avais contemplé.

— Tu as acheté un cadeau d'anniversaire à Annabel ?

Elle eut un nouveau sourire, mais d'un autre type, et dans son regard je retrouvai un peu de la femme d'avant. Plus qu'un peu. Beaucoup.

— C'est réglé, répondit-elle. La môme peut frimer en Banana Republic devant ses copines.

Puis Amy s'effaça :

— Ne t'en fais pas, enchaîna Rose d'un ton sec. Amy continuera de faire son devoir, de tenir son rôle auprès de son entourage. Tu seras le seul à être au courant.

— Et moi, je deviens quoi, là-dedans ?

— Mais oui, au fait, qu'est-ce que tu deviens ?

Fin de la conversation. Son gobelet était vide. Mon temps était épuisé.

— Quel est le secret de cet endroit ? demandai-je malgré tout. De ce square et de cette ambiance si particulière...

— Il existe des lieux où le mur est plus fin. Celui-ci en fait partie. C'est tout.

Je comptai les individus rassemblés sous les arbres, chacun tourné dans une direction différente. Parmi les plus excentrés, je reconnus Ben Zimmerman.

— Je n'en vois que huit, m'étonnai-je.

— Joe était le neuvième, dit-elle. Il vient d'être remplacé.

Je hochai la tête sur ce nouvel éclaircissement. Notre départ pour Birch Crossing avait suivi de peu le décès de Cranfield, même si le passage de flambeau avait sans doute été préparé de longue date – lorsque Amy avait été choisie comme copropriétaire de l'immeuble de Belltown.

Ou lorsqu'elle avait dix-huit ans, qu'elle avait croisé la route d'un certain Shepherd et que sa vie avait pris un cours nouveau.

— Et maintenant, qu'est-ce qu'on fait ?

— Je te dis au revoir.

Elle se leva pour traverser Yesler Way vers le parc.

— Amy ! lançai-je derrière elle. (Ses jambes marquèrent un temps d'arrêt.) On se reverra...

Elle se remit en marche, atteignit le trottoir d'en face et gagna le square pour se planter au milieu des huit autres. Ils restèrent muets, mais à un moment donné tous inclinèrent la tête. On pouvait encore les prendre pour un groupe de promeneurs lambda, faisant une pause sur le site fondateur de cette ville moderne.

Les Intrus

Cette ville bâtie sur une terre sauvage, un lieu que certains pouvaient considérer comme le leur. Un lieu qu'ils avaient chéri et vénéré avant même de l'atteindre. Dans l'avion pour L. A., j'avais lu quelques pages du petit guide historique acheté à deux rues de ce square. J'y avais appris que cet endroit était jadis un village du nom de Djijila'letc, ce que l'on traduisait généralement par « le petit lieu de passage ».

Ou bien, pourrait-on dire, le lieu qui permet de passer. D'ici vers ailleurs. Et peut-être même en sens inverse.

Je laissai mon regard s'élever vers les rares feuilles des arbres, alors qu'une légère brise semblait agiter les branchages. Je ne sentais pas le vent, d'où j'étais, mais j'avais le mur dans mon dos, et l'après-midi était déjà bien froid.

J'observai ces feuilles quelques instants, en écoutant leur bruissement sec. Puis j'eus l'impression qu'il pleuvait, mais qu'il ne pleuvait pas, comme si les deux choses étaient compatibles, comme si toutes sortes de faits et de situations pouvaient cohabiter dans un même espace, masqués par la seule splendeur de la lumière.

Quand je ramenai mes yeux à l'horizontale, le square était désert.

Chapitre 44

Dès le seuil, je sus que tout avait changé. Les maisons sont des entités pragmatiques et intraitables : au premier écart dans votre relation, elles vous tournent le dos. L'ordinateur d'Amy avait disparu, ainsi qu'une partie de ses livres et quelques vêtements. En un sens, cela faisait mal de voir qu'elle reprenait si peu de choses, que de sa vie entre ces murs, seules quelques bribes méritaient à ses yeux d'être conservées.

Je claudiquai jusqu'au centre du salon et allumai une cigarette. Avec défi, en me disant : *Maintenant je fais ce que je veux.* Mais je n'y arrivais pas, et je finis par ouvrir la vitre pour m'exiler sur la terrasse.

Les gens ne partent jamais vraiment. Voilà le plus grand crime de ceux qui s'en vont ou qui meurent. Ils laissent derrière eux des échos, que nous devrons supporter jusqu'à la fin de notre existence.

Je dormis à peine cette nuit-là, et pas davantage la suivante. Quand bien même mon esprit eût été enclin à la quiétude, mon épaule douloureuse s'y serait opposée. Sur le dos, je souffrais. Comme sur le ventre ou sur le flanc, et je n'étais pas mieux assis. Dans n'importe quelle position, la vie même était un supplice.

Je passai ces deux jours entre le salon et la terrasse. Je finis par sortir l'un des fauteuils pour ne plus avoir à rentrer – sauf quand je voulais dormir, car il faisait bien trop froid.

Au terme de ces quarante-huit heures, les premiers flocons apparurent. Mais je ratai leur arrivée, car j'avais enfin réussi à fermer l'œil. Quand, le lendemain matin, je me traînai sur la terrasse, je fus saisi de stupeur.

Tout était blanc. Tout le paysage devant moi. Je savais que rien n'avait bougé en dessous, mais vu d'ici on aurait dit que le monde repartait de zéro.

J'adore la neige. Depuis toujours. En cet instant, j'aurais tant aimé qu'Amy soit là pour émerger du lit, s'emmitoufler dans une robe de chambre et venir découvrir ce spectacle à mes côtés ! Nous serions restés là, grelottant devant cette mer immaculée, unis dans la sensation de renaître ensemble, dans un nouveau monde que nous allions faire nôtre.

Alors, pour finir, j'éclatai en sanglots.

Dans l'après-midi, je tâchai de me résigner à descendre en ville. J'étais à court des seules denrées pour lesquelles j'avais de l'appétit : le café et les cigarettes. Comme je vérifiais s'il me restait de la monnaie, je découvris un objet parmi les billets de mon portefeuille. Une petite langue de plastique bleue, à peine plus épaisse qu'une carte de crédit, et six fois plus petite.

La carte mémoire que m'avait remise Gary, celle où figuraient les photos d'Amy à Belltown. Elle m'était complètement sortie de la tête.

Je gagnai mon bureau et glissai la carte dans un lecteur relié à mon ordi. Elle ne renfermait que quatre fichiers. Les deux premiers étaient les clichés que j'avais déjà vus. Même sur plein écran, et en sachant à l'avance l'identité du gars, on peinait à reconnaître Ben. Comme quoi, malgré tous mes efforts, je n'y serais jamais parvenu de moi-même. Le troisième fichier était un document Word. Quand je cliquai dessus, il ne se passa rien, et je craignis qu'il n'ait planté l'ordinateur avec je ne sais quel virus. Puis il s'ouvrit enfin, et je compris que ce délai était dû à la taille du document. Des dizaines de milliers de mots, accompagnés de schémas.

Je le parcourus rapidement dans l'espoir de saisir le plan d'ensemble, avant de comprendre qu'il n'y en avait pas. Le texte commençait par une série d'individus que Gary soupçonnait d'avoir été des intrus : Frank Lloyd Wright, Jean-Sébastien Bach, le Juif errant, Nikola Tesla, Osiris, les vampires, les bâtisseurs de Stonehenge, Thomas Jefferson et tous les dalaï-lamas, pour ne citer qu'eux. Suivaient les personnages de l'Ancien Testament, avec leur extraordinaire longévité – quatre cents, cinq cents, huit cents ans. Bien entendu, ils n'avaient pas vécu aussi longtemps dans un seul corps, précisait Gary. Leur âme s'était incarnée dans plusieurs enveloppes successives. De là, mon ami mentionnait un autre personnage pseudo-historique : celui qui, peu après sa naissance, reçut trois visiteurs chargés de « présents » – lesquels symbolisaient les vies précédentes de l'enfant. D'après Gary, l'annonce faite à la mère de ce bébé ne disait pas que l'Esprit saint allait venir sur elle, mais qu'un autre esprit allait venir sur son fils.

La promesse de la vie éternelle. Le Seigneur, qui est notre berger. Le Père, le Fils et le Saint-Esprit.

– Bon sang, Gary...

Mais je poursuivis ma lecture, et compris bientôt que le bougre m'avait caché la vérité jusqu'au jour de sa mort. Il m'avait parlé des intrus comme d'un phénomène isolé, une poignée d'individus ayant trouvé un moyen de se perpétuer de génération en génération, une cabale dont les membres se distinguaient du commun des mortels. Mais en fait, il n'en croyait rien.

Gary écrivait que le mot *nightmare*, « cauchemar » (*N.D.T.*), venait de la légende scandinave de *nachtmara*, dans laquelle des démons s'installaient sur la poitrine des dormeurs, car on avait longtemps pris les mauvais rêves pour des tentatives d'intrusions d'esprits maléfiques. Et Gary de soutenir que le rôle initial des sages-femmes consistait à repérer les futures mères de bonne constitution, celles dont les bébés avaient le plus de chances de passer le cap de l'enfance et donc d'offrir un refuge de choix à un intrus. Il soulignait ensuite que personne ne comprenait le fonctionnement des antidépresseurs, pour affirmer que ces produits masquaient en réalité un intrus mal intégré – d'où le fait qu'à terme ils provoquaient l'aggravation de l'état dépressif, ou induisaient des comportements d'autodestruction, le suicide traduisant la tentative inconsciente d'éliminer un intrus – cette chose qui couve en nous et s'oppose à notre bien-être. Il y voyait aussi l'explication à notre propension pour la drogue et l'alcool qui – en endormant notre personnalité principale – accordent à l'intrus un bref séjour au soleil, une chance de nous gouverner de temps à autre. L'intrus étant moins inhibé, plus aguerri et tout simplement différent de nous, il nous pousse aux comportements les plus inattendus. Voilà peut-être pourquoi Gary avait renoncé à boire, et pourquoi on dit que Dieu veille sur les ivrognes et les jeunes enfants. Sauf qu'il ne s'agit pas de Dieu, bien sûr, mais de l'être caché à l'intérieur.

L'être, pensait Gary, qui sommeille en chacun de nous.

Seule une petite fraction de ces intrus a conscience de revenir. Pour rester sains d'esprit, à l'aise dans notre identité, nous autres maintenons la seconde âme à distance, bâillonnée, à l'écart de l'esprit conscient. Et lorsqu'une fuite se produit dans la muraille – une sensation de déjà vu, le rêve d'un endroit où nous ne sommes jamais allés, une image de soi brouillée, une prédisposition pour une langue étrangère ou un instrument de musique, ou le simple sentiment que notre place et notre vie sont ailleurs –, nous reléguons cela au chapitre de la condition humaine : brisés, tiraillés, jamais tout à fait maîtres de nous-mêmes.

Gary s'aventurait même sur le terrain de la science. Pour lui, tout ceci découlait d'un phénomène d'adaptation – lequel expliquait que l'homme domine le monde. À un certain stade de l'évolution, sur les plaines herbeuses d'Afrique ou dans les montagnes froides d'Europe, notre espèce avait acquis la faculté cruciale de supporter deux âmes dans un seul corps. L'âme la plus récente se retrouvait alors capable de décisions intuitives – qui favorisaient sa survie et donc hâtèrent la sélection naturelle – sur la base de l'expérience acquise par le visiteur dans d'autres vies. Mais tout cela avait un prix. Quand les deux âmes coopéraient, la personne fonctionnait. Quand ce n'était pas le cas, le conflit engendrait un sujet lunatique, perturbé, violent, alcoolique. Voilà pourquoi certains souffraient de maladies mentales, de troubles bipolaires, ou étaient juste incapables de mettre un pied devant l'autre, et cela depuis leur naissance.

L'âme s'éclipse pendant quelque temps, avant de revenir par effraction dans les enfants, dans nos bébés. Puis, sans bruit, elle se consolide et gagne en puissance, en attendant son heure. Pourquoi Jésus n'a-t-il fait parler de lui qu'après l'âge de trente ans ? se demandait Gary. Parce qu'il fallait que l'intrus soit mûr, prêt à assumer le pouvoir. Toute menace à l'intégrité du système doit être éliminée sur-le-champ – ce que, d'après Gary, Salieri avait fait avec Mozart, après que ce dernier, sombrant dans la désillusion et l'épuisement, se fut mis à truffer ses œuvres d'allusions maçonniques. Et toujours à propos du Christ, pourquoi n'était-il jamais revenu, comme il l'avait pourtant promis ? Parce qu'il s'était perdu de l'autre côté, qu'il n'était plus qu'une ombre parmi celles que la machine de Bill Anderson aurait permis d'entrevoir, si elle n'avait été détruite.

Tout le reste du texte était à l'avenant : une démonstration lourde, indigeste, et bien trop argumentée pour être crédible. Je ne savais que penser de la femme qui avait été mon épouse, et de ce qui l'avait transformée. Mais je ne pouvais m'empêcher de me demander si je n'avais pas nourri les obsessions de Gary, à travers quelques mots prononcés voilà des lustres sur une piste d'athlétisme : si mon commentaire stupide n'avait pas couvé dans un coin de sa tête pendant toutes ces années, en même temps que la mort de Donna s'emparait progressivement de son esprit. Je refermai le document.

La dernier fichier de la carte était une photo. Quand elle jaillit à l'écran, je cessai de respirer. On y voyait Gary en compagnie de Bethany. Un écriteau sur sa robe indiquait que c'était le jour de ses deux ans, ce qui signifiait que cette image datait de quelques semaines avant sa noyade. Elle avait une grande part de gâteau dans la main, et de la crème fouettée plein le visage et les cheveux. Elle souriait à son papa, avec le regard lumineux d'une enfant pour l'une des deux étoiles de son univers.

Un cliché pris en intérieur, avec flash, et d'une grande netteté. Je zoomai sur l'œil droit de Bethany, puis le fixai un long moment.

On distinguait bien une cicatrice à l'orée des paupières. Courte, en forme de croissant.

Les Intrus

Il me suffit de fermer les yeux pour savoir, comme Gary avant moi, où j'avais vu la même marque.

Je marchai jusqu'au village. Il me fallut du temps. Chaque pas que j'enfonçais dans les quinze centimètres de neige me tirait sur l'épaule et le dos. Mais j'acceptai la douleur. Je n'avais pas d'échappatoire.

Birch Crossing se révéla presque vide de voitures, mais le Sam's Market était ouvert. J'en arpentai les allées, en regardant d'un œil perdu tout ce que l'on pouvait acheter. Ma main rôda quelques instants sur une boîte de choucroute, mais faute de comprendre pourquoi j'aimais ça, je la laissai où elle était.

À la caisse, je tombai sur Sam en personne. Il rangea mes courses dans des sacs, sans un mot, puis comme je gagnais la sortie il lança :

— Je peux demander au gamin de vous livrer à domicile, si vous voulez.

Je me retournai. Je me souvenais de la dernière fois où je l'avais vu, lors du cocktail chez les Zimmerman. Je doutais de racheter quoi que soit à Birch Crossing, mais j'acquiesçai quand même.

— C'est gentil.

— Il faut ménager votre épaule, conclut-il.

Je m'interrogeais toujours sur cette phrase quand j'atteignis péniblement la route menant à la maison. Je remarquai alors que le portail était grand ouvert, et que des traces de pneus couraient dans notre allée.

Une voiture inconnue stationnait près du 4×4. Je rentrai dans la maison et me postai en haut de l'escalier.

Un homme était assis sur le sofa.

Je passai à la cuisine pour me servir un café. Le retour du village m'avait frigorifié. Je descendis avec mon jus noir et m'installai dans le fauteuil, face au canapé. L'homme avait une tasse posée devant lui.

— Faites comme chez vous, lui dis-je.

— Les clés, dit Shepherd en pointant la tête vers la table basse. Rose n'en a plus besoin.

— Que faites-vous ici ?

Il sortit de son manteau mon arme et mon téléphone, pour les ajouter aux clés. Puis, enfin, le chargeur du pistolet.

– Comment va votre épaule ? s'enquit-il.

– À votre avis ?

– Ce n'était rien de personnel, vous savez. Vous aviez juste l'air d'un type décidé à nous gêner.

– Vous avez tué mon ami.

– Comme je vous l'ai dit, rien de personnel.

– Vous êtes la deuxième personne qui se soucie de mon épaule cet après-midi.

– Vous aurez sûrement compris que cette ville est l'un de leurs fiefs. Un QG, si vous préférez.

– Ça m'a effleuré, en effet. J'ai surpris une réception chez mes voisins. Une fête préparatoire, j'imagine. Il y en a beaucoup, des villes de ce type ?

– Seulement deux dans ce pays. Ces gens ne sont pas très nombreux, au total.

– Et qui sont-ils, exactement ?

– Je suppose que Rose vous aura donné la version folklorique. Elle est parfois très joueuse. Mais ce n'est rien de plus qu'un club, monsieur Whalen. Comme la maçonnerie, le Rotary ou le Bohemian Grove. Des gens de l'élite qui se rendent mutuellement service. Certains d'entre eux entretiennent cette espèce de mythologie, mais elle ne repose sur rien. Le père Noël n'est qu'un prétexte pour s'offrir des cadeaux le 25 décembre. Eh bien, là, c'est pareil.

Je considérai les objets étalés devant moi.

– Pourquoi me rendez-vous tout ça ?

– Cela vous appartient, et la grande réunion est passée. Inutile de vous dire qu'on s'est penché sur votre cas.

Il replongea la main dans son manteau et posa sur la table une petite boîte.

– Si vous acceptez, remontez la colline et allez trouver M. Zimmerman. Il vous expliquera le marché.

– Quoi qu'ils me proposent, je ne travaillerai jamais pour eux.

Il se leva.

– C'est à vous de voir.

Je le regardai remonter l'escalier. Parvenu à la porte, il se retourna.

– Une dernière précision, pour que les choses soient bien claires. Ces gens-là n'acceptent que deux réponses : oui ou non. Et si c'est non, quelqu'un viendra vous voir. Là non plus, il n'y aura rien de personnel.

Sur quoi, il s'en alla.

Je pris d'abord le téléphone. Le numéro d'Amy avait disparu, tout comme celui de Rose. Je pouvais facilement retrouver le premier, mais cela ne servirait à rien. Si je devais la revoir un jour, cela ne se ferait pas à la faveur d'un coup de fil. Et dans l'immédiat, je ne voyais aucune solution alternative.

Je reposai l'appareil et fis glisser la petite boîte vers moi. Elle contenait des cartes de visite en bristol blanc. Y figurait un simple nom, à moins qu'il ne s'agît d'un titre.

Jack Shepherd.

Je laissai les cartes sur la table et sortis sur la terrasse, en refermant la vitre derrière moi. Le dehors était sourd et atone.

Extrêmement silencieux.

Je descendis les marches menant au sentier. Mais au lieu de m'enfoncer dans la propriété, je longeai le flanc de la maison en écartant les buissons couverts de neige. Parvenu à l'angle, je m'arrêtai contre le mur et avançai prudemment la tête.

La voiture de Shepherd était toujours dans l'allée.

J'enfonçai le chargeur dans mon arme et ôtai le cran de sécurité. Le dos baissé, je trottai jusqu'au coffre du véhicule, puis le contournai pour surgir sur la gauche. Il n'y avait personne dans la voiture. Juste une valise noire sur la banquette arrière.

Je regagnai la porte d'entrée. La poussai en restant caché derrière le cadre. Elle pivota en douceur. Je me jetai dans l'embrasure, le flingue pointé devant moi. Je n'avais plus mal à l'épaule. J'ouvris la porte plus avant avec le pied, puis pénétrai à l'intérieur.

Il régnait un grand calme. Je fis quatre pas, puis un cinquième, pour m'arrêter à deux mètres du haut de l'escalier. Et là, j'attendis.

Au bout d'un moment, Shepherd émergea du bureau d'Amy

pour se rendre dans le séjour. Ses mouvements étaient souples et prompts, parfaitement à l'aise dans cette maison étrangère. Il tenait un flingue dans sa main.

Je tirai trois coups d'affilée.

Quand j'atteignis le salon, il était toujours vivant, allongé sur le dos dans une position tordue. Il semblait fixer quelque chose derrière moi, quelque chose ou quelqu'un, à la manière d'un homme défiant une foule du regard. Il essayait de lever son arme. Je doutais qu'il y parvienne, mais on ne sait jamais.

Je lui envoyai une dernière balle, et ce fut terminé.

Je restai planté devant lui pendant cinq minutes, peut-être dix, à regarder son sang se répandre sur le parquet. Il y en avait aussi sur la table basse, et sur le canapé où se trouvait Amy la dernière fois que je l'avais vue dans cette maison – plongée au milieu de ses papiers, comme souvent. Je pensai à la façon dont elle relevait les yeux lorsque je descendais les marches, et à son sourire qui faisait que je me sentais chez moi. Me revint également une phrase qu'elle ou Rose avait prononcée :

Nous aimerions savoir comment Marcus a fait pour revenir. Il se peut que l'un de nos obligés soit impliqué.

Je me demandai soudain si Rose avait envoyé Shepherd pour qu'il s'occupe de moi, ou si elle n'avait pas plutôt espéré le contraire. Si je n'avais pas, en d'autres termes, commencé à bosser pour eux.

— Tu as tué mon ami, répétai-je une dernière fois à l'homme étendu à mes pieds.

Mais je savais que je ne l'avais pas abattu pour ça.

Il était venu m'assassiner. Je n'avais pas eu le choix.

Je ne suis pas un tueur. Pas Jack Whalen. Pas le fils de mon père. Mais au fond de moi, je sens qu'il y en a un, et plus le temps passe, plus je sens qu'il cherche à sortir au grand jour.

Je suis sur la route, à présent. Dans la voiture de Shepherd. Je n'ai rien emporté de la maison, à part une photo de moi en compagnie d'une femme que j'ai aimée, et que j'aimerai peut-être encore, si jamais on se revoit. J'ai vérifié le contenu de la valise calée sur la banquette arrière. Il y a des vêtements de rechange qui seront sans doute à ma taille, ainsi qu'une grosse somme d'argent. J'imagine que tout ceci m'appartient désormais.

La nuit tombe et le ciel est de plomb. Bientôt, la neige reviendra. Je la contemplerai seul. Mais d'ici là, j'espère être loin de cette ville. Je ne sais pas où je vais.

Je ne l'ai jamais su.

Composition PCA
44400 – Rezé

Impression réalisée sur CAMERON par
BRODARD ET TAUPIN
La Flèche
pour le compte des Éditions Michel Lafon

Dépôt légal : janvier 2007
N° d'impression :
ISBN : 978-2-7499-0768-0
LAF 942

Achevé d'imprimer au Canada en novembre 2007
sur les presses de Quebecor World Saint-Romuald